二見文庫

# あの夜のことは…

ジュリー・ジェームズ／村岡　栞＝訳

**ABOUT THAT NIGHT**

**by**

**Julie James**



This edition published by arrangement with Berkley,
an imprint of Penguin Publishing Group,
a division of Penguin Random House LLC
through Tuttle-Mori Agency, Inc., Tokyo

シャーリーンに――

あなたが見守ってくれていることを知っているし、わたしはあの約束を守っている。

## 謝辞

何よりもまず、連邦刑事訴訟や連邦検事補の生活について、それはもうたくさんの質問に、信じられないくらい親切に答えてくれたふたりの連邦検事補、ジョンとクリスに大きな感謝を捧げます。わたしは控訴裁判所の書記官として勤めていた頃から、敏腕検察官たちに最大級の敬意を抱いてきました。

特別捜査官のロス・ライスと連邦検事補のラッセル・サンボーンにも特別な感謝を捧げます。ふたりはそれぞれのオフィスを案内し、FBIシカゴ支局とイリノイ州北部地区連邦検事局の日常をちらりと見せてくれました。専門知識を教えてくれたデイヴ・スカルツォにも感謝します。そしてジェン・ラウダディオにも……あなたに感謝する理由はおわかりですよね。

エリッサ・パパとケイティ・ダンシーへ――すばらしいフィードバックと洞察を与えてくれて、そしてすごく厳しい締切につきあってくれてありがとう。あなたたちは最高よ。

わたしにとって目まぐるしい日々となった一年間、理解と助力と忍耐を示してくれた編集者のウェンディ・マッカーディとエージェントのスーザン・クロフォードにも感謝しています。わたしの敏腕な広報担当、エリン・ギャロウェイと非凡なコピーエディターのクリスティン・マスターズを含む、最高の仕事をしてくれたバークリーのチーム全員に感謝の意を表します。

最後に夫へ——いつも自著の謝辞であなたへの感謝を述べているけれど、今回からは……第一子のことでも感謝しないといけないわね。あの子がすでにあなたの子でよかった。そうでなければ、あの取り決めのことで児童保護サービスと揉めていただろうから。

あの夜のことは…

# 登場人物紹介

| | |
|---|---|
| ライリーン・ピアース | 連邦検事補 |
| カイル・ローズ | 世界的なIT企業<br>〈ローズ・コーポレーション〉の御曹司 |
| レイ・メンドーサ | ライリーンの学生時代のルームメイト。<br>弁護士 |
| ジョン | ライリーンの元恋人 |
| ジョーダン・ローズ | カイルの双子の姉。<br>ワインショップの経営者 |
| グレイ・ローズ | カイルとジョーダンの父親。<br>〈ローズ・コーポレーション〉のCEO |
| マリリン・ローズ | カイルとジョーダンの母親 |
| ダニエラ | カイルの元恋人。<br>ヴィクトリアズ・シークレットのモデル |
| ギャヴィン・デクスター(デックス) | カイルの親友 |
| キャメロン・リンド | 連邦検事 |
| ケイド・モーガン | 検事補 |
| ニック・マッコール | FBI特別捜査官 |
| ジャック・パラス | FBI特別捜査官 |
| ダリウス・ブラウン | 刑務所で殺された男 |

# 1

二〇〇三年五月

イリノイ大学アーバナ・シャンペーン校

なんとか乗り越えた。

バーの木製の壁にもたれ、片手で頬杖（ほおづえ）をついたライリーン・ピアースは、周囲の仲間のおしゃべりに耳を傾けながら、この一カ月で初めて頭を空っぽにして満足感に浸っていた。

ライリーンは法科大学院（ロースクール）の同級生五人と〈クライボーン〉の二階のテーブル席でぎゅうぎゅう詰めに座っていた。〈クライボーン〉はキャンパス内にある数少ないバーのひとつで、四ドルの水割りをプラスチック製のグラスではなく本物のグラスで提供しろと要求するインテリぶった大学院生たちが頻繁に訪れる場所だ。グループの全員がライリーンと同じクラスなので、その日の夕方に刑事訴訟法の期末試験を終えた。試験後のお決まりの答え合わせ作業で、たまに誰かが重要な点を見逃していたことに気づいて気分が沈むときをのぞけば、みんな意気揚々として陽気だった――まあ陽気といっても、法学生の基準によるものだが。

　誰かに肘を突かれ、ライリーンの空想がさえぎられた。

「ちょっと？　話、聞いてる？」

ライリーンの右隣に座っている、ルームメイトのレイ・メンドーサだ。

「ええ、聞いてるわ。ちょっと……プールサイドでくつろぐ自分を想像していたの」ライリーンはもう少しだけその空想を引き延ばそうとした。「日が差していて、気温は二十四度くらい。小さなパラソルを添えたトロピカル・ドリンクを飲みながら、本を読んでいるの――重要な箇所にハイライトを入れたり、余白にメモを取ったりしなくてもいい本をね」

「この世にそんな本があるの？」

「わたしの記憶が正しければ、あったはずよ」ライリーンは秘密めいた笑みをレイと交わした。ふたりとも多くの同級生と同じく、この四週間は起きている時間のほとんどを、授業で取ったノートや教科書をまとめ、模擬試験を受け、真夜中過ぎまでかすんだ目で『エマニュエル法概要』を凝視し、研究会に参加するなどして過ごしてきたのだ――それらはすべて、将来、どんな法律家になるか決めるのに役立つ、四度の三時間にわたる試験のための準備だった。プレッシャーなんて、なんのそのだ。

噂だと二年目、三年目は徐々に楽になるらしいので、それはよかったと思う――ライリーンは〝睡眠〟と呼ばれる興味深い活動について聞いたことがあり、目下のところそれを試してみたいと考えていた。まさに今は、最高のタイミングでもあった。夏休み期間の仕事が始まるまでに一週間の休みがある。休みのあいだは毎日、昼までベッドから出なかったり、学生に開放されている大学の屋外プールまでぶらついたりする以上に体力を消耗することは何ひとつしないつもりだった。

「あなたの空想を打ち砕きたくはないけれど、ＩＭＰＥではアルコール禁止だったはずよ」レイが言った。ＩＭＰＥというのは大学構内の体育が行われる建物で、屋外プールもそこにある。

ライリーンはそうした厄介な情報をはねのけた。「〝法学部〟のロゴが入った魔法瓶にマイタイを入れて、アイスティーだって言えば大丈夫よ。学内の警備員にとやかく言われたら、わたしの準法的資格をちらつかせて、不当な捜索と押収を禁止する合衆国憲法修正第四条を思いださせてやるわ」

「やだ。ロースクールの超おたくみたいな言い方だって自分で気づいている？」

残念なことに、気づいていた。「わたしたち、また普通の人に戻れると思う？」

レイが考えこむ。「三年目くらいになれば、日常会話で憲法を引用したくなる衝動がなくなるって聞いたことがあるけど」

「希望が持てるわね」ライリーンは言った。

「でも大半の学生よりおたく度が高いあなたは、もっと時間がかかるかも」

「ゆうべ、休みのあいだ、あなたに会えなくて寂しいって言ったのを覚えている？ あれは取り消すわ」

レイが笑ってライリーンの肩に両腕をまわした。「よく言うわ、わたしがいないと退屈するくせに」

ライリーンは突然、感傷的な胸の痛みに襲われた。期末試験が終わった今、レイをはじめとするロースクールの友だちは、ほぼ全員が帰省しようとしている。レイはこれから十週間、シカゴでバーテンダーの仕事に就いてダブルシフトで働く予定だった。その仕事は魅力的で楽しそうに聞こえるうえに、一年分の授業料をまかなうのに充分な収入をもたらしてくれるはずだ。一方のライリーンは、イリノイ州中央地区の連邦検事局で夏期の法務インターンシップを獲得した。名誉ある地位を与えてくれるそのインターンシップは、法学生——特に一年目の法学生——の羨望の的であり、一般行政職五級に則った、それほど魅力的ではない賃金を支払ってくれる。その賃金は、夏のあいだの家賃と生活費をようやくまかなえる程度の額だ。精一杯倹約すれば、来学期の教科書を購入できる額が残るかもしれない。少なくとも一冊分くらいは。あの呪わしい教科書は高価なのだ。

しかし、そんな一般行政職五級のわずかな賃金にもかかわらず、ライリーンはインターンシップを心待ちにしていた。学生ローンのことを思えば不満はあるが、お金のためにロースクールに通っているわけではない。ライリーンには学業とキャリアの六年計画があった——彼女は計画を立てるのが大好きで、その計画の次なるステップが夏期インターンシップだったのだ。卒業後は、連邦判事のもとで書記官の仕事に就き、その後に連邦検事局での職を志願する計画だった。

大半の法学生は、卒業後にどの分野で仕事をしたいのか見当もついていなかったが、ライリーンは違う。十歳の頃から、将来は刑事事件専門の検察官になりたいと自覚していた。たとえ大手法律事務所の高給という誘惑があっても、その思いは決して揺らがなかった。たしかに、高給をもらえば日々の支払いには困らない——それどころか余るくらいだ——けれど、民事訴訟は彼女の好みからするとあまりにも味気なく、無機質に思われた。企業Xが企業Yに対して数百万ドルの賠償金を求めて訴訟を起こし、年間三千時間分の支払い請求をする弁護士以外に誰も興味を持たない裁判が何年も続くことがある。そんなのごめんだ。

ライリーンは毎日出廷して、現場の真っ只中で何か意味のある事件に関わりたかった。そして彼女の考えでは、犯罪者を投獄すること以上に意味のあることなど、ほとんどない。

テーブルの向こうから聞こえてきた男性の声がライリーンの思考をさえぎった。

「シャンペーン＝アーバナで三カ月か。うちのクラスで成績が二番目の女子が、なんでもっと好条件を獲得できなかったのか教えてくれよ」

その声は仲間のシェーンのものだった。テーブルに着いたほかの友人たちと同様に、彼もドリンクを片手に上機嫌だ。ライリーンは彼の機嫌がいい理由を想像できた。期末試験を無事に終えたところだし、夏休みは実家があるデモインに帰省して、ガールフレンドと会うのだろう。シェーンは彼女に首ったけだ――まあ男なので、当然そのことを隠そうとしていたが。

「大切なのは場所じゃないのよ、シェーン」ライリーンは言った。「その場所で自分がどれだけ実力を発揮できるかってこと」

「そのとおり」レイが彼女とハイタッチしながら笑った。

「せいぜい実力を発揮したまえ」シェーンが応じる。「まあ、ぼくは荷物を車に積み終えて、ガソリンも満タン。道中につまむ軽食も用意してある。雨が降ろうが晴れようが、明日の朝七時にはこんなところとはさよならだ」

「朝の七時に出発？」レイがシェーンの持つドリンクを咎めるように見つめた。今夜はこれで三杯目だ。「たぶん無理だと思うけど」

シェーンがその言葉を否定するように手を振ったせいで、ドリンクが少々こぼれた。

「よせよ。ちょっとばかりの二日酔いが、恋する男の旅路を邪魔するものか」

「まあ、ロマンティックだこと」ライリーンは言った。

「それに二カ月も抱いてないんだ。再会の営みは最高だからな」

「それでこそ、われらが愛するシェーンね」ライリーンは自分のドリンクを飲み干し、グラスのなかの氷をカラカラと鳴らした。「二日酔いといえば、次に注文しに行く番はわたしね」

仲間の注文を聞き、ぎゅうぎゅう詰めのテーブルをまわってカウンターに向かう。

「アムステルビールを三つと、ラム酒のダイエット・コーラ割りひとつ、ジン・トニックをひとつ、ライムをふた切れ添えたコロナビールをひとつお願い」ライリーンはバーテンダーに注文した。

するとき彼女の右横から、男らしく低い声が聞こえてきた。

「パーティーみたいだね」

ライリーンが声がしたほうを振り向くと、そこには――。

うわっ。

自分の横でカウンターにもたれているような男性は、シャンペーン＝アーバナには存在しないはずだ。それどころか、隣にいるような男性は自分が知るどんな場所にも存在しない。

濃いブロンドの髪は豊かで、濃紺のフランネルシャツの襟に軽くかかるくらいに少し長めだ。長身で、青い目は鋭く、ほっそりした顎には数日剃っていないように見える無精ひげが生え、筋肉質の体は引きしまっている。ダークジーンズと建設現場で見かけるような履きつぶしたブーツは、フランネルシャツと合わせると無骨なくらい男らしく、完全に、紛れもなくセクシーだった。

間違いなく、ライリーンは彼を見て目をぱちくりさせた最初の女性ではないし、最後の女性でもないだろう。それに彼は、自分が女性の目を奪うことをしっかり認識しているようだ。青い目を楽しそうにきらめかせてカウンターに片肘をつき、自信満々で彼女の返答を待っている。

逃げなさい。

それがライリーンの頭に最初に浮かんだ考えだった。

次に浮かんだ考えは、その最初の考えがばかげているというものだった。思わず声に出して笑いそうになる。逃げるだなんて、本気？　バーでよく見かけるような普通の男性よ。十九歳からバーへの出入りを許されるこの大学街で五年を過ごした彼女は、こういうタイプの男性をたくさん見てきた。

ライリーンは周囲の人だかりを身振りで示した。夜の十一時過ぎで、店内は大混雑している。「期末試験の最終日なのよ。誰にとってもパーティーだわ」

彼が値踏みするような目でライリーンを見た。「当ててみせようか。今週末に卒業するんだろう。きみは期末試験を終えたばかりで、今夜は実社会へのデビューを祝っているんだ」そこで小首をかしげる。「そうだな……専攻は広告学。〈レオ・バーネット〉社で職を得て、シカゴで初めてのアパートメントに引っ越すところだ。リグリービルの寝室がふたつある古風で高すぎるアパートメントに、ルームメイトと住む予定」どうやらライリーンが座っていたテーブルに気づいていたらしく、レイのほうに顎をしゃくった。

ライリーンは腕をカウンターにもたせかけた。「その〝専攻当てゲーム〟は、女性に話しかけるときの決まり文句なのかしら。それとも、卒業間近の週末にだけ口にするセリフで、大半の女性はひどく酔っているから、そのセリフがどれだけ陳腐か気がつかないとでも思っているの？」

彼は気分を害したようだった。「陳腐？　自信家で勘が鋭い男に見えるようにしたつもりなんだけどな」

「残念ながら、月並みな自惚れ男といったところね」

彼がにっこり笑うと、小さなえくぼがふたつ現れた。それがほっそりした顎にいたずらっぽい印象を与える。「それか勘が鋭すぎて、きみを怖がらせたかな」

バーテンダーが、ライリーンの注文した六人分のドリンクを彼女の前に押しやった。二十ドル札を二枚渡し、お釣りを待つ。「大外れよ」ライリーンは間違いを指摘することにうきうきしながら、自惚れたえくぼ男に言った。「わたしは院生。ロースクールのね」

「ああ。ということは、実社会デビューを三年間、先延ばししたわけか」彼は無造作に自分のビールをあおった。

ライリーンは目をぐるりとまわしたい衝動をぐっと抑えた。「わかった。今度は月並みで偉そうな男に見せようとしているのね」

自惚れたえくぼ男が茶目っ気たっぷりに彼女を見る。「実社会デビューを先延ばしするのが悪いなんてひと言も言っていないよ、弁護士さん。きみの勝手な解釈だろう」

ライリーンは言い返そうと口を開いたが、何も言わずに閉じた。いいわ、同意する。でも、即座に相手の評価を下せるのは彼に限ったことではない。彼女のほうがはるかに正確に査定できるのは間違いない。彼みたいな男性のことはよくわかっている――女性なら誰でも知っている。容姿とそれに伴う過剰な自信に恵まれた彼みたいな男性は通常、恵まれた分だけ性格に難がある。それが物事を公平に保つための自然の摂理だ。

バーテンダーからお釣りを受け取り、ライリーンは第一弾をテーブルに届けるためにドリンクをふたつつかんだ。自惚れたえくぼ男に気の利いた別れのセリフを告げようとしたとき、レイが突然横に現れた。

「手伝うわ、ライリーン」レイがウインクして、器用に四人分のドリンクを両手でつかんだ。「わたしたちのせいで会話を中断させたくないもの」

ライリーンに抗議の声をあげる間も与えず、レイは人混みをかき分けてテーブルまで戻っていった。

自惚れたえくぼ男が身を寄せてくる。「きみの友人はぼくを気に入ってくれたみたいだな」

「彼女、男の趣味が悪いことで有名なの」

彼が笑った。「きみの本音を聞かせてくれよ、カウンセラー」

ライリーンは横目で彼をちらりと見た。「卒業して司法試験に合格するまでは〝カウンセラー〟じゃないわ」

自惚れたえくぼ男が彼女と目を合わせ、その視線をとらえた。「わかった。じゃあ、せめてファーストネームで呼び合えるかな、ライリーン」

ライリーンは黙って彼を上から下まで眺め、避けがたい結論に至った。「女性を思いどおりにするのがお得意なのね?」

彼が一瞬、間を置く。「自分が思っている以上にうまくいくんだ、実を言うと」

不意に彼が真顔になったので、ライリーンはどう応えていいものか迷った。これはいい機会なのかもしれない。

彼女は儀礼的な笑みを浮かべ、自分のグラスを傾けた。「そろそろ仲間のところに戻らないと。よかったわ……あまりお近づきになれなくて」

テーブルに戻ると、仲間たちは身柄拘束下での尋問中における合衆国憲法修正第五条の弁護士を依頼できる権利の適用範囲について議論を白熱させていた。ライリーンが身を割りこませても、シェーンをはじめとする友人たちは議論を続け、カウンターでの彼女と男との会話には気づきもしなければ、気にもしていないようだった。レイだけが彼女を引っ張るようにして席に座らせた。

「で？　どうだった？」レイが勢いこんできいた。

「あそこにいる自惚れたえくぼ男のことを言っているのなら、どうにもならなかったわよ」

「自惚れたえくぼ男ですって？」ライリーンに殴りかからんばかりの勢いだ。「彼が誰だか知らないの？」

その質問に驚き、ライリーンは振り返って自惚れたえくぼ男を盗み見た。ビリヤード台にたむろする友人たちのところに戻っている。正直、ライリーンは今の今までこう思っていた——なんの変哲もないジーンズにフランネルシャツ、作業ブーツに加えてあのちょっと長すぎる髪から察するに、学生ではない男が紛れこんでいるに違いない。たぶん、手軽にナンパできる女子を探しにキャンパス内のバーまで友人と繰りだしてきた、シャンペーン出身の二十代の男だろう、と。

けれど、レイがライリーンも彼のことを知っているはずだとほのめかしているということは、どうやら自分の仮説を考え直す必要があるようだ。

アスリートだろうか。背は高くて百八十センチをゆうに超えているし、体格もがっしりしている――別にそこに注目したわけではないけれど。大学のアスリートチーム〝ファイティング・イリノイ〟の新人クォーターバックとかだろうか。ライリーンはこの九カ月、ロースクールの閉鎖的な世界で暮らしていたし、正直、大学のフットボールなんかには興味がない。だから彼がアスリートだという可能性はある。まあ、彼女が大学生と聞いて想像する年齢より、やや年長には見えるが。

「降参、教えて。誰なの？」彼女はレイにきいた。まったく無関心なリアクションを示す準備はできている。

「カイル・ローズよ」

ライリーンはドリンクを口に運びかけた手を止めた。そういうことか。たしかに、その名前は知っている。学内のほぼ全員がその名前を知っていた。

「あの億万長者の？」ライリーンは確かめた。

「正確に言うと、億万長者の息子――だけどそうね、ほかでもないその人よ」レイが言った。

「でもカイル・ローズといえば、パソコンおたくのはずでしょう」

レイが話題の人を見ようと体勢を変えた。「ああいうタイプが最近のパソコンおたくだっていうのなら、仲間に入れてもらいたいわね。彼にならいつでも、わたしのキーボードに触れてもらってかまわないわ」

「レイったら」ライリーンはもう一度振り返りたくなる衝動をぐっと抑えた。彼の経歴についてすべて知っているわけではないが、『タイム』や『ニューズウィーク』、『フォーブス』といった雑誌の記事に頻繁に登場するので、彼の父親のことはよく知っている。アメリカン・ドリームの象徴として称賛されているシカゴのビジネスマンだ。たしかグレイ・ローズは質素な家庭に育ち、イリノイ大学でコンピューターサイエンスの修士号を取得後、ソフトウェア会社を立ちあげたと記憶している。彼のキャリアについて詳しく覚えているわけではないが、ひとつ重要な情報だけは知っていた。およそ十年前、ソフトウェア保護プログラム〝ローズ・アンチウイルス〟を自社開発し、それが世界中に広まって、やがては十億ドルを超えるビジネスとなったのだ。

ライリーンは、グレイ・ローズが母校に気前よく寄付したことも知っていた。少なくとも彼女はそう推察している。それは大学がキャンパスのひとつのセクションを彼にちなんで〈グレイ・ローズ・センター・フォー・コンピューターサイエンス〉と名づけたからだ。十億ドル規模の帝国を築いた彼は、卒業生のなかで文句なく一番の富豪であり有名人だった。そのようなわけで、コンピューターサイエンスの大学院生であり、相続人になるであろうカイル・ローズの名前もまた、人々に知られている。

これで自惚れたえくぼ男の名前がはっきりしたわけね。まあ、彼にとってはよかったじゃない。

カイル・ローズが玉を突こうとビリヤード台に身を乗りだす姿を、ライリーンはこっそり見つめた。フランネルシャツがおそらく引きしまっているであろう幅広い胸板にぴんと張りつく。

「いつでも戻っていいのよ」レイがライリーンと同じ方向に視線を向け、からかうように言った。

ライリーンはかぶりを振った。まさか。「ああいうタイプの男には気をつけなさいって、レイはお母さんから注意されなかったの？」

「されたわ。十六歳の誕生日に、トロイ・デンプシーがうちの私道にバイクを停めて、こいつに乗ってドライブに行かないかって誘ってきたときにね」

「行ったの？」ライリーンはきいた。

「もちろんよ。あの日はデニムのミニスカートをはいていたから、マフラーでふくらはぎを火傷（やけど）しちゃったわ。まだ跡が残っているのよ」

「いい教訓になったわけね」

「バイクに乗るときはデニムのミニスカートはやめておけっていう？」

ライリーンは笑った。「それも教訓のひとつではあるわね」もうひとつは、〝不良男に近づくな〟だ。

ふたりはカイル・ローズの話題を終わりにし、合衆国憲法修正第五条に関する仲間の議論に加わった。気がつくと一時間以上経（た）っていて、ライリーンは腕時計の針が二十四時過ぎを指しているのを見て驚いた。思わずビリヤード台のほうに視線を向けている自分に気づく――この信頼できない目は、今夜は自らの意思を持っているみたいだ。カイル・ローズとその仲間はもういなかった。

まあ、そんなことはどうでもいいけれど。

本当に。

## 2

バーの明かりがついた。客は全員帰る時間という合図だ。

ライリーンはもどかしげに腕時計を見て、午前一時を十五分過ぎているのを知ると、レイは化粧室で何をもたもたしているのだろうと思った。友人の具合が悪いのかもしれないとは思わなかった――たしかにその夜はふたりとも数杯飲んでいたが、時間をかけてゆっくり楽しんだからだ。

またひとり、この五分間で三人目の酔っ払い客が、半ば突進し半ばよろめくような足取りで扉に向かいながらぶつかってきたとき、ライリーンはレイが何に手間取っているのか、確かめに行くべきだと判断した。帰ろうとする人波に逆らって、バーの奥まで苦労して進んでいく。するとなんの前触れもなく、左側から男が衝突してきて、彼女の黒いVネックシャツの前面にビールをこぼした。

冷たくべたべたした液体が胸のあいだを伝って腹まで滴り、ライリーンは身をすくめた。ギリシャ語が書かれた野球帽を目深にかぶったその男をにらみつける。「最高だわ」冷淡な声でつぶやいた。

男がゆがんだ笑みをなんとか浮かべた。「ごめん」そう言って振り向き、友人を小突く。「おまえのせいだぞ、くそったれが！」

くそったれとそのお仲間が、それきりライリーンのほうを見向きもせずにバーから出ていくと、彼女は呆(あき)れてかぶりを振った。「学部生ね」ひとりで小さくつぶやく。もう二度とキャンパス内のバーには来るものか。たしかにドリンクは安いけれど、もう少し知的な客層の店を探す必要がある。

「おいおい、カウンセラー。そう遠くない昔、あいつはきみの誓い(プレッジ)のダンスの相手だったかもしれないだろう」

ライリーンはそのからかうような口調に聞き覚えがあった。振り向くと、自惚れたえくぼ男、もといカイル・ローズが長い脚を投げだしてカウンターにゆったりともたれていた。

否定しようがない彼の魅力の前でも冷静さを保とうと決意して、ライリーンはカイルに歩み寄り、自分に対する彼の評価がどんどん正確になっていくことにどれだけ気分を害しているかを判断しようとした。たしかに自分は女子学生クラブ(ソロリティ)に所属してプレッジダンスに参加したり、夜更けにビールをかけてくるような、野球帽をかぶった社交クラブ(フラタニティ)所属の男子学生たちと一緒にいくつかの会合に顔を出したりしたこともある。懐かしい思い出だ。

ライリーンはカイルに並んでカウンターで立ち止まり、彼の後ろに積まれたカクテル用ナプキンを指さした。「ナプキンを取ってもらえるかしら」

「過去のプレッジダンスの相手だったことは否定しないんだな?」

「たまたま当たっただけでしょう」ライリーンは手を差しだして、また促した。「ナプキンを取って」

カイルが彼女を見つめてから、カウンターの向こうに立つ男のほうを向いた。「ダン、タオルがあるよな?」

「ああ、使ってくれ、カイル」バーテンダーはカウンターの下のキャビネットを開け、きれいなタオルを出した。彼がそれをカイルに渡し、カイルがそれをライリーンに渡した。

「ありがとう。ここではよく知られているようね、カイル」ライリーンはもし彼が名乗ってても何者かわからないふりをしなくてもすむように、その名前をあえて繰り返した。なぜかはわからないが、彼が誰なのかレイから教えてもらったことを、知られたくなかったのだ。

「ここのマネージャーが友人なんだ」カイルはバーの片隅でビリヤードに興じている友人たちのほうを身振りで示した。「あいつのおかげで飲み放題さ。お得だろう」

　ライリーンは笑いをこらえた。億万長者の息子が飲み代を気にするなんて思ってもいなかった。とはいえ考えてみると、億万長者の息子なんて今まで会ったこともないのだから、彼らがどんなことを気にするのかなんて正直わからない。

　ライリーンは濡れたシャツをタオルで拭きながら、黒いシャツなので透けて見えるのを気にしなくてすんでほっとした。シャツが胸に張りついていることを、カイルがにやつきながら指摘するのではないかと半ば予想したが、彼は何も言わなかった。拭き終えたタオルをカウンターの上に置き、顔をあげると、カイルの視線が自分に、胸元ではなく自分の目に向けられていることに気づいた。

「ところで、きみのお友だちはどこに行ったんだい？」彼がきいた。

　やだ！　レイを探しに来たんだったわ。あのフラタニティ坊やにビールをぶちまけられてから、友人のことをすっかり忘れていた。「それがわからないのよ」ライリーンは店内を見まわし、数人のはぐれ者以外、誰もいなくなっていることに気づいた。レイも、ほかのクラスメートも見当たらない。

いよいよ何かがおかしい。

「彼女が化粧室から戻ったら正面の入り口で落ち合うはずだったんだけど、全然出てこないの……ちょっと失礼するわ」ライリーンはカウンターにカイルを残して化粧室に入った。個室をざっと確認したものの、すべて無人だった。

化粧室を出ると、彼女は二階へ続く幅の広い木製の階段に向かった。警備員がすばやく彼女をさえぎる。

「閉店だ。もう店を出てくれ」

「化粧室に行くと言っていた友人を探しているの。二階にも化粧室があるでしょう？」

「あるが、もう無人だ。確認してきたところだ」警備員が言った。

「カウンターでまだうろついている人はいないかしら？　背が高くて明るい茶色の髪の女の子よ。赤いシャツを着ているわ」

警備員が首を横に振る。「申し訳ないが、もう誰もいない」

彼がその場から去り、カイルが彼女の横に現れた。

「ちょっと心配になってきたわ」ライリーンは彼にというより自分に向けてつぶやいた。

「友だちは携帯電話を持っていないのか？」カイルがきいた。

ライリーンは顔をしかめた。「彼女は持っているけど、わたしが持っていないの」

彼女はカイルの表情を見て弁解がましく身構えた。レイも、ほかの知り合い全員も、ライリーンに携帯電話を持つようしつこく言っていた。「だって、あの料金プランはそんなに安いものじゃないでしょう」

カイルがジーンズのポケットから黒い携帯電話を取りだした。「こいつは〝夜間無料プラン〟だ。二〇〇三年にようこそ」

「あはは」ライリーンは鋭い目でにらみつけて彼を打ちのめしてやろうかと考えたが、やめておくことにした——携帯電話を貸してもらえたらありがたいし、生意気な態度はあとからでも取れる。

ライリーンは携帯電話を受け取り、この五分で彼の助けを借りるのは二回目だと考えた。一般的な礼儀として、少なくともちょっとは愛想よくしないといけないだろう。悔しいけれど。

ライリーンはレイの番号に発信し、呼びだし音を聞きながら待った。

「もしもし？」レイが当惑した声で応答した。

ライリーンは安堵（あんど）の吐息をついた。「レイ、どこにいるの？　あなたが化粧室から戻ってくるのを、ここでばかみたいに待っていたのに、あなた、化粧室にいないじゃない」

「カルペディエム」

ライリーンは数歩、カイルから離れた。「カルペディエム？　どういう意味？」彼女はいやな予感がして、友人が次に言おうとしている言葉を気に入らないだろうと思った。

「〝命だけは助けて〟って意味よ」

ああ、最悪。

「いったい何をしでかしたの、レイ？」

「ごめん、説明するわ。化粧室から出てきたら、カウンターでカイル・ローズがあなたのことを目で追っていることに気づいたの」レイが言った。「わたしたち、一年間ずっと頑張ってきたのに、あなたが自分になんのお楽しみも与えないつもりなら、わたしがお膳立てしてあげようと思ったのよ。それでみんなを引っ張って、裏口から出ていったってわけ」

「まさか、そんな」

「そのまさかよ。彼は億万長者の息子なのよ、ライリーン。それにすごく魅力的じゃない。実際、わたしに感謝してもらいたいくらいだわ。わたしたちはもうすぐシェーンのアパートメントに着くところよ。しばらくそこで時間をつぶすから、家は自由に使って」

ライリーンはさらに声を落とした。「これは女同士の協定に反するわ、レイ。仲間を置き去りにしないっていう協定に。おかげでひとりで帰る羽目になったじゃない」

「計画どおりにいっていれば大丈夫なはずなんだけど……」レイの天才的な不道徳者の声音が無邪気なトーンに変わる。「ところで、誰の携帯電話からかけてるの？」

ライリーンには答えるつもりなどなかった。「考えてみたんだけど、やっぱりあなたを殺すわ。それで、あなたが去年の冬に買ったマノロの黒い靴をちょうだいして、お葬式でそれを履いて踊ってあげる」ライリーンはそう力説してから電話を切った。

カイルのところに戻って電話を返す。

「なんだって？」カイルがきいた。

ライリーンはすばやく言い訳を考えた。「仲間のひとりが具合が悪くなったみたい。それで、レイたちは彼を家に送り届けなければいけなかったの」

「あるいは、きみがぼくから逃げられないように置き去りにしたのかもな」

ライリーンは降参の印に両手をあげた。「ちょっと気味が悪いわね。どうしてわかったの？」

カイルが肩をすくめる。「〝今の瞬間（カルペディエム）を楽しめ〟っていう言葉が聞こえて、そう思ったんだ。ぼくには双子の姉がいて、女同士の恐るべきキューピッドごっこを目の当たりにしてきたからね」

ライリーンは赤面した。「この企（たくら）みにわたしが関与していないことを知っておいてほしいんだけど」

カイルはレイの企みに気を悪くするどころか、楽しんでいるようだった。「心配ご無用だ、カウンセラー。きみを共犯者として告発するつもりはない」彼が扉を顎で示した。「行こう。家まで送るよ」

ライリーンは入り口に向かいつつ言った。「ありがとう、でもその必要はないわ。家までたったの八ブロックだから」

カイルが彼女のあとについてきて鼻で笑った。「ぼくが深夜一時半に女性をひとりで歩かせると思うのか。母はぼくをそんな男には育てていない」

「送ってくれなくても、お母さんに言いつけたりしないわよ」どうしても家までひとりで帰りたいわけではないけれど、学部生のときにこれくらいの時間にキャンパスを突っ切ってひとりで帰った経験がないと言えば嘘（うそ）になる。それにカイル・ローズだって実質的には赤の他人だ。彼なら安全だというわけではない。

ライリーンが扉に手を伸ばす直前でカイルが引き止めた。「大事なのは母がなんて言うかじゃなくて、ぼくの気持ちなんだ。姉がノースウェスタン大学の院生なんだが、どこかのまぬけ野郎が夜遅くに姉をひとりで帰らせたなんて聞いたら、ぼくはそいつのケツを蹴り飛ばしてやる。そういうわけで、きみはぼくから逃れられないよ。お気に召さなくてもね」

ライリーンは自分に与えられた選択肢をじっくり考えてみた。姉の話は充分に真実味がある。見たところ、カイル・ローズは自信過剰で厄介な存在だが、そういう意味の厄介さではない。

「わかった。送ってもらうわ」少し間を置く。「ありがとう」

「ほらね、ぼくに愛想よくするのはそれほど大変じゃないだろう？」

ライリーンは扉を押して外に出た。いつものように、店の前では学生たちがたむろし、次はどこのパーティーに行こうか、途中で〈ラ・バンバ〉に寄ってブリトーでも買おうかと、重要な問題を話し合っている。「あなたに喜んで愛想よくしたがる女性はたくさんいるんでしょうね」ライリーンは人混みを縫うように進みながらカイルに言った。「わたしはその傾向に逆らったというわけか」

カイルがあとからついてくる。「〝〇〇当てゲーム〟はぼくの専売特許じゃなかったのかい？」

「だって、あなたはバーに入り浸り、適当な女性にドリンクをおごってものにしているんでしょう。あなたが女性を家まで〝エスコート〟するのはこれが初めてじゃないって、天才じゃなくてもわかるわ」

「第一に――」カイルは前方からやってきた女性の集団に押されて、一瞬ライリーンからはぐれ、言葉を中断させられた。彼女たちの興味津々な視線を無視し、さらに続ける。「第一に、ぼくは誰のこともものになんかしない。第二に、ぼくは常習的にバーに入り浸って女性をナンパしているわけじゃない。今夜は特別だった。きみが仲間たちと一緒にテーブルに着いているのを見かけて、カウンターへ行ったところを追いかけて声をかけたんだ」

「どうして？」

彼が当たり前だとばかりに肩をすくめた。「きみがセクシーだったからさ」

「ありがとう」ライリーンは抑揚なく言った。

酔っ払った大学生が、ふたりとすれ違うときに前後不覚によろめいた。ぶつかる寸前で、カイルがライリーンの手首をつかみ、自分のほうへ引き寄せた。

ふたりは角で立ち止まり、酔った男から安全な距離を保ちながら、信号が変わるのを待った。カイルが彼女を見つめる。「声をかけたときは、きみがこんなに……生意気だとは想像していなかった」

「最初に抱いた関心は、自由に破棄してもらってかまわないわよ」

カイルが笑う。「まったく、正真正銘の法律おたくなんだな。何も破棄するつもりはないよ。セクシー（ホット）な子も生意気（スパイシー）な子も、嫌いじゃないからね。それどころか、そのふたつを備えている子は魅力的だ」カイルが自分の発言を思い返しつつ、小首をかしげた。「それと、ホットでスパイシーな手羽先も」

ライリーンは振り向いて彼を見つめた。「わたしと手羽先を同列に並べるの？」

「何も悪いことじゃないだろう。手羽先は最高にうまいんだから」

その返事に、ライリーンは笑いそうになるのをぐっとこらえた。「どうやら絶対にあなたは真剣にならないみたいね？」

カイルは周囲の学生たちが歩道をうろつき、通りに流れでていく様子を腕で示した。明らかに浮かれた雰囲気が漂っている。「今夜、真剣になりたいやつなんているかな？　今年度のロースクールの課程は終了したんだろう、カウンセラー。少しは楽しんだらいい」

正直なところ、ライリーンはカイル・ローズのことをどう判断したらいいのかわからなかった。彼の〝億万長者のセクシーな相続人が作業ブーツを履いている〟スタイルから判断すると、ライリーンの頭の冷静な部分では、自分も彼が言い寄った女性たちのひとりにすぎないのだろうとわかっている。それでも、自分が彼の注意を引いたことを少しも光栄だとは思わないと言えば嘘になる。だってカイルは多くの女性に追いかけられる存在なのに、その彼が今はライリーンを追いかけているのだから。

少なくとも、五分くらいは。

「あのね」ライリーンはカイルに話しかけた。「家まで送ってくれるのはありがたいわ。本当よ。ただ一応言っておくけれど、それだけだから。家まで送るだけってことよ」

信号が青に変わり、ふたりは並んで道路を渡った。

「反論はないが、きみはちょっとばかり決まりごとにうるさすぎるんじゃないかな」カイルが言った。「流れに身を任せるってことを、しないのかい？」

「わたしは、どちらかというと計画を立てるタイプで、〝勘と経験を頼りにやってみる〟タイプじゃないのよ」

カイルが不平がましい声をもらした。「きっときみは五年計画を立てるタイプなん

「六年計画よ」ライリーンは彼の表情に気づいた。「何よ？　目標に到達するには、それくらいかかるの」彼女はやや弁解するように言った。「もうそろそろ大人になる時期だって気づくまで、二十代をのらりくらりと過ごす贅沢を誰もが許されているわけではないのよ、カイル・ローズ」

カイルが前にまわりこんで急に足を止めたので、ライリーンはもう少しで彼にぶつかりそうになった。「いいかい、〝金持ち男に当然の報いを与えてやる〟ためのスピーチは早送りさせてもらうよ、高校時代からさんざん聞かされ続けているからね」カイルが強調するように言った。「それにぼくは、何ものらりくらりと過ごしているわけじゃない。実際、今夜バーに繰りだしたのは、博士候補生になるための資格試験を終えたところだから祝いたかったんだ」

ライリーンは前言を訂正した。「それはすごいわね。今のセリフを将来、〝専攻当てゲーム〟の代わりに使うといいわ」彼女は魅力的な笑みを浮かべた。「ただの提案だけど」

カイルが降参だとばかりに両手をあげた。「あのセリフは二度と使わないって誓うよ。バーで知らない女の子に声をかけたら、こんな目に遭うんだからな。ずいぶん皮肉っぽい子を選んでしまったものだ」彼は不満げにすたすたと歩いていった。

ライリーンは彼を少し先に進ませてから呼びかけた。「そっちじゃないわよ」カイルが振り向くと、彼女は無邪気に指さした。「わたしのアパートメントはこっち」

カイルは向きを変え、澄ました顔で彼女の横をさっさと通り過ぎた。

ライリーンは彼が通り過ぎるのをおもしろそうに見ていた。カイル・ローズのこの怒りっぽい面はなかなか気に入った。自惚れたえくぼ男の〝偽物の魅力〟よりはるかに現実味がある。「わたしの半ブロック先を歩くのは、家まで送ることにはならないと思うけど」ライリーンは彼に話しかけた。「家まで送るときって、一メートル半以内を歩く、みたいなルールがあるんじゃないかしら」

カイルは立ち止まったが振り向かなかった。黙ったまま、彼女が追いつくのを待っている。

ライリーンは追いつくと彼の前で止まり、先ほどより近くに立った。「あなたにお祝いなんて言いたくもないけど、よかったじゃないの。その博士候補生の試験について、もっと聞かせて」

「へえ、今頃ぼくに愛想よくしたくなったのか」彼が言った。

「そうしようか考えているところよ」

ふたりは彼女のアパートメントへ向かった。「今はコンピューターサイエンスの大学院課程なんだ」カイルが言った。「ぼくが着目しているのはシステムとネットワークの研究でね、特にセキュリティに関心がある。DoS攻撃からの防御対策とか」

「それはとても……技術的な話ね」

彼女がきょとんとしているのを見て、カイルは説明した。「DoSっていうのは、〝サービス妨害（Denial of Service）〟の略で、簡単に言うと一種のハッキングだ。企業はたいてい、そうした攻撃を迷惑行為くらいに考えているけれど、ぼくの予測では、その種の攻撃はこれからの数年でどんどん進化すると思う。これは覚えておいて損はないよ、ウェブサイトがそうした攻撃を深刻に受け止めようとしなければ、いつか誰かが大きなパニックと混乱を引き起こすはずだ」

「お父さんはあなたが家業に乗りだそうとしているのを誇らしく思っているでしょうね」ライリーンは言った。

カイルが顔をしかめる。「それ、実は触れられたくない話題なんだ。父の下で働く気はなくて、ぼくの希望は教えることだから」彼はライリーンの驚いた表情に気づいて軽く肩をすくめた。「夏休みをもらえる仕事には勝てないだろう？」

「なぜそんなふうにふるまうの？」ライリーンはきいた。

「そんなふうって？」

「〝堅苦しいのは性に合わないから、気楽につきあおうぜ〟って態度よ。そんなふうに見られたいから、作業ブーツにフランネルシャツなんか着ているんでしょう」

「それは違う。作業ブーツにフランネルシャツが心地いいからさ。きみは気づいていないかもしれないが、ぼくたちはトウモロコシ畑に囲まれた学校に通っていたんだ。黒いネクタイなんて着用しなくていいんだよ」彼が小首をかしげた。「それになぜぼくの態度が気になるんだい？」

「なぜなら、かの有名なカイル・ローズには見かけ以上のものがあるんじゃないかって思うからよ」

ふたりは角で立ち止まった。ライリーンのアパートメントまで、あと二ブロックしかない。冷たい風に吹かれ、ライリーンは自分が湿ったシャツを着ていることを思いだした。かすかに身震いし、両腕で自分を抱きしめるようにしてさすり、暖を取る。

「いや、ぼくはきみが考えたとおり、見えすいた口説き文句を使う、いけ好かない男だよ」彼が反論の隙を与えずフランネルシャツを脱ぎ、ライリーンに差しだした。シャツの下に着ていたグレーのぴったりしたTシャツが、筋肉の引きしまった胸と腹と上腕に張りついている。

ライリーンは手を払いのけながら、彼の体をじっと見つめてしまわないように気をつけた。そして見事に失敗した。「あら、大丈夫よ。アパートメントまでたった二ブロックだもの。我慢できるわ」

「いいから着ろよ。濡れたシャツを着て震えている女性を知らんぷりして家まで送ったなんて知られたら、母に殺される」

ライリーンはシャツを受け取って腕を通した。彼の体温であたたかかった。「二十三歳なのに、まだママの言うことを聞いているのね。かわいい」

カイルが近づき、ライリーンの首元に引っかかったシャツの襟を直した。「二十四歳だ。それにうちの母は結構、手強くてね——きみだって言うことを聞くと思うよ」

彼は襟の具合に満足してうなずいた。「よし、直った」

彼の手がライリーンの首をかすめると、彼女の胸がわずかにきゅんとした。

強烈な刺激。

ああ、もう。

「ありがとう」ライリーンは言った。彼はだめよ。自分を強く戒める。この男性を自分の六年計画に入れる余地はない。六年どころか、六日計画にも入れられない。

カイルが彼女を見おろした。「きみがセクシーだったからカウンターまで追いかけたって言ったのは、嘘なんだ」彼がライリーンの頰に触れる。「仲間たちと笑うきみを見て、その笑顔に吸いこまれた」

ああ……やめて。ライリーンの鼓動が不可思議なリズムを刻む。彼女はカイルの信じられないくらい青い瞳を見つめながら、しばし自己問答して心を決めた。何がいけないの？　この一年、頑張ってきたんだから、少しくらい自分にご褒美を与えたっていいじゃない。

ライリーンは爪先立ちになり、唇を寄せて彼にキスをした。

そのキスはからかうように優しく始まり、カイルは彼女の頰を包んで、ゆっくりと誘惑するように唇をむさぼった。ライリーンは彼の胸に片手を滑らせた。誰が通りかかってもおかしくない街角に立っていることを一瞬忘れて——というより気にせずに。ライリーンが彼に体を寄せると、キスが深まり、カイルが舌を絡ませてきた。彼女の体が溶けそうなくらい熱くなる。

永遠に感じられるような時間が流れ、ライリーンはやっとの思いでゆっくりと唇を離した。

彼の手が頰に添えられたまま、ふたりの唇が数センチ離れたところで止まる。カイルの瞳は熱を帯びた濃い青になっていた。「なぜキスを？」

「たまには自分の直感に従ってみようと思ったの」彼女は少し息を切らしつつ言った。

カイルがもの問いたげに眉をあげる。「それで、どうだった？」

最高だったわ。ライリーンはひとりで微笑み、カイル・ローズはキスがうまいという褒め言葉を一生分聞いてきただろうかと、ちらりと思った。だから曖昧に肩をすくめた。「まあまあね」

カイルが鼻で笑う。「まあまあ？　カウンセラー、ぼくにはすごい特技がふたつあるんだ。もうひとつがコンピューターサイエンスなんだけどね」

そうでしょうね。ライリーンはくるりと目をまわした。「真面目な話、そういうセリフってどこから思いつくの？」彼女は向きを変え、アパートメントまでの残りの二ブロックを歩き始めた。彼女とカイル・ローズと彼のうぬぼれが並んで歩けるほど歩道は広くない。

数メートル進んだところで、カイルが彼女に話しかけるのが聞こえた。

「ぼくの半ブロック先を歩かれると、家まで送ることにはならないと思うけど」彼がライリーンの先ほどの言い回しをからかうように真似して言った。

「もう義務から解放してあげるわ」ライリーンは振り返りもせずに大声で返した。カイルの声量とあたたかみのある笑い声が後ろから聞こえた。

アパートメントまで来ると、ライリーンは中庭を横切り、雨風にさらされて色あせた木製の階段へまっすぐ向かった。その階段をのぼれば、レイとルームシェアしている二階の部屋に着く。

「ライリーン」

振り向くと、カイルが階段の下から見あげていた。

「夏のあいだ、きみはこのトウモロコシ畑だらけの地にとどまるのかい？」彼がきいた。

「あなたに関係ないと思うけど、答えはイエスよ」彼女は鼻を鳴らした。「検事局でインターンシップの予定なの」

カイルが階段をのぼってきて、途中でライリーンに追いついた。「じゃあ明日、ディナーでもどうかな」

「やめておいたほうがいいと思う」

彼はライリーンが着ているシャツの襟を引っ張った。「ぼくのシャツを借りたまま逃げるつもりかい？」

シャツのことをすっかり忘れていた。ライリーンはシャツを脱ぎ始めた。「ごめんなさい、わたし――」

カイルが彼女の手に手を重ねた。「持っておいてくれ。きみに似合っている」忌々しい衝撃が足元まで駆けめぐる。ライリーンは精一杯〝ばかを言わないで〟という思いをこめた視線を向けた。「家まで送ってもらうだけだったはずよ」

「一度のデートくらいかまわないだろう、カウンセラー。手羽先とビールを囲んで、この夏ここで過ごすのがどれだけ退屈かをぼやき合うだけさ」

正直なところ、それほど悪い案ではない。「この夏はここにいないって言っていたら、どうしていた?」ライリーンはきいた。「あなたの推測が正しくて、明日にはシカゴへ出発して、リグリービルの寝室がふたつある古風で高すぎるアパートメントに入居予定だって言っていたら?」

カイルがにっこり笑う。極地の氷冠をも溶かしてしまいそうな笑みだ。「だとしたら、手羽先を食べさせるために二時間ドライブしてきみを迎えに行っただろうな。じゃあ、また明日、カウンセラー。夜八時に迎えに来る」彼はそう言うと、後ろを向いて階段をおりていった。

数分後、無事に部屋に入ると、ライリーンは玄関の扉に頭をもたせかけ、その夜の一連の出来事をじっくりと振り返った。目を閉じると、どんなに抵抗しても口角があがって笑みが浮かんでしまう。

やった。

運命の定めなのか、いい気分は続かなかった。

ライリーンは十時まで待った。カイルが迎えに来ると言った時刻から、二時間が過ぎている。彼女はとうとう待つのをやめ、ジーンズとハイヒールを脱いだ。すっぽかされたのだ。

別にいいわよ、と自分に言い聞かせる。何カ月も前から待ちわびてきたインターンシップが一週間後に迫っているのだから、〝たまに魅力的でセクシーな億万長者のパソコンおたく〟との初デートに心を奪われたり、〝彼は連絡してくるかしら〟とそわそわして無駄な時間を過ごしたりする必要などない。

残念、レイはがっかりするだろうなとライリーンは思った。夏休みのあいだ家を空ける前に、レイは今回の特別なデート用にマノロの黒い靴をライリーンに貸してくれたのだ。

「億万長者とのデートにビーチサンダルで行かせるわけにはいかないもの」レイは気取って講釈を垂れながら、たいしたことではないふりをして靴箱をライリーンに渡し、車に乗りこんだ。

ライリーンは親友を抱きしめた。「あなたも、あなたのほかの靴たちも早く帰ってきてね」

「どんなデートだったか、明日電話で教えて」レイは言った。「もしかしたら彼、初デートでピザを食べにイタリアまで連れていったり、レストランを貸し切りにしたりするかもよ」

それか、何もかもすっかり忘れてしまうかもね。

ライリーンはがっかりした気分を無視しようと決め、キャミソールとウエストを紐(ひも)で絞るパジャマ用のズボンに着替えた。行くところもないのにお洒落(しゃれ)をしていてもしかたがない。

彼女はソファに座り、ぼんやりとテレビのチャンネルを替え続けた。アパートメントが静まり返っていることを突然意識し、次の瞬間、危うく自己憐憫(れんびん)に浸りそうになっていたことに気がついた。

やめよう。自分に言い聞かせ、落ちこみ街道をまっしぐらに進むのを拒んだ。カイル・ローズなんて、そんなにすてきな人でもなかったわ。そもそも気取り屋で自信過剰だったし、まるでトラクターから落っこちてきたみたいな格好をしていた。そのうえ、あのパソコントークときたら。あれは本当に居眠りを誘う話題だった。

正直、彼のことをそこまで気に入っていたわけじゃない。

本当に。

翌朝、ライリーンはジョギング用の格好に着替えて寝室から出た。この数カ月はずっと勉強ばかりしていたので、運動不足を改善する必要を感じていた。二キロちょっと走ったあたりで息切れして倒れこむまで、やる気は十五分ほど続くだろうか。

昨夜デートをすっぽかされた女性にしては、ライリーンは元気だった。その活力の大部分は、道中のゴミ収集箱にカイル・ローズのフランネルシャツを捨ててやろうという思いと、彼に偶然再会したときのために用意した気の利いたセリフがあったからだ。〝もらったシャツはあなたのケツの穴に突っこんでやりたかったけど、その機会がなかったから、ゴミ箱に突っこんでおいたわ〟と。

ＭＰ３プレーヤーを片手に、そして〝もうすぐ忘れられる〟フランネルシャツをもう片方の手に持ってアパートメントを出ると、扉の前に置かれた新聞に目が留まった。それを拾い、早朝の日の光にまばたきしながら、あたたかい五月晴れになりそうだと頭の片隅で考えていた。プール日和だわ。それとも――。

新聞に書かれた大見出しを理解するのに、少し時間がかかった。最初はよくある悲惨な見出しだと思った。見た者をつかの間、悲しみに沈ませる類のニュースだと。やがて、その内容が頭に入ってきた。

**億万長者の卒業生の妻、自動車事故死**

マリリン・ローズといえば、カイルの母親だ。

ライリーンは新聞から目を離すことなく扉を閉め、キッチンの椅子に座りこんで記事を読み始めた。

# 3

## 九年後

冷たい三月の風がミシガン湖に吹きつけた。目に涙を浮かばせるほどの、突き刺すような寒風だ。しかしカイルは、ほとんど気づいていなかった。ジョギング中はゾーンに入っている。

午後七時を過ぎた外は暗く、気温は四度あたりで止まっていた。この二週間、カイルはアパートメントから湖沿いのジョギングコースに出て二十キロ走るのを日課にしている。昨日、ドアマンのマイルズからその日課について何か言われたが、カイルは面倒だったのでマラソンのトレーニングだと答えておいた。

本当は、走っているときの静かな孤独が気に入っているだけだ。もちろん、ジョギング中に自由を満喫できるからなのは言うまでもない。ああ……自由とはなんとすばらしいものだろう。肉体的な疲労以外は自分を止めるものなど何もなく、走り続けられるとわかっているのだから。

それに当然だが、家から十五キロ以上離れたら、武装した連邦保安官たちに捕まることもわかっている。

それは取るに足りないことだ。

カイルは、日課のジョギングにはひとつ難点があることにすぐに気づいた。初日の朝、五キロの手前あたりで気づいた難点。足首に装着された電子監視装置が、走ると忌々しいくらい肌をこするのだ。タルカムパウダーを振りかけてもみたが、白く汚れて赤ん坊みたいな匂いになってしまった。三十代の筋金入りの独身男性がもっとも避けたい匂いがあるとすれば、それは赤ん坊の匂いだというのに。女性がこの匂いをひと嗅ぎすれば、あらゆる体内時計が居眠りモードから覚め、すごい勢いで起床ベルを鳴らしだす。

しかし人間には、皮膚がこすれたり赤ん坊の匂いがしたりするよりも難儀な問題が起こりうることを、カイルは充分に承知している。たとえば逮捕されたり、連邦政府から複数の容疑で起訴されて刑務所送りになったりすることもある。あるいは、頑固で癪(しゃく)にさわる双子の姉が、弟を刑務所から早期釈放させるため連邦捜査局(FBI)に協力している最中に殺されかけることも。

その件では、いまだにジョーダンを絞めあげてやりたいと思っている。

カイルは腕時計を確認し、最後の一キロはペースをあげた。自宅軟禁の規則では、自宅から半径十五キロ以内を条件に、毎日九十分は〝私用〟に使えることになっている。本来なら、その九十分は食材の買い出しや洗濯に使うためにあるのだろうが、彼はその規則の抜け穴をうまく利用する方法を考えついた。食材はオンラインで注文して自宅まで届けさせればいいし、洗濯は自分の住む高層アパートメントのロビーに併設されたクリーニング店を活用すればいい。そうすることで、自宅のペントハウスの外へ出てその九十分を過ごすことができる。生活がほぼ日常に戻ったように思える九十分を。

その夜、カイルは制限時間の八分前にアパートメントに戻った。たしかに抜け穴を利用しているかもしれないが、それがどこまで通用するかを試すつもりはない。脚が痙攣（けいれん）を起こして制限時間に遅れ、足首につけた監視装置の警報が鳴るなどという事態はなんとしても避けたかった。ちゃんとストレッチをしなかったせいで、湖の岸辺で特別機動隊（SWAT）の奇襲を受け、押さえこまれて手錠をかけられるなんて絶対にごめんだ。

建物に入るとあたたかい空気が襲ってきて、重苦しく感じられた。そう感じたのは、その扉を抜けるとまた二十二時間三十二分、アパートメントに閉じこめられると知っているからかもしれないが。

あとたったの三日だ。カイルは自分に言い聞かせた。

ほんの七十二時間後には——刑務所に入れられて以来、時の経過を時間単位で考えるようになっていた——正式に自由の身となる。ただし、それは連邦検事局が取り決めをきちんと実行することが大前提だ。十八カ月の刑期のうち四カ月を務めた連邦刑務所、メトロポリタン矯正センター(MCC)からの弟の早期釈放に関して、姉がなんらかの取引をしたとはいえ、カイルと検事局は近頃、友好的な間柄とは言いがたい。なにしろ彼らは公開法廷でもマスコミに向けても、カイルのことを〝テロリスト〟呼ばわりしたのだ。カイルの考えでは、それだけのことをした人間は彼の〝くたばれリスト〟に片道切符で迎えられる。どんな愚か者でも辞書を引けば、〝テロリスト〟が暴力やテロ行為、脅迫事件に従事して目的を遂げる輩(やから)だとわかるのだから。

でもカイルは、愚かな行為に従事しただけだ。

彼がロビーのフロントデスクの前を通ると、ドアマンのマイルズが腕時計を見た。

「土曜の夜でもお休みはされないのですか?」

「悪者に休みは許されないんだよ」カイルはゆったりと笑みを浮かべて言った。

エレベーターに乗り、ペントハウスのある三十四階のボタンを押す。扉が閉まる直前に、ジーンズとプルオーバー姿の二十代後半の男性が乗りこんできた。カイルを見て誰だか気づいたらしく目をぱちくりさせつつも、何も言わずに二十三階のボタンを押した。

ふたりは沈黙していたが、カイルはその沈黙が続かないことを知っていた。男性はきっと何か言ってくるはずだ。カイルを罵倒する者もいれば、ハイタッチしてくる者もいる。どちらにしろ、必ず何か言われるのだ。

エレベーターが二十三階に着くと、男がおりる前に振り返った。「個人的な意見だけど、あの騒動は笑えたよ」

ハイタッチのタイプか。「きみが大陪審にいなかったのが残念だ」

カイルは建物の最上階まであがった。そこには彼のペントハウス以外に、あと二戸のペントハウスがある。自分の住居に入ると、汗が染みたナイロン製の上着を脱ぎ、キッチンカウンターの前に並べたスツールの背にかけた。カイルの指示どおり、そこは寝室をのぞくすべてのリビングスペースが一体となったオープンフロアの設計で、壁二面を占める床から天井までの窓が風通しをよくしていた。湖のすばらしい眺めを一望できるものの、ほぼ毎日、外の景色は暗くよどんでいる。三月のシカゴなんてそんなものだ。

「今度ぼくを自宅軟禁させる取引をすることがあったら」先週、父と一緒に訪ねてきた姉のジョーダンに、彼は軽口を叩(たた)いた。「マリブの浜辺で寒い季節を過ごさせるっていう但し書きをつけるようにFBIと交渉してくれないか」

父は明らかにむすっとした様子で、電話に応じるために部屋から出ていった。

「服役のことを冗談にするのは時期尚早よ」姉がかぶりを振りながら言った。

「姉さんはそういう冗談をいやがったりしないだろう」カイルは言い訳がましく指摘した。実際、よくない癖だが、姉は最近、服役のことをしばしば冗談のネタにしている。

ジョーダンが彼の食品庫からくすねてきた〈ミセス・フィールズ〉のクッキーを振りながら言った。「そうね、でもわたしは三歳の頃からあなたが愚か者だって知っていたもの。おかしなことに、お父さんはそのことに気づくのにずいぶん時間がかかったようだけど」姉はもうひと口かじりながら愛らしく笑った。

「それはどうも。ところで、天才姉さん、そのクッキーは五カ月前のだよ」

姉があわててキッチンペーパーを手に取るのを見て、カイルはくすくす笑った。

その後、ジョーダンが帰り際にまたその話題を持ちだした。先ほどより真剣な口調だった。「お父さんのことは心配しなくて大丈夫よ。いずれ慣れるだろうから」

カイルは、ジョーダンの言うとおりだといいがと思った。大部分において父は、世間を騒がせたカイルの逮捕と有罪判決を予想どおりに受け止めた。ジョーダンと同様に、父のグレイもカイルの裁判にはすべて出席し、毎週、刑務所まで面会に来た。それでも、最近の父との関係は少し気まずく、いずれは一対一で話し合ったほうがいいのは間違いない。

いずれは。

カイルはその問題をいったん脇に置き、ジョギングウェアを脱いで手早くシャワーを浴びた。腕時計を見て、客が来るまであと三十分はあることを確認すると、オフィスのデスクに着いて三十インチの薄型モニターで夜のニュースを読んだ。

国内ニュースを熟読してから、『ウォール・ストリート・ジャーナル』紙のテクノロジーのセクションを流し読みする。自分が次に出廷する裁判が同じページのふたつ目の記事になっているのを見て、いらいらとため息をついた。

大見出しになっていないのがせめてもの救いだが、火曜日の新聞では彼の写真がまた一面を飾ることは間違いない。政府の申し立てに対して判事が裁定を下す日だ。たった一度のへまで――そう、彼はへまを犯し、自分でもそれを認めている――これだけの注目を浴びるなど、ばかげている。誰だって毎日のように法を犯しているじゃないか。まあ、自分の場合は複数の連邦法を犯したわけだが、それにしてもだ。

カイルは『ウォール・ストリート・ジャーナル』の記事を飛ばした。気分の悪い詳細など読む必要はない。自分がしでかしたことは重々承知している――それを言うなら、この自由世界の半分の人間が彼のしたことを知っている。法律用語で言うと、彼は保護されたコンピューターに害悪をもたらす目的で悪性コードを電送した複数の容疑で有罪判決を受けた。専門用語で言うと――彼が弁護士口調よりも気に入っている用語だ――五カ月前、彼は〝ボットネット〟を使って広範囲の通信網にサービス妨害攻撃を仕掛けた。〝ボットネット〟とは、所有者に認識されずに、あるいは同意を得ずに、マルウェアに感染させた複数のパソコンのネットワークを指す。

要するにカイルは、ツイッターを乗っ取って二日間停止させたのだ。間違いなく、彼の生涯でもっとも愚かな行動と言えるだろう。

それもこれも、すべてはひとりの女性がきっかけだった。

ニューヨークに住むヴィクトリアズ・シークレットのモデル、ダニエラとは、友人がソーホーで開いた画廊で出会った。ふたりはすぐに意気投合した。彼女は美人で、美術や写真に造詣が深く、そうした話題を何時間でも熱心に話すことができた。そのうえ、真面目すぎないところがよかった。ふたりはその週末をニューヨークで一緒に過ごし、めくるめくセックス、レストラン、バー、享楽をともにした――すべて、当時のカイルが求めていたものだった。

ふたりは気楽な遠距離恋愛を始め、その後の数カ月はカイルがたびたびニューヨークまでダニエラに会いに行った。するとタブロイド紙がふたりの交際を報じ始めた。スーパーモデルと億万長者の相続人の交際を。

「考えてもみてよ。弟がまたモデルとデートしているのよ」『シカゴ・トリビューン』紙のコラム〈シーン・アンド・ハード〉で弟とダニエラが話題になっているのを見たジョーダンが、電話をかけてきて言った。「モデルとばかりつきあっているけど、それ以外の女性とつきあうことも検討してみたら？」姉が冷ややかな口ぶりできいた。「ぼくはモデルとデートするのが好きなんだ」

「なんでそんなことを考えないといけないんだ？」カイルはあっさりと返した。

「わたしやお父さんに紹介したいほど好きなわけではないでしょう」ジョーダンがやり返した。

姉はいつもこんなふうに嫌味な指摘をしてくるのだ。

たしかに彼の恋愛は長続きしたことがないが、その理由は単純だった。独身でいるのが好きだったし、独身でいるべきだと考えていたからだ。この九年間で、カイルは

〈ローズ・コーポレーション〉での職に落ち着き、機密保護部門担当の副社長にまで出世した。熱心に働いたが遊びも好きで、ひとりの女性に一途である必要などないと考えていた。常に軽薄な態度を崩さず、関係が続いているあいだは楽しく過ごすこと以外、何も約束はしなかった。

とはいえ、ジョーダンの指摘が心に引っかかっていた。そんな独身生活がたまに、少しばかり……つまらなく感じ始めていたのだ。たしかに、彼のような地位にいれば女性との出会いには事欠かないが、カイルは気楽なデートや熱い夜のお遊びだけでいいのかと疑問を持つようになっていた。当然、自分もそのうち腰を落ち着けるだろうとは思っていたので――愛情深く幸せな家族のもとで育ったため、自分もいつかはそうした家族を持つものだと思っていた――そろそろ結婚に向けて前進するタイミングなのかもしれないと考えた。

そうした考えがあったので、カイルはダニエラと過ごす週末を増やし、自分がニューヨークまで飛んで彼女を訪ねたり、シカゴまでの旅費を負担して彼女を招いたりした。自分たちの関係を完璧だと考えるほどの青二才ではなかったが、九年間遊び続けても、彼はまだいわゆる〝完璧な相性〟の女性と出会っていなかった。だから不安を押し殺したのだ――なにしろ、ヴィクトリアズ・シークレットのモデルと定期的にベッドをともにできるのなら、悪くはない話だ。

ところがつきあい始めて半年ほど経った頃、家族に紹介してほしいとダニエラから言われ、カイルは躊躇(ちゅうちょ)した。家族に女性を紹介したことがなく、それは大きな一歩になるような気がしたからだ。とんでもなく大きな一歩に。もう何年も、家族は三人だった。自分と父親とジョーダン。三人は父の富によって浴びることとなった非現実的になりがちなスポットライトのなかを進み、奇跡的に、ほぼ普通の生活にたどり着いた。だから、ダニエラとは過去のガールフレンドよりも交際が長く続き、彼女のことを話すときに〝ガールフレンド〟と呼んだことも二度あるにもかかわらず、カイルは口ごもり、彼女にはっきりと返事をしないまま話題を変えた。

それがトラブルの最初の予兆だったのかもしれない。

翌週、ダニエラが電話をかけてきて、彼がほとんど理解できないくらい早口のブラジル訛(なま)りで話しだした。いわく、ミュージックビデオの出演が決まったらしい——彼女は女優に転身したがっていたので、その仕事にとても興奮していた。ロサンゼルスに向かう途中、彼女はひと晩お祝いしようとシカゴに立ち寄ってカイルを驚かせた。かわいらしい思いつきだが、残念なことに、その夜は仕事が入っていた彼は板挟みになってしまった。

「前もって連絡してほしかったな。今晩は経営陣とディナーの予定なんだ」カイルは申し訳なさそうに彼女に言った。機密保護部門担当の副社長として、最低でも一年に二回は経営陣のメンバーと職場以外で会うことにしていたのだ。「侵入防止だとか、ネットワークアクセス制御だとか、脅威検知製品だとかについて議論することになっていてね」彼はウインクして言った。「たまらないテーマだろう」

ダニエラはその話題にまったく関心を示さなかったが、それはいつものことだ。実際のところ、彼の仕事に心から関心を示してくれる女性にはまだ出会ったことがなかった——彼女たちの大半は、その仕事によって手に入れたペントハウスやメルセデスSLS AMGにはすっかり心を奪われたが。

「だけど前もって連絡したら、サプライズにならないじゃない」ダニエラはふくれっ面で言った。「ディナーはすっぽかせないの？　お父さんに怒られちゃう？　パソコンおたく連中との退屈なミーティングに出席しなかったという理由で外出禁止になるとか？」

当然ながら、その発言にカイルはいい顔をしなかった。

もしかすると、ふたりの会話では重要な点が見過ごされていたのかもしれないし、あるいは彼女が本当にどうでもいいと思っていたのかもしれない。とはいえダニエラは、彼が〈ローズ・コーポレーション〉において果たすべき役割が本物の地位だとは決して理解していないようだった。自慢するわけではないが、カイルは社内の花形だった——そしてそれは、社長の息子だからではない。彼はまさにやり手だったのだ。

九年前、カイルには自分なりの理由——とても個人的な一身上の理由——があり、博士課程プログラムをやめて〈ローズ・コーポレーション〉に入社したのだが、これほど長く会社にとどまった理由は経験を積みたかったからだ。彼のいる業界において、グレイ・ローズほど手本とすべき人間はほかにいなかった——彼が土台から築きあげた十億ドル規模の帝国がその確たる証拠だ。

とはいえ、ずっと順風満帆だったわけではない。父親は会社の最高経営責任者（CEO）かもしれないが、カイルは機密保護を任され、自主性を主張した。つまり、自分のやりたいように担当セクションを管理した。たしかに、父親とはたまに意見を衝突させたり、互いの感情を踏みにじったりすることもあった……まあ、たまにというか、頻繁に。しかしふたりはどちらも専門家なので、どこのCEOと副社長でも取るであろう解決方法で問題をおさめてきた。父は息子の意見を尊重し、カイルを自分の右腕と見なすようになっていた。

問題は、カイルがもはや父の右腕では満足できなくなったことだ。仕事はできるし、心構えも意欲もあった。しかし、〈ローズ・コーポレーション〉でトップの地位に就けるのはひとりだけだ。そして、その地位はすでに埋まっていた。

カイルにはいろいろなアイデアがあった。父の将来設計とは一致しそうにないプランがあった。そのプランに着手するタイミングが近づいていた。

あの夜、カイルとダニエラは彼女の発言について一時間近く言い争った。しかし、最終的にはカイルが譲歩しようとした。なんといっても、ダニエラは彼を驚かせようとしてシカゴまで飛んできてくれたのだ。ひと晩じゅう言い争って時間を無駄にしたくはなかったし、ましてやふたりはこれから数週間会えなくなるのだ。

「じゃあ、こうしよう」彼はダニエラに腕をまわして引き寄せた。「ディナーの帰りにシャンパンを買ってくるよ。戻ったら、ふたりきりでお祝いしよう」

「あら、ベイビー、すてきな提案ね」ダニエラはそう言って、いとしげに彼の頬にキスをした。「でも今は……なんて言うか、今夜は大いに楽しみたい気分なの。ジャネールに電話してみるわ。〈メイシーズ〉百貨店の撮影で彼女もちょうどシカゴに来ているの。ジャネールのこと、覚えているでしょう？　わたしたちがニューヨークの〈ブーム・ブーム・ルーム〉で飲んでいるときに会った子よ……」ダニエラが大きな化粧ポーチを持って彼の浴室に向かい、声が遠ざかった。

結局、ダニエラは午前五時までカイルの部屋に戻らなかった。彼が通常、日課のジョギングのために起きるほんの三十分前だ。ダニエラは彼が渡した合鍵でペントハウスに入ってくると、酔いつぶれてベッドのシーツの上に倒れこみ、クリスチャン・ルブタンの靴を履いたままいびきをかきだした。カイルはわざわざ起こしたりせず、仕事から戻ったときには、彼女はロサンゼルスに向けて発ったあとだった。

それがトラブルの二度目の予兆だったのかもしれない。

それから四日間、彼女からの連絡はなかった。最初はミュージックビデオの撮影で忙しいのだろうと思っていたが、いくら電話をしてもテキストメッセージを送っても折り返しの連絡がないので、彼は不安になった。ダニエラがときどき、仲間たちとパーティーを開いてばか騒ぎをすることがあったので、カイルは彼女がゴシップ番組の『アクセス・ハリウッド』なんかで報道される悲惨な事件に遭う悪夢のような状況を思い描き始めた。泥酔したスーパーモデルがホテルの浴室で足を滑らせ、重たいメイクボックスが頭に落ちてきて死亡する、といった事件だ。

四日目の夜、ようやく連絡があった。

ツイッター経由で。

〝@KyleRhodes　ごめんね、あなたとはもう無理。ＬＡですてきな人に出会ったの。

あなたはいい人だけどコンピューターの話が多すぎる〟

カイルは思わず称賛した。百四十文字以内で誰かと別れるには技術が必要だ——それに冷たい心と完璧とは言えない言葉遣いも。彼女には個人的にメッセージを送る礼儀さえなかったのだ。そう、彼女は誰でも見られるツイッターで別れの言葉をつぶやいた。しかも、最悪なのはそれではなかった。二十分後、ダニエラは次のツイートに、バスタブで映画俳優のスコット・ケーシーといちゃつく動画のリンクを貼ったのだ。

最低だ。

カイルはその動画を見て、腹を殴られたような気分になった。ふたりのあいだに問題があることはわかっていたが、ダニエラがやったことは本当に……非情だ。なにしろ、彼が根っからの愚か者に映るようにしたのだから。タブロイド紙の見出しが目に浮かぶようだった。

セクシー・サウナ・スキャンダル!!!
億万長者の相続人を振ったスーパーモデル

パソコン業界で仕事をするカイルには、そのあと何が起こるかわかっていた——動画はものの数分で拡散されるだろう。大胆なビキニをつけてびしょ濡れのスーパーモデル、映画俳優、そしてハリウッドヒルズ全体を背景にいちゃつくふたりが映画みたいに楽しめるとくれば、誰だって見るはずだ。

そんなこと、認めてなるものか。

カイルはホームオフィスに備えたバーからスコッチのボトルをつかみ、一杯ぐっと飲み干した。さらに四杯飲む。ある考えが頭のなかで鳴り響いていた。

くたばれ、ダニエラ。

彼は映画スターや十億ドル規模の企業のCEO、あるいは『タイム』や『ニューズウィーク』誌の表紙になる人物ではなかったかもしれないが、そこらの負け組ではない。彼はカイル・ローズで、この業界においては神みたいな存在だ。専門分野は機密保護――〈ツイッター〉社をハッキングして、ダニエラのツイートと動画を削除すればいい。そうすれば誰も太刀打ちできない。

そこでやめていれば、のちの騒動からは逃れられていたかもしれない。ところがグラスを片手に酔って激怒していたカイルは、パソコンの前に座ってそのツイート――〝楽しいときもあったが、くたばっちまえ〟と思わせる忌まわしいツイートを見つめているうちに、スコッチのせいで啓示を受けたように感じた瞬間があった。真の問題はソーシャルメディア自体にある、と気がついたのだ。人々が百四十文字で別れを告げてもいいと考えるほどに非社会的になった世界が延々と続いていることが問題なのだ。

そう考えたカイルは、サイト自体を止めた。

実際、それほど難しいことではなかった。まあ、彼にとってはの話だが。巧妙なパソコンウイルスと、知らずに感染したパソコンおよそ五万台だけがあればよく、彼の準備は整った。

これでも食らえ、ツイッター民め。

〈ツイッター〉社をクラッシュさせると、カイルはそこから逃亡することにした。ノートパソコンとパスポート、着替えをバックパックに入れ、ティフアナに向かう夜行便に飛び乗ったのだ。そこから二日間は、安物のテキーラをしこたま浴びるように飲んで酔いつぶれた。

「どうしてティフアナに?」彼の逮捕に続いた大騒動のなか、ジョーダンがきいた。

「誰にも何もきかれないで過ごせる場所に思えたんだ」カイルは肩をすくめてそう説明した。

たしかに、誰にも何もきかれなかった。ティフアナでは彼が何者なのか誰も知らないし、気にもしなかった。そこでは彼はスーパーモデルの元恋人に振られた男ではなかった。億万長者の相続人でもないし、パソコンおたく、ビジネスマン、息子、弟でもなかった。彼は正体不明となり、その匿名性を四十八時間たっぷり楽しんだ――億万長者の息子はもうずいぶん昔に自由を失っていたのだ。

二日目の夜、カイルはそれまで自分の拠点にしていたバーで、今日はこれで最後にしようと決めていた一杯をちびちび飲んでいた。酒浸りになるのは初めてだったが、大半の男たちと同じく、問題を抱えているときには酒が頼りになることを知った。しかし遅かれ早かれ、現実世界に戻らなければならなかった。

バーテンダーのエステバンがグラスを磨きながらカイルをちらりと見た。「この男、捕まると思うか？」彼がメキシコ訛りの強い英語できいた。

カイルは驚いて目をぱちくりさせた。その二日間でエステバンが口にしたもっとも長い発言だった。カイルは〝質問には答えない〟というここでのルールに反するだろうかと一瞬思案したものの、問題ないと判断した。そもそも彼自身に関する質問ではないのだから。

「この男って誰のことだい？」カイルはきいた。

「ツイッダー・テロリストのことだ」エステバンが答えた。

カイルは目の前でグラスを振り、相手のメキシコ訛りを揶揄した。「ツイッダーがなんなのかも、どうやってそれを襲うのかもさっぱりわからないが、すごそうな話だな、アミーゴ」

「おもしろいやつだな」エステバンがカイルの後ろの壁に備えつけられたテレビを指さしながら嫌味に応戦した。「ツイッターだよ、ばか男（ペンデホ）」

カイルは好奇心を覚え、テレビのほうに目をやってメキシコのニュース番組を見た。高校生活四年間で習ったスペイン語は役に立たなかった。女性記者の言葉は早口すぎて彼には理解できなかったが、テレビ画面の下部に太字で並んだ三つの単語は翻訳など必要なかった。

El Twitter Terrorista

カイルはテキーラにむせた。

おい……まじかよ。

彼はわき起こる焦燥感を抱えながらテレビ画面を見つめ、記者が何を言っているのか理解しようとした。ぐでんぐでんに酔っていたので、それを理解するのはとりわけ難しかったが、〝ｐｏｌｉｃｉａ〟という単語と〝ＦＢＩ〟という単語をなんとか聞き取った。

胃がぎゅっと縮みあがり、カイルはどうにかバーの外に出ると、体を折り曲げて七杯分のテキーラを吐き、そこにあると気づいていなかったサボテンに額を突き刺された。

その痛みで意識を取り戻した。

カイルはパニックを起こし、身分証明書が不要で、かつ現金で部屋を借りられた安宿に戻ると、ティファアナで酔いどれ、額から血を流し、ＦＢＩに指名手配されている者が唯一頼れる人物に電話をかけた。

「ジョードゥ、ぼく、もうだめだ。まいったよ」彼は姉が応答したとたんに言った。

弟の声にある不安を聞き取ったのだろう、姉が問題の核心を突いた。「自分でどうにかできるの？」

どうにかすべきだと彼にはわかっていた――早急に。だから彼は電話を切るとすぐにノートパソコンを起動し、ボットネットのサービス妨害攻撃を停止した。

しかし問題がひとつだけあった――今回はＦＢＩが彼を待っていたのだ。

もちろん、ＦＢＩにもパソコンおたくがいた。

翌朝、しらふになって肩を落としたカイルはバックパックを積んでタクシーでティファナ空港に向かった。搭乗前、アエロメヒコ航空の乗務員に航空券を手渡しながら、〝帰る必要はない〟と一瞬考えた。しかし逃げたところでなんの解決にもならない。何が起ころうとも、人生にはひどく愚かな行為をしでかしたときにそれに向き合うべき瞬間があるものだ。

飛行機がオヘア国際空港に着陸すると、乗務員たちが乗客に自分の席から離れないよう指示を出した。前から八列目に座っていたカイルは、役人然としたありきたりなスーツを着用したふたりの男——明らかにＦＢＩ捜査官だ——が搭乗してきて、パイロットに書類を渡すのを見た。

「ああ、ぼくのことだ」カイルはそう言って、自分の前の座席の下に置いたバックパックをつかんだ。

隣に座っていた年配のヒスパニック系の男性が声を落としてきいた。「ドラッグかい？」

「ツイッターだ」カイルはささやき返した。

カイルはバックパックを片手に立ちあがり、彼の座席のところまで来ていたＦＢＩ捜査官にうなずいてみせた。

「おはよう、捜査官」

若いほうの捜査官がそっけなく片手を差しだした。「パソコンをよこすんだ、ローズ」

「社交辞令は省略ってことか」カイルは言ってバックパックを渡した。

年長の捜査官がカイルの腕を後ろ手に引っ張り、手錠をかけた。捜査官が被疑者の権利を告知しているあいだ、カイルは五十名ばかりの乗客が携帯電話のカメラで彼の写真を撮っている様子を一瞥した。じきにインターネット上で拡散されるのだろう。

その瞬間から、彼は億万長者の相続人のカイル・ローズではなく、ツイッター・テロリストのカイル・ローズとなった。

名前を売りだすには最悪の方法だろう。

捜査官はカイルをダウンタウンにあるFBI支局まで連行し、取調室に二時間ひとりきりで放置した。彼に呼ばれた弁護団が大あわてで到着し、FBIが連邦検事局に送致する予定の容疑内容を真剣な面持ちで説明した。弁護団が帰ってから三十分後に、カイルは逮捕手続きのためにMCCへ移送された。

「面会人だ、ローズ」その日の午後、少し経ってから刑務官が告げた。

カイルは待機部屋に連れていかれ、スチール製のテーブルに着いて待った。オレンジ色のジャンプスーツを着て手錠をかけられているという現実を受け入れようとした。

扉が開いて姉が入ってくると、彼はきまり悪そうに微笑んだ。

「ジョードゥ」彼は子どもの頃につけた愛称で姉を呼んだ。

ジョーダンが急いで近づいてきて、彼をぎゅっと抱きしめた。手錠をつけられたままだと、どこかやりにくかった。彼女が身を引いて手のひらで弟の額をぺしっと叩いた。「もう、ばかなんだから」

カイルは額をさすった。「痛いな。ちょうどサボテンが刺さったところだ」

「いったい、どういうつもりだったの？」姉が詰問した。

その後もカイルは、友人や家族、弁護士、報道陣、通りがかるほぼ全員から同じ質問をされた。あれはプライド、あるいは自尊心を傷つけられたからだ、自分は挑発されると癇癪（かんしゃく）を起こしやすいからだ、と答えることはできた。しかし結局のところ、答えはひとつの理由にたどり着いた。

「ぼくはただ……へまをしでかしたんだ」カイルは姉に正直に答えた。彼は自分の恋人が浮気したことを知って過剰反応した最初の男ではないし、最後の男にもならないだろう。不運なことに、カイルはただ、世界中に知れ渡るレベルで大失敗をするという、希有（けう）な立場に陥っただけだ。

「有罪を認めるつもりだと弁護団には話した」彼は言った。見せかけの裁判のために税金を無駄にするのも、高い弁護士費用のために自腹を切るのもばかげていた。とりわけ、彼には弁護のしようがないのだから。

「たぶん刑務所送りになるだろうって、ニュースで報じられていたわ」〝刑務所〟という言葉を口にしたとき、ジョーダンの唇が震えた。

まいったな、やめてくれよ。姉が泣くのを最後に見たのは九年前、母が亡くなったときだ。自分のせいで姉を泣かせるわけにはいかなかった。カイルは言い含めるように話した。「いいかい、ジョードゥ、一度しか言わない。好きなだけからかったりジョークを飛ばしたりしてくれていいし、ばかだって言われてもいい。だけど、ぼくのことで泣かないでくれ。わかったかい？　何が起こっても、どうにか対処していくから」

ジョーダンがうなずいて大きく息を吸った。「わかったわ」彼女はオレンジ色のジャンプスーツと手錠をしげしげと見つめ、もの問いたげに小首をかしげた。「それで、メキシコはどうだったの？」

カイルはにっこりと笑い、姉の顎をしゃくった。「その調子だ」彼は逮捕されて以来、考えるまいとしていた話題を切りだした。「父さんはこのニュースをどう受け止めている?」

ジョーダンがいつもの〝やばいことになったわね〟という表情を向けた。「高校二年生のとき、ジェニー・ギャレットのパーティーに行こうとしてキッチンの窓から抜けだしたことを覚えているわよね?」

カイルは顔をしかめた。忘れられるものか。帰ってきたときに家のなかにすぐ入れるよう、窓を開けたままにしておいたのだが、不審な物音を聞きつけた父が調べるために階下へおりてきたのだ。そこで父はカイルの不在に気づき、さらには食品貯蔵室で〈ココア・パフス〉を食べているアライグマを発見した。「あのときくらい、やばいのか?」

ジョーダンが彼の肩をぎゅっとつかんだ。「あのときの二十倍はやばいわよ」

最悪だ。

夜のニュースチェックを終えたカイルは、メールを確認するという間違いを犯した。〈ローズ・コーポレーション〉で使っていたメールアドレスはウェブサイトからアクセスできるようになっていて、彼はもうそこで働いていなかったが——息子をクビにするという気まずい経験を父にさせたくなくて、保釈されたその日に辞表を提出したにしていた。

――そのアドレスで受信したメールは彼のプライベートアカウントへ転送されるよう

保釈されて以降、毎日のように数百ものメッセージを受信している。報道機関からのインタビュー依頼もあれば、冗談抜きでツイッターをひと休みしたほうがよさそうな、怒り狂った人間からのヘイトメールもあった（〝おい @KyleRhodes――おまえ、最低だな！！！！！〟）。さらに、前科者に少々興味を抱きすぎている女性からは、軽薄なお誘いのメールも届いた。

返信を必要とする重要なメールはひとつもないことを確認すると、カイルはそれらをすべて削除した。インタビューを受けるつもりはないし、ヘイトメールなどわざわざ返信するものではない。それに四カ月刑務所に入っていたおかげで、大人になってから最長記録の禁欲生活を送っているが、頭がどうかした人間とベッドをともにするのを避けることは、一般的に考えて良識ある行動だと思っている。

固定電話が鳴り、考えごとを邪魔された。二重音ということは、階下のロビーにある警備デスクからの内線だ。

「デックスがいらしています」カイルが電話に出るなり、ドアマンのマイルズが言った。デックスというのは、カイルの親友、ギャヴィン・デクスターのことだ。彼はローズ邸の常客なので、マイルズはずいぶん前に〝ミスター・デクスター〟と呼ぶのをやめている。

「それと数名のお連れさまがご一緒です」マイルズがからかうような口調で続けた。

「ありがとう、マイルズ。通してくれ」

二分後、カイルが扉を開けると、親友と少なくとも二十名のグループが玄関口に立っていた。彼を見て、集まった一同は歓声をあげた。

デックスがにやりと笑う。「カイル・ローズがパーティーに来られないときは、パーティーのほうがカイル・ローズを訪ねてくるんだ」彼が男友だち同士の力強い仕草でカイルの肩を小突いた。「おかえり、相棒」


真夜中頃、カイルはようやく客たちのあいだからするりと逃れた。二十一名だった客は三倍近くなり、今やペントハウスは人でいっぱいだ。

少しひとりになる時間がほしくて、カイルは小さなバーを備えたオフィスに隠れ、グラスにバーボンを注いだ。ひと口飲んで目を閉じ、パーティーに戻らざるをえなくなるまでの時間を楽しむ。仲間とやらのもとに戻らざるをえなくなるまで。

デックス以外、誰ひとり刑務所に面会に来てくれなかったが。

メトロポリタン矯正センター――受刑者たちが呼ぶところのMCC――はシカゴ中心部の便利な場所にあり、カイルは四カ月もそこにいたのだ。それなのに、面会に来たのはたったの三人――父と姉とデックスだけだった。ほかの者たちにとって、カイルは〝去る者は日々に疎し〟という存在だったというわけだ。

どうやらカイル・ローズは、ペントハウスではなく刑務所(ビッグハウス)で暮らしているあいだ、有名な時の人ではなかったらしい。

そこに閉じこめられた四カ月は目から鱗(うろこ)の体験になった。最初は怒っていたカイルも、じきに無意味だと悟った。友人たちがどういう類の人間かを理解したのだ――彼らとはともに遊び騒いできたが、それ以上の存在ではなかった。今後、このことを考えるという過ちは二度と犯すまい。

逮捕されて以来、多くが変わったが、それらすべてにきちんと向き合ってきたかどうかは正直よくわからなかった。五カ月前、カイルは〈ローズ・コーポレーション〉で完璧なキャリアを積み、ヴィクトリアズ・シークレットのモデルと交際し、頼りになる仲間に囲まれていると思っていた。ところが今の彼は無職で、将来の展望もなく――彼の専門分野の人間が、有罪判決を受けたハッカーなど雇うはずもない――そのうえ投獄歴まである。

そして彼がどの時点で最初の失敗を犯したのかは、天才技術者でなくてもわかる。明らかに、彼は人づきあいが下手だ。初めて——そしてようやく——真剣交際を試みたと思ったら、浮気され、振られたことを世間に公表され、刑務所送りになった。すべてをダニエラのせいにしたいのはやまやまだったが、自分の愚かさまで彼女のせいにはできない。ツイッターを乗っ取った愚か者はカイルであり、誰かが彼にそれを強要したわけではない。関係が終わった原因も、すべて彼女のせいだとは言えない。たしかに、彼女が選んだ別れ方は冷淡な女のやり方だった。しかし、あの刑務所の長く冷たい夜のなか、目を覚ましたまま横たわっているうちに、自分が最初からいい加減な気持ちで交際していたことに彼は気づいた。真剣交際をする心構えがあると自分に言い聞かせていたものの、カイルは——そして世間の大半は——それが間違っていたことを目の当たりにしたのだ。

もう二度と繰り返したくない過ちだ。少なくとも、この先しばらくは。

けれど、よい点も見えた。自分は真剣な関係を築かないことが得意なのだ。気軽な情事？　大得意だ。セックスは？　今まで文句を言われたことは一度もない。これからは、自分の枠からはみでるつもりはない。自分が得意なことをする。逢い引きに恋の戯れ、誘惑、禁じ手なしの快楽。そうしたことをする準備はできている。しかし、情事のあとの満足感以上に深い感情はお断りだ。

ちょうどそのとき、デックスがオフィスに顔を出した。「ここにいるだろうと思ったよ」彼がそう言いながら部屋に入ってきた。

「パーティーはやりすぎだったかな？」

カイルはデスクから離れて扉に向かった。パーティーは少しやりすぎだが、デックスに悪気がないのは知っている。「いや全然」カイルはにっこりしながら罪のない嘘をついた。「パーティーこそ、ぼくが求めていたものだ」

「検事局のお仲間たちは、このパーティーのことを耳にしたらどう思うだろうな？」

デックスがくすくす笑いながらきいた。

「おいおい、これだって自宅軟禁だろう。ちゃんと家にいるんだから、違うか？」監視下の保釈におけるルールさえ守っていれば、検事局の意見などどくそくらえだ。三日後には自由の身となり、連中から解放される。

「お仲間といえば……サリーン・マルケスがさっき着いたんだ」デックスが言った。

「きみのことをきいてたぞ」

「彼女が？」カイルはサリーンのことをよく知っていた——とてもよく。彼女はシカゴを拠点とする二十五歳のファッションモデルで、地元で仕事をしながらニューヨークデビューを目指している美脚の持ち主だ。ダニエラとつきあう前、何度かデートをして楽しい時間を過ごした。

「挨拶しておいたほうがいいだろうな。このパーティーのホストだから」カイルは興味津々とばかりに眉をあげた。「彼女、どんな感じだった?」

「そうだな、ぼくが四カ月間刑務所に閉じこめられて情事に飢えている前科者だったら、彼女は最高に見えるって言うだろうな」デックスが自分の頭をぽんと叩いた。

「おっと……」

「おもしろいジョークだな、相棒。ぼくが刺されるんじゃないかと不安に怯(おび)えながら暮らしていた場所をネタにするなんて」

デックスの顔色が変わり、すぐに後悔した表情を浮かべた。「すまない、ぼくはいやなやつだな。あんなことを言うべきじゃ……」そこでカイルの笑みに気づき、言葉を止める。「きみは……ぼくのことをもてあそんだな?」

「まあな。さて、四カ月間刑務所に閉じこめられていた前科者として、サリーンがどんな感じか自分の目で確かめるとするか」カイルはデックスの肩をつかんで部屋を出た。「ありがとう、デックス。全部、忘れない」

デックスはカイルがどういう意味で言ったのか承知してうなずいた。ふたりは大学からの友人で、それ以上の言葉は必要なかった。「いつでも頼ってくれ」

カイルはオフィスを出て、仲間たちのあいだを縫うように進んだ。玄関ホールで見つけたサリーンは、シルバー色のミニドレスと八センチ近いハイヒールという格好で最高にきれいだった。


近づいてくるカイルを見て彼女が微笑んだ。「結構なパーティーね」

カイルは彼女を上から下まで眺めた。「結構なドレスだな」

「ありがとう。今日は特別よ」彼女が近づき、ハスキーな声でささやいた。「たぶんあとで、この下に着ているものを見せてあげるわ」彼女は通り過ぎざまにそう言いながら、思わせぶりにカイルの手をかすめ、パーティーに加わろうと歩いていった。

カイルは肩越しに振り返り、遠ざかっていく彼女の揺れるヒップを見つめた。

これこそがあるべき日常だ。単純で、気楽。ややこしい感情やもつれた関係はいらない。

刑務所から出てすべてを悟ったわけではないかもしれないが、少なくとも、そのことだけはわかっていた。

# 4

ライリーンはスーツケースの荷解(にほど)きを終えようとしたところで、クローゼットの半分にしか服がかかっていないことに気がついた。

どうやら、潜在意識を現状に慣らす必要があるようだ。

シカゴの新居はすべてが*ひとつ*だ。寝室一室、私室一室、ウォークイン・クローゼットひとつ、駐車スペース一台分、食器ワンセット、歯ブラシ一本、そして何より重要な点は、住人もひとりだけ。片割れは存在しない。

一番上の棚からスーツを何着かつかみ、クローゼットのがらんとした側にかける。それでもまだ寂しく味気ないように思われたので、棚の空いた部分にセーターをしまった。さらにヨガパンツとトレーニング用具一式も。

そこまでしても空間は埋まらなかった。

彼女はいそいそと寝室へ戻り、クイーンサイズのベッドに広げたスーツケースから、仕事関係の夜会で盛装するときに着る黒いカクテルドレス二着を取りだした。サンフランシスコに住んでいたときは、カリフォルニア州弁護士協会に積極的に参加し——倫理委員会にまで顔を出していた——その活動の一環として、法曹界の有力者たちに交ざってカクテルパーティーやディナーに出席していた。サンフランシスコの連邦検事補——つまり連邦犯罪を担当し、刑事司法制度においては選び抜かれた法廷弁護士と見なされる検察官として、彼女はそうした集まりに違和感なく自分の居場所を見つけていたのだ。

しかし、最近では新しい居場所を見つけている。そもそも、それが目的でシカゴに引っ越してきたのだ。

ライリーンはスーツの横にカクテルドレスをつるし、後ろにさがってじっくりと眺めた。セーターにスーツ、トレーニングウエア、ドレスが入り交じったその様子は、これまでに見たなかでもっとも整理整頓されたクローゼットとは言えなかったが、しかたがない。

二十分前、荷解き中にややためらう瞬間があった。あのワンピースに行き当たったのだ。それは〝プロポーズされるはずだった〟あの夜に着ていた緋色(ひいろ)のVネックのワンピースで、縁起が悪いから燃やしてしまえばよかったのだろうが、それを着ると胸がワンサイズ大きく見えるので処分できなかった。縁起がよかろうが悪かろうが、魔法をかけてくれるワンピースだったから。

それに元恋人のジョンは、ふたりが恋人だった最後の夜にローマのアパートメントでライリーンが着ていた服を見て涙ぐんだりしないだろうから、自分もめそめそする必要なんてないのだ。そもそもこの五カ月、まったく連絡が途絶えていることを考えると、彼自身が何を着ていたかさえ覚えていないだろう。

ライリーンはふと、ジョンが何を着ていたかを自分も覚えていないことに気がついた。

よし。前進したわ。

彼女は元恋人を忘れるための六カ月計画を立てていたので、予定どおり前進していることに満足した。予定どおりどころか、前倒しで進んでいる――シカゴに引っ越してから一時的に落ちこむこともあるかもしれないと、予定に二日の猶予を組みこんでいたのだが、今のところそんな気配もなく順調に思えた。

彼はあの日、ダークグレーのスーツにライトブルーのシャツ、それに同棲を始めた翌日に彼女が記念にプレゼントしたストライプ模様のネクタイをつけていた。

だめだ。彼が着ていたものを思いだしてしまった。

六カ月計画では、今頃はそうした細かい点を忘れつつある予定だったのに。毎朝、彼の後頭部からひと房の髪がぴょんと跳ねている様子も、はしばみ色の瞳に散らばる金色の斑点も。結婚したいかどうかわからないと言ったときに椅子の上で身じろぎしていたことも。

本当のところ、そうした細かな記憶は長く残るだろうと思っていた。

あの夜、ふたりはサンフランシスコのダウンタウンにあるロマンティックなレストラン〈ジャルディニエール〉で食事をしていた。ジョンがサプライズとして予約したディナーで、ライリーンはサプライズの内容を何も知らされていなかった。しかし、席に着いてジョンがクリスタル・シャンパンのボトルを注文したとき、彼女は察した。ふたりともワインが好きで、それまでもワインやシャンパンの名品をボトルで購入することはあったが、クリスタルはいつもの贅沢を超えていた。つまり、理由はひとつしかない。

彼はプロポーズするつもりなのだ。

完璧なタイミングね。ライリーンはまずそう思った。九月だったので、六月に式を挙げるとすれば九カ月の準備期間がある。ジューンブライドにこだわりはなかったものの、仕事のことも考えなければならなかった。ちょうど検事局の女性検事補ふたりから妊娠の報告があり、五月まで産休を取ることになったのだ。ふたりが職場復帰してからライリーンとジョンが式を挙げることにすれば、誰かに余分な担当事件を任せるといった後ろめたい思いをせずに二週間の新婚旅行に出かけられると思った。

ウエイターがシャンパンを注ぐと、ジョンは自分のグラスを彼女のグラスに当ててカチンと鳴らした。「新しい門出に」彼がいたずらっぽい表情で言った。

ライリーンは微笑んだ。「新しい門出に」

ふたりしてひと口飲むと、ジョンがテーブルの上に手を伸ばして彼女の手を握った。いつもながら、スーツを着て黒髪を完璧に整えた彼はハンサムだった。誕生日に彼女がプレゼントした腕時計をつけていた。予算以上の出費になったけれど、節目となる三十五歳を迎えたことで彼が少しふさいでいるように見えたので、元気づけるつもりで贈ったのだ。

「ところで、きみにききたいことがあるんだ」ジョンが親指で彼女の指を撫(な)でながら言った。「このあいだ誕生日を迎えて、ぼくが精神的にこたえていたことは知っているだろう。あれ以来、今後の人生をどう歩むべきかずっと考えていたんだ。自分が何を望んでいるかはわかっていたが、それは大きなステップになるから及び腰になっていたんだと思う」彼はそこで間を置き、深く息を吸った。

ライリーンは安心させるように彼の手を握った。「緊張しているのね」

彼がくすっと笑った。「少しばかりね」

「思いきって言えばいいのよ」彼女はからかった。「もうシャンパンもあるんだから」

それを聞いて、ジョンが彼女の目を見つめた。

「イタリアに移住したいんだ」

ライリーンは目をぱちくりした。

「イタリア？」彼女は繰り返した。

ジョンがうなずく。一度話し始めると、言葉がすらすら出てきた。「ローマ支社で席がひとつ空いてね、立候補したんだ」彼はまるでディズニーランドに連れていってあげると言われた子どものように両手を広げて笑った。「イタリアだよ！　すごいだろう？」

「それは……すごいわね」

ライリーンは話を整理しようと、心のなかで頭を振った。ジョンは〈マッキンゼー・コンサルティング会社〉の共同経営者で、その地位にのぼりつめるまで身を粉にして働いてきた。このところ仕事に対して無関心に見えることはあったが、イタリアへの転勤など口にしたこともなかった。

「どういう流れでそうなったの？」彼女は、三年間つきあっていた男性ではなく、ちょっとした知り合いと話しているような口調で尋ねた。

　ジョンがぐいっとシャンパンをあおる。「しばらく考えていたことなんだ。なんて言うか……三十五歳になったのに、まだ何も成し遂げていない気がしてね。教育を受けて就職した。それだけで説明がつく人生なんだよ」彼はぶっきらぼうな仕草で彼女を示した。「きみと同じで」

　ライリーンはその発言を聞いて自分が守りの態勢に入るのを感じた。「わたしはロースクールを卒業してからサンフランシスコに引っ越してきたのよ。知り合いなんてひとりもいない場所にね。それは大胆な冒険だったと思うけど」

「冒険？」彼が鼻で笑った。「きみがサンフランシスコに来たのは、連邦控訴裁判所の書記官の職を得たからだろう。しかも、それだって七年前のことじゃないか。そろそろ新しい冒険に出る頃合いじゃないかな」彼がまたライリーンの手を握った。「考えてごらんよ。ふたりでナヴォーナ広場の近くにアパートメントを借りたらいい。あそこで見つけたトラットリアを覚えているだろう？　黄色い日よけを張った店で、きみはすごく気に入っていた」

「ええ、覚えているわ。休暇で行くにはすてきな場所よね」

「皮肉はよせ」ジョンがそう言って椅子にもたれた。

ライリーンは続けて出てきそうになった皮肉を抑えた。たしかに、皮肉を言ってもこの状況の解決にはならない。「話についていこうとしているだけよ。あなたのイタリア転勤計画は寝耳に水だったから」

「とはいえ、予測できたはずだろう、シャンパンとかが出てきた時点で」ジョンが言った。

ライリーンは彼をじっと見つめた。なんてこと。彼には全然通じていないらしい。

「あなたはプロポーズするつもりなんだと思ったの」

その後に続いた沈黙は、ライリーンの人生でも最高に気まずくて格好がつかない時間だった。そして突然、イタリア転勤のことは些細(ささい)な問題だと彼女は気づいた。

「きみが結婚を望んでいるとは思わなかった」ジョンがとうとう言った。

ライリーンは信じられない思いで身を引いた。「どういうこと? わたしたち、結婚について話し合っていたでしょう。子どもを持ちたいって話までしたじゃない」

「犬を飼うとか、リビングルームに置く新しいソファを買うとかいう話もしていただろう」ジョンが返した。「その類の話はたくさんしていた」

「それがあなたの答え?」ライリーンはきいた。「結婚も、その類の話だと思っていたってこと？」

皮肉な口調が戻ってきた。

「きみは仕事に没頭していると思っていたから」ジョンが言った。

ライリーンは小首をかしげた。ちょっと、今夜は興味深い話がどんどん出てくるじゃない。「家庭を持つことと仕事に没頭することが両立不可だったなんて知らなかったわ」

ジョンが気まずそうに身じろぎした。「ぼくはただ、結婚とか子どもとかは先の話だと思っていたんだ。いつかはたぶん、くらいにね」

ライリーンは彼の最後の言葉を聞き逃さなかった。たしかに、彼女はこの七年間、仕事に集中してきたし、そのことを後悔してはいない。正直、キャリア志向をやめるつもりもなかった。通常は計画を立てるのが好きだが、ジョンとの結婚を急ぐ必要は感じていなかった。いつまでに結婚するという予定は考えていなかったのだ。彼女はなんとなく、自分が三十代半ばになった頃に結婚して家庭を持つのだろうくらいに思っていた。

しかし今、フルート形のシャンパングラスを困ったようにいじっているジョンを見ていると、ライリーンはこれが〝いつ結婚するか〟ではなく、〝結婚するかどうか〟

という話になっていることに気がついた。それで納得するつもりはなかった。

「いつかはたぶんって、どういうこと？」彼女はきいた。

ジョンが手振りで混み合う店内を示した。「今ここですべき話かな？」

「ええ、そう思うわ」

「わかったよ。ライ、ぼくになんて言ってほしいんだ？　気が変わりそうだよ。結婚も子どもも大変なことだからね。ぼくは今、仕事で手いっぱいだ。稼ぎはよくても、稼いだ金を楽しむ時間がない。この経済状況では仕事を辞めるわけにも休職するわけにもいかないから、今回の転勤は自分にご褒美をあげる最高のチャンスなんだ」

彼が真剣な面持ちで身を乗りだす。「こんなことで必要以上に騒ぎ立てないでくれよ。ぼくはきみを愛している——結局のところ、大切なのはそれだけだろう？　イタリアに一緒に来てくれないか？」

だがライリーンはただ座ったまま、彼の濃いはしばみ色の目を見つめた。そんなに簡単な問題ではない。「ジョン……わたしが行けないのはわかっているでしょう」

「どうして？」

「ひとつには、わたしはアメリカの検事補だからよ。ローマでそれほどたくさん仕事の空きがあるとは思えない」

彼が肩をすくめた。「ぼくが稼ぐから、きみは働かなくてもいい」

ライリーンの視線が険しくなる。「わたしが仕事に没頭していると思っているのなら、その提案は矛盾するんじゃない？」

ジョンが椅子にもたれて一瞬、黙りこんだ。「つまり、こういうことか？」ジョンが怒ったそぶりで続けた。「イタリアへの移住はきみの十年計画とやらに合わないから、ぼくよりも仕事を取ると？」

正確に言えば十二年計画だし、仕事のあても将来の展望もないままにすべてを捨ててローマへ移住することは彼女の計画に入っていないのはたしかだったが、ジョンは問題点を自分に都合よくすり替えている。「イタリアへの移住はあなたの夢かもしれないけれど……わたしの夢ではないわ」彼女は言った。

「ふたりの夢になればいいなと思っていたんだ」

今さらそれを言うの？　ライリーンはテーブルに腕をのせた。いつからか反対尋問をしているような気分になっていた。「あなた、自ら転勤を希望したって言ったわよね？　その話が決まる前にわたしと話し合う必要があるって会社に伝えた？」

ジョンが後ろめたい表情でライリーンと視線を合わせた。彼女が起訴した被告人たちの顔に同じ表情が浮かぶのを何度も見てきた。

「いや」彼が小さく言った。

尋問終了だ。

あの夜から半年近く経った今、ライリーンはリビングルームの床に座り、来客用にジョンとふたりで買った〈ビレロイ&ボッホ〉の食器セットの半分を入れた箱を開けていた。ジョンは全部持っていけと主張したが、〝哀れみなんてくそくらえ〟と最後通牒を突きつけるつもりで半分だけ持ってきたのだ。けれど今となっては、半分しかない食器のセットをどうすればいいものかと思っていた。

くだらないプライドだ。

携帯電話が鳴り、ライリーンは食器セットの問題を一時保留にした。床に散らばった荷物を引っかきまわし、梱包材の山の下からようやく電話を見つけだした。ディスプレイを見るとレイからだった。「もしもし」

「新居はどう?」レイがきいた。

ライリーンは肩に携帯電話を挟み、話しながら荷解きを続けられるように両手を空けた。「手をつけ始めるのが遅かったから、今はめちゃくちゃ散らかっているわ。午後は近所を見てまわっていたの」そしてトレンチコートしか着ていなかったので凍える寸前だった。もう春だということを誰もシカゴ市に知らせていないらしい。「わたしの記憶が正しければ、誰かさんが荷解きを手伝うって申しでてくれていたはずなんだけど」ライリーンはからかうように言った。

レイが申し訳なさそうに答える。「わかってる。わたしは世界最低の友だちだわ。まだ仕事に手間取っているの。来週、略式判決を申し立てることになっているのに、二年目の子がひどい草稿を渡してきたのよ。だから、午後からずっと陳述書を書き直しているの。でもあと一時間くらいで行けると思うわ。ひとついいことがあって、カップケーキを買ってあるのよ」

ライリーンは箱からデザート皿を取りだした。「あら、いいわね。わたしのとってもすてきな不ぞろいの食器セットを使いましょう」彼女は周囲を見まわした。「真面目な話、五セットもの食器に使いみちがあるのかしら?」

「そうね……わたしの架空のボーイフレンドとあなたの架空のボーイフレンドと、ほかにすることがなさそうなお邪魔虫の架空の友だちを呼んで、豪勢なディナーパーティーを開くっていうのはどう?」

まったくもう。「笑いごとじゃないのよ。ジョンと別れて、彼がローマに移住したあと、わたしがそのお邪魔虫の友だちになったんだから」ライリーンは言った。サンフランシスコで親しくしていた友人たちは〝カップル〟同士のつきあいだったので、ジョンと別れたあとはそのグループに居づらくなった。シカゴで仕切り直したいと思った数多くの理由のひとつがそれだったのだ。「少なくともこの街では、お邪魔虫になりようがない。そういう仲間がいないんだから。相変わらず独り身だとしてもね」

レイが笑った。「先が思いやられるわ。ましてや三十代でしょ」

「ジョンの前にも恋人くらいいたんだから。何がどう違うっていうの？」

「まったくもう、うぶなんだから」レイが大げさにため息をついた。「そんなふうにすれてなくて、未来に夢を抱けた時代が、かつてわたしにもあったのよね」口調が少し真剣になる。「もう大丈夫なの？」

アパートメント——自分の新しいアパートメント——の惨状を眺めていると、ジョンの言葉がふと浮かんだ。

〝新しい冒険に出る頃合いじゃないかな〟

「大丈夫にならないとね」ライリーンはレイに言った。

なぜなら、六カ月計画には絶対にやり遂げようと決意した最後の項目があるからだ。後悔はしない。過去は振り返らない。

# 5

月曜の朝、ライリーンは手に持ったブリーフケースを大きく振りながら、ダークセン連邦ビルの二十一階でエレベーターをおりた。ガラスの二枚扉に向かうと、見慣れた司法省の標章があった。アメリカ合衆国の盾を運ぶワシが、〝Q u i P r o D o m i n a J u s t i t i a S e q u i t u r〟というモットーとともに描かれている。意味は〝正義の味方〟だ。

その標章を見るとライリーンは肩の力を抜くことができた。シカゴ検事局での初日を迎えて少し緊張していたし、また新人の立場になるのは奇妙に感じたが、もう書記官あがりの若手ではない。この六年にわたって、サンフランシスコで検事補としての経験を積んできた。そこでは特別訴追部に昇進し、同区内ではトップクラスの裁判記録を誇っていた。

わたしの居場所はこの二枚扉の向こう側にある、とライリーンは自分に言い聞かせた。そのことをできるだけ早くほかの人たちにも証明できれば、その分居心地がよくなるはずだ。そこで彼女は大きく息を吸い――同僚たちをあっと言わせてやるとひそかに誓いながら――オフィスに足を踏み入れた。

デスクに着いていた受付係が笑顔で挨拶した。「また会えてうれしいわ、ライリーン。今日から出勤だとミズ・リンドから聞いているわよ。彼女に到着を知らせるわね」

「ありがとう、ケイティ」ライリーンは脇にどき、シカゴスカイラインのパノラマ写真の前に立った。検事補の面接を受けるために先月ここへ来て案内してもらったので、このオフィスにはどこかなじみがあった。連邦ビルの四フロアを占めるオフィスでは、およそ百七十人の法律家、二十四人のパラリーガル、大勢の事務職員や補助スタッフが働いている。

ライリーンの今回の異動はタイミングがよかった。ジョンと別れて新しいスタートを望んでいた彼女は、司法省がイリノイ州北部地区で新しい検事補を募集していると知ってほっとした。シカゴの郊外で育った彼女は、家族やレイが住む故郷にいつか戻るチャンスがあればと思っていたので、その話に飛びついた。

ライリーンは長い栗色の髪をした魅力的な女性が、青緑色の目に歓迎の表情を浮かべて廊下を歩いてくるのを見て微笑んだ。面接のときもそうだったが、キャメロン・リンドが連邦検事にしてはかなり若いという事実に、ライリーンは感銘を受けた――キャメロンはライリーンより一歳上の三十三歳だ。シカゴのトップ検事補だったキャメロンは、前連邦検事サイラス・ブリッグズが汚職の罪で逮捕、起訴されたのち、その後任に就いた。そこまで名の知れた有力者の逮捕はかなりの騒動となり――司法省にとってもマスコミにとっても大騒動だった――検事補たちは何週間もその事件を話題にした。

それは面接に来たライリーンにとって大きな懸念事項だった。そうした大きな変動があったばかりの検事局に異動するのは気がかりだったが、面接を終えた彼女はキャメロンに対する好印象だけを抱いて心軽やかに局をあとにした。ライリーンの印象では、新しい連邦検事はやる気と野心に燃え、意欲的にシカゴ検事局の評判を立て直そうとしていた。

キャメロンが手を差しだす。「また会えてうれしいわ、ライリーン」彼女が心から言った。「みんな、あなたの到着を今か今かと待っていたのよ」そう言って、もう片方の手で起訴ファイルの山を示す。「見てのとおり、みんな多忙きわまりなくて。さあ、あなたのオフィスへ案内するわ」

ライリーンは世間話をしながらキャメロンのあとについて内階段を使って二十階までおりた。オフィスの配置はサンフランシスコ支局と似ていて、ぐるりと囲むように検事補のオフィスが並び、その内側に置かれたデスクやパーティションで区切ったスペースで補助スタッフやパラリーガルが働いていた。ライリーンの記憶が正しければ、特別訴追部の総勢二十七名の検事補はこのフロアで仕事をしている。

「面接を終えてビルと話したときにね」キャメロンは前を歩きながら、カリフォルニア州北部地区でライリーンの上司だった連邦検事の名前を口にした。「あなたがサンフランシスコのFBI捜査官から〝覚醒剤製造所のライリーン〟と呼ばれている理由をきいてごらんって言われたのよ」

ライリーンは低い声をもらした。とはいえ、内心ではそのあだ名をそれほどは気にしていない。「検事補になって一年目からそう呼ばれるようになって、それ以来そのあだ名から逃れられないんです」

キャメロンが興味津々の表情になる。「そうなの？　どういった経緯でつけられたのか教えて」

「ざっくりお話しすると、複数の組織犯罪と薬物事件の補佐をしていたとき、地下にある覚醒剤製造所の捜査をしていたFBI捜査官ふたりと会うことになっていたんです。そこに着くまで何も聞かされていなかったのだけれど、製造所へ入るには地面に作られた昇降口を通って、錆びてがたがたになった五メートルの梯子をおりるしかなかった。でもその日の午前中は法廷に出ていたから、スカートのスーツにハイヒールを履いていたので、すごく困りました」

キャメロンがくすくす笑う。「あらまあ、捜査官にからかわれたのね――そんなことを言い忘れるなんてありえないでしょう?」

キャメロンと並んで歩きながら、ライリーンはその意見を否定した。「彼らはきっと、新しい検事補がどんな反応をするのか試したかったんだと思います」

「それで、あなたはどうしたの?」

「唯一できることをしました」ライリーンは当然とばかりに言った。「スカートのスーツのまま昇降口を通って、錆びてがたがたの梯子を十五段おりたんです」

キャメロンが笑った。「やるわね」中サイズのオフィスの前で立ち止まる。「ここよ」

扉につけられたブロンズのネームプレートにはこう書かれていた。

〈ライリーン・ピアース検事補〉

ライリーンはなかに入った。濃紺色のカーペットが敷かれ、あまり高価ではないオフィス家具が備わったそこは華やかとは言えないものの、上席検事補である彼女には少なくともハンコック・センターとミシガン湖の眺めが与えられたようだ。

「実質、前のオフィスとすべて同じはずよ」キャメロンが言った。「ありがたいことに、電話やパソコンの使い方は変わらないから、研修で時間を無駄にする必要はないわね。ああ、ひとつ確認しておきたいのだけれど、イリノイ州での法曹資格は有効よね？」

ライリーンはうなずいた。「ええ、有効です」彼女はロースクールを卒業した年の夏にイリノイ州の司法試験を受けていたので、シカゴでの仕事が決まるとすぐに資格登録を変更しておいたのだ。

「完璧ね。それでは……」キャメロンがファイルの山をライリーンに手渡しながら言った。「シカゴへようこそ」小首をかしげる。「進め方が早すぎるかしら？」

「いいえ、まったく」ライリーンは請け合った。「法廷と、一番近くの〈スターバックス〉の場所さえ教えてもらえれば、いつでも準備オーケイです」

キャメロンがにっこり笑った。「〈スターバックス〉は通りの向かい側よ。毎日午後三時にこっそりオフィスを抜けだす人たちについていけば、すぐにわかるわ。法廷は十二階から十八階までよ」キャメロンはライリーンが持っているファイルの山を身振りで示した。「午前中はファイルの確認をしておいてもらえる？　質問があれば、午後ならわたしのオフィスに気軽に来てもらってかまわないわ」

「わかりました、キャメロン。ありがとう」

「実はあなたが、わたしがこの役職を引き継いでから初めて雇った検事補なの。ここまで、わたしの歓迎のスピーチはどうだったかしら？」

「悪くないですね。覚醒剤製造所の話をきいてわたしの緊張を和らげてくれたのは、気が利いていたと思います」

キャメロンが笑って、微笑ましそうに彼女を見つめた。「ここになじんでもらえると思うわ、ライリーン」オフィスを出る前に戸口で立ち止まる。「忘れるところだった。最初に一番上のファイルを確認してもらえるかしら——明朝に申し立ての裁定があるの。その事件を担当していた検事補が抱えている別件の審理が思いがけず今週に予定変更になってしまったものだから、特別訴追部の誰かに代理をしてもらう必要があって。合意済みだから、問題はないはずよ。報道陣が集まるでしょうけど、通常の対応で——つまり、本件の裁定には満足しているのでこれ以上のコメントはない、みたいな対応でいいわ。これまでにもメディア対応は経験してきているでしょうから、手順はわかっているわよね」

ライリーンのなかの検察官がすぐに興味を引かれた。「合意済みなのに報道陣が集まるんですか？　いったいどういう事件なのかしら？」好奇心をかき立てられ、彼女はファイルの山の一番上のフォルダを開き、表題を読んだ。

**アメリカ合衆国対カイル・ローズ**

検察官として務めた六年の経験のおかげで、ポーカーフェイスを装うことができた。そうでなければ、口をあんぐり開けていたことだろう。

まさか、冗談にもほどがあるわ。

その名前を見たとたん、記憶の波がいっきに襲ってきた。あのすてきな青い瞳とセクシーな笑顔。引きしまった筋肉質な罪深い体。月明かりの下、体を寄せた彼女の唇をふさいだ彼の唇。

初めて担当する事件の被告人とキスしたことがあるだなんて、今この場で新しい上司に言えるものか。

「ツイッター・テロリスト事件」ライリーンは何気なく言った。たしかに、思いがけない展開に驚きはしたけれど、そのことを誰かに知られることはないはずだ。その昔、カイル・ローズはキスだけで彼女の鼓動を跳ねさせたが、あれからもう十年近く経つ。今や彼女は〝覚醒剤製造所のライリーン〟だ――この仕事に就いている限り、あわてているところを誰にも見せてはならない。

「新人さんに任せるのもおもしろいかなって思ったの」オフィスから出ていきながらキャメロンが言った。「気軽にオフィスに寄ってちょうだい。扉はいつも開いているから」

キャメロンが行ってしまうと、ライリーンはファイルの一番上にペーパークリップで留められたカイルの顔写真をじっと見おろした。当然ながら、写真の彼は真剣な面持ちで心外な表情をしている。シャンペーンで五月のあたたかい夜に一度だけ彼女を送ってくれた、陽気で魅力的な男性とはほど遠い。

ライリーンのことなど覚えてもいないだろう。

覚えていようがいまいが、どうでもいいことだが。この九年間でカイル・ローズは多くの女性にキスしたに違いない――キスどころか、それ以上のことを。だからライリーンは明日、自分が法廷に入ってきたところで、彼はまばたきひとつしないだろうと考えた。それでも彼女としては問題ない。そもそも、あの夜に関して彼女が覚えているのは、カイルに対する第一印象がそれほどいいものではなかったことくらいだ。

第二印象、第三印象もあまり変わらなかったとすれば……まあ、それに関しては永遠に黙秘権を行使するつもりだ。なぜなら彼女のような真面目な連邦検察官は、法廷で対峙（たいじ）する刑事被告人にのぼせ上がったりしないからだ。たとえ相手が、彼女に手羽先を食べさせるために二時間でも運転すると言ってくれたことがある被告人でも。

ありがたいことに、あれははるか昔のことだ。たしかに、こんな〝再会〟の仕方は皮肉だし、もしかすると笑いごとでさえあるかもしれないけれど、結局のところ、彼女は検事補として仕事をしてきたなかで遭遇したほかの犯罪者と同じようにカイル・ローズを扱うつもりだった。それがプロというものなのだから。

明日、それを証明してみせる。

# 6

「カイル！　カイル！　有罪判決を受けたハッカーとしての今後の予定は？」

「逮捕後にダニエラと話しましたか？」

　法廷の被告席に座ったカイルは、質問や背後から焚かれるカメラのフラッシュを無視した。そのうち飽きるだろう、と自分に言い聞かせる。あと一時間もしないうちに彼は自由になり、すべてが終わるはずだ。

「次のターゲットはフェイスブックですか？」別の記者が大声できいた。

「判事が入廷する前に何か言っておきたいことは？」別の誰かが叫ぶ。

「ああ、ひとつあるよ」カイルは小声でつぶやいた。「さっさと始めようぜ。そうすれば、くだらない質問をこれ以上聞かなくてすむ」

　彼の隣に座った弁護団のひとりが——どういうわけか、今日は五人来ている——身を寄せてきて声をひそめて言った。「報道陣の質問に対処すべきかもしれません」

法廷の扉がいきなり開き、カメラが猛烈にフラッシュを焚き始めた。集まった人々のあいだに低いささやき声が広がる。カイルは、それが意味するところはひとつだけだと知っていた。姉か父が入廷したのだろう。

肩越しに振り返ると、ジョーダンが大きすぎるサングラスにカシミアのコートという出で立ちで通路を歩いてきた。ブロンドの髪——彼より幾分明るいブロンド——をお団子だかシニヨンだかにまとめ、報道陣を冷ややかに無視して傍聴席の前列に座った。カイルの真後ろだ。

カイルは姉と顔を合わせようと振り向いたが、ばしゃばしゃと焚かれるフラッシュにすぐさま目をやられてまばたきした。「裁判のために仕事を休む必要はないって言っただろう」彼は不満をもらした。

「それで盛大なフィナーレを見逃せって言うの？　とんでもない」ジョーダンがにやりと笑う。「どうなるのか見届けたくて、ずっとそわそわしているんだから」

ははは。カイルが言い返そうと口を開きかけたとき——五カ月前に好きなだけジョークを飛ばしてくれていいと許可して以来、姉は会うたびにからかってくる——彼女がサングラスを外し、醜い黄色の大きな痣が現れた。

ああ……最悪だ。

もう皮肉っぽい口答えなど考えられない。姉は弟を早期釈放させる取引の一環としてＦＢＩに協力し、打撲傷を負って手首を折った――そして殺されかけたのだ。その事実に対して、いつか罪悪感を覚えなくなる日が来るとはカイルには思えなかった。

思わずこぶしを握りしめ、姉に怪我を負わせたばか男が投獄されたのは幸運だったな、と考えた。もしカイルがザンダー・エックハルトと五分でもふたりきりになれば、姉が負った頰の傷や手首の骨折が軽傷に思えるくらい、あの男を叩きのめしてやっただろう。たしかにジョーダンは鼻につく人間だが、だからといってあんな目に遭ういわれはない。小学校六年生のとき、カイルは全校生徒の前でジョーダンのズボンをずりおろしたロビー・ウィルマーを殴って、目のまわりに痣を作ってやった。そのときに決めたのだ。

姉にちょっかいを出すやつは許さない。

だからカイルは、ジョーダンのツイッターを絡めたジョークに微笑みで返した。

「気の利いたジョークだな、ジョードゥ」そのとき役人然としたありきたりなスーツを着た栗茶色の髪のたくましい男が法廷に入ってきたので、カイルは顔を曇らせた。

「長身で肌が浅黒い皮肉屋を招待したのか？」ニック・マッコール特別捜査官が近づいてくるのを見て、カイルはジョーダンにきいた。姉がその男と同棲しているも同然という事実にもかかわらず、カイルとニックは互いに警戒心を解いていなかった。ジョーダンとニックが出会った当時、カイルは刑務所にいたので、ふたりの関係が深まる様子を見ていなかったのだ。気づくとニック・マッコールがある日突然自分たちの人生の一部になっていて、カイルは少しばかり……彼を家族として迎え入れるのをためらっていた。

「愛想よくしてね、カイル」ジョーダンがなだめた。

「なんだって？」カイルはとぼけたようにきき返した。「長身で肌が浅黒い、真剣につきあうなんてもってのほかの男にぼくが愛想よくしなかったことがあるかい？」

「彼のことが好きなの。慣れてもらわないと」

「あいつはＦＢＩだ。ぼくを逮捕した連中なんだぞ？　姉さんの家族への忠誠心はどこに行ったんだよ？」

ジョーダンが考えるふりをする。「ちょっと思いだせないんだけど――どうしてあなたは逮捕されたんだっけ？　ああ、そうそう。あなたが連邦法を十八個ほど破ったからよね」

「六個だ。それもツイッターごときで！」彼は言い返した。少しばかり声が大きすぎたかもしれない。

五人の弁護士が〝われわれの依頼人が自滅しても、一時間五千ドルの弁護料はちゃんと入ってくるのだろうか?〟という表情を交わしたのを見て、カイルは椅子に座り直してネクタイを整えた。「ちょっと大局的に考えてみたほうがいいんじゃないかと思ってね」

「やあ、ソーヤー。判事が入廷したら、〝ツイッターごとき〟なんて言い方は控えたほうがいいんじゃないかな」ニックが自信満々の笑みを浮かべてジョーダンの横に座った。

カイルは天井を見あげて十まで数えた。「ジョードゥ、FBIのお友だちに、その呼び名に返事をするつもりはないって教えてやってくれ」実際、彼はその呼び名が嫌いだった——『ロスト』の登場人物に似ているという理由で、刑務所にいるときにつけられたあだ名だ。

「だが〝ローズ〟っていう呼び名はほかに使われているからな」ニックがそう言って、ジョーダンのギプスをはめたほうの手を握り、彼女と視線を絡ませながら指を撫でた。

カイルはジョーダンがニックに微笑みかけるのを見て——ふたりにしかわからないジョークを匂わせる、秘密めかした微笑みだ——渋々ながら互いに夢中なのを認めざるをえなかった。ふたりの愛し合っている様子を見るのは不思議な気がしたが——自分の姉なので、実のところ少々決まりが悪かった——微笑ましくもあった。

ちょうどそのとき別のひそひそ話が聞こえ、全員がはたと止まって、オーダーメイドの濃紺のスーツを着た企業家であり億万長者のグレイ・ローズが入ってくるのを見つめた。

父がジョーダンのもう片方の隣に座る。「何も見逃していなければいいんだが。今朝はずっと興奮して小刻みに震えて（ツイッタリング）いたよ」

ジョーダンが笑った。「うまいわね、お父さん」

カイルは呆れてかぶりを振りつつ正面を向いた。このとんでもない騒ぎがおさまったあと、自分の家族は意外とがっかりしてしまうのではないかと、ときどき真剣に思うことがある。そのうちポップコーンとコーラを用意して、〝あのカイルという男はふざけたばか野郎だ〟と銘打ったショーが始まるのを待つようになるかもしれない。

ばか野郎といえば、とカイルは腕時計を見て原告側の空席を眺めた。「モーガンはどこだ？」カイルは自分をテロリスト呼ばわりして最高刑を求刑した検事補がどこにいるのか、弁護士たちに尋ねた。自分の罪が軽い罰ですむようなものだとは思っていない。だがカイルはそこまで世間知らずでもなかった——連邦検事局は彼が起こした事件を大々的に扱い、彼の名を汚すことで自分たちの名を売るチャンスをつかんだのだ。もしカイルが億万長者の息子でなかったら、はたして最高刑を求刑したかどうか怪しいものだ。彼の弁護士たちも同じ意見だった。

「実は、モーガンは来ないんだ」主任弁護士であるマーク・ホワイトヘッドがカイルの問いかけに答えた。「今日は別の審理の予定が重なっているらしく、昨日の午後、新しい検事補が出廷するとの申請があった。名前は覚えていないが、ライアン・なんとかだったかな」

「じゃあ、個人的にモーガンに別れを伝えられないってことか?」カイルはきいた。「残念だな。ぼくたちは特別な絆を築いていたのに——〝社会を脅かすサイバー犯罪者〟と呼ばれるなんて、毎日あることではないからな」

法廷の扉が勢いよく開いた。

カイルは連邦検事局が急遽用意したそのたわけ者を見てやろうと好奇心を抱いて振り向いた。そして——。

おっと、これはこれは。

それはたわけ者の脚には見えなかった。

被告席に座ったカイルの視線は、ハイヒールからきれいな脚に移り、黒いスカートのスーツ、女性らしいパールへとあがっていき、とうとう魅力的な——そしてはっとするほど見覚えのある——琥珀色の瞳にぶつかった。

彼を当惑させる瞳に。

なんてこった。

ライリーン。

カイルは、スーツとハイヒール姿でも犯罪級にセクシーなライリーンが通路をすたすたと向かってくるのを見ていた。髪型が変わっている——昔は顎までの長さのかわいらしいボブヘアだったが、今は豊かな黒髪が肩を覆って波打っている。

「みなさん、おはようございます」彼女が被告席の前で立ち止まって言った。「今日はたったの六人ですか？」

カイルはにやりと笑いそうになるのをこらえた。相変わらず生意気だな。彼の五人の弁護士がはっと気づいて立ちあがる。カイルもゆっくりと立った。

ライリーンはマークと握手しながら自己紹介をした。「ライリーン・ピアースです」

ピアースというのか。九年越しに、やっと名字を知った。

彼女が残りの弁護士たちと握手してからカイルに向き合った。口角をあげて笑みを浮かべ、手を差しだす。その声は低くハスキーで、ふたりが出会ったあの夜と同じくからかうような響きがあった。「ミスター・ローズ」

カイルは彼女の手に自分の手を滑りこませた。もっとも清らかな接触なのに、彼女が相手だと途方もなく罪深く感じられる。「カウンセラー」彼は状況が許す限り親しみをこめ、低い声で応じた。

彼女が小首をかしげた。「始めましょうか?」

ライリーンが後ろを向いて法廷の反対側まで歩いていって初めて、カイルは彼女が自分にではなく弁護士たちに話しかけたのだと気づいた。

彼女が検察席に着いてブリーフケースを置くと同時に、判事室の扉がさっと開いた。「起立!」書記官が告げた。「開廷します。判事を務めるのはレジナルド・バティスタ裁判長です」

法廷内の全員が立ちあがり、判事が席に着くと、書記官が訴訟内容を読みあげた。「アメリカ合衆国対カイル・ローズ」

ライリーンがカイルの主任弁護士とともに法壇へ向かった。

「検事局代表のライリーン・ピアースです、裁判長」

「被告人の弁護士、マーク・ホワイトヘッドです」

判事が手にしていた動議書から視線をあげた。

「両当事者に加え、シカゴじゅうの報道陣が集まっているようですから、さっそく始めましょう」判事が書類を脇に寄せた。「本日は検事局によって提出された、いささか異例の連邦刑事訴訟規則三十五条による申し立てを審理します。被告人カイル・ローズの処罰を刑期満了として減刑する申し立てです。わたしの理解によると、ミスター・ローズは本法廷が収監を命じた十八カ月のうち四カ月服役しました」そこで判事が確認のためにマークを見る。「弁護人、間違いないですね？」

「はい、間違いありません」マークが言った。「検事局との取り決めにより、ミスター・ローズはメトロポリタン矯正センターから二週間前に釈放され、それ以来自宅軟禁で刑に服しています」

判事が老眼鏡を外してライリーンのほうを向いた。「ミズ・ピアース、あなたが昨日、書記官のオフィスに提出した出廷申請書を読みました。あなた自身は今回の審理以前には本件に関わっていないことを承知しています。しかし、今回の申し立てには少々驚いたと言わざるをえません。量刑手続きの審理では、あなたがた検察側は強く──猛烈な勢いで──ミスター・ローズへの最高刑を求刑しました。ミスター・モーガンは被告人を〝テロリスト〟、あるいは〝社会を脅かすサイバー犯罪者〟と呼んでいたように記憶しています。ところが四カ月経った今、刑期満了として減刑を求めているのですね」

カイルは自分と一緒に座っている四人の弁護士たちを不安そうにちらりと見た。判事の言葉はいやな感じがする。この申し立ては合意済みだと思っていたのだが。

そこで彼を弁護するきれいな声が聞こえた。

「状況が変わったのです、裁判長」ライリーンが言った。「検事局は連邦捜査局と連携して、被告人の姉ジョーダン・ローズと取り決めを交わしました。ミズ・ローズが潜入捜査に協力することと引き換えに、当局はミスター・ローズの刑期減刑を請願することに同意しました。ミズ・ローズが取り決めの義務を果たしましたので、当局も取り決めを順守する意向です」

「ではこの法廷が、被告人に関して政府が達したいかなる合意にも拘束されないことを留意しつつ、今回の申し立てを認めます」判事が言った。「被告人の刑期は短縮され、満期に達しました」

カイルは目をぱちくりした。こんなにあっさり自由になれるのか。

そこで判事がカイルのほうを向き、判事席から厳しい視線を送った。「ですが、お願いしますよ、ミスター・ローズ。ツイッターにはもう手を出さないでください。もしわたしの法廷であなたにふたたび会うことがあれば、今後いっさい、あなたを救う取り決めは認めません」小槌(こづち)を叩いて告げる。「これにて閉廷します」

「起立！」書記官が声をあげ、法廷内の全員が立ちあがった。

集まった人々のあいだを興奮した話し声がさざ波のように伝い、大混乱が続いた。カメラのフラッシュが焚かれ、弁護士やジョーダンや父を含む大群がカイルのほうへ押し寄せた。コメントを求める記者団が殺到し、カイルは彼らを押しのけながら、ブリーフケースをつかんで立ち去ろうとしているライリーンをちらりと見た。

ふたりは通路の真ん中で対面し、何人かの記者が彼らの顔にマイクを突きつけた。

「ミズ・ピアース！ カイル・ローズがふたたび自由の身になったことについて検事局からコメントはありますか？」

ライリーンと視線が合うと、カイルは体じゅうの神経がビリビリしてテーザー銃で電気ショックを受けたような衝撃を感じた。

彼は大胆にライリーンを見おろしながら、この女性がかつて自分を怒らせたことを――しかも何通りものやり方で、家まで送る短い道中のあいだに怒らせたことを、はっきりと思いだしていた。彼女が何か言うのを、ふたりには過去があるという事実を匂わせる皮肉やウインクや軽い会釈か何かを待つ。ところが、彼女が唇を開き、カイルが推測するところの生意気な発言を口にしようとしたそのとき、またカメラのフラッシュが焚かれた。

ライリーンがまばたきすると、その目からきらめきが失われ、報道陣に向き合った顔には仕事用の表情が現れた。「当局は本件の解決策に満足しているというコメントしかありません」

そう言うと、彼女はカイルのほうを見向きもせず、報道陣をかき分けて法廷から出ていった。

# 7

木曜日の夜、仕事を終えたライリーンはミシガン・アベニューにある〈RLレストラン〉でレイと夕食をとった。ここ数日、ライリーンは新しい職場に慣れるべく最初の一週間を過ごし、レイは申し立ての提出に奮闘していたためふたりとも忙しく、ライリーンが法廷でカイルとの再会を果たして以来、ふたりで会うのは初めてだった。

ライリーンはその数日、自分では認めたくないくらい頻繁にカイルとの再会について考えていた。

「あなたがまだ何も言わないなんて、信じられないんだけど」ウエイターがふたりのドリンクを運んでくると、ライリーンはしゃべり始めた。「今週のニュースをちゃんと読んでいる？　えくぼがある自惚れた前科者について、少しくらいは聞いたでしょう？」ライリーンはあの日の法廷のことを誰かに話したくてたまらず、その誰かとは当然レイのことだった。

レイは見ていたメニューをおろした。「やだ、そうよね。火曜日からずっと、そのことについてきこうと思っていたのよ。今週は略式判決の申し立てにずっと振りまわされていたものだから。判事はカイル・ローズの減刑を認めたらしいわね」

ライリーンは今から話すおもしろいゴシップを嚙みしめながら、ひとり微笑んだ。「そうなの。でも、あの審理の日に撮られた膨大な数の写真はひとつも見ていないようね？」彼女にも少しだけ関わりがある一枚の写真がマスコミじゅうを駆けめぐったのだ。それは法廷の通路で彼女とカイルが向き合ったあの瞬間のものだった。考えすぎかもしれないが、自分を見おろしているカイルはなんだか少し……親しげに見えた。まるでふたりだけの秘密があるかのような。

実際、あるのだが。

「ごめん、見ていないわ」レイがきまり悪そうに言った。「今週はずっと外界から隔絶されていたから」

「申し立てを提出した検事補の名前にも気づかないくらい隔絶されていたのね」ライリーンは言った。

ああ、なんて楽しいのかしら。

レイが肩をすくめる。「提出したのは事件を前から担当していた検事補でしょう」

ライリーンは注文したピノ・ノワールを何気なくひと口飲んだ。「普通はそう思うでしょうね。ところが――ちょっとした問題があって、もともと担当していた検事補が土壇場になって出廷できなくなったのよ。そこで検事局は代理を出廷させる必要があったの」彼女はいたずらっぽく笑った。

レイが一瞬ライリーンを見つめ、目を大きく見開いた。「まさか。あなたを出廷させたの？」

「そのまさかよ」

「あなたとカイル・ローズが法廷で対峙したってこと？」レイが笑った。「ちょっと、九年ぶりにずいぶんおもしろい再会の仕方をしたのね。あなたを見たとき、彼はなんて言ったの？」

「わたしを〝カウンセラー〟って呼んだわ」

レイがっかりして椅子にもたれた。「それだけ？　あなたはなんて言ったの？」

「〝ミスター・ローズ〟って呼んで握手をしたわ」

「まあ……機知に富んでいるわね」

ライリーンは鋭い視線を向けた。「だって法廷にいたのよ。百人もの記者がいる前で、ほかになんて言える？　彼の手に携帯電話の番号を書いて、連絡してねとでも言えばよかった？」

レイが微笑んだ。「そうしていたら、かわいげがあったかもね」

「わたしはかわいげのあることなんてしないわ。特に法廷ではね」ライリーンは少し考えた。「だけど、あの〝カウンセラー〟って呼び方はふたりのあいだだけのジョークみたいなものだったの」

「そうなの？」レイの口調が急に茶目っ気を帯びる。「それで彼はどんな感じだったの、カウンセラー？」

まさに、スーツを着た罪深い人という感じだった。ライリーンは澄ました顔で口をつぐんだ。

「髪が少し伸びていたわね。それ以外は何も気づかなかったわ。ゾーンに入っていたから」

「どのゾーンよ？」

「検察官のゾーンよ、当然でしょう」

「だったら、なぜ顔が赤いの？」

なぜって、アイルランド系の母から受け継いだ白い肌を持って生まれたことに加え、カイル・ローズに対して本能的な体の反応を起こさない女性など、そう多くは存在しないだろうからだ。あのいたずらっぽい笑顔と悪党じみた美貌を向けられたら、どんな女性でも彼のことを考えながら赤面するなと言われたら困ってしまうだろう。

それでもライリーンは、グラスを身振りで示してアルコールのせいにした。「赤ワインの抗酸化物質のせいよ。毛穴を開くから」

レイは一瞬たりともその言い訳を受け入れずに微笑んだ。「そうね。それで、そのあとはどうなったの?」

「そのあとは何も起こっていないわ。彼はツイッター・テロリストで、わたしは彼を起訴した検事局の検察官なのよ。それで話はおしまいでしょう」

レイが考えこむ。「期待外れな終わり方ね」

ライリーンは当たり前でしょう、という表情を作って肩をすくめた。「家まで送ってもらって、一度キスをしただけ。それも、ずっと昔のことよ。あの夜のことはほとんど覚えていないくらいなんだから」

レイがわかっていると言いたげに片眉をあげた。「ライ、女性には決して忘れられない思い出というものがあるのよ。たとえば、運命の人とのキスとかね」

その夜、ライリーンはアパートメントに帰ってリビングルームのソファにブリーフケースを置き、トレンチコートのボタンを外しながら寝室へ向かった。ウォークイン・クローゼットに入ってコートをかけると、レイの言葉が頭のなかでこだました。

〝ライ、女性には決して忘れられない思い出というものがあるのよ。たとえば、運命の人とのキスとかね〟

ライリーンからすれば、そんなふうに考えるのは少しばかり感傷的に思える。

自分は大人だ——三十二歳であって、十三歳ではない。〝覚醒剤製造所のライリーン〟はたった一度のキスくらいで膝から崩れ落ちたりしない。あの夜のカイル・ローズが腹立たしいほど魅力的だったとしても。

それなのに……彼女の視線は無意識にクローゼットの一番上の棚へ向かった。

棚の奥に押しやられた古い靴箱。もう何年も取ってある箱だ。サンフランシスコでジョンと同棲を始めた日、その箱には何が入っているのかと彼にきかれた。

「大学在学中に母からもらった古い手紙の束よ」ジョンとの交際期間でついた唯一の嘘だ。

ライリーンは手を伸ばして棚から箱をおろし、蓋を開けた。

そこには九年前にカイルから渡された濃紺のフランネルシャツが入っていた。

ライリーンはシャツの襟を撫で、それを渡されたときのことを思いだした。彼の手が首をかすめ、胸がきゅんとしたことを。

いいわ、認めよう。あの夜のことは、ほんの些細なことを少しだけ覚えている。ライリーンは自分を笑おうとしてかぶりを振りながら、フランネルシャツを見おろした。こんなのすごく……ばかげている。ただのシャツなのに。実際、こんなものをずっと保管している理由が自分でもわからない。シャンペーンからサンフランシスコに引っ越し、そこでジョンと同棲するためにまた別のアパートメントへ移った。引っ越すたびに、捨ててしまおうかと考えたものだ。でもなぜか、捨てることはできなかった。

〝仲間たちと笑うきみを見て、その笑顔に吸いこまれた〟

ライリーンが認めたいかどうかにかかわらず、カイルとのあいだには何かひらめくものがあった。一緒に過ごしたのは三十分にも満たないのに、彼女はそれを感じた。瞬間的に起こったときめきを。ジョンはもちろん、ほかのどんな男性に対しても経験したことのない胸騒ぎを。

「しっかりしなさい、ピアース」小さく自分に言い聞かせる。これは彼女が向かうべき方向ではない。

なぜなら、もう終わったことなのだから。

ふたりはもう若々しい院生ではない。カイル・ローズは前科者で、彼女は検事補だ。そこから進んでいける場所などない。ライリーンにはカイルに連絡をするつもりなどなく、法廷であんなふうに軽くあしらったことを考えると、彼のほうから連絡を取ってくることもないだろう。だからこれで……終わりなのだ。

ライリーンはゆっくりと靴箱に蓋をして、棚に戻した。見えない場所に。

そして今度は、それを頭からも締め出した。永遠に。

# 8

翌朝、キャメロンのオフィスの扉をノックしたライリーンは、彼女が電話中なのを見て足を止めた。キャメロンが歓迎の表情でデスクの前に並んだ椅子のひとつを指し、ライリーンに座るよう身振りで示す。

「切るわ、コリン。オフィスに来客なの」キャメロンが電話の相手に言った。「そうよ、わたしは重要人物なんだから。脚光をわたしと二分しなければいけないのが残念なのよね、わかっているわ」電話を切ってライリーンに笑いかける。「ごめんなさい。古い友人なの」

キャメロンがデスクの上で両手を組んだ。「さてと。あなたと話し合いたい興味深い案件があるの。でもまずは、最初の一週間がどうだったかきいておこうかしら」

「順調です」ライリーンは言った。「特別訴追部の検事補にはほぼ全員、会ったと思います。優秀なチームのようですね」実際のところ、まだ会っていないのはツイッター・テロリスト事件をもともと担当していた幻の検察官、ケイド・モーガンだけだ。

「優秀なチームよ」キャメロンが同意した。「わたしも昇進前は特別訴追部にいたの」

ライリーンはキャメロンが謙遜しているのに気づいて笑いをこらえた。キャメロンは大統領によって連邦検事に任命されたのだ――単なる〝昇進〟とはわけが違う。

キャメロンが頭を切り替えて本題に入った。「FBIからある捜査について報告を受けているんだけど、その件をあなたに担当してもらいたいの。少々扱いにくい案件だから、これから話す特殊な状況を踏まえると、経験を積んだ検事補に任せたほうがいいんじゃないかと思って」

ライリーンはすでに注意を引かれていた。「どういった事件ですか?」

「殺人事件よ。二週間前、ダリウス・ブラウンという受刑者がメトロポリタン矯正センターの監房で死んでいるのが発見されたの。どうやら真夜中に同房のレイ・ワッツという男に襲われ、間に合わせの武器――ベルトについていた南京錠で殴り殺されたようね。刑務官たちが騒ぎに気づいて監房に駆けつけたときには、ブラウンはすでに意識はなく、医療施設に搬送されたけれど、まもなく息を引き取ったそうよ」

キャメロンがデスクの上のファイルに手を伸ばし、ブロンドの髪を短く刈った二十代後半の男の顔写真をライリーンに渡した。「これが同房のワッツよ。現在は第一級殺人と放火罪で二度の終身刑に服しているわ。地元の白人至上主義グループ〈ブラザーフッド〉の一員で、同グループのふたりと共謀して、ワッツの自宅の近所にコンビニエンスストアを開店したアフリカ系アメリカ人男性の家に焼夷弾を投げた罪で、四年前に有罪判決を受けた。そのときに、店主も妻も亡くなったわ」

「ワッツは模範的な市民のようですね」ライリーンは淡々とした口調で言った。こうした事件は何度聞いても気が重くなる。もしそうしたことが気にならなくなる日がいつか来るとしたら、それはもうブリーフケースを手放すときだろう。

「模範的な受刑者でもあったのよ」キャメロンも同じくらい淡々とした口調で言った。「MCCではひどく凶暴だという評判だったらしいわ。だからブラウンが移送されて同じ房に入る前の三カ月間、ワッツはひとりで監房に入っていたの」

彼女がデスクの上に両腕をのせて続けた。「この件がうちにまわってきた経緯を話すわね。FBIのグリーグスという捜査官が別件の捜査でMCCに受刑者として潜入しているの。刑務所内で起きていることで、FBIが知りたがりそうな情報を連絡係に流しているのよ。ブラウンがワッツに殺害されたあと、グリーグスが連絡係に伝えた情報によると、ワッツの襲撃には怪しい点があるらしいの。そこで、ウィルキンズ特別捜査官という別の捜査官がこの件の捜査に当たることになった。

まずウィルキンズ捜査官の注意を引いたのは、ブラウン死亡のタイミングよ。アフリカ系アメリカ人のブラウンがワッツと同房に移されたのは襲撃される二日前——アダム・クインという刑務官が移すことを決定したの。そこでウィルキンズ捜査官がクインを事情聴取したところ、興味深い展開になったわ。

事情聴取でブラウンをワッツの房に移した理由を尋ねられると、クインはそわそわと動揺し始めたの。クインの主張によると、刑務所の方針によって受刑者に独居房を与えることはできないから移しただけだそうだけれど、それまでの三カ月間、ワッツがひとりだった理由をクインは説明できなかった——つまり、その方針とやらに急に従うことにしたのね。ワッツの同房相手としてブラウンを選んだ理由もクインは説明できなかったわ」

「人種を動機とした犯罪で服役しているワッツの経歴を考えると、その移動自体が怪しいですね」ライリーンはすでに頭のなかでこの事件について考え始めていた。「受刑者には独居房を与えないという方針が本当にあるのか、ウィルキンズ捜査官はもう確認したのですか？」

「所長によると、通常の規則ではそういう方針らしいけれど、とりわけ攻撃的なワッツのような受刑者にはこれまでも例外を認めてきたらしいわ」キャメロンが続ける。

「当然ながら、ウィルキンズ捜査官はもう少し深く探ってみることにした。そしてブラウンの服役記録を読んでいるうちに、おかしな出来事に行き当たった。ブラウンが殺害される二週間前、刑務官のクインがブラウンから暴行を受けたらしいの」

ライリーンの検察官としての探知能力が警報を鳴らす。「どういう状況で暴行されたのかしら？」

「聞いた話だと、クインが受刑者の食事トレイを回収するときに、ブラウンに腕をつかまれて手首を脱臼するほど強く引っ張られたみたいね」

ライリーンは椅子の背にもたれた。「ちゃんと理解できたか、整理させてください。まずブラウンが刑務官を襲って手首を脱臼させた。二週間後、刑務所内でもっとも凶暴な受刑者のひとりがいる房に、刑務官がブラウンを移動させた。そして白人至上主義者そのものと言っていいその受刑者に、ブラウンは殴り殺された」向かいに座ったキャメロンを見る。「わたしたち、きっと同じことを考えていますよね。つまり、クインが報復としてその襲撃を企んだに違いないと」

「まさしくウィルキンズ捜査官はそう考えたから、さらに調べてみたの」キャメロンが続ける。「当然ながら、ブラウンは刑務官を襲ったあと、一週間ほど懲戒隔離された。隔離が終わってからブラウンは何人かの受刑者仲間に、隔離中のある夜、刑務官が独房に来て彼を脅したと話したそうよ」

ライリーンは小首をかしげた。「なんて脅したんですか?」

「ブラウンの話によると、クインは〝おれの手首を脱臼させた償いをさせてやるからな、くそ野郎め〟と言ったらしいわ」

「その脅しを聞いた第三者は?」ライリーンはきいた。

「調査中よ。でも、その話はあとでするわ」キャメロンが言った。「その後、ウィルキンズ捜査官はクインの人事記録簿を調べ、クインが昨年、別の受刑者ふたりと口論になっていたことを知った。どちらも、口論のすぐあとで別の受刑者に襲われて殴打されている」

彼女はライリーンが一連の出来事を整理できるように間を置いた。

「つまり、受刑者が規則に従わないのを気に食わない刑務官がいるというわけですね」ライリーンは言った。「でもその刑務官は自分の手を汚さずに、ほかの受刑者を使って報復していた。ところが、今回は間違った受刑者を選んでしまい、相手が死んでしまった」

「幸いなことに、それを潜入捜査官が知らせてくれたというわけ。そうでなければ、この件は発覚せず、受刑者同士の単なる喧嘩(けんか)が行きすぎてしまったことによる事故として処理されていたかもしれない」キャメロンの目がきらりと光る。「そこで先ほどの質問に戻るのよ――クインがブラウンを脅しているのを聞いた者がいるかどうか」ライリーンはキャメロンの表情が何を物語っているのか、なんとなくわかる気がした。「目撃者がいるようですね」

「目撃者がいるかもしれない」キャメロンが言った。「クインがブラウンを脅したとされるその夜、同じく懲戒隔離されていた受刑者をFBIが突きとめたの。ブラウンの隣の房に収監されていた受刑者よ。残念ながら、その受刑者が実際に脅しを聞いたかどうかはまだ判明していないわ」

「なぜ?」ライリーンはきいた。「証言を拒否しているのですか?」

「第一に、その受刑者はもう服役していないの。ブラウンが殺害される直前にMCCから釈放されたから。ブラウンが死亡したことさえ知らないと思うわ」

ライリーンはまだ話をつかめずにいた。「どうしてFBIはその元受刑者に事情聴取しないのかしら?」

「しようとしたわ」キャメロンが言った。「でも今のところ、彼の弁護士にしか連絡が取れなくて。だからこそFBIはこちらに本件をよこしたの。その男の証言を取りたければ、たぶん大陪審で召喚状を発行する必要があるでしょうね。自主的に協力してくれるとは思えないから」キャメロンが少しばかり楽しんでいるような表情で、デスクの向こう側からライリーンを見つめた。「彼は近頃、連邦検事局に対して少々いらだっているはずよ。特にわれわれが彼のことを〝テロリスト〟だの、〝社会を脅かすサイバー犯罪者〟だのと呼んでからはね」

ライリーンは目をぱちくりした。「カイル・ローズがわれわれの重要証人になる可能性があるんですか？」

「あなたの重要証人よ」キャメロンが強調した。「ライリーン、本件はあなたに任せるわ。ツイッター・テロリストごとね」

見えなくしても、頭から締め出しても、無駄ってわけね。

「奇妙なものね、最近のわたしの担当事件にこんなに彼が絡んでくるなんて」ライリーンは言った。九年間も会わなかったというのに、今頃になって腹立たしいほど登場する。まったくいやな男。

不気味で、危険なくらいにいけ好かない。

キャメロンもそのことを認めてうなずいた。「あの申し立ての件は本当に偶然なのよ。ケイドの代理ができる特別訴追部の上席検事補を必要としていたときに、新人のあなたのスケジュールがちょうど空いていたから。でも昨日、ＦＢＩからブラウンの事件を報告されたとき、あなたのことがすぐに浮かんだことは認めるわ。うちでカイル・ローズに自主的に協力させられる可能性がある人がいるとすれば、あなただけよ。火曜日に提出した申し立ての写しを読んだわ。ローズの視点からすると、彼の釈放のために実際の申し立てを行ったのはあなただから」キャメロンがにっこりと笑った。「あなたの説得力を駆使して彼に話してもらえるよう願うわ」

目の前で扉をばたんと閉められるだけかもしれないけれど。

新天地で最初に担当した事件の被告人と過去にキスしたことがあるなんて、そしてその後に法廷で知らん顔をしたなんて、上司に言える状況ではない。

「もし説得がうまくいかなければ？」ライリーンはきいた。「どこまでやればいいのでしょうか？」

「とことんよ」キャメロンが身を乗りだした。真剣な表情は、どこからどう見ても検事の顔だ。「あの非常に恥ずべき前任者のあとを継いだとき、わたしは政府の汚職をあらゆるレベルでやめさせることを誓ったの。FBIの報告によれば、我流の刑罰を行使する刑務官がいて、その行為がひとりの人間の死につながった。わたしの監視下で彼が逃げきることはできないわ」キャメロンがライリーンの目を見つめる。「ブラウンが脅されるのをカイル・ローズが聞いていれば、起訴に持ちこむための充分な証拠になるわ。それを実現させましょう」

上司の顔に浮かんだ決意を見て、ライリーンはこう言うしかなかった。

「任せてください」

# 9

その夜は特に予定もなかったので、ライリーンは八時までオフィスに残り、帰宅してから夕食に中華のデリバリーを頼んだ。ジーンズとTシャツに着替え、両親に電話しようとソファに落ち着く。両親は数年前に退職し、フロリダ州ネープルズに購入した寝室がふたつあるタウンハウスで冬を過ごすことにしている。ここ数年で気づいたことだが、両親の〝冬〟の定義は大きく拡大解釈されつつあるようで、ライリーンは六月になる前に彼らをメイソン＝ディクソン線より北で見かけることはなさそうだと心ひそかに思っていた。

「あら、噂の女性からの連絡だなんて」電話に応答したヘレン・ピアースが誇らしげな口調で言った。「どうしてツイッター・テロリスト事件を担当しているって話してくれなかったの？　ご近所のみんなにあなたの写真を見せびらかしているのよ。法廷でカイル・ローズの隣に立っているあなたの写真をね」

「急に決まったことだったのよ」ライリーンは説明した。「ほかの担当者の代理でわたしが行くように上司から言われて」

「彼、あなたの胸元をじっと見ているわよね」

一瞬、ライリーンは考えた。ああ、カイルとのあの写真のことね。「わたしの胸元なんか見ていないわよ、お母さん」

「じゃあ、なんであんな表情をしているのかしら？　男が女性の裸を見たときの目つきよ、あれは。あるいは裸を見たがっているときのね」

ライリーンはすぐさま、あの写真が撮られたときのカイルの大胆な視線を思い返した。

たしかにカイルは彼女のことを覚えていた。

「彼の目つきに何かおかしなところがあるとは気づかなかったわ」ライリーンは小さな嘘をついた。

ヘレンは完全には納得していないようだった。「ふうん。まあ、あの事件の担当が終わってよかったわ。そうでなければ、彼みたいな男の子には近づくなってお説教をしなければならなかったものね。母親の義務として」

ライリーンはその言葉に微笑んだ。「カイル・ローズはもう男の子という年齢ではないわよ、お母さん」

「あら、母親の勘よ」

勘弁して。ライリーンはカイルに関わる仕事がまだ終わっていないことを伝えるのをあえて忘れたふりをして話題を変えようとしたが、母が先手を打ってきた。

「それで、ツイッター・テロリスト事件以外にどんな案件を任されているの？」ヘレンがきいた。母は退職前、シカゴの刑事事件専門の弁護士事務所でパラリーガルをしていたので、娘の仕事の話を聞きたがるのだ――よくジョークにしていたように、たとえ検察官である娘が〝意見を戦わせるべき相手〟だとしても。

ライリーンの子ども時代の大部分において、ピアース家では伝統的な性別による役割分担が逆転していた。事実、母はほぼずっと一家の稼ぎ手だった。空調システムの修理業者だった父はライリーンが七歳のときに背中を負傷し、治療や理学療法を受けたにもかかわらず、パートタイム程度の時間しか働けなくなった。それからは父が娘の学校の送り迎えをし、その合間に修理の仕事をするようになった。そして六時に母が帰ってきて仕事着から着替えると、夕食に加わった――たいていは、彼女と〝彼女の弁護士〟が担当している事件について語ってふたりを楽しませた。

しかし、ライリーンがまだ幼い少女の頃、そうした仕事の話についてひとつ気づいたことがあった。悪人が勝つと腑に落ちなかったのだ。それが発端となり、検事補としての彼女のキャリアが芽吹いた。

母と話しているうちに、玄関のブザーが鳴った。階下におりてデリバリーを受け取ると、ライリーンは夜をのんびり過ごすために事件のファイル、クンパオチキン（鶏肉とピーナッツを唐辛子で炒めた四川料理）の箱、ジョンとふたりで集めたワインコレクションに破局後に加えたリースリングワインを用意した。この六カ月、何度も繰り返してきた金曜の静かな夜だ。

おっと、また危うく自己憐憫に陥るところだった。ありがたいことに、注意を向けられる仕事がある――仕事だけは変わらないのがせめてもの救いだ。

キッチンカウンターに着いてファイルを読む。ブラウンの事件はそれまでに担当してきた事件のなかで特に大きくもなければ、一番華やかでもなかったが、彼女はすでにそれを優先事項のトップにしていた。なんといっても、男が残酷にも殴殺されたのだ。これほどまでに検察官の心を揺さぶる事件はない。それにこの事件は検事にとっても明らかに重要なものだ。キャメロンにとって重要だということは、新人のライリーンがしくじるわけにはいかない。

ということはつまり、彼女とカイル・ローズには審議未了事項――やり残した仕事

——があるということだ。

月曜の朝、ライリーンはやる気にあふれ、億万長者の相続人で前科者でもある人物とやり合う気満々でオフィスに勢いよく入っていった。

デスクに着くとすぐ、カイルの代理人を務める法律事務所の電話番号を調べた。厳密に言えば、話し合いたい事件はカイルが弁護士に相談したものでもなければ、取り調べを受けているものでもなかったので、直接彼に連絡しても問題はなかった。とはいえ、礼儀としてまずは弁護士に連絡したほうが堅実だと思ったのだ。

だが残念なことに、彼女の礼儀に対して向こうは返礼してこなかった。

「ミズ・ピアース、わたしはFBIに伝えたのと同じことを繰り返すまでです。わたしのクライアントと話すのをわたしが認めるなんて考えているのなら、まともではないですよ」カイルの主任弁護士であるマーク・ホワイトヘッドからは辛辣な返事が返ってきた。「あなたがたは五カ月前、彼を有罪にしたんですからね」

「これは、ミスター・ローズが起こした事件とは無関係の事件です」ライリーンは最大限に友好的な口調で言った。「現在も捜査中の、二週間前にMCCで起こった事件について、話をさせてもらいたいんです。電話ではあまり詳細を話せないのですが、この件に関して、あなたのクライアントにいかなる犯罪行為の嫌疑もかかっていないことは保証します」

マークが鼻で笑った。「二週間前なら、わたしのクライアントはMCCにいなかった。その前に釈放されていますからね」

「だからこそ、彼に嫌疑はかかっていないというわたしの言葉を信じてもらう理由になるんじゃないかしら」

「それでも答えはノーだ。カイル・ローズと話したければ、召喚するしかない」マークが言った。

「お言葉を返すようだけど、あなたの許可が必要ないことはお互い理解しているわよね。必要なら、直接ミスター・ローズに連絡することになるわ」ライリーンは言った。

マークが笑った。「幸運を祈りますよ。ツイッター・テロリストは検事局にぜひとも伝えたいことがいくつかあるでしょうから。まあ、彼の言葉のどれを取っても、そちらの捜査には役立ちそうもないでしょうが」

「無駄なことはやめましょう、マーク。もちろん大陪審の聴聞会に引きずりだすことだってできる。ただそんなことになれば、あなたは関われなくなるわ」ライリーンは指摘した。証人は大陪審室に弁護人を呼べないという事実は、最良の切り札だ。

「本気なんですね？」マークがため息をつく。「モーガンのことをいやなやつだと思っていたが、あなたときたらまったく。まあいい、わかりました、ローズに連絡してみましょう。でもわたしなら、希望は持たないですよ」

ライリーンは少し前進できたことに満足し、電話を切った。検事局との過去を考えると、カイルがどう反応するかはわからなかったが、〝罪人に協力しろって言うのか、カウンセラー〟とかなんとか嫌味を言われる覚悟はできている。

彼女はその考えにひとり微笑んだ。わたしを無視したいなら、無視すればいいわ。ライリーンはこうと決めたら相当粘り強い。

数分後、ノックの音に顔をあげると、茶色い髪をした長身で魅力的な男性が戸口に立っていた——ツイッター・テロリスト事件で新聞に載っていた男性だ。

謎めいたケイド・モーガンがとうとう姿を現したようだ。

「コーヒーでもおごらないといけないね」彼が笑顔で言った。

ライリーンはすでにデスクの上にあるスターバックスのカップを身振りで示した。

「大丈夫よ。カフェインならたっぷり摂っているわ」

彼が歩み寄ってきて、握手の手を差しだした。「ケイド・モーガンだ。先週の火曜日にぼくの代理をしてくれたと聞いたよ」

「お役に立ててよかったわ」

「もっと早く自己紹介に来たかったんだが、先週はずっと審理にかかりきりで。ようやく陪審員の評決が出た」

「どうだったの？」

「五件すべて有罪」

「だから勝利の輝きを放っているのね。おめでとう」

「ありがとう。ところで、今度は興味深い殺人事件を任されたそうだね」ケイドが言った。「ぼくがツイッター・テロリスト事件を担当していたから、カイル・ローズがきみの証人のひとりになりそうだとキャメロンが一応知らせてくれたんだ」そう言って書棚にもたれる。濃紺の細い縦縞(たてじま)のスーツを着た彼は何気ない自信にあふれて見えた。「キャメロンから警告されたかどうかは知らないが、ぼくならローズの協力はあまり期待しないね。彼を〝テロリスト〟呼ばわりしたせいで、友好の橋を崩してしまっただろうから」

ライリーンはあの呼び名はやりすぎだと個人的にずっと思っていた。しかし、ほかの検事補が事件をどう扱おうと、口出しをしないように普段から気をつけていたので、より社交的な返答をした。「あの事件にはすごく力を入れていたようね」

「ツイッター・テロリスト事件はほかの誰かの最優先事項だった、と言ってもいいだろうね。ぼくだけのものではなく」

ライリーンはいぶかしげにきいた。「どういうことかしら?」

「誤解しないでほしいんだが、ぼくもカイル・ローズに対するすべての告発を支持している」ケイドが言った。「彼は法を破り、あらゆる混乱を巻き起こしたんだからね。世界的規模の混乱を。軽いお仕置きですませられる事件ではなかった」

彼女は眉をあげた。「でも?」

「でも五カ月前のここは様子が違った。こうも言い換えられるだろう、われわれは少しばかり……あの事件を起訴するに当たって過剰にぴりついていた」ケイドの表情が不愉快そうなものに変わる。「前任検事のサイラス・ブリッグズは、ぼくが最大限の成果を出すことを期待していると明言した。彼はいつも検事局が――つまりは彼自身が注目を浴びるチャンスを求めていたから、ツイッター・テロリストの事件はそれを実現する最高のチャンスだと考えたんだろう。億万長者の相続人をいじめても、誰も気にしないからな」

「本人以外はね」ライリーンはひと言つけ加えた。

「まあね。まさか、別の事件で彼の協力が必要になるとは思ってもいなかったから」

ケイドが悪気のない笑みを浮かべた。「この件がぼくではなくきみの担当になってよかったよ」書棚から体を起こし、戸口で立ち止まる。「それと——真面目な話、何か困ったことがあったら、ぼくのオフィスはすぐ先だからいつでも寄ってくれ、新人さん」そして言い足す。「明日のコーヒーはぼくがおごるよ」

悪い人ではないみたい。ケイドが出ていくと、ライリーンは品定めするように考えた。彼はアメリカ人らしい完璧なハンサムだ。多少、自信過剰なところはあるかもしれないが、検事補、それも特別訴追部の検事補なら珍しいことではない。けれどもケイド・モーガンには深入りすべきではないし、ライリーンはそのことを彼がオフィスに顔を出す前から承知していた。職場恋愛は厄介な事態を招く可能性がありすぎる——彼女は通常、仕事場ではそういう事態を避けていた。

ちょうどそのとき、電話が鳴った。

「ライリーン・ピアースです」彼女は応答した。

「マーク・ホワイトヘッドです。クライアントに話しました」うれしくなさそうな口調だ。「一応言っておきますが、わたしはこの件には頭から完全に反対している」

「そのようね。一応心に留めておくわ」彼が何を言いたいのか、さっぱりわからない。

「ミスター・ローズが今日の午後、自分のオフィスであなたに会うことに同意しました。ふたりきりで」マークが最後の言葉を強調する。「彼は〝ふたりきり〟という点を明確に主張した。それはやめたほうがいいと説得しようとしたのだが」ライリーンが予測していた返事ではなかった。火曜日の申し立て審理の日、五人も弁護士を引き連れていたことから判断すると——あれは実にばかげていたといまだに彼女は思っている——億万長者のカイル・ローズが弁護人不在で検事補と会うことになど決して同意しないだろうと思いこんでいたのだ。

でも……この展開はライリーンにとっても都合がいい。カイルとの過去のつながりを触れまわっているわけではなかったので、第三者がいないほうが自由に話せるだろう。

「わかったわ。今日の午後、ミスター・ローズのオフィスね」彼女はペンを取った。「住所を教えてもらえるかしら？」

「ミズ・ピアース、わたしのクライアントは無職なんでね、現在は自宅をオフィスにしている。ノース・レイク・ショア・ドライブ八〇〇にあるペントハウスで、ミスター・ローズは四時半ちょうどに待っているそうです」

# 10

カイルのデスクの上の電話が鳴った。ロビーの警備デスクからの内線を意味する二重音だ。

「ミズ・ピアースがお越しです、ミスター・ローズ」応答するとマイルズが言った。

「ありがとう、マイルズ。通してくれ」

カイルは電話を切り、これは興味深い展開だなと考えながら、書きかけの書類を保存した。検事局のほかの誰かが会いたいなどと言ってきたなら、おととい来やがれとはっきり断っただろう。たしかに連中はこの前の火曜日に義務を果たしたものの、彼を〝テロリスト〟呼ばわりした件があるので、まだ彼の〝くたばれリスト〟の一番上に載っている。つまり、連邦検察官たちに好意は不要というわけだ。

ただし、かの有名な、琥珀色の目をした毒舌のライリーン・ピアースからの要望とあっては、断るのが難しかった。

カイルは……彼女がどういうつもりか知りたかったのだ。

ライリーンが弁護士に伝えたところによると、二週間前にMCCで起こった事件の捜査絡みで話をしたいそうだが、それは少し怪しい気がした。その頃にはMCCから釈放されていたカイルがそこで起こったことを知るすべなどない。しかし弁護士の話だと、ライリーンは彼にどうしても会いたいと言って譲らなかったらしい。

そのことが、さらに彼の好奇心をくすぐった。

火曜日、法廷から帰宅したカイルはふたつのことをした。まず、ジョギングに出かけた。足首の電子監視装置のことも、連邦保安官やSWATに岸辺で奇襲をかけられることも気にせず、心ゆくまで時間をかけてたっぷりと走った。次に、ライリーン・ピアースについてグーグルで検索した。

彼はビジネス向けSNSのリンクトインでライリーンを見つけ、彼女が検事局に入る前にサンフランシスコで連邦控訴裁判所の書記官をしていたことを知った。彼女が起訴して話題となったいくつかの事件について、カリフォルニア州北部地区の検事局が発表したプレスリリースも読んだ。カイルが見たところ、ライリーンはカリフォルニアで成功していたようなのに、突然シカゴに戻ってきたらしい。

何やら事情がありそうだが、それがなんであれ、グーグルでは調べがつかなかった。

扉をノックする音が聞こえた。彼はデスクから離れ、玄関まですたすたと歩いていった。玄関ホールの鏡に映った自分を見るまで、にやけ顔をしていることに気づかなかった。

落ち着けよ、ばかだな。昔、家まで送ったことがあるだけだろう。

今回の件は実際、奇妙な偶然で、彼女は本当に何かの事件について話したいだけかもしれない。それとも……ほかに用事があるのだろうか。カイルが今週ずっとライリーンのことを考えていたように、彼女もずっと彼のことを考えていて、会いに来ずにいられなかったのかもしれない。

カイルの笑みが広がる。彼女の目的を知る方法はひとつだけだ。

扉を開けると、長い黒髪をおろし、ヒッチコック映画のヒロインみたいにベルトを締めたトレンチコートとハイヒール姿でブリーフケースを脇に抱えたライリーンが立っていた。

「カウンセラー」彼はゆっくりと言った。

「ミスター・ローズ」彼女がややハスキーな声で返す。

火曜日はこのやり取りで終わった。けれども今日は、報道陣もカメラも弁護団も存在しない。今はふたりだけだ。

カイルは扉を大きく開けた。「入ってくれ」

「話し合いの機会をくれてありがとう」ライリーンが彼の横を通り、花のような女性らしい繊細な香りを漂わせながら玄関ホールに入った。

扉を閉め、振り向いて彼女を見おろす。九年前の彼女も目を奪われるくらい魅力的だったが、今ではより洗練された、否定しがたいほどに心惹かれる何かがそこに加わっていた。

この五カ月間のほとんどの時間を刑務所で過ごした男にとっては、気づくなと言うほうが無理な何かが。

「しばらくぶりだな、ミズ・ピアース」カイルは言った。

ライリーンの唇が微笑みにゆがむ。「まだ一週間ほどだわ」

彼は挑むように胸の前で腕を組んだ。「会いに来ずにいられなかったのかい？」

彼女は何か言おうとして口を開いたが、考え直したようだ。「座って話したほうがよさそうね」

ああ。例の謎の件についてだな。カイルはロフトスタイルのペントハウスの広々とした空間を身振りで示した。「どうぞ、くつろいで」

ライリーンは室内を興味深そうに見渡しながらリビングスペースへと歩いていった。

「ここ数年のあなたは順調そうね」楽しそうに瞳をきらめかせて横目で彼を見る。「ツイッターでちょっとした問題を起こした以外は」

「前もってきいておきたいんだが、どのくらいネタにされるのかな?」

「だってネタにしやすいんだもの」彼女が笑って言った。「昔、言っていたじゃない、〝ウェブサイトがそうした攻撃を深刻に受け止めなければ、いつか誰かが大きなパニックと混乱を引き起こすはずだ〟って。たいした予知能力ね」

カイルははたと動きを止めた。「ぼくが言ったことを覚えているのか?」

ライリーンが一瞬口をつぐみ、とぼけて肩をすくめる。「ツイッター事件があったから思いだしただけよ」彼女は歩を進めて光沢のあるイタリア製の革張りの肘掛け椅子のひとつに座り、ブリーフケースを床に置いた。

カイルは向かいのソファに座り、コートを脱ぐ彼女を見つめた。クリーム色のシルクシャツにダークグレーのスーツが現れる。「きみがほかの話を始める前に、あの触れたくない話題について話したほうがいいんじゃないかな」

ライリーンが一瞬、当惑した表情を浮かべた。「なんのこと……?」

「あの夜のことさ」カイルは彼女の視線を受け止めた。「デートをすっぽかした理由は知っているだろう?」

彼女の表情が和らぐ。「ああ、そのことね。お母様のことはお気の毒だったわ」

「ありがとう」カイルは多少の気まずさが消えたことにほっとし、場を明るくしようとした。「あのときは残念だったよ。デートではすごく魅力的な男を演じるつもりだったのに。きっときみをまいらせたはずだ」

ライリーンが笑った。「そんなふうにうまくいかなかったかもしれない」

カイルはソファの背に腕を伸ばしてくつろいだ。「それで、今夜はどういったご用件かな、ライリーン・ピアース？」

彼女が座り直し、脚を組んだ。「実は殺人事件が起きたの」

カイルはまばたきし、笑みを消した。ライリーンが何を話すのかあれこれ想像していたが、これは予想外だった。「殺人事件？」

「ええ。二週間前、MCC内で受刑者が殴殺されたの」

彼女の表情から、真剣なのがわかった。こんなにもあっさりと、話の雲行きが変わるとは。「本当に事件の話をしたくて来たということか」自分がどれだけそんな話ではないと思いこもうとしていたか、ようやく気づいた。

ライリーンは意味がわからないとでも言うように小首をかしげた。「ほかにどんな用があると思ったの？」

まるでばか丸出しだな。「いや、なんでもない。MCCで何があったのか話してくれ」

ライリーンは言われたとおりに話を続けた。彼女がダリウス・ブラウンの死にまつわる状況や、刑務官のクインが報復として襲撃を計画したと考えられることを説明しているあいだ、カイルは黙って耳を傾けた。

「クインとブラウンがその前に激しい口論をしていたことはわかっているの。懲戒隔離から解放されたあと、ブラウンはクインに脅されたと受刑者仲間に話したそうよ」

それを聞くと、カイルは立ちあがり部屋をうろつき始めた。

「同じ時期にあなたも懲戒隔離されていたことは確認済みよ。ブラウンの隣の監房にいたのよね」ライリーンが続けた。「それで、あなたがクインの脅しを聞いたかどうか確かめるためにお邪魔したの。率直に言うと、聞いていたら助かるわ」

彼女はそこで口をつぐみ、返事を待った。

カイルは彼女に背を向けて立ち止まり、湖を見渡せる大きな窓の向こうを眺めた。〈ネイビー・ピア〉の観覧車が遠くに見える。「〝おれの手首を脱臼させた償いをさせてやるからな、くそ野郎め〟」彼は振り向いた。「きみが聞きたがっているのは、この脅しか？」

ライリーンが明らかに安堵した様子でため息をついた。「そうよ」

カイルは手で口元を覆った。この状況は——十億ドル規模の企業の副社長だった自分が受刑者同士の殺人事件に関連する直接的な情報を持っているとは——完全に現実離れしている。「そういうことだったのか。まったく、ブラウンが亡くなったことさえ知らなかったよ」

「服役中、彼と親しくしていたの？」彼女がきいた。

カイルはかぶりを振った。「ふたりとも懲戒隔離されていたあの二日のあいだに一度だけ格子越しに話した」それでも彼は複雑な感情——罪悪感を含む感情——を抱き、当時の感情を明らかにすべきだと思った。「ぼくはクインが強がってくだらないことを言っているとしか思わなかったんだ。あの脅しを実行するとは考えてもいなかった」カイルは彼女の話を理解しようとして、息をついた。「それで、今後どうなるんだ？」

ライリーンが椅子から立ちあがり、近づいてきた。「この件は大陪審で審理されるわ。そこであなたに証人になってもらって、証言をお願いしたいの」

カイルは真面目な顔で笑った。「なるほど。悪名高きツイッター・テロリストが検察側の証人になるっていうわけか。大陪審には大受けするだろうな」

「実際、あなたは証人として最適なの」彼女が言った。「もしあなたがまだ服役中だった場合、まともな被告側弁護人なら、あなたが減刑を期待して検事局に有利になるような証言をしていると主張して、あなたの証言内容を疑問視するでしょうね。でも今あなたは釈放されているから、明らかにそんな動機は持っていない」

カイルは彼女に視線を定めた。不意にあることに気づいたのだ。「この事件にぼくが必要なんだな」

しばし躊躇したのち、ライリーンがうなずいてそのことを認めた。「そうよ」

カイルは彼女に近づいた。「ひとつ教えてほしい。もしぼくがまだ服役中だったら、証言させる代わりに何か取引を持ちかけたかい？」

「たぶん、申しでたでしょうね。答えはイエスよ」

「じゃあ、今ひとつ申しでてくれるかな」

ライリーンがペントハウスを身振りで示した。「もう釈放されているじゃない。わたしができる取引なんて何もないわ」

カイルはまた一歩近づいた。「そんなはずはないだろう、カウンセラー。ぼくには求めているものがある――心の底から求めているものが」そう言って彼女の目をのぞきこむ。「検事局からの謝罪だ」

ライリーンが噴きだした。「謝罪？　おもしろい冗談ね」彼女は目にかかった髪を後ろに払い、彼の顔に浮かんでいる表情を見て笑いを引っこめた。「信じられない、冗談じゃないのね」

彼はゆっくりと首を振った。「ああ、冗談ではない」

「カイル、それは絶対に不可能だわ」彼女が真剣な面持ちで言った。

カイルは肩をすくめた。「ぼくを証人にしたいのなら、謝罪を求める」たしかに今は意固地になっている——そして彼に言わせれば、そうなるのも当然だ。ライリーンがセクシーなスカートスーツ姿で魅力的な笑顔を見せたのも、今夜の目的とは無関係だったのだ。このささやかな再会は、家まで送ったことだとか、かつて彼がライリーン・ピアースに対してすぐさま感じたつながりなどとは全然関係がなかった。今夜、彼女がここに来たのは、単に職業上の理由があったからで、向こうがそれだけなのだから、彼だってビジネスライクになっても問題はあるまい。

要するに、今の彼は自由の身だ。検事局が協力を求めるのなら、彼のルールに従ってもらう。

「明日まで考えてくれていい」カイルは言った。「ただし、それを過ぎたら弁護士にあいだに入ってもらう。ぼくに何か言いたければ、彼らに連絡してくれ」

ライリーンが特に物怖（ものお）じした様子もなく彼をじっと見つめた。「なるほどね。あなたは厄介な相手になるかもしれないって、事前に忠告を受けていたの」

「それは正しい忠告だったな」

「そうね」彼女がコートとブリーフケースをつかんだ。ブリーフケースの外側のポケットから何かを取りだし、ヒールを履いた有能な法律家らしい足取りで彼のほうに近づいた。「どういう仕組みかを説明させてもらうわ、カイル。もしお望みなら弁護士を引き連れて、わたしのオフィスであなたの証言について話し合いましょう。そうするのが一番無駄のないやり方よ。それを拒否するなら、召喚状を発行してあなたを大陪審の前に引きずりだすこともできる。その場合も、あなたが知っている内容をすべて話してもらうことになるわ。どちらにせよ、わたしの希望どおりになるというわけ」

そうなのか？　カイルも特に物怖じすることなく、その脅しを軽くあしらった。

「三つ目の可能性を忘れているようだな。あの夜クインが言ったことをぼくが都合よく忘れるという可能性もある」

彼はライリーンの目に怒りが浮かぶのを見た。

「忘れるはずないわ」彼女が言った。

「そうであることに賭けてもいいと思っているんだろう、カウンセラー？」カイルはきいた。「きみはぼくのことをどのくらい知っているつもりなんだ？　ぼくはやってはいけないことをやってのける人物だって、世間は五カ月前に知っただろう」

驚いたことに、その言葉にライリーンがふと止まった。ペントハウスを見まわし、彼に視線を戻す。「そうね。実際、あなたのことはよく知らないわ。十年近く前に、三十分ほど一緒に過ごしただけだもの。だけど家まで送ってくれて、わたしにシャツを貸してくれたカイル・ローズは、たとえどれだけ検事局に腹を立てていたとしても、正しいことをすると思うの。だから、あのときの男性がまだこのペントハウスにいるのなら、わたしに連絡するように伝えてちょうだい」

カイルは胸の前で腕を組んだ。「九年前のきみもこんなに押しが強くて頑固だったっけ？　覚えていないのが不思議だな」

ライリーンが名刺を持った手を差しだした。「わたしの番号よ。無駄のないやり方を選んだ場合の連絡先」

彼は名刺を受け取ったが、ライリーンを怒らせたいという思いを抑えられなかった。ほんの少しでいいから怒らせたい。「よっぽど、ぼくにまた会いたいんだな」片眉をあげ、意味ありげな口調で続ける。「本当にビジネスだけが目的なのか、ミズ・ピアース?」

ライリーンは何も言わず、彼に一歩近づいた。体が触れそうなくらい近くに立ち、彼を見あげる。「わたしのオフィスに連絡して、カイル」彼女が言った。「さもなければ、びっくりするくらい迅速に召喚状を発行するだけよ」

それだけ言うと退き、一見かわいらしい笑顔をカイルに向けて玄関のほうへ歩いていった。「それと——おやすみなさい」

# 11

ライリーンは腕時計を見ながらＭＣＣのロビーに足を踏み入れた。ＭＣＣはシカゴのダウンタウンの中心部にあり、最高の警備システムを備えた連邦刑務所だ。彼女のオフィスから五ブロック離れたその刑務所に着くまでに思ったより時間がかかったが、それでもまだ数分の余裕があった。

週末にブラウンの事件に関するファイルを調べた彼女は、シカゴのＦＢＩ捜査官のひとりと初めてのミーティングを設定した。この事件を担当する特別捜査官は徹底的な捜査を行っていたが、残念なことに、ブラウンと親しかった友人以外の受刑者から話を聞こうとするたびに失敗していた。けれども、ひとりだけ例外になりそうな人物がいた。その捜査官によると、ブラウンがワッツに殴殺された夜に隣の監房にいたマニュエル・グティエレスという受刑者が、ＦＢＩと話をすることは拒んでいるものの、検事局と直接話すことには若干の関心を示しているらしい。

ライリーンはそうした類の要望をこれまでにも耳にしてきた——ＦＢＩが受刑者の取り調べをしようとしたときによく聞く話だ。既決重罪犯は、刑務所から出る方法に限ってはガリ勉の法科一年生かというほどに知識があり、連邦刑事訴訟規則の三十五条も熟知している。その条項では、捜査に協力した受刑者の刑罰を法廷が減刑することを認めている。抜け目のない受刑者なら、そうした減刑を求める権限があるのはＦＢＩではなく検事局のみであることも知っている。

通常、ライリーンは連邦刑事訴訟規則三十五条のもと、受刑者と取引をするのを良しとしていなかった。第一に、昨夜カイルに話したとおり、そのような取引をすれば、その証人は偏見を理由に弾劾される可能性が出てくる。第二に、検察官としての彼女の仕事は犯罪者を刑務所に送ることであって、彼らに早期釈放の手段を与えることではない。しかし彼女は実際的な人間で、受刑者の証言を得ることが裁判を成功させる決め手となることもあった。もっとも受刑者の視点で見れば、当局に情報を提供するのは危険な場合があることも、彼女は理解していた。裏切り者と見なされた受刑者の刑務所生活は、どう考えても過酷になりうるからだ。だからこそ、連邦刑事訴訟規則三十五条は受刑者の協力を得る唯一の誘因となる。

そういうわけで彼女の今日の課題は、マニュエル・グティエレスがダリウス・ブラウンの死に関して何を知っているか調べることだった。ライリーンは朝一番に担当のFBI捜査官に連絡し、グティエレスとの面会を提案した。運よく、その捜査官も午後なら時間が取れるということだった。

「ミズ・ピアース?」

彼女に近づいてきたのは二十代半ばのアフリカ系アメリカ人で、これまでに会ったことのあるFBI捜査官のなかでは群を抜いて友好的な笑みを浮かべ、ずば抜けてお洒落なスーツを着ていた。

彼が手を差しだす。「担当のサム・ウィルキンズ特別捜査官だ。ブリーフケースを見て、あなただとわかった」

「お会いできてうれしいわ、サム。ライリーンと呼んでね」

ふたりは世間話をしながら進み、所持品保管所でウィルキンズは武器を預けた。ライリーンは数分もしないうちに、彼がFBIではわりと新人であることや、イエール大学のロースクールを卒業後すぐにFBIに入ったこと、ブラウンの事件はFBI凶悪犯罪課に配属されてから初めての単独捜査になることを知った。

「凶悪犯罪課を希望したのはなぜ?」ライリーンは興味津々できいた。ウィルキンズの雰囲気が、彼女がともに仕事をしてきたほかのFBI捜査官たちと比べると、無骨で粗野な印象が薄かったからだ。

彼が肩をすくめた。「ぼくが希望したというより、向こうがぼくを選んだという感じかな。入局した当初、その部署で上官と組むことになり、一緒に捜査した最初の事件が注目度の高い殺人事件だったんだ。それでぼくたちの仕事のやり方が気に入られたらしい。なぜなら、今ではジャックとぼくは、死体が見つかると必ず最初に声がかけられるようだから」

ウィルキンズが黙り、ふたりは刑務官に身分証明書を見せてから、スーツのジャケットを脱いで金属探知機を通過した。MCCに初めて来たライリーンは、ウィルキンズのあとについてエレベーターに向かった。それで面会室まであがれるのだ。

「ところで、わたしたちは幸運をつかんだのよ」彼女はウィルキンズに言った。「ブラウンと同時期に懲戒隔離されていた例の受刑者がいい証人になりそうなの」彼女はカイル・ローズに関する状況を手短に説明し、ほかの面会者とエレベーターに乗りこむと同時に話をやめた。

十一階でおり、ウィルキンズは警察官や連邦捜査官用の面会室へと続く廊下を先導した。「その男は、カイル・ローズは連絡してくると思うかい？」

ライリーンはしばし考えた。決断はカイルに任せた――正直、彼がどうするかはよくわからない。「そのうちわかるわ」

十分後、ふたりは小さな面会室で木製の取り調べ机を挟んでマニュエル・グティエレスと向かい合って座っていた。

「話したらおれにどんな得があるんだ?」グティエレスが知りたがった。手錠をはめた手で扉を示し、自分を面会室に連れてきて退室した刑務官のほうを指して言う。「連中のことを密告したあともこの場にとどまるなんて、ごめんだからな。残されたら、遺体袋に入れられてここを出ることになっちまう」

「まずは知っていることを教えてくれるかしら、ミスター・グティエレス」ライリーンは言った。「あなたの証言が必要だと判断すれば、話を次に進めましょう」

グティエレスはしばしその提案について考えてから、身を乗りだして声をひそめた。「わかった。おれがワッツの隣の監房にいたことは知ってるんだろ? やつがブラウンを殺して永久に独房に移される前の話だ。ブラウンがワッツの監房に入る前の日、おれはクインとワッツの会話を耳にした——そのあと起こった出来事を考えると、充分に怪しい会話をな」

「クインとワッツはなんて言っていたの?」ライリーンはきいた。

「ワッツがクインにきいてたんだ、〝どのくらいあいつを痛めつけてほしいんだ、ボス？〟ってな」

その発言はライリーンの注意を引いた。「それで、クインの返事は？」

グティエレスは続きを口ごもった。「聞こえたのはクインが〝じいっ〟って言う声だけだ。自分たちの会話を誰にも聞かれたくなかったんだろうな」彼がライリーンとウィルキンズを交互に見た。「それでも重要な会話だろう？　その、証言として使えるよな？」

ライリーンは考えてみた。もちろん、もっと先まで会話を聞けていればなおよかったのだが、それでもパズルを埋める情報にはなる。「助かるわ。ありがとう」

グティエレスは彼女が言葉を切ったのを躊躇したのだと誤解した。「聞いてくれ、みんな何が起こったか知ってる。クインがあの人種差別野郎の監房にブラウンを移し、ワッツに襲撃させたんだ。ワッツを見たことはあるか？　筋肉むきむきで九十キロを超える大男だ。ブラウンは百八十センチもなかった」グティエレスが手錠をはめた手をあげた。「人はここにいるおれたちのことをくず人間だと思っているかもしれないが、囚人にだって権利がある」そう言って、ライリーンの顔に近すぎるくらいに身を乗りだした。「あいつに厳罰を下してくれ」

防衛本能が働いたのか、ウィルキンズが体を緊張させた。「おい、落ち着け」低い声でうなる。

ライリーンは自分とウィルキンズのあいだに手を割りこませ、大丈夫だと示した。目をそらさず、受刑者の視線を受け止める。

「もちろんそうするつもりよ、ミスター・グティエレス」

その日の午後、カイルが姉の経営するワインショップ〈ディヴァイン・セラーズ〉の正面入り口から入ると、ジョーダンが重たい箱をセラーから運ぼうとしていた。

彼は大きく二歩進んで声をかけた。「ジョードゥ、ぼくが運ぶよ」

ジョーダンが箱を渡し、店の中央にあるカウンターを指した。「ありがとう。あの上に置いてもらえるかしら」

カイルは箱をおろし、彼女の手首のギプスを示した。「従業員がいるんだから、頼めよ」

ジョーダンは片眉をあげ、ワインボトルを取りだし始めた。「あら、ご機嫌斜めのようね。何かあった？」

たしかに彼の機嫌は悪かった――悪いというか、最悪だ。押しが強くて頑固な検事補が忌々しい召喚状をちらつかせ、道徳的判断を迫りながら彼の人生に再登場して以来、ずっと最悪だ。でも、そのことを姉と話し合うつもりはない。「疲れているだけだよ」彼はそっけなく返した。「ゆうべはよく眠れなくて」理由は、あの押しが強い頑固な検事補の言葉が鬱陶しいくらい頭のなかでこだましていたからに違いない。

〝だけど家まで送ってくれて、わたしにシャツを貸してくれたカイル・ローズは、たとえどれだけ検事局に腹を立てていたとしても、正しいことをすると思うの。だから、あのときの男性がまだこのペントハウスにいるのなら、わたしに連絡するように伝えてちょうだい〟

ああ、彼女は本当に……高潔だ。カイルのこの九年間の生活に対して、言い訳しなければいけないような気がしてくる。たしかに言い訳ならある。彼は楽しんで生きてきたのだ。楽しむことはたぶん、ライリーン・ピアースがもっと頻繁に試すべきことなのかもしれない――彼女の四十二年分のキャリアプランか何かには楽しむ時間など含まれていないだろうから。

「真面目な話、なんて顔をしているの?」ジョーダンがきく。「そんなしかめっ面をされたら、わたしのカベルネが怯えるわ」

「ちょっと厄介なことがあってね」カイルは曖昧に答えた。

ジョーダンが片眉をあげて彼をしげしげと観察する。「服役のこと?」

「服役後のことかな。姉さんと話し合いが必要な問題じゃないよ」彼の超完璧な双子の姉と、彼女の超完璧なFBIのボーイフレンドに、自分がまた検事局と一種の係争中にあることは絶対に知られたくない。ジョーダンにわざわざ非難されなくても、カイルはこの状況に充分腹を立てていた。数週間前に刑務所から出て、本当なら今は人生を取り戻そうとしているはずなのに、あの場所の名残がまとわりついてくる。まるでひどい体臭のように。

カイルはジョーダンが取りだしたワインボトルをさらに四本持った。「どこに置けばいい?」

ジョーダンが指を差す。「あそこにある空の大箱に入れてちょうだい。ほかのカベルネも一緒に」彼女はカウンターに戻ってきたカイルをじっと見つめた。「それで、服役後の問題って何?」

今度は彼が怪しむ番だ。「なんで質問攻めにするんだよ?」

「ただ会話をしようとした姉を訴えるつもり? まったく。元受刑者が俗世間の日常に戻るのは大変な場合があるって話を聞いたから、ちょっと心配していただけよ」

カイルはまたワインボトルをつかみながら姉をちらりと見た。「そんな話、どこで聞いたんだ？　前科者の兄弟姉妹のための匿名広場でもあるのか？」

ジョーダンがにらみつける。「ええ、キリスト教青年会（ＹＭＣＡ）で毎週ミーティングがあるの」言い返してから、曖昧に手で打ち消した。「なんていうか、その……週末にテレビで見た番組がちょっと……」

なるほどね。カイルは姉の心配の種をうすうす感じ取った。「ジョードゥ……ひょっとして、また『ショーシャンクの空に』を見たのか？」

「やだ、違うわよ」彼女が弟のしたり顔を見て白状する。「負けたわ。そうよ、テレビのチャンネルをあてもなく変えていたら、ＴＮＴでやっていたの。消そうとは思うんだけど」彼女が当然といった表情でカイルを見た。「見ずにいられないの」

カイルは笑みをこらえた。「たしかにね。だけどぼくは一生分の傷も負っていないし、シワタネホ行きのバスに乗ろうと企んでもいない。ＭＣＣはショーシャンクじゃないんだ」

「そうなの？」ジョーダンがきいた。「だって新聞で読んだところなのよ、何週間か前にあそこで受刑者が殺されたって。ダリウス・ブラウンという男性だそうだけど、あなたも知っている人？」

次の話題に移ってほしいと思いながらも、カイルは無関心を装った。「少しだけ」

彼は詮索好きな姉がさらに質問してくる前にすばやく話題を変えた。「それより、ぼくのビジネスプランについて話したいって言っていただろう？」ジョーダンは彼がそのプランを明かした最初の人物だった。経営学修士号（MBA）取得者のアドバイスを聞いて損はないだろうと思ったのだ。

「ええ、そうよ」彼女がタオルをつかみ、ワインボトルについていた粉を手から払うと、彼が作成した二十ページに及ぶビジネスプランをカウンターの下から取りだした。

「どう思った？」

ジョーダンが躊躇する。「言いにくいんだけど、弟だから正直に言わないといけないわよね。わたしが思うにこの案は……最高よ」

カイルは驚いて誇らしげに言った。「そうだろう？　具体的にどこがよかったのか話してくれ」

「あら、勘違いしないでね。大きく失敗する可能性もあるんだから」ジョーダンが言った。「でも、収益と費用とキャッシュフローという重要な三点をきちんと押さえているわね。潜在市場としては巨大だし、独自性のあるサービスだわ。そのサービスに関心を持つ企業が現れるかどうかは――」そこで両手を差しだす。「未知数だけど」

それこそが大金の絡む問題だった。「来週、事務所用の物件を見に行く予定なんだ」

カイルは言った。

「まあ。本当にやる気なのね」

そう、本気だった。「刑務所で過ごした四カ月のあいだ、釈放されたらすぐに人生を取り戻すためにすべきことをいろいろと考えていたんだ。いよいよその計画に着手するときが来た」そこでカイルはあることを思いだして言った。「でもひとつ頼みがある――父さんには黙っておいてくれないかな」

「あなたの口から初めて聞く言葉ね」ジョーダンが目をくるりとまわして言った。

「お父さんは大成功をおさめたビジネスマンなのよ、カイル。きっと助けになってくれると思うけど」

「姉さんはこの店を開くときに父さんの助けを借りたかい?」カイルは指摘した。

ジョーダンがカウンターにもたれて誇らしげに店内を見まわした。「もちろん借りていないわ」

それが答えだ。

三十分後、カイルはジョーダンとの会話で上機嫌になり、〈ディヴァイン・セラーズ〉をあとにした。しかし、通りを渡って自分の車まで半ブロックほど進んだところで、心の引っかかりが戻ってきた。その原因はわかっている。

女検察官ピアースとの問題が心の底から煩わしかったのだ。

結局のところ、ダリウス・ブラウンの事件について自分がどうするかなど問題にすべきではない。ライリーンの言い分は正しい。自分は偽証などしない。だから心置きなくいやなやつとしてふるまい、彼女に召喚状を取得させればいいのだ。自分は大陪審の前で知っていることを証言するし、そうすれば法の裁きが下る。自分が検事局を――自分にいっさい礼儀を見せなかった連中を――てんてこ舞いさせたという満足感も得られるではないか。

いい考えだ。カイルはいやなやつとしてふるまいたかった。

それなのになぜか、上着のポケットに手を入れて携帯電話とライリーンの名刺を取りだしていた。自分でも理由は説明できなかった。

カイルは彼女の番号にかけ、留守番電話に切り替わるとメッセージを残した。

「悪いな、カウンセラー。ペントハウスじゅうをくまなく探したが、カイル・ローズはひとりしかいなかった」そこでひと息置く。「そいつは明日の二時にきみのオフィスへ行く予定だ。機嫌が悪いだろうから覚悟しておいてくれ」

## 12

翌日の午後一時半になる頃には、検事局全体がざわついていた。

ライリーンはもともとのスケジュールだと二時では都合が悪かったのだが、この状況においても主導権を握っていると信じているらしい厄介な証人の都合に合わせて予定を変更した。その後、彼女が訪問者リストにカイル・ローズの名前を加えるよう秘書に告げると、その情報は山火事のようにオフィスじゅうに広まった。

カイルとの打ち合わせ直前、ケイドがゆっくりと拍手をしながら彼女のオフィスに現れた。「お手柄だな。あのツイッター・テロリストをどうやって説得したんだ?」

「コツがあるのよ」ライリーンは意味ありげに言った。実のところ、彼女にもどうしてカイルが承諾してくれたのかよくわかっていなかったのだ。「ところで、彼のことはもうカイル・ローズと呼んだほうがいいんじゃないかと思うんだけど」

ケイドがもの問いたげに片眉をあげた。「そうかな?」

そこで秘書から内線が入り、訪問者が到着したことを告げられた。「わたし、行かないと」ライリーンは立ちあがって言った。

ケイドは自分のオフィスに戻るために彼女と並んで歩いた。秘書たちのデスクやほかの検事補たちのオフィスの前を通り過ぎるとき、ライリーンは全員の視線が自分に注がれていることに気づいた。

「まるでアル・カポネに立ち寄るように頼んでしまったみたい」彼女は小声でぶつぶつ言った。

「慣れるしかない。カイル・ローズと聞けば、みんな興味を抱くに決まっている」ケイドが自分のオフィスに入りがてら敬礼した。「幸運を祈る」

ライリーンは角を曲がり、歩調をゆるめて受付エリアを見渡した。

カイルがこちら側に横顔を見せて立っていた。シカゴスカイラインの写真を眺めている。驚いたことにひとりで来たようだ。ビジネスカジュアルな服装で、専門家らしい自信にあふれている。ブルーのピンストライプのシャツの一番上のボタンを外し、両手はズボンのポケットに突っこんでいた。皮肉なことに、彼の背後の壁には銀色の太字で〝米国連邦検事局〟という文字が刻まれていた。

ライリーンは認めざるをえなかった。彼女はすっかり感心していた。

明らかに、カイルと検事局は良好な関係ではない。五カ月前、検事局は彼を追いつめた――ケイドから聞いたところによると、少しやりすぎなくらいに。それなのに今、検事局がカイルを必要としているからといって、彼はそこに立っている。彼のような立場の人間なら絶対に連れてくるであろう弁護団に守ってもらうことも隠れることもせず、堂々と。

振り向いてライリーンに気づいたカイルは、彼女が近づいてくるのを慎重なまなざしで見ていた。二日前、カイルから嫌味を言われ、彼女も言い返した――それでも彼は現れた。ライリーンにとっては、彼が怒りに任せて嫌味を吐いたことより、冷静になって今日ここへ来てくれたことのほうが重要だった。

「かなり注目されているようだな」ライリーンが彼の前で足を止めると、カイルが言った。

ライリーンは振り向き、〝たまたま〟受付エリアを通りがかった何人かの秘書や検事補たちが自分たちを見ていることに気づいた。

「もう弁護士はいいの？」彼女はきいた。

「隠すことは何もないからね、ミズ・ピアース」彼が冷静に言った。

「正直、弁護団が来なくてよかったわ。五十人分もコーヒーをご馳走（ちそう）する余裕はないもの」

カイルの顔に驚きの表情が浮かぶ。「ここで話すんじゃないのか?」

当初の予定ではそのつもりだったが、彼を会議室に連れていけば、外野にのぞかれたり噂の種にされたりするとわかっていた。もっとはっきり言うと、そろそろ検事局の誰かがカイル・ローズに理解を示してもいい頃だろうと思ったのだ。「もう少し……詮索されない場所に行こうと思ったの」ライリーンは声をひそめて言った。「おかしな状況だものね、カイル。それはわたしもわかっている。でもわたしはここで働き始めたばかりなの」

カイルがしばらく彼女を観察した。まるで彼女からの休戦の申し出を受け入れるべきかどうか考えているようだった。

「今日の髪型のほうが好きだな」彼がとうとう口を開いた。

ライリーンはひっそりと笑った。悪くないスタートね。「休戦を受け入れたってことかしら?」

カイルがエレベーターのほうに歩いていった。「考えてもいいってことだ」

しかし下りのボタンを押して彼女のほうをちらりと見たその目には、見覚えのある茶目っ気たっぷりの輝きが戻っており、ライリーンは自分が彼に受け入れられたことを知った。

カイルはボックス席でライリーンの向かいに座り、周囲を観察していた。

ライリーンに連れてこられたのは怪しげな雰囲気を装った、レトロだけれど洒落た感じではないダイナーで、ビニール張りのボックス席とプラスチック製メニューが並んでいた。彼女のオフィスから一ブロック離れたシカゴ高架鉄道の高架下にある。

「こんなところ、どうやって見つけたんだ？」彼はメニューを手に取って言った。「ミートローフまであるじゃないか」

ライリーンがジャケットを脱いで横に置いた。「検事補のひとりに教えてもらったのよ。法廷仲間がよく集まるの」

パチンと大きな音が鳴り、明かりが急に消えた。

ライリーンが気にするなと言うように手を振る。「ヒューズが飛んだだけ。いつものことよ」メニューを脇に置き、窓から入る薄明かりで彼をしげしげと見つめた。「ところで、あなたのファイルを読んだわ」

当然だな。「それで、ファイルからぼくの何がわかった？」カイルはきいた。

彼女がブリーフケースから法律用箋（リーガルパッド）とペンを取りだした。「そうね、ファイルを読んでもわからないことがひとつあったわ。あなたが懲戒隔離された理由よ」ペンをカチリとノックしてリーガルパッドの上に置き、書く準備をする。「教えてもらえるかしら？」

カイルは笑いそうになるのをこらえた。そんなふうに仕事用の顔を彼に向けているとき、自分がどれだけ魅力的に映るかライリーンは自覚しているのだろうか。「懲戒隔離された毎回の理由が必要かい、ミズ・ピアース？　それともブラウンの隣にいたときだけでいい？」

ライリーンがまばたきした。「何回、懲戒隔離されたの？」

「六回」

彼女が目を見開く。「四カ月で？　なかなかやるわね」

不意に明かりが戻り、何人かの客がよかったよかったと声をあげた。

「ついたわね」ライリーンがあたたかみのある気楽な笑みを浮かべて言った。「雰囲気作りの一環よ」

なるほど。

カイルはその笑顔を覚えていた。その笑顔に誘われて、バーでまったくの他人だった彼女に声をかけようと近寄ったのだ。そしてすごく生意気な態度を取られた。

「六回分の懲戒隔離の理由を話してくれるところだったわよね？」彼女が促した。

カイルは後ろにもたれ、無造作に腕を背もたれに伸ばした。「受刑者のなかには、金持ちのコンピューターおたくならカモにするのは簡単だろうと考えるやつらがいてね。その誤解を正すために自衛せざるをえないときがたまにあったんだ」

ライリーンがリーガルパッドに何か走り書きした。「つまり、喧嘩が問題になったわけね」

「いや、喧嘩そのものよりも周囲とうまくいっていないことが問題になった」

彼女から鋭い視線を向けられ、カイルは無邪気に微笑んだ。微笑まずにいられなかった――ライリーン・ピアースと彼女が身につけているスーツ、それに実用的なリーガルパッドを見ていると……彼女を動揺させたくなる。

「わたしが聞いておいたほうがいいような、特筆すべき喧嘩はあった？」彼女がきいた。

「マッシュポテトの皿に相手の顔を突っこんだことがあるな」

ライリーンが笑いを嚙み殺しているのが彼にははっきりとわかった。

「刑務所生活について話してくれるかしら」彼女が言った。

「きみは検察官なんだから、刑務所暮らしがどんなものかは想像がつくだろう」

ライリーンはうなずいてそれを認めた。「あなたの言葉で聞かせてほしいの」

「そうか。この件に関してぼくが証言するとき、なんて言うかを知っておきたいんだな」

「正確にね」

カイルはどこから話そうかと考えた。友人や家族がその話題を避けるなか、刑務所生活について直接きいてきた最初の人物がライリーンであることをおもしろく思った。

「ほとんどの時間は退屈で死にそうだった。毎日同じことの繰り返しさ。五時に起床、朝食、監房で点呼を待つ。検査に合格すれば自由時間。十一時に昼食、点呼、さらに自由時間。監房に戻ってまた点呼。五時に夕食、九時まで自由時間、それから――ご想像のとおり、また点呼。十時に消灯」彼はひと言つけ加えた。「リーガルパッドに書くほどのことでもないだろう」

「夜の日課は？」

カイルは肩をすくめた。「夜は長くて寒かった。考えごとをする時間がたっぷりあった」コーヒーをひと口すすり、もう補足すべきことはほとんどないと考えた。

「ほかの受刑者と揉めたと言っていたわね。刑務官とはどうだった？」彼女がきいた。

「自衛したかどでぼくを隔離し続けた以外は、特に何も」

「彼らがあなたを隔離し続けたことに憤りを覚える?」

カイルは彼女が話をどう進めようとしているのかわかった――反対尋問で被告側弁護人が何を持ちだすかを先回りして考えているのだろう。「刑務官を恨んではいないよ、カウンセラー。彼らは自分の仕事をしていただけだとわかっているから」

「そうね」ライリーンがうなずいた。「次はクインのことを話してもらえるかしら」

「クインのこととなると話は別だ。あいつは底意地の悪い野郎だった」カイルは彼女を観察した。「これも書き留めているのか?」

「ええ。大陪審の前でも今みたいに自由に発言してね」

カイルは彼女がその話題を持ちだしたことを歓迎した。この事件に関して、彼女には自信がある、少なくともそう見えるが、カイルには疑念があった。「きみは本当に大陪審がぼくの証言を信じると思っているのか?」

「もちろんよ」ライリーンが肩をすくめて言った。「わたしは信じているもの」書くのを終えてリーガルパッドから顔をあげた彼女は、カイルにじっと見られていることに気づいた。「何?」

ライリーンに信じていると言われたところで、たいしたことではない。本当に。ただの言葉だ。「山ほど質問されたから、今度はぼくの番だ」

「あら、ごめんなさい。だけど、そういう手順にはなっていないのよ」ライリーンが愛想よく言った。

「いや、今はそういう手順を踏んでもらうよ、カウンセラー。ぼくをこのボックス席にとどめておきたいならね」カイルも同じくらい愛想よく返した。

ライリーンがかぶりを振った。「九年前と変わらず、腹立たしいくらい自信過剰なのね」

「ああ」カイルの視線が彼女の唇に落ちる。「それでどういう展開になったか、きみも覚えているよな」

驚いたことに、ライリーンが赤面した。

おやおや。どうやら何事にも動じないはずの女検察官ピアースもやはり……動じることはあるみたいだな。

おもしろいじゃないか。

ライリーンがすぐに立て直した。「いいわ。何がききたいの？」

カイルはどこから始めようかと一瞬考えた。そしていきなり核心を突くことにした。「サンフランシスコから引っ越してきた理由は？」

ライリーンが片眉をあげた。「わたしがサンフランシスコに住んでいたことをどうして知っているの？」

「司法省の人事記録をハッキングしてきみの情報を嗅ぎまわったって言ったら、十段階評価でどのくらいまで怒る？」ライリーンが死人みたいに青ざめるのを見て、彼は口笛を吹いた。「わかったよ……前科者特有のユーモアはなしってことだな。落ち着いてくれ、カウンセラー。グーグルできみのことを調べただけだ。見たところ、カリフォルニアでは順調だったようだが」

カイルはライリーンの目に表現しがたい何かが浮かぶのを見た。

「心機一転するのもいいかなと思ったの」彼女があっさりと言った。

間違いなく裏がある言い方だ。

「そんな言い草をみんな信じたのか？」カイルはきいた。

「もちろんよ。だって真実だもの」

「でも、真実をすべて語っているわけではない」

ライリーンがかすかな笑みを浮かべて認めた。「そうかもね」そう言ってペンを持ち直す。「さあ、あなたの証言に戻りましょう」

「プライベートな会話はちっともしてくれないんだな」彼はからかった。

「あなたに対しては、そうよ。過去を参考にするなら、わたしたちが仲よくできるのは最長で八分くらいだったから――」そこで腕時計を見る。「あら、今回はそろそろ時間切れみたい」

カイルは笑った。ライリーンは腹立たしいと同時に、笑えるほど落ち着き払っている。「最後にもうひとつ質問させてくれ。そうすれば、なんでもきいてくれてかまわない」カイルはひと呼吸置き、彼女の視線をとらえた。「あのときのキスが気に入ったって認めろよ」

彼女の唇が驚きで開く。「今のは質問じゃないわ」

「いいから認めろよ」

ライリーンが彼の視線を受け止め、口角をあげて笑顔になる。「あのとき言ったでしょう。まあまあだって」

そして彼女はまたペンをカチリと鳴らした。「さあ、証言に戻るわよ」

カイルの印象では、その後の聞き取りはほぼ滞りなく進んだ。ライリーンはたっぷり二十分かけて、クインがブラウンを脅した夜について彼に質問を浴びせた――クインが話すのを実際に見たかどうか（イエスだ）、脅しをたしかに聞いたのかどうか（これもイエス）、ふたたび注目を浴びたいという自己中心的な理由でこの話をでっちあげていないかどうか。

カイルはその質問を聞いたとたん、コーヒーを口元に運びかけていた手を止めた。

ライリーンがいたずらっぽく笑う。「検察官特有のユーモアよ」

伝票が置かれてふたりが同時に手を伸ばしたとき、一瞬気まずい沈黙が流れた。カイルの指が彼女の指を撫で、ふたりの視線が絡み合う。「すまない。習慣で」

ライリーンが支払いをすませると、ふたりはダイナーを出て高架下でしばし立ち止まった。

「本件は来週、大陪審に持ちこむ予定よ」ライリーンが近づいてくる電車の音にかき消されまいと声をあげて言った。「あなたに証言してもらう正式な日時が決まり次第、連絡するわ」

彼女が別れの挨拶に手を差しだし、カイルはその手を包んだ。

「あなたは正しいことをしているわ、カイル」ライリーンが言った。「ただこれだけは覚えておいて――」

ちょうど頭上で電車が轟音(ごうおん)をたて、彼女の声が聞こえなくなる。カイルは耳を指さして首を横に振った。ライリーンが近寄って彼の肩に手を置いて背伸びし、耳に口を近づけた。

息が彼の首を優しく撫で、声が耳に低く響いた。「へまをしないでね」

カイルは顔の向きを変えて目を合わせた。彼女の唇がほんの数センチ先にある。一瞬黙りこむと、ライリーンも沈黙する。カイルは彼女が息をのむ音を、そして肩に触れた手のあたたかみを意識した。

思わず引き寄せたくなる。彼はダイナーでキスのことをからかったが、四カ月の刑務所暮らしで勘が鈍っていないとすれば、ライリーンから伝わってくる感情は本物だと思った。少し首を傾けるだけで、唇に触れることができる。記憶どおり彼女のキスが最高かどうか確かめることができる。

「仲よくできる八分の最長記録は破れたかな?」カイルはかすれた声できいた。

ライリーンはそのままの姿勢で佇(たたず)んでいた。唇が触れそうな距離のまま。そして小首をかしげて彼の視線を受け止めた。「時間切れよ」

彼女が身を引き、背を向けて歩み去った。電車も頭上を通り過ぎ、轟音が遠のいていった。

安全地帯であるオフィスに戻ると、ライリーンは後ろ手に扉を閉めてほっと息をついた。

あれは近づきすぎだ。

検察官として、彼女には越えたくない一線があった。そして裁判の証人と関係を持つことは間違いなくその一線を越えている。ふたりきりで気の利いた会話をたまに交わすくらいは、そして九年前のキスに言及するくらいはかまわないかもしれないけれど、ブラウンを有罪にするためにカイルの証言が必要なら、それが限度だ。

ライリーンは手で髪をすいて落ち着きを取り戻すと、デスクに着いた。仕事で気を紛らすことができるなら大歓迎とばかりにメッセージを確認する。まずは留守番電話を聞いたあと、パソコンに向き合った。未読のメールをスクロールし始めた矢先、一通のメールに驚いて目を奪われた。

ジョンからのメッセージだ。

件名がなかったので、開封するかどうか迷った。プレビューウィンドウに内容を表示させたくない。まずはこの予期せぬ展開を整理するために少し時間が必要だった。

彼女はデスクの上のカレンダーを見て、あと一週間でジョンから最後の連絡をもらってからちょうど半年経つことに気がついた。双方合意の上で、お互い電話もメールもしないと決めた。そのほうがふたりとも楽に別れを乗り越えられると考えたのだ。それなのにジョンは連絡をしてきて、合意事項を変更しようとしている。

普段なら決断が早いライリーンだったが、どうすべきか自問自答している自分に気がついた。心のどこかでは読まずに削除してしまいたいという誘惑に駆られていたけれど、それは辛辣すぎる気もする。ジョンが連絡してきたという事実に対して、複雑な感情を抱いたものの、その感情のなかに辛辣さは含まれていないことに気づいて安堵した。それに、メールをよこしたのは、ひょっとしたら悪い知らせがあるからかもしれない。その場合、返信しなかったら罪悪感に駆られるだろう。

それはともかく、好奇心を感じている自分がいるのもたしかだった。わたしが恋しいのかしら? 自分は理性的な人間だと思いたかったが、自分に恋い焦がれている男性がいるかもしれない、ひょっとすると関係を終えたことで罪悪感を覚え、悩んでいるのかもしれないと思うと気分がよかった。その男性は、彼女が仕事で連携している麻薬取締局(DEA)の捜査官からの〝至急、召喚状を求む〟というメールと、レイからの〝大変――ゆうべの『グッド・ワイフ』見た?〟というメールに挟まれて、彼女の受信ボックスで未開封のまま放置されている感傷的なメッセージに心血を注いで数時間を費やしたかもしれないのだ。

だから彼女は、思いきってメッセージを開封した。

ライリーンはメール全文を読み、その意味について考えようと椅子の背にもたれた。

およそ半年経って初めて受け取った連絡であることを考えると、ジョンの言葉すべてを深読みしたいという誘惑に駆られる。しかし幸いなことに、賢明な彼はそうした深読みの苦難から彼女を救ってくれた。

三年間つきあい、一年同棲し、約半年前に別れた元恋人が書いてきたのは、たったひと言だった。

〝やあ（ハイ）〟

# 13

「〝ハイ〟？　それだけ？」

ライリーンはにんじんスティックをつまむと、一緒に注文したひよこ豆のディップ（フムス）に浸した。「そうよ。たったそれだけ」スティックを軽く揺らしながら続ける。「意味がわからないでしょう？　〝ハイ〟だけなんて」

「彼が大ばか者（ジャックアス）ってことよ」

　レイはいつだって見事に核心をずばりと突いてくれる。

「彼なりに様子を探ろうとしているのかしら？」ライリーンはきいた。「ひと言だけの短いメールを送って、わたしが返信するかどうか確かめようとしているとか？」

「つまりそれって、彼があなたのことを考えているサインだってことね」

　バーテンダーがふたりのマティーニを運んできた。カイルへの聞き取りを終え、ジョンから〝ハイ〟とだけ書かれたまぬけなメールを受け取ったライリーンは、たまらず仕事後にレイを呼びだし、こうしてふたりの仕事場の中間地点にあるバーでハッピーアワーを一緒に過ごしている。

にんじんスティックを嚙みながら、しばしレイの言葉について考えてみたが、首を横に振った。「聞いて！　わたしは二度と同じ道をたどるつもりはないから。すでにいやというほど時間をかけて、別れる前のジョンとの会話を分析して、あれでよかったのかって悩み続けたんだもの」それが彼との破局から立ち直るために、自分なりに編みだした六カ月計画の第一段階だった。ただし、第一段階を経ても進歩はなかったけれど。

「そうこなくちゃ。乾杯しましょう」レイは自分のグラスをライリーンのグラスに当てて音をたてると、フレンチ・マティーニをすすった。「それで、ジョンに返信するつもりなの？」

「もちろん。〝さよなら（バイ）〟っていうのはどう？」

レイは声をあげて笑った。「きっと、それは彼が望んでいる答えじゃないでしょうね。でもこの半年間、連絡を取り合わなかったことで、ジョンはあなたの気持ちを少しもわかっていなかったと証明したようなものだわ。わたしたち、今回のことでこんなに驚くべきじゃないのかもしれない」

「半年じゃすまないわ。そもそもイタリア行きの話が出たことから見ても、ふたりの関係に対する考え方が彼とわたしではまったく違っていたのは明らかだもの」

レイは鼻を鳴らして同意を示した。「どうしてジョンはあなたがイタリア行きに賛成するなんて考えたのかしら？　わたしにはさっぱりわからないわ」

ジョンと別れて以来、レイの前で感情をさらけだしたことが何度かあるものの、親友の言葉を聞いているうちに、ライリーンは改めてここで何かをはっきりさせなければいけないような気がしてきた。「そのとおりよ。よりによって人生のこの時点で仕事を辞めて、結婚の約束もできない男を追いかけてイタリアへ行くほど、わたしはばかじゃない」

レイは自分のグラスを置いた。「そうでしょうとも。でも何よりも、ジョンは自分で気づくべきだったのよ。あなたには彼と一緒にイタリアへ行く気なんてみじんもないんだってことに」

不本意ながら、とっさに言葉を濁した。「うーん、みじんもないとは言えなかったかも」

レイは〝しっかり現実を見なさい〟と言いたげな表情でライリーンを一瞥した。

「ちょっと待って。まさかあなた、イタリアへ行くつもり？　あなたにはあなたの計画があるはずでしょう？」何食わぬ顔で両手を掲げて続ける。「どうしてそんな目でわたしを見るの？　ねえ、あなただってわかっているはずよ。これはあなた自身のことなんだから」

「そうよね。でもこうしてあなたの話を聞いていると、自分がなんだか……イタい女みたいに思えてくるの」ライリーンは突然心配になり、身をかがめて声を落とした。「わたし、イタい女じゃないわよね？」

「ええ。あなたはイタい女なんかじゃない」

ライリーンは自分のグラスを手に取った。「これを見て。わたしは平日にマティーニを飲んでいる――だからって、イタい女であるはずがない。そうよね？　しかも、これはあらかじめ計画していたことですらないんだもの」

レイはにっこりと微笑んだ。「わたしがあなたを愛しているってこと、知っているわよね？」

思わず警戒するような目でレイを見る。「それって、これから相手が聞きたくないことを言おうとしている人が言う決まり文句ね」

「だったら、あなたが聞きたがっている話から始めましょう。あなたは優秀な法律家よ、ライ。理由のひとつとして、その卓越した計画能力が挙げられるわ――あなたは常に男たちの三歩先を見通せるし、問題があってもすぐに解決策を見つけだせる。解決策があったんだと相手が気づく前にね」

ライリーンははなをすすり、いくらか肩の力を抜いた。「続けて」

「でも正直に答えて。頭の片隅で、一秒だけでも、すべて投げ捨ててジョンと一緒にイタリア行きの飛行機に乗りたいと考えたことはある？」

「ないわ」ライリーンは淡々とした口調で答えた。「だってそんなのばかげているもの。わたし、ばかげたことはしない主義なの。女がおかしなことをしても許されるのは二十代までよ」

「あなたは二十代のときだってそんなことはしなかったわ」

「それは、わたしが常に先手を打つタイプだから」ライリーンはマティーニをひと口飲み、少し考えこんだあと真顔になった。レイは長年の親友だ。互いに三十キロ以上離れて暮らしていたときでもそれは変わらなかった。誰よりもレイの意見を信頼している。「もしあなたがわたしなら、ローマに行ったと思う？」

レイはしばらく考えてから答えた。「たぶん行かない。わたしもばかなことはしない主義だから」

ライリーンはとっさに両手をあげ、怒りをあらわにした。「だったら、なぜこんなふうにわたしにあれこれ尋ねているの？」

「さあ。もしかしたら、わたしたちふたりとも三十二歳で独身だからかも。かつては結婚前のお祝いパーティー（ブライダルシャワー）や独身お別れパーティー（バチェロレッテ）をしていたのに、今では毎週のように、赤ちゃんが生まれたお知らせや誕生パーティーの招待状が届くんだもの」レイは肩をすくめた。「それってつまり、ばかなことはしない主義はわたしたちのどちらにとっても役に立たなかったってことなのかも」

　その言葉がぼんやりと宙を漂う。

「今、めちゃくちゃ落ちこんだわ。でも、そんなことないわよ。あってたまるもんですか」ライリーンはテーブル越しに手を伸ばし、親友の手を握りしめた。「理想の男性にめぐり会えていないというだけで、わたしたちの何かが間違っていることにはならない。それに言っておくけど、あなただって優秀ですばらしい人よ。もしわたしの恋愛対象が女性だったら、絶対にあなたと結婚して、体外受精で子どもをたくさん作るわ」

　狙いどおり、レイは笑みを浮かべてくれた。普段から、こと男性との交際に関して楽観的な親友が落ちこんでいる姿なんて見たくないし、見ているところまで不安になる。レイは頭がよくて魅力的で、しかも成功している女性だ。もしそんなレイが女性として最高の部類でなければ、男性が女性に何を求めているのかさっぱりわからなくなってしまう。

「あなたがこっちに戻ってきてくれて、わたしがどれほどうれしいか、もう言ったかしら？」レイが尋ねてきた。

「わたしだって、すごくうれしいわ」答えたとたん、ライリーンはそれが自分の本心だと気づいた。たしかにサンフランシスコが恋しくなることもあるけれど、シカゴに移り住んで数週間しか経っていないのに、もはやこの地をふたたびわが家のように感じ始めている。「それと、あなたにもうひとつ話したいことがあるの。ジョンとは関係ないことよ」

レイはマティーニを口に含んだ。「何かいいことね？　あなたの表情でわかる。当てさせて。さては新しい職場にセクシーな人がいたのね」

「違うわ」ライリーンはそのことについて考えてみた。「といっても、ひとりもいないわけじゃない。実際、何人かはいると思う。でもそうじゃないの」声を低くして続ける。「まだ捜査段階だから詳しい話はできないんだけど、担当案件の証人のひとりがカイル・ローズなの。実は今日、彼と一緒にコーヒーを飲んだわ」

「嘘でしょう？」レイは一瞬驚いた顔をしたが、すぐに好奇心たっぷりの表情を浮かべた。「それってどんな事件？　ハッキングか何か？」

「刑務所内で起きた事件でね」ライリーンは曖昧に答えた。「服役中、彼が偶然ある会話を耳にしていたの」

「今回は互いに呼びかける以上の会話をしたってわけ？」レイがからかうように尋ねる。

「ええ」

レイは何かを期待するような表情だ。「それで……？」

「話をして、コーヒーを飲んだわ」ライリーンは親友を鋭く一瞥した。「つまり、ふたりの関係はこれ以上進展しようがないってこと。彼はわたしが抱える案件の証人なんだもの」

レイは少し考えてから答えた。「法律的には、証人と関係を持つことは倫理違反にならないはずだけど」ライリーンが浮かべた表情を見て、すぐに両腕を広げた。「ちょっと言ってみただけよ」

「すでにカイルとの関係は進みすぎている。だから法律違反になろうとなるまいと、そんなことを考えること自体、すごくまずいのよ」

「ええ、そうね」レイはためらうことなく即答した。

「仮にこの事件が裁判になって、カイルとわたしに関係があったことが発覚したら、どうなるか想像できる？」

「もちろんできるわ、わたしは被告側弁護人だもの。もし裁判になったら何が起こるか教えてあげる。わたしなら、証人席にいる彼を徹底的に攻撃するわ」レイはマティーニのグラスを置くと、反対尋問口調に切り替えた。「〝ミスター・ローズ、今日これまでのあなたの証言はすべて、本件を担当する連邦検事補とセックスした事実に影響を受けているのではありませんか？〟」

ライリーンは同意するように自分のマティーニをすすった。「そうなるわよね」

「〝ミスター・ローズ、ミズ・ピアースはベッドの上で、今回の証言に関して何か指示したのではありませんか？　証人席に立ったらどう証言すべきか、恋人としていくつか助言を与えたのでは？〟」

「ほら。だったらあなたもわたしの言いたいことが――」

「〝あなたは恋人を喜ばせたいと考えたのではありませんか、ミスター・ローズ？　ミズ・ピアースがこの裁判に勝つ手助けになるなら、どんなことでも証言しようと考えたのでは？〟」

このネタはしばらく続きそうだ。ライリーンはそう考え、椅子の背にもたれて体の力を抜いた。

レイは笑みを浮かべた。「あなたの友人としてじゃなく被告側弁護人としてちょっと意見してみたけど、とっても楽しかった」

「でしょうね。だけど、わたしが扱っているどの裁判においても、そういう楽しい見せ物は起きないわ」ライリーンはきっぱりと言った。証人となるカイルの評判を考えたせいもあるが、それだけではない。彼女自身の評判も同じくらい重要だからだ。被告側弁護人から、検察側の証人のひとりが彼女と性的関係を持った事実を厳しく尋問されているあいだ、法廷でじっと座ったままでいるのはどれほど気まずいだろう。想像もできない。以前、連邦判事のもとで書記官をしていたので、そういう状況を自分に許してしまった検察官を判事がどう考えるかは痛いほどよくわかっている。もちろん、彼女が所属する連邦検事局がとんでもない大騒ぎに巻きこまれることも。

肝心なのは、ライリーンが今、新しい上司や同僚たちに自分を印象づけ、シカゴ法曹界において名をあげようとしている最中であることだ。証人と寝た愚か者だなんて評判が広がれば、これまでの努力がすべて無駄になるだろう。

「とはいえ」レイはがっかりした表情になった。「今さら繰り返すまでもないけど、カイル・ローズって本当にセクシーよね。映画スターみたいな色気がある」

そう聞かされても、ライリーンの気がそれることはない。「たとえそうだとしても、わたしはああいうシーンにはいっさい登場したくない」そう言って肩をすくめた。「たしかに。セクシーな男性が出てくるシーンって癖になるから」

「わたしが言いたいのは、カイルと大騒ぎになりたくないってこと。これまで〈シーン・アンド・ハード〉とか〈ページ・シックス〉とか〈TMZドットコム〉で、彼がどこかのモデルと一緒に新しくできたクラブやレストランへ出かけたっていうゴシップ記事をどれだけ目にしてきたと思う？」

レイは片方の眉をつりあげた。「さあ、わからない。あなたはいったいどれくらい目にしてきたの？」意味ありげな口調でつけ加える。「ちょっと待って……まさかこの九年間ずっと、カイル・ローズについてネット検索していたってこと？」

ライリーンは頬を真っ赤に染めた。「まさか」そう答えたとたん、レイがうれしそうに笑いだしたため、ライリーンは落ち着きなく身じろぎをした。苦しい立場に追いこまれた証人のような気分だ。「たまたま目にしただけよ。偶然、彼の名前を一回か二回見かけたの」本当は十回くらいだけれど。「ゴシップサイトに目を通していたときに、たまたまね。ただそれだけ」

レイがにやにや笑いをやめようとしないので、ライリーンは自分のマティーニグラス越しに親友をちらりと見た。「やめてよ、まるで自分は知り合いだった男性の名前をフェイスブックか何かで一度も探したことがないみたいな態度ね」

「ということは、認めるのね」

ライリーンは否定するように、顔にかかっていた巻き毛を後ろに撫でつけた。「カイルが今はわたしの証人になったという事実以外、認めるつもりはないわ」

「連邦刑事事件の九割以上は、裁判にかけられる前に被告側弁護人が有罪を認めるものよ」レイは訳知り顔でウインクをした。「カイル・ローズが法廷であなたのために証言しなければならないことは永遠にないわ」


その日の夜遅く、ライリーンはベッドの上にあぐらをかいて座り、ノートパソコンを開いた。自宅に戻って以来ずっと、この瞬間を恐れていた——ジョンへの返信メールに書く、適切な言葉をひねりださなければならない。

さんざん考えたあげく、こう打ちこんだ。〝どうも（ハイ・ユアセルフ）〟

しかし、すぐに削除した。軽薄すぎる。誘っているみたいだ。

そのとき、新たな疑問が浮かんだ。わたしは誘っているように思われたいの？

まさか——自分はジョンに捨てられたのだ。

だから別の文面にした。〝連絡うれしかった〞と打ち、すぐに削除する。はっきり言って、ジョンから連絡が来ても全然うれしくなかった。忌々しい〝ハイ〞だけのメールを受け取ってからというもの、精神状態は悪くなる一方だし、夜遅い時間なのにこうしてベッドの上であれこれ打ちこんでは消している。そんな労力をかける必要すらないメールのはずなのに。

だったら無視すればいい。そうすれば、ジョンだってそれがどういう意味か気づくはず。

だけど無視したら、まるでこちらにジョンと向き合う心の準備ができていないみたいだ。たった一通のメールにすらも返せないほどに。そんなことはないはずだ。自分は……ジョンとの別れを受け入れている。

そう気づいたとたん、ライリーンは元気がわいてきた。不意に、完璧な返信を書かなければというプレッシャーがどこかへ消え、思うままにこんな言葉を打っていた。

〝久しぶり。ローマで何もかも順調にいっているよう願っているわ。それこそ、あなたが求めていたすべてだから。もし機会があれば、また半年後に連絡して。:)〞

これでよし。読み返すと満足感がこみあげてきた。ほどよい口調だ。充分に友好的だけれど――スマイルの顔文字までつけてみた――なれなれしすぎることはない。ジョンがメールを送ってきた目的はこちらの近況を尋ねたかったからだという前提に立ち、彼はもう自由だし自分のすべきことをしてほしいというメッセージが伝わる返信にした。

それと、こちらも自分のすべきことをするつもりだというメッセージも伝えてくれるだろう。

# 14

カイルは愛車のメルセデス・ベンツを少しずつ慎重に、狭い駐車スペースに入れた。歩道に立つデックスの姿を見て、笑いださないよう必死にこらえた。友人の茶色い髪にはひどい寝癖がついていて、それを隠すようにサンバイザーをかぶっている。エンジンを切り、愛車の両側跳ね(ガルウィング)あげドアのハンドルをつかむと、空に向かって上向きに開いた。

デックスがにやりとする。「いいなあ、きみがそうするのを何度見せられても気にならないよ。その車、まじでかっこいいよな」

異論はない。カイルはスマートキーのボタンを押して愛車をロックすると、顎をしゃくって友人の頭を指し示した。「ところで、その髪はどうした？」

「女といちゃついてて遅くなった」

「彼女が部屋から出ていくきみの姿を見ていないことを祈るよ。どう見ても鳥の巣だ」とはいえ、デックスの髪が爆発してぼさぼさになっているのを見るのはこれが初めてではない。大学生のとき、アパートメントを一緒に借りて住んでいた二年のあいだに、数えきれないほど見てきた。

「そいつは笑えるな」

「だろう？　で、セックスはどうだった？」

「昼まで続けるほどよかったさ」デックスはにんまりしながら答えると、今日の用事に頭を切り替えた。誇らしげに、目の前にあるナイトクラブを身振りで示しながら言う。「さあ、心の準備はいいか？」

「ああ、もちろん」

　デックスはシャンペーンで大学のキャンパス内にあるバーを経営していたが、八年前にシカゴへ移ってきて、街の北側にスポーツバーを開いた。そのバーで成功をおさめ、今度は中心街に二軒目の〈ファイヤーライト〉をオープンしようとしている。近隣にある海岸沿い（ゴールド・コースト）の高級住宅地域で暮らす富裕層を狙った、高級ナイトクラブだ。

　建物のなかに入ると、まずメインバーへ連れていかれた。漆黒のスエード張りのラウンジチェアと長椅子、ゆったりと弧を描く巨大なカウンターが配され、室内のあちらこちらに深紅色と赤みを帯びた銅色の小物が絶妙に配置されている。デックスが金に糸目をつけなかったのは明らかだ。

続いて階段を数段のぼり、ＶＩＰルームへと案内された。「オープンまであと四週間だ。噂で聞いたんだが、今週末発売の『シカゴ・トリビューン』に、ここが〝今シーズン開業のなかで最注目のナイトクラブ〟だって記事が載るらしい。きみもオープンの日には来てくれるよな？」

「ああ、たとえ連邦保安官十人が束になってかかってきても、ぼくを止めることはできないさ」カイルは天井を見あげ、波打つようなデザインの赤と濃いオレンジ色のガラスがきらめく様子を、感心して眺めた。「炎みたいだな。いい感じだ」

「あれは一カ月近くかけて、デザイナーと作りあげたんだ」デックスはサンバイザーを持ちあげ、額をこすったが、カイルがにやりとしたのに気づいた。「なんだよ。この髪、そんなにひどくないだろう」

「キッド・イン・プレイって覚えてるか？」

メンバーのひとりが髪を逆立てていたラップ・デュオの名前を覚えているかどうか、デックスが答える前に、カイルの携帯電話が鳴りだした。ポケットから出して相手の名前を確認する。

〝ライリーン・ピアース〟

これは興味深い。

「私用の電話だ。少し外す」デックスに断ってから、ＶＩＰルームを出て電話に応じた。「これはこれはカウンセラー、どんなご用件かな？」

電話の向こうから、車のクラクションと削岩機の騒音が聞こえてくる。「準備完了よ。木曜の二時。あなたとわたし、速記者、それと二十三人の陪審員から成る大陪審だけで会うことになったわ」

「今どこにいるんだ？」カイルは尋ねた。彼女の声がややかすれている。

「裁判所を出たところよ。タクシーを捕まえようとしているの。二十分後にＦＢＩ本部で打ち合わせがあるから」

トレンチコートにハイヒールを合わせ、実務的なブリーフケースを携えたライリーンの姿がありありと思い浮かんだ。いつでも召喚状を発行する準備はできていると言いたげな、意気揚々とした姿が。

そのイメージに妙にそそられた。

「木曜の二時だね」カイルは確認した。「どこに行けばいい？」

「五一一号室よ。ただ機密保持のため扉の外に部屋番号は記されていないから、わたしが迎えに行くまで、あなたにはその部屋の一番近くにある証人用の部屋で待機してもらうことになるわ」ライリーンはいったん口を閉じ、ふたたび続けた。「義務として伝えておくと、当日、弁護士を連れてくるのはかまわない。ただし、大陪審室への同席は認められないから、聴聞会のあいだ、その人には廊下で待機してもらわなければならないわ。入室が許されているのは証人、大陪審、速記者、そしてわたしだけ。〝ラスベガスで羽目を外しても、帰ってきたら、すべてなかったことにして口を閉ざすこと〟とよく言うでしょ。〝大陪審室で起きたことは他言無用〟というわけ」

カイルはどうしても声を低くしてからかわずにはいられなかった。「ラスベガスでどんなふうに羽目を外すか、いい子ちゃん検事が知っているとは思えないが」

「有罪判決を受けた悪い子ちゃんも、いい子の検事について知らないことが山ほどあるかもしれないわよ」

カイルは片眉をつりあげた。なんともなまめかしい返事だ。

だが、そのあとライリーンはすぐに口調を変え、淡々と言った。「それじゃあ、また木曜二時に」

「デートだね」

「いいえ、大陪審の手続きよ」彼女はきっぱりと答えた。

「どっちでも同じこと――」

「じゃあね」彼女はカイルが言い終える前に電話を切った。

カイルは含み笑いをもらしながらジーンズのポケットに携帯電話を押しこみ、VIPルームへと戻った。

デックスがこちらを見て言う。「誰であれ、電話の相手の女がきみを笑顔にさせたに違いない」

カイルは手をひらひらと振った。「いや、今のは取りかかっているプロジェクトに関する連絡だ」

「その〝プロジェクト〟とやらにも名前があるんだろう？」

そうとも。ライリーン・ピアース――別名〝ぼくをどうしようもなくいらつかせる女〟だ。「きみが考えているようなことは何もない。相手は連邦検事局の人間だ。彼らの捜査の……手助けみたいなことをしている」

当然ながら、デックスは驚いた様子を見せた。「へえ。きみを説き伏せるなんて、彼女はよほど〝色気むんむん〟なんだな」それから首をかしげた。「待てよ……もしかして、この前きみの減刑を申し立てたときにいた検事補か？　あの写真で、きみがおっぱいを見つめていた濃い色の髪の？」

カイルは漆黒のバーカウンターにもたれ、手をひらひらとさせた。「ぼくらは法廷のど真ん中にいたんだぞ。彼女のおっぱいなんか見つめていない。ずっと彼女の目を見ていただけだ」

「たまにはよそ見したに違いない」

カイルは反論しようと口を開いたが、結局何も言わなかった。デックスの言うとおりだったからだ。

# 15

「わたしからの質問は以上です、ウィルキンズ捜査官」

ライリーンは肩越しに、背後に座る陪審員たちの様子を確認した。三列の座席に座る彼らのなかにうつらうつらしている者はまだひとりもいない。これはいい兆候だ。

「大陪審から、この証人に対して何か質問はありますか？」

ほんの少し間が空いた。正面にある証人席の隣には陪審員代表と速記者が座っている。陪審員代表は首を振った。

ライリーンはウィルキンズに向かってうなずいた。「では、退室していただいて結構です。ありがとうございました」体の向きを変え、彼が部屋から立ち去るのを見送ると、もう一度陪審員たちの様子をちらりと盗み見た。表情から、彼らがウィルキンズ捜査官に好感を抱いたのがわかる。当然だ。彼は魅力的で、徹底したプロ意識の持ち主であり、しかも用意周到だ。今回証言するあいだも、一度も自分の書いた調査報告書に目を向けなかった。もしクインの件が裁判になることがあれば——どう考えてもそれはありえないが——間違いなくウィルキンズは優秀な証人となるだろう。

今日ライリーンが果たすべき任務は、この事件の概要を伝えること。ただそれだけだ。ありがたいことに、これは裁判ではなく大陪審の聴聞会にすぎない。だから詳しい事情を事細かく説明する必要はない。ただし彼女が用意した証人たちを通じて、誰が、どこで、いつ、なぜ、どのようにして、どんな罪を犯したかを明らかにする必要がある。今回その物語を語る証人は三人。ウィルキンズ捜査官、カイル・ローズ、マニュエル・グティエレスだ。三人の証言のあと、ライリーンは陪審員たちにクインに対する起訴状を渡し、その判断を彼らの手に委ねることになる。

今日、彼女はクインをふたつの罪で起訴しようとしている。第二級殺人罪および連邦刑務所囚人に対する公民権の侵害罪だ。刑務官のクインがワッツを扇動してブラウン殺害に至らせた事実を直接証明できない以上、大陪審には状況証拠をもとにその因果関係を推測してもらうつもりだ。完全無欠の手法とは言えないものの、今回の事件ではそれは関係ないと信じている。今回ライリーンがすべきは、この部屋に座る二十三人の男女のうち十六人にもそう信じさせること。それだけでいい。

ウィルキンズ捜査官が扉を閉めると、ライリーンは陪審員たちを見つめた。判事がいない以上、このショーを仕切るのは連邦検事補である自分だ。「次の証人を呼ぶ前に十分の休憩を取りましょうか？」

ライリーンは陪審員たちと速記者が部屋から出ていくのを見送ってから、廊下の向こう側にある証人用の部屋へ向かった。そこで一瞬立ち止まり、ドアを押し開くと、カイルが窓辺に立ってシカゴ市民の多くがいまだに旧称のシアーズ・タワーで呼び続けているウィリス・タワーを見つめていた。

「さあ、いよいよショーの始まりよ」

カイルが振り返った。衝撃を覚えるほどの美男子が地味で保守的な出で立ちをしている――濃いグレーのピンストライプのスーツに青いバンカーシャツ、グレーと青のストライプのネクタイという組み合わせだ。ライリーンが初めて出会ったときと同じく、髪はきちんと後ろに撫でつけられている。部屋の向こう側にいても、シャツの色によってカイルの瞳の青さがよりいっそう引き立てられているのがわかった。

ライリーンはみぞおちにかすかなうずきを感じたものの、すぐさま振り払った。これから始まるショーへの期待のせいで、気持ちが少し高ぶっただけだ。

カイルはポケットに両手を突っこんだ。準備万端で、自信たっぷりな様子だ。

「やってやろうじゃないか」

ライリーンのあとに続いて大陪審室に足を踏み入れた瞬間、カイルは好奇心をかき立てられた。事実上、大陪審の聴聞会については何も知らないが、過程の機密性ゆえに、神秘のベールに包まれているように感じる。なかへ入ると、部屋が思ったよりも狭いことに気づいた。おそらく通常の法廷の半分程度の大きさしかないだろう。彼の右側には証人席と長椅子がある。法廷で判事が座るのと同じ種類の長椅子だ。部屋の反対側にはテーブルが一台置かれている。おそらくライリーンがあそこに立って質問をしてくるのだろう。テーブルの背後には映画館のように椅子が三列並べられている。陪審員たちが座るための椅子だ。

だが、今は誰も座っていない。

「なあ、カウンセラー、このあとどこかの時点で、陪審員たちを登場させるつもりなのか?」カイルはゆったりとした口調できいた。

彼女が笑い声をあげる。「彼らには外で休憩してもらっているの。陪審員たちに、あの悪名高きカイル・ローズが証人席に座っているという強烈な第一印象を抱かせたいから。彼らがこれまであなたに関してどんな話を見聞きしたかは、まったく気にしていないわ。だって今日、あなたは単なる証人としてここにいるのだから」ライリーンは身振りで証人席を指し示した。「さあ、どうぞ座って」

カイルは進みでると、よく使いこまれた回転椅子に腰をおろした。そのとたん、演壇の下にボルトで固定された頑丈な金属の棒に両膝を打ちつけ、思わず不満をもらした。「誰がデザインしたにせよ、この席は背の高い男が座るのを考慮して作られていないな」

「ごめんなさい。それは手錠をつなぐための棒なの」

なるほど、そういうことか。カイルは狭い室内を見まわした。「つまり、これが有罪を認めたことでぼくが見逃した光景なんだね」

ライリーンが安心させるような笑みを浮かべて、証人席に近づいてきた。「こんなの、なんでもないわ。今回は反対尋問も異議申し立てもないから、ただわたしと話しているだけだと考えて。わたしが質問を終えたあと陪審員たちもあなたに質問することはできるけれど、彼らがそうするとは思えない。だって、わたしが自分の仕事をきっちりやれば、彼らは何も質問することなんてないはずだもの」

検察官としての仕事をしているときのライリーンは、ことのほか魅力的だ。「そんなふうに励ましてもらえるなんてうれしいな、カウンセラー」彼女がこちらの緊張をほぐそうとしてくれているのがありがたい。

「ありがとう。始める前に、何か質問はある?」

「ひとつだけ」カイルは遠慮がちに、彼女のスカートスーツに目を走らせた。今日はベージュだ。「きみはパンツスーツも持っているのか?」

「ほかに質問は?」ライリーンはまばたきひとつせずにきいた。

大陪審室に速記者と、続いてふたりの陪審員が戻ってきた瞬間、カイルもライリーンもすぐに真面目な態度に戻った。証人席に座っているカイルに気づくと、速記者も含めて、三人のうちふたりが思わず二度見した。ライリーンは彼らの表情をまるで気にすることなく、自分のテーブルに戻って、さりげなくノートを見つめた。億万長者の相続人であり、悪名高きハッカーでもある前科者を証人席に座らせることくらい日常茶飯事だと言わんばかりに。

それから二分のあいだに、残りの陪審員たちがぽつぽつと戻ってきた。彼らのうち、四人はカイルが何者なのかまったく気づいていない様子だし、三人は半信半疑のまま好奇に満ちた一瞥を向けただけだった。そんな様子を見ていると、カイルはなんとなく愉快な気分になった。それ以外の人たちは彼の存在に大いに興味を引かれているようだ。

陪審員が全員着席すると、ライリーンは陪審員代表に向かってうなずいた。「証人に宣誓させてください」

「片手をあげてください」陪審員代表の男性がカイルに言った。「証人は真実を述べ、何事も隠さず、偽りを述べないことを誓いますか?」

「はい、誓います」

ライリーンはカイルと目をしっかり合わせると、彼にしかわからないように口元をかすかにほころばせた。

ふたりはシャンペーン=アーバナのトウモロコシ畑から実に長い道のりを経て、今、遠く離れたこの場所にたどり着いた。

「記録のためにあなたの名前を述べてください」ライリーンが言う。

そして、ここからさらなる旅立ちだ。

「カイル・ローズです」

カイルは舌を巻かざるをえなかった。

ライリーンは恐ろしいほどに優秀だ。

もちろん、法廷に立つ彼女はエネルギーに満ちて、無視できない存在に違いないと予想はしていた。なにしろ、全身から凄腕(すごうで)検察官のオーラがにじみでているのだから。

とはいえ、予想するのと実際の姿を目の当たりにするのとではまったくの別物だった。検察側のテーブルから一度も離れていないにもかかわらず、ライリーンはその場を支配していた。巧みな質問で、カイルから要点をきっちりと押さえた証言を引きだしていく。まずは数分かけて、カイルの生い立ちについて質問し、特に彼がこれまで受けてきた教育や仕事の経験を明らかにした。結果的に、証人席に座るカイルの緊張をほぐすと同時に、陪審員たちにも彼を〝ツイッター・テロリスト〟ではなく、それ以外の視点から見つめ直す機会を与えることになった。続いてライリーンは、カイルが有罪判決を受けた状況についてははっきり述べたものの、すぐに次の話題へ移り、刑務所での生活に関する質問をしばらく続けた。

カイルの人生において、服役していたあの四カ月は決して最高に誇れる期間とは言えない。刑務所暮らしに関しても、喜んで詳しく話す気にはとうていなれないが、今日、自分がどのような役割を果たすべきかはよく理解している。

カイルがクインの脅し文句を耳にした夜の話になると、ライリーンは質問のペースを落とし、その夜の状況を説明するよう誘導し、その日初めて彼から重要な証言を引きだそうとした。

「懲戒隔離について説明してもらえますか？　ここにいる陪審員たちには聞き慣れな

い言葉だと思うので」ライリーンが促す。

「懲罰のため、ほかの受刑者たちから隔離された独房に入れられることです。ひとつの監房につき、受刑者ひとりが入るようになっていて、そこでは刑務所内で認められる通常の権利さえ許されません。つまり自由時間もいっさい与えられず、食事も監房内でひとりで食べることになります」

「静かですか?」ライリーンは尋ねた。

「はい。とても静かです。独房に入れられた受刑者同士が話すことも禁じられているのでなおさらです。もし誰かの腹が鳴れば、三つ先の監房までその音が聞こえます」

カイルには、ライリーンがその答えを気に入ったのがわかった。

ふたりはゆっくりと話を進めながら、陪審員たちの注意を引きつけ、彼らの関心を高めていった。そうすることで、彼らを確実にこの物語のクライマックス——クインが脅し文句を口にした場面——へと導いたのだ。カイルには、今や陪審員たちが興味津々でふたりのやり取りに耳を傾けているのがわかった。彼があの運命の夜、クインがブラウンになんと言ったか再現してみせたとき、陪審員たちは文字どおり、座席から身を乗りだしていたほどだ。ライリーンがその脅し文句を二度繰り返すあいだに、室内の興奮と緊張がこれ以上ないほど高まった。彼女はこの重要な部分をさらに強調する質問を重ね――。

　突然、口を閉じた。

　しばし静寂が続く。法廷内にクインの脅し文句を響き渡らせ、劇的な効果を得るのが狙いだろう。やがて彼女は真顔でうなずいた。

「ありがとうございました、ミスター・ローズ。わたしからの質問は以上です」ライリーンは背後にいる陪審員たちのほうへ向き直った。「この証人に対して大陪審から何か質問はありますか?」一瞬の沈黙ののち、彼女はカイルに礼儀正しい笑みを向けた。「退出していただいて結構です、ミスター・ローズ。ありがとうございました」

　カイルはうなずくと回転椅子から立ちあがり、陪審員たちの好奇に満ちた視線を無視して、そのまま大陪審室を出た。背後で扉が閉まって廊下でひとり立ち尽くした瞬間、満足感を覚えたが、同時に突然放りだされたような妙な気分を感じた。まるで一夜限りの相手と情熱的なセックスを楽しんでいて、絶頂に達するや否や、シャツと靴を持たされて扉から放りだされたような感じだ。

　もちろん、ライリーンが彼から重要な証言を引きだしたあとも、何時間も無駄なおしゃべりを続けるはずがないのはわかっていた。だが、どう考えてもこれは……期待外れの結末だ。まずライリーンは、次はいつ会えるかさえ口にしようとしなかった。

いや、今から二、三週間後に、メモ帳とブリーフケースを手にした彼女が召喚状の脅威をちらつかせつつ、カイルの人生に舞い戻ってくるかもしれない。そして魅力たっぷりに生意気な口をききながら、望みのものをすべて手に入れたあげく、あわただしく礼の言葉を述べながら、あのぴったりしたスカートスーツでまた我が道を突き進んでいくのかもしれない。

この聴聞会のせいで、カイルの混乱はかき立てられたままだ。

ロビーを進み始めたとき、もう携帯電話の電源を入れてもいいことに気づいた。電源を入れるなり、画面にメッセージが浮かびあがった。

ライリーンからだ。おそらく次の証人を呼ぶ前の休憩時間に送信したのだろう。

〝お疲れ様、すごくよかった。起訴になったかどうかはあとで連絡するわね〟

カイルは携帯電話をスーツの上着のポケットに戻した。この半年間で、笑みを浮かべて裁判所から出るのはこれが初めてだと、あとになって気づいた。

その日の午後遅く、同じドアから、ライリーンはカイルと同じく満足げな表情を浮かべて出てきた。

判断が出るまでに数日か、それ以上かかることがある小陪審の審理とは異なり、大陪審は評決を迅速に行うのが常だ。マニュエル・グティエレスが証人席から立ち去ってから十分後には、陪審員代表は裁判長室へ〝アメリカ合衆国対アダム・クイン事件〞の正式起訴状を提出した。

ついに起訴まで持ちこんだのだ。

## 16

金曜の朝、クインの起訴が決定してから二十四時間も経たないうちに、ライリーンのもとにさらなる吉報が舞いこんだ。

「わたしの依頼人が有罪を認めた」イリノイ州北部地区の副公選弁護人グレッグ・ボランが言った。

先週のうちに、ライリーンは手回しよくワッツの司法取引に向けて条件の交渉を進めていたのだ。キャメロンから案件を引き継いだ瞬間から、この部分はすぐに司法取引に持ちこむつもりでいた。ワッツはすでに終身刑を宣告されている。そんな彼に対してもう一件訴訟を起こしたら、検察側の勝利は確実だ。ふたりの男が同じ房に入れられ、そのうちのひとりが殴殺されたのだ。誰が犯人かは、考えるまでもなくすぐにわかる。実際、ワッツは正当防衛さえ主張していない。まったく忌々しい。まるで自分のふるまいを誇りに思っているかのようだ。

けれど、ただひとつだけ、うまくいかないことがあった。「クインにそそのかされたことをワッツに同意させるのは難しいかしら？」

「すまない。彼はそのことについては〝何も話さない〟の一点張りなんだ」グレッグが答える。

「刑を軽くして故殺罪にしてもだめ？」

「このケースだと何も違いはないだろう。だからこそ、きみも減刑を申しでようとしているわけだし。ワッツはすでに二回の終身刑に処せられている。この判決で刑期が数年短縮されたところで意味がないはずだ」

「事実を認めるのが人として正しい行いだ、と訴えたらどうかしら？　あなたの依頼人もそうしたいと思うかも」

グレッグの意見は揺らがなかった。「なあ、ライリーン、ワッツは終身刑を言い渡されている。きみにどれだけ頼まれようと、今後の自分の立場が悪くなるような真似をするとは思えない。もし刑務官のひとりを刑務所送りにしたら、これからほかの刑務官たちとうまくやっていくのは難しいだろうからね」

そうかもしれない。それでもなお、ライリーンは最後にもうひと押ししてみた。

「わたしなら、彼をＭＣＣから移送することもできる。刑務所の中庭に一年じゅう太陽の光が降り注ぐような場所へ移せるわ。実のところ、ミスター・ワッツをゲストとして歓迎してくれるカリフォルニアの施設をいくつか知っているの」

グレッグは含み笑いをもらした。「その提案ならわたしもすでにした。きみなら好きな場所へ彼を移送できるだろうが、彼の〝刑務官を売った受刑者〟という評判はどこへ行ってもついてまわるはずだ。悪いが、もしクインを逮捕したいならワッツ抜きでどうにかやってもらうしかない」

ライリーンはため息をついた。希望どおりの答えは得られなかったとはいえ、グレッグが悪いわけではない。公選弁護人局の弁護士たちには大いに敬意を払っている。彼らは検事と同じくらい数多くの事件を担当しているのだ。たとえそれが法曹界においてもっとも報われない仕事であっても。

「それでも、試してみる価値はあったと思うわ。じゃあ来週、法廷で会いましょう」

翌週よく晴れた月曜の早い時間に、ライリーンは今回の事件関連で狙いを定めているもうひとりの男性と初めて顔を合わせた。アダム・クイン。ワッツを焚きつけ、ブラウンを残虐に殺させた〝くそったれ〟刑務官だ。

クインは昨夜、ＦＢＩによって逮捕されており、これが最初の出廷だった。法廷の扉から足を踏み入れるや否や、ライリーンがクインに関して気づいたことが二点ある。まず、二十八歳という年齢よりも若く見えること。次に、ひどく緊張している様子であること。

緊張するのは当然だろう。

ライリーンは検察側テーブルに座る前に、クインの弁護士に自己紹介をした。「ライリーン・ピアースよ」そう言いながら手を伸ばす。

「マイケル・チャニングだ。罪状認否のあと、少し時間をもらいたいのだが、ミズ・ピアース」彼がそっけなく応じる。

「もちろんよ。一瞬でも二瞬でもかまわないわ」ライリーンは愛想のいい笑みを浮かべて答えた。この仕事を始めてからずっと、こういう男性相手に訴訟を起こしてきた。

つまり、無作法なふるまいを手強さとはき違えている弁護士たちだ。幸い、彼女は三件目の裁判を担当したあたりで、彼らのそういう戦略に動じなくなった。

ライリーンは自分のテーブルに向かって、ブリーフケースを脇へ置いた。ほどなくして書記官が事件名を読みあげると、彼らはさっそく手続きを始めた。大陪審がすでに被告人を起訴しているため、この最初の出廷で、罪状認否手続きも同時に行うことになっていた。

クインは無罪を主張した。別に意外なことではない。

審理が終わるとすぐに、マイケル・チャニングがまっすぐ検察側テーブルへ向かってきた。「第二級殺人だって？　わたしの依頼人は被害者に指一本だって触れていないんだぞ」冷笑を浮かべながらライリーンを見おろす。「きみのことを調べたよ。ここに来てまだ日が浅いようだな」

「ミスター・チャニング、第七巡回区控訴裁判所の法律では、犯罪の幇助をした者は何者であれ、その罪において有罪だと明記されている。少なくとも、わたしはそれを知っているくらいには長くここにいるわ」

「言われなくても第七巡回区控訴裁判所の法律くらい知っている」チャニングは彼女をねめつけながら答えた。「だが今回の事件は、もともと受刑者同士の喧嘩が不幸な結果を招いただけにすぎない。それ以外の証拠があるなら、ぜひとも見せてほしいものだね」

ライリーンにはすでにわかっていた——チャニングが相手だと〝厄介な〟……もとい、〝楽しみな〟訴訟になるだろうと。「ええ、喜んで」彼女はブリーフケースを開けると、一冊のファイルを取りだしてチャニングの両手に押しつけた。ウィルキンズ特別捜査官の調査報告書をもとに準備したファイルだ。「さあ、どうぞ。ファイルの一番上の書類に書いてあるのは、こちらが提案する証拠開示スケジュールよ。無罪を示唆する証拠は裁判の三週間前、証人リストは二週間前までに提出すること」

チャニングは驚いた表情でファイルを見おろした。まさか今日この日に、FBIの調査報告書を手にここから出ていくことになるとは予想もしていなかったに違いない。

「ああ、わかった。すぐに……目を通しておく」

「もうひとつ報告しなければいけないことがあるの。安全確保のため、マニュエル・グティエレスはMCCからピーキンへ移送したわ」受刑者の身の安全を考慮した結果、それが最善策だと考えた。

チャニングがうなずく。「了解した」

けれど、ぼんやりした表情から察するに、彼が本当に了解しているとは思えなかった。おそらくチャニングは、マニュエル・グティエレスが何者かさえ知らないはずだ。だからこそ、ライリーンはFBIの調査報告書を突きつけ、被告側弁護人をあっと言わせるのが好きなのだ。こうすれば相手側にメッセージを伝えることになる。〝最初からこんな調子では、こっちに追いつくのは大変よ〟

案の定、チャニングはそれ以上何も要求してこなかった。

残念なことに、甘美な勝利の余韻は長くは続かなかった。

「ほかの受刑者たちにもきいてみたが、空振りだった」その日の午後遅く、オフィスへ戻ったライリーンのもとに、ウィルキンズ捜査官から報告の電話が入った。

クインの有罪を確実にするため、ライリーンはウィルキンズに、MCCに収監されている受刑者たちからも話を聞くよう頼んでいた。クインが自らの報復を実行するために、受刑者の誰かを優遇していなかったかどうか確かめようとしたのだ。「彼らはあなたに話すのを恐れているの?」

ウィルキンズは鼻を鳴らした。「恐れたりなんかしていない。あいつら全員が、取引を求めてくるんだ。なにしろ、グティエレスがぼくたちと会ったあとに、MCCから別の場所へ移送されたのを知っているからね。〝グティエレスは今頃、マイアミの軽警備の施設でゴルフを楽しんでいる〟なんて噂が広まっているに違いない」

「当然そういう噂は流れるでしょうね。いつか、本当にそういう施設を探しださないといけないわね。誰もが自由に走りまわり、ゴルフも楽しめて、コース料理を堪能できる、夢のような連邦刑務所を」

「はっきり言って、受刑者のほとんどは、クインがジョーンズとロマーノをどんなふうに特別扱いしていたかは知らないと思う」ウィルキンズは、クインに代わって汚れ仕事を請け負っていたのではないかと疑っている受刑者ふたりの名前を挙げた。「だけどの受刑者も、刑期短縮とフロリダ南部への無料旅行のためなら虚偽の証言をしかねない」

「ジョーンズとロマーノに直接当たってみるのはどう？　もしかして彼らは話したがっているかもしれないでしょう？」

「いや、それは絶対にない。ぼくがクインの名前を出したとたん、ふたりとも弁護士と話したいと要求してきたからね。ぼくたちが何を聞きたがっているか、あいつらは完全にわかっているんだよ。刑務所じゅう、クインが起訴された話で持ちきりなんだ」ウィルキンズが申し訳なさそうな口調になる。「すまない。これ以上のことを思いつけなくて」

ライリーンは椅子の背にもたれた。がっかりしてはいるものの、意外な結果だとは思わない。「あなたの言うとおりよ。もし受刑者たちが取引にこだわれば、彼らの証言は信用できなくなる」

「つくづく残念なのは、マニュエル・グティエレスがあれ以上何も知らなかったことだな。証言に同意している以上、もしほかにも何か知っていたら完璧だったのに」ウィルキンズは続けた。「カイル・ローズはどうだろう？　彼にも同じことが言えるわけだが」

「わからないわ。最近は法廷に出向くことが多くて、まだ彼と会えていないの」

「もしそうしてほしいなら、ぼくが彼から話を聞いてもいい」ウィルキンズは親切心から申しでた。「これまでずっと、彼との連絡役はきみだけだったから……」

「いいえ、自分でやるわ。こうして話しているあいだに、今日のやることリストにつけ加えておくから」ライリーンがペンに手を伸ばしたとき、二台目の電話が鳴りだし、続いて携帯電話の着信音とともに画面にメッセージが表示された。日めくりカレンダーに走り書きをしながら、両方の電話の発信者番号を確認する。

「本当に大丈夫かい？」ウィルキンズが含み笑いをしながら言う。「なんだか恐ろしく忙しそうだが」

たしかに、今はちょっと手いっぱいだ。けれどこの事件において、カイル・ローズとの関係を築いたのが自分である以上、彼との連絡係としていきなりFBI捜査官を送りこむのは、どう考えても不自然だ。そのうえ〝覚醒剤製造所のライリーン〟たるもの、新たに赴任したばかりのオフィスで、自分の職務を充分に果たせないなどという評判を立てられるわけにいかない。「ええ、大丈夫。すでにリストに書き込んだから」そう請け合ってから続けた。「つまり――」

ライリーンは突然口をつぐみ、リストに書きつけた文字を見つめた。

〝カイル・ローズ、やる〟

疑いようもなかった。この項目について、自分の潜在意識とじっくり向き合う必要がある。

# 17

ジョーダンから手渡された付箋を見て、カイルは危うく心臓発作を起こしそうになった。

「これがパスワード？　すぐに変更しないとだめだな」そう言って姉のノートパソコンにログインした。ジョーダンから、突然インターネット接続ができなくなったので原因を調べてほしいと頼まれ、彼女の経営するワインショップに立ち寄ったのだが、姉のパスワードから察するに、もうすでに恐ろしい事態になっているようだ。

デスク脇に立ったジョーダンはもの問いたげな目でカイルを見た。「お母さんの旧姓と、おばあちゃんとおじいちゃんの生まれ年を組み合わせたのよ。そんな組み合わせ、どうしてほかの誰かが考えつくというの？」

「むしろ〝1234〟というパスワードを使うのと同じかもしれないよ。これじゃ姉さんの個人情報が盗まれているのは明らかだ」カイルはずばりと指摘し、説明を始めた。「ぼくがこれから言うことをよく聞いてくれ。パスワードは最低でも十四文字以上にすべきだ。しかも意味のある言葉ではなく、でたらめに並べた文字を使う必要がある。コツがあるんだ。ある文章を思い浮かべて、その文章を構成する単語の最初の文字を使うようにすればいい。大文字と小文字を混ぜるようにしてね。それから、姉さんにとって何かしら意味がある数字をふたつ思い浮かべて――日付以外でね――文字のあいだのどこかにそのふたつの数字を適当に置くんだ。それからパスワードの最初に句読点を、最後にドルマークのような記号をつけるといい」

「承知しました（イエス・サー）」ジョーダンはペンと付箋をもう一枚手に取った。「ええと、大文字と小文字を交ぜてってところからもう一度説明してくれない？」

カイルは姉の手からペンを取った。「ぼくが考える」追い払うように手をひらひらさせながら続ける。「さあ、店に戻ってワインでも売ってきて。姉さんでもできそうなこと――ON／OFFボタンを押すくらいがせいぜいだろう――があれば声をかけるから」一番考えたくないことが、ふとカイルの頭をよぎった。「ところで、最近ルーターのファームウェアを更新したのはいつだい？　いや、いい。そのぽかんとした表情で、答えが〝更新なんてしたことがない〟だとわかったよ」

ジョーダンが立ち去ってすぐに携帯電話が鳴りだした。画面を確認するとライリーンからだった。その日の午後はずっと、電話しても互いにすれ違いが続いていた。とはいえ、自分の留守番電話に録音された彼女のセクシーなかすれ声を聞くのはちっともいやではない。

大陪審がアダム・クインを起訴したことはすでに知っている。先週金曜日の午前中、連邦検事局から報道機関向けに発表があったからだ。それ以来、地元メディアの関心はその事件に向けられている。連邦刑務所の受刑者が刑務官の扇動によって殺害されたというのは、いかにもシカゴのジャーナリストたちが喜んで飛びつきそうな醜聞だ。ただありがたいことに、証人の名前はいっさい明らかにされなかった。この件に関してスポットライトを浴びずにすんで、カイルはほっとしていた。

「まずは、おめでとうと言うべきだろうな、ミズ・ピアース」電話に出るなり、彼はそう切りだした。「起訴できたんだね。成功したかどうかあとで連絡すると、誰かさんが言っていたはずだけど」

「ずっと五秒以上話ができるタイミングを待っていたの」

「なるほど」カイルはゆったりと椅子の背にもたれた。椅子が軋る音が耳に心地いい。

「そいつは光栄だな」

「というのも、あなたにお願いしたいことがあって」

もちろん、そうだろう。「カウンセラー、わかっているよね。きみが使い続けてきたカードは有効期限切れだ。そのカードの〝昔のよしみに免じて〟という記載はもう通用しない」

「あらそう、確認してみるわ」電話の向こうで一瞬沈黙が広がる。「いいえ、二〇一二年五月だから、まだ有効よ」

彼女の返事にカイルは笑いを嚙み殺した。「それで、お願いというのは？」

「クインに関して少し補足質問があるの。二十分程度しかかからないわ。かかっても三十分。今、話していても大丈夫？」

それが合図だったかのように、ジョーダンがひょっこり顔を出した。電話中の弟を見て、自分のパソコンを指さしてささやき声で尋ねる。「もう使える？」

カイルは首を横に振った。〝いや、まだだ。あっちへ行っていて〟

ジョーダンが頭を引っこめるのを待ってから、ライリーンに答えた。「実は今、姉のワインショップにいるんだ。折り返してもいいかな？」

ライリーンはためらった。「折り返すのにどれくらいかかりそう？」

「たぶん三十分くらい」

「今夜はこれから予定があって、あなたと話し合ったら仕事を切りあげるつもりだったの。今日やるべきリストの最後があなたへの質問というわけ。それじゃあ、明日話せるかしら？」

「残念だが、明日の午前中から出かけて今週いっぱいはシカゴにいないんだ」新会社の管理職候補として考えている三人と面接するため、シアトル、サンディエゴ、ニューヨークを訪れる予定だった。とりあえず面接に同意してくれたとはいえ、〈ツイッター〉社との大騒動を考えると、入社するよう三人を説得するのは簡単ではない。

「できれば数日中にこの仕事は終わらせたいんだけど……」ライリーンは考えこむように言った。「自宅に戻ったあと、こちらから電話をかけるっていうのはどう？　わたしはロスコー・ビレッジに住んでいるから、三十分後くらいにかけ直せるわ。どうかしら？」

「ロスコー・ビレッジなら姉の店のすぐ近くだ。ベルモントにある〈ディヴァイン・セラーズ〉って店だよ。だったら帰る途中でこの店に寄ったらいいじゃないか。そうすれば、直接話せるだろう」

何も考えないうちに、言葉が口を突いて出ていた。

カイルと同じく、電話の向こう側にいるライリーンもその誘いに驚いたようだ。

「そうね……その可能性については考えもしなかったわ」

それはカイルも同じだ。だが、考えるほどわくわくしてくる。たとえわくわくしているのが理由が〝今日ライリーンがどんなスカートスーツを身につけているか確かめたいから〟だけだったとしても。「きみが今週中にぼくと話したいなら、と思っただけさ。しつこい検事補のために割ける時間は今しかないからね」

「仮にその話に同意したとしても、それはただ単に――本当にたまたま――わたしがずっとあなたのお姉さんの店に行ってみたいと思っていたからよ。この街でも最高のワインを取りそろえているって評判を聞いたことがあるの」

カイルはにやりとした。「好きなだけ自分にそう言い聞かせればいいさ、カウンセラー。三十分後、きみはここにいる。絶対に」

反抗的な気分のまま三十七分過ごしたあと、ライリーンは〈ディヴァイン・セラーズ〉に足を踏み入れた。ひんやりとした店内の空気に包まれたとたん、サンフランシスコに舞い戻ったような錯覚に陥った。当時暮らしていた古いアパートメントのすぐそばに、ちょうどこんなワインショップがあり、たびたび訪れていたのだ。そこは居心地がいいのに洗練された雰囲気で、店内には高い脚つきテーブルがいくつかと、ワインボトルでいっぱいの大型箱がずらりと並べられていた。

〈ディヴァイン・セラーズ〉の店内をちらりと見渡したところ、客が座っているテーブルは二卓あるが、カイルの姿は見当たらなかった。ちょうどワインの大型箱が置かれた隅のテーブルが空いていたので、そこまで歩き、椅子の背にブリーフケースのストラップをかけて腰をおろした。

バーカウンターの上に掲げられた、店内で飲めるグラスワインのメニューが記された黒板に目を走らせていると、右側から感じのいい声が聞こえてきた。

「何かお探しですか?」

笑みを浮かべながらテーブルに近づいてきたのは、見事な金髪と青い瞳の、ほっそりとした美人だ。さまざまなメディアでもう何年も写真を目にしていたおかげでジョーダン・ローズだとわかったが、もしそうでなかったとしても、すぐにカイルの姉だと気づいただろう。弟より三十センチ近くも背が低いし、彼より髪の色も薄いけれど、この瞳を間違えるはずがない。

ライリーンが答えるよりも先に、ジョーダンは何かに気づいたように頭を傾けた。

「わたし、あなたを知っているわ。たしか、弟の減刑の申し立てを担当してくれた検事さんよね」

あの日、ジョーダンも弟カイルを見守るために法廷にいたのだろう。あるいは、そのあと盛んに報じられたツーショット写真を見たのかもしれない。「記憶力がいいのね。ええ、今夜はカイルに会いにここへ来たの。彼はいるかしら？」

理由はどうあれ、ジョーダンはその質問を聞いて驚いた表情を浮かべた。

「こ、ここで弟と会う約束を？　本当に？」

「ええ、本当よ。ここにいるって彼に言われたの」

ジョーダンはライリーンをまじまじと見つめた。「あなたとわたしが話しているのは同じカイル・ローズかしら？　長身で、恐ろしくかっこよくて、シャンプーのコマーシャルに出てきそうなさらつや髪の、人から変なあだ名で呼ばれるようなとんでもないばかをやらかしたカイル？」

「聞こえているよ、ジョードゥ」カイルがワインの大型箱をまわりこんでやってきた。ジーンズに紺色のクルーネック・セーターを合わせている。近づいてくるにつれ、ライリーンは彼が今日はひげを剃っていることに気づいた。力強く鋭角的な顎から男らしい首筋にかけてのラインが……なんともそそられる。

彼はあくまで証人だと、心のなかで自分に言い聞かせた。

カイルはテーブルの前で立ち止まり、ライリーンに言った。「ぼくの姉に紹介されてもうれしくないだろうけど」身振りでジョーダンを指し示しながら言葉を継いだ。

「ジョードゥ、こちらはライリーン・ピアースだ」

ジョーダンは弟に向かって片眉を思いきりつりあげた。

カイルが姉をにらみつける。

ふたりのあいだで無言の会話が交わされているようだ。

そのあとジョーダンは歓迎するように片手を伸ばしてきた。「会えてうれしいわ、ライリーン。何か飲みたいものがあったら遠慮なく言ってね」黒板を示しながら続ける。「今夜はおいしいカベルネを開けたところなの」

「そうみたいね。実は〈クレト・エステート〉のカベルネはどれも好きなの」ライリーンは答えた。「特にインディア・インクは、わたしのなかで五本の指に入るわ」

ジョーダンは体を引き、感動したような表情を浮かべた。「ワインに詳しいのね」

満足げにうなずきながら弟を見る。「すでに彼女のことが気に入ったわ」

「ジョードゥ……」彼が警告するような口調で言った。

「何よ？　ちょっと褒めただけじゃない」ジョーダンはライリーンに向き直った。

「ひとつ質問があるの。実は、ものすごくお金に貪欲だったりしないわよね？」

カイルが苦しげな顔をする。「ジョーダン、なんてことを」

「何がいけないの？　あなたのこれまでの恋愛遍歴を考えれば、当然の質問だわ」

ライリーンは思わず頬をゆるめた。ふたりのやり取りから、その力関係がはっきりと感じ取れる。「わたしに関しては、そういう心配は無用よ。わたしたち、つきあっているわけじゃないから。ただの……」口をつぐみ、カイルをちらりと見て、現況をどう説明すればいいのか考えてみた。検事局に協力していることを、カイルが家族に話しているかどうかもわからない。そこで、こう締めくくった。「古い友だちよ」

ジョーダンはカイルに向かってもの問いたげに片眉をつりあげた。「へえ、連邦検事局に古い友だちがいたの？　驚きだわ」

「ジョードゥ、ワインは？」カイルは当てつけがましく言った。

ジョーダンはカイルとライリーンふたりに向かってにやりと笑った。「すぐに持ってくるわね」そう言い残し、陽気な鼻歌を歌いながら立ち去った。

カイルはライリーンの隣の席に落ち着いた。「すまない、姉が失礼なことを言って。昔から、自分にはユーモアのセンスがあると信じこんでいるんだ。父とぼくは、よくそのことを笑い合っているよ」

ライリーンは手をひらひらとさせた。「謝る必要なんてないわ。ジョーダンはただあなたを守ろうとしているだけだもの。きょうだいってそういうものでしょう――少なくとも、わたしはそうだと考えているわ」

「きみにはきょうだいがいないのか?」

ライリーンはうなずいた。「わたしは両親が年を取ってから生まれた子なの。十三歳の誕生日までは毎年、妹ができますようにとお願いしていたけど、結局その願いは叶(かな)わなかった」肩をすくめながら続ける。「でも、今はレイがいてくれるから」

「彼女とはどこで知り合ったんだ?」

「大学よ。同じソロリティの同期メンバーだったの。レイはわたしにとって……」ライリーンは何かを思いだそうとするように首をかしげた。「ほら、男の人が親友を表現するとき、よく使うあのフレーズ、なんだったかしら? ホテルの部屋で売春婦がどうのこうのっていう」

「〝もしホテルの部屋で目覚めて、隣に売春婦の遺体があったとき、最初に電話をかけるやつが本当の親友だ〟ってやつか? 男同士の友情が本物かどうか、それ以上に明らかにできる方法はないってことだ」

ライリーンは笑みを浮かべた。「気が利いた言い回しよね。ただ男の人たちが全員、そんな最悪な事態に備えてどうするか想定しているなんて、ちょっと恐ろしくもあるわ」手をひらひらさせながら続ける。「とにかく、もしわたしがホテルの部屋で目覚めて、隣に売春婦の遺体があったとき、最初に電話をかけるのはレイよ」

カイルはテーブルの上に両手をのせ、身を乗りだした。「お言葉だが、カウンセラー、ルールに従うなら、もしきみがホテルの部屋で目覚めて、隣に売春婦の遺体があったとき、最初に電話をかけるのはＦＢＩのはずだ」

「実際の話、警察に電話するでしょうね。殺人事件の多くは連邦犯罪に当たらないから、ＦＢＩは管轄外よ」

カイルは笑い声をあげて手を伸ばすと、彼女の目にかかった巻き毛を後ろに撫でつけた。「きみときたら、本当に法律おたくなんだね」

その瞬間、カイルが何をしているのか気づいたふたりは、体をこわばらせ、じっと見つめ合った。彼は片手でライリーンの頬を包みこんだままだ。

誰かが咳払(せきばら)いするのが聞こえた。

カイルとライリーンはぱっと離れ、テーブルの脇に立つジョーダンに目を向けた。

「とりあえずワインを持ってきたけど？」ジョーダンは青い瞳をきらめかせながら、ふたりの前にグラスを置いた。「どうぞ、あとはふたりでごゆっくり」

ライリーンはジョーダンが悠然と立ち去るのを見送り、カイルにささやいた。「わたしが帰ったあと、お姉さんにいろいろ説明することになりそうね」

「ああ、間違いない。姉は根掘り葉掘りきいてくるだろうな」

ライリーンは声をあげて笑うと、グラスをゆっくりとまわし、ワインの香りを立たせ、その色合いを確認した。カイルから目をそらす口実ができてありがたかった。彼の首筋がセクシーすぎて、どうにかなりそうだったのだ。

さあ、そろそろ仕事に戻らなくては。「それで、今回の件についてなんだけど……」

ライリーンは隠そうとしていたものの、カイルは彼が触れたときの彼女の反応を見逃さなかった。

すぐに彼女は検察官モードに戻り、クインについて、さらにＭＣＣで気づいたことについてさまざまな質問をしてきたが、そんなことでごまかされるカイルではない。つい今しがた、彼女の琥珀色の瞳に炎が宿ったことにはっきり気づいていた。出会ったあの夜に感じた火花が、今も消えていないのは明らかだ。ふたりのあいだに、たしかに存在している。だが、ライリーンはその火花に抗(あらが)おうとしている。もしくは、気づいていないふりをしているかのどちらかだ。

だから、とりあえずは調子を合わせ、お利口さんの前科者らしく彼女の質問すべてに答えることにした。特定の受刑者を特別扱いしているクインの姿を見たことはないか、そういった特別扱いに関する噂を聞いたことはないか、すべての受刑者のなかでそういった噂に詳しくてカイルよりも多くを知っていそうな者はいないか……。

話の途中から、集中力が途切れがちになっているのに気づいた。おそらくリーガルパッドに何かを書き留めようと前かがみになったとき、ライリーンの髪が肩のまわりで跳ねる様子に気を取られたせいだろう。あるいはワインを飲むにつれ、彼女の頬がピンク色に染まっていくさまを目の当たりにして気が散ったせいかもしれない。それか、彼の話に耳を傾けているあいだ、頬杖をついたライリーンのほっそりとした首のラインに目が釘づけになったせいかもしれない。

けれど、ライリーンはほとんどカイルと目を合わせたまま、彼の話をじっくりと聞いていた。まるで店内にふたりしかいないかのように。

「今夜はあまりきみの役に立てなかったようだね」ライリーンが質問を締めくくろうとしたので、カイルは自分の印象を正直に口にしてみた。

ライリーンはテーブルの上に置いたワイングラスを回転させた。「もともと、あまり勝算が見込めるやり方じゃないの。ウィルキンズ捜査官とふたりで取り組んでいるんだけど、今週はずっと空振り続きよ」

彼女がもうひと口ワインを口に含んだとき――グラスはほぼ空だ――カイルは気づいた。ライリーンは今夜の聞き取りを終わらせようとしている。つまり、そろそろこちらから働きかけるべきタイミングということだ。

手振りでライリーンのワイングラスを示すと、手始めに答えやすい簡単な質問を投げかけてみた。「きみはサンフランシスコで暮らしていたときに、ワインに興味を持ったんだね？」

ライリーンはうなずいた。「シャンペーンから引っ越した当初は、ワインの知識なんてまるでなかったわ。でも、つきあっていた人たちのほとんどがワインを飲んでいたから、だんだん前よりもよく飲むようになって、そのうち自分の好みもわかるようになったの。何が好みじゃないかも」

そろそろ、答えやすいとは言えない質問に移ってもいいだろう。「なぜサンフランシスコを離れたのか、きみは一度もぼくに話そうとしないね」

ライリーンは横目でちらりとカイルを見た。「どうしてわたしがサンフランシスコを離れた理由にそんなに興味があるの？」

「きみはぼくについて多くを知っているのに、ぼくにきみを知る機会が与えられないのはフェアじゃないように思えるんだ」一か八かの勝負に出ることにした。「何か男絡みの理由なんじゃないか？」

一瞬、ライリーンはどう答えようか逡巡する様子を見せた。「そうよ」

「その男とはまだつきあっているのかい？」

「いいえ」

彼女の答えを聞いて安堵しなかったと言えば嘘になる。「この話はあまりしたくないかな？」

「わたしの話の代わりに、あなたとダニエラとの破局について話すことだってできるわ」

カイルは片腕をテーブルにのせて体をかがめると、彼女に低い声で話しかけた。

「それか、一度くらいきみもすなおな気持ちで、ぼくとテニスみたいに言葉の応酬をしてもいいかもしれないよ」

ライリーンはしばしそのことについて考えこむように彼の目を見つめると、つと視線をそらし、もう一度自分のワイングラスをまわした。「別れたのは、彼がローマに行くと決めたから。わたしが一緒に行こうと行くまいと関係なくね」

「きみの元恋人は自己中心的ないやなやつだったみたいだね」

そう聞いてライリーンは笑みを浮かべると、わざとらしく腕時計を確認して話題を変えようとした。「ほら、見て。ついにわたしたち、仲よくできる八分間の記録を破ったわ」ワインを飲み干し、グラスをテーブルに置く。「時間といえば、わたしはそろそろ行かないと」

「そうだね。たしか今夜、予定があると言っていたよね。誰かとデートかい?」

もっとさりげなく尋ねろよ、くそったれ。

「レイと映画を見に行くだけ。『ハンガー・ゲーム』の八時半の回なの」

カイルは自分の腕時計を確認した。「八時半? それならまだ時間があるじゃないか」ライリーンの目をまっすぐに見つめ、ふたたび一か八かの勝負に出ることにした。「もう少し一緒にいてくれ、ライリーン」声がかすれている。「もう一杯ワインを飲んで近況を報告し合おう。古い友だちってそういうものだろう?」

彼女は長いことカイルを見つめた。

長すぎるほどに。

「それがいい考えとは思えないわ」ライリーンがとうとう答えた。「わたしたちの関係を、誰かに誤解してほしくないもの」

カイルは店内を見まわした。ふたりのほかに客が座っているテーブルは一卓だけ。しかも彼らは、こちらにいっさい注意を払っていない。ということは、ライリーンの言う〝誰か〟とはカイルのことに違いない。

「ぼくたちの関係?」

とはいるはずよ。わたしとあなたは検察官と証人という関係にすぎないってことは」ライリーンの口調はあくまでさりげないが、カイルの目をまっすぐに見据えている。「それ以上に親密だなんて、誰にも思われたくないの。だって、どう考えても親密になるわけにはいかないから」

そのとおり。まさにそういう関係だ。

彼女の言葉の意味に衝撃を受け、カイルはワインをひと口すすった。

いや、自分にとってはなんの意味もないことだと、心のなかでつぶやく。ライリーンは大勢いる女の子のひとりにすぎないのだから。「もちろんだよ」彼女ににやりとしてみせる。「本音を言えば、ジョーダンのオフィスに戻って、厄介なネット接続問題に向き合うのを先延ばしにしたかっただけなんだ」

「まあ、何も手助けできなくてごめんなさい」ライリーンは立ちあがり、ブリーフケースのストラップを肩にかけた。「それじゃ……クインの件で何か進展があったら連絡するわ」

彼女ならそうするだろう。ただし、いつになるかはさっぱりわからないが。「ぼくを見つけだす方法はわかっているよね、カウンセラー」

「ええ」ライリーンは笑みを浮かべていとまごいをした。「会ってくれて本当にありがとう。恐ろしくかっこよくて、シャンプーのコマーシャルに出てきそうなさらつや髪のあなたには近づかないと約束するわ。少なくとも、しばらくのあいだは」

ライリーンが店から出ていくと、カイルはテーブルに座ったまま、気もそぞろに自分のグラスをもてあそんだ。

「彼女、もっと一緒にいたいと言わなかったの？」

顔をあげると、ジョーダンがテーブルの脇に立っていた。驚くべきことに、今回に限ってはいらいらさせるようなことを言って弟を悩ませるつもりはないらしい。

「友だちと約束があるんだそうだ」肩をすくめながら答えた。

「あなたが女性を紹介してくれたことなんて一度もなかったのに」

カイルは首を振りつつ言った。「彼女とはそんなんじゃないんだ、ジョードゥ。ライリーンはただの――」

「古い友だちよね」ジョーダンは柔らかな笑みを浮かべて手を伸ばすと、弟の髪をくしゃくしゃにした。「わかっているわ」

## 18

結果的にわかったことだが、ライリーンは自分で考えていたほど優秀ではなかったらしい。

さまざまな事件を担当した過去五年のあいだに、自分でも最初の出廷時の被告とその弁護士の心理状態を読むのがかなり得意なほうだと思うようになった。クインがひどく神経質になっていた様子を考えると、二週間以内に彼の弁護士から司法取引を求める電話がかかってくるだろうと踏んでいた。

だが実際のところ、その電話がかかってきたのは二週間と三日後だった。

「FBIの調査報告書を読んだ」ライリーンが電話に応じるとすぐに、マイケル・チャニングは切りだした。前回のクインの罪状認否のときに比べると、いくらかその声から尊大な調子が消えている。「司法取引をしたい。本人が直接会うと言っている。わたしの依頼人から話したいことがあるそうだ」

「それなら明日はどうかしら？　午前中は法廷があるけど、そのあとなら時間を作れるわ。午後二時でどう？」

「では、二時半に」チャニングは冷たく答えた。

間違いなく、明日は冷たくそっけない話し合いになりそうだ。

翌日の午後、ライリーンはテーブルを挟んでクインと彼の弁護士に対峙していた。クインは濃紺のスーツ姿でいかにも落ち着きがなく、チャニングはいつもながらとげとげしい態度だ。この話し合いのために、彼女はあらかじめ会議室を押さえていた。会議室ならば、彼らに自分のデスクの上にうずたかく積まれたファイルの山を見られることもない。今日はなんとしても、彼女にとって、この事件こそ最優先事項であるという印象を彼らに植えつけたい。

「何か話したいことがあるそうね？」ライリーンはきいた。

チャニングは〝話していい〟というような表情で依頼人を一瞥した。「大丈夫だ。ここできみが何を話そうと、もし司法取引が成立せずに裁判になったとしても証拠として認められることはない」

クインは疑り深い目でライリーンをちらりと見た。本当にそうなのか確認したいようだ。

「彼の言うとおりよ。あなたが証言台に立って偽証しない限りはね。そうしないことを強くお勧めするわ」

クインは片手で口元をぬぐうと、テーブルの上に両手を置いた。「ミズ・ピアース、あんたはダリウス・ブラウンの事件そのものを誤解している。あんたの考えているようなことじゃないんだ」

ライリーンは無表情のまま応じた。「どうしてそう思うの？」

「おれはワッツにブラウンを殺れなんてひと言も言ってない」クインは声に力をこめた。「ただ、あいつを痛めつけろと言っただけだ。あいつに教訓を与えるために」

「ずいぶんな教訓になったわね」

「いいか、最初に攻撃してきたのはブラウンのほうなんだ。刑務所では刑務官に盾突くことは許されない。そんなことがしょっちゅう起これば、そのうち受刑者たちがあのくそ収容所を運営することになっちまう」クインはにやりとしようとしたが、表情ひとつ変えようとしない真顔のライリーンを見てすぐに笑みを消した。

クインは怒気をはらんだ口調で、ライリーンに向かっていきなり感情を爆発させた。

「あんたはそこに座って、いかにもお高く留まってる。けど、あんたが有罪にしたあと、いったい誰があの野獣たちの世話をすると思ってるんだ？　あんたが裁判中にあいつらの姿を見るのは？　せいぜい二、三日か一週間ほどだろう。そのあと、あんたはこっちに責任を押しつけてくる。おれは何年間もやつらの面倒を見なけりゃならない。あんたや検事局は、おれやおれがやっている仕事に対してもっと感謝すべきだ」

「あなたの仕事に、受刑者を殺すことは含まれていないわ、ミスター・クイン」

「だから言っただろう。あれは事故だったんだ」

しばし間が空き、男同士で視線を見交わしたあと、チャニングが口を開いた。「過失致死罪には同意する。だから公民権の侵害については取り下げに同意してほしい」

「それはできないわ」ライリーンは当然のごとく言い放った。「あなたは故意にブラウンを危険な状況に置いた」クインに向かって言う。「だから故殺および公民権の侵害の容疑で裁判を受けてもらう」

「話にならねえ」クインはチャニングに告げた。「裁判で一か八か戦ってやる」

「裁判になったら、第二級殺人の有罪判決を受けることになるわよ」ライリーンが応戦する。

「それか無罪放免になるかもしれない」すかさずチャニングが言った。「きみが実質的に証明できているのは、わたしの依頼人がブラウンをワッツと同じ房に移した事実だけだ。その行為が報復のためだとか、ワッツと共謀してブラウンを襲わせたとかいうのはすべて憶測にすぎない」

「それは違う。こちらには証人がふたりいる。ふたりの証言によって、報復目的であることも、クインとワッツが共謀していたことも立証できる」

「どちらの証人も有罪判決を受けているじゃないか。そのうちのひとりは、証言と引き換えにきみと取引するのが目的だったのは明らかだ。おまけに、もうひとりはカイル・ローズときている」チャニングはわざとらしい笑い声をあげた。「陪審員たちがツイッター・テロリストの証言を信じるなどと本気で考えているのか？」

「もちろんよ」ライリーンはためらいなく答えた。「カイル・ローズが証言台に立ったら、陪審員たちがどう思うか教えてあげるわ。彼らはなんの動機も計画も持たないひとりの証人の姿を目の当たりにすることになる。そうするのが人として正しいことだからという理由だけで証言しようとしている人物をね。たしかに彼はかつて間違いを犯したけれど、その罪を認めてすべての責任を引き受けてみせた。はっきり言って、ミスター・チャニング、あなたの依頼人にカイル・ローズの半分ほどの勇気があれば同じようにするはずだわ」

クインは体を後ろに引いた。「へえ、それじゃ、あのツイッター・テロリストは英雄で、おれは人間のくずってことか」彼はライリーンの前に置かれた事件ファイルを指さした。「そのちっちゃなファイルを読めば、ＦＢＩがダリウス・ブラウンをＭＣに監禁した理由がわかるだろう？　あいつは仲間ふたりと銀行を襲って、窓口係のひとりを拳銃で殴ったんだ。ほらな、あんたの〝被害者〟だってまったくの聖人じゃないんだぜ」

「つまり、ダリウス・ブラウンは自分の行いのせいで投獄されたの」ライリーンは答えた。「同じように、あなたもあなたの行いのせいで投獄されることになる」

クインが口を開いたのを見て、ライリーンは機先を制した。

「はっきり言うわね、ミスター・クイン。あなたがこういうことをしたのは、これが初めてじゃない。あなたはあと二回、受刑者への襲撃を扇動したことがある。だけど今回、あなたはその汚れ仕事の実行犯選びを失敗したと言わざるをえない。ワッツはベルトについていた南京錠でブラウンを殴打し、死なせてしまった。そのすべてを引き起こしたのは、ほかならぬあなたなの」チャニングのほうを向き、先の言葉を繰り返した。「故殺および公民権の侵害。それがあなたがわたしから引きだせる最高で、唯一の取引よ」

その言葉がしばし宙に漂った。

「ミズ・ピアース、それはわたしたちの希望とは違う」チャニングがそっけなく答えた。

「わかったわ」ライリーンはテーブルから立ちあがると、ファイルをかき集めた。「ミスター・クインとよく話し合ったあと、そちらの決定を聞かせて。もしわたしが提示した条件に興味がないなら、裁判に向けて準備を始めるわ。出口はわかる?」

早足で会議室を出て受付エリアを目指しているとき、背後から名前を呼ぶ声が聞こえてきた。振り向くと、クインとチャニングがこちら向かって歩いていた。同じ方向にエレベーターがあるからだ。クインはちらりともライリーンのほうを見ずに大股で脇を通り過ぎた。一方のチャニングはわずかに歩みをゆるめ、話しかけてきた。「用意ができたら、合意書をすぐにメールしてほしい。書記官に連絡し、公訴事実を認める手続きをしてもらう」

これで決まりだ。

ライリーンはクインとチャニングが立ち去るのを見送った。負けを認めるのは、彼らにとってさぞ恥ずべきことだったに違いない。

彼女だって、あのふたりを裁判で叩きのめすほうがずっと楽しかったはずだ。

その週は飛ぶように過ぎていった。立て続けに入る申し立てや参考人事情聴取、FBIやアルコール・たばこ・火器および爆発物取締局（ATF）、DEAの捜査官たちとの打ち合わせなどで忙殺されたせいだ。あっという間に金曜の朝になり、ライリーンはクインの有罪申し立ての登録のために法廷にいた。

手続きを終え、ひとつの事件が無事解決したことに気をよくして法廷から出て、自分のオフィスに戻って二十分もしないうちに、キャメロンが祝福の言葉を告げに立ち寄ってくれた。

「たった今、ポールがまとめたアダム・クインの有罪答弁に関するプレスリリースを見たわ」キャメロンは連邦検事局の広報官ポール・トンプキンスの名前を挙げた。「よくやったわね。検事局からの正式発表によって、この事件を通じて、わたしたち検察側の姿勢をはっきりと示すことができた。受刑者も含む、信頼に足る個人を虐待した場合、たとえそれが法執行官であってもためらわずに告発するという強い姿勢をね」彼女は笑みを浮かべた。「それもこれも、あなたがここにいてくれたおかげね」

ライリーンは手を振って褒め言葉を受け流した。「ウィルキンズ捜査官の功績でもあります。それに一応言っておくと、カイル・ローズも積極的に協力してくれました」

「あのツイッター・テロリストがわたしたちに手を貸してくれるとはね。いったい誰が予測できたかしら？」キャメロンが尋ねる。「聞いた話だと、クインと彼の弁護士はどちらも、司法取引の交渉のあいだじゅう不愉快きわまりない態度だったそうね」

いつものごとく、午後の休憩時間に〈スターバックス〉へコーヒーを買いに行ったとき、ライリーンはケイドにその話をしていた。今や彼女にとって、ケイドはオフィスのなかで頼れる存在になりつつある。実に喜ばしい。特別訴追部において信頼できる友人がいるのはいいことだ。

「クインがどれほど独善的な態度だったか、あなたにも見せたかったです」ライリーンはキャメロンに言った。「今、彼を逮捕できて本当に運がよかったと思います。もしFBIの潜入捜査官からの情報がなければ、こういう状況が何年も続いたかもしれません」

「今後はクインも手のひらを返したように態度を変えるんじゃないかと、わたしはにらんでいるの。今や、彼は刑務所に投獄される立場になったのだから」

「ええ、本当に」

キャメロンの訪問を受けてから数分後、ライリーンはレイに電話をかけた。

「今夜、時間ある？　おごるわ。お祝いしたい気分なの」

レイはうれしそうに応じた。「いいわね！　ふたりでひと晩飲み明かしましょう。それで、いったいなんのお祝いなの？」

「果てしなく長い一週間が終わったお祝いよ」

レイは笑い声をあげた。「なるほどね。ちょうど今『シカゴ・トリビューン』で今夜新しくオープンする〈ファイヤーライト〉っていうナイトクラブの記事を読んでいたところなの。きっと今週末に行くべき場所はここよ。どう？　行ってみない？」

ライリーンは少し考えた。「話題のクラブのオープニング・ナイト？　わたしたちが入れるかしら？」

「イケてる女だったら入れるわ」

ライリーンは声をあげて笑った。「レイ、自信たっぷりのあなたが大好きよ。それじゃ今夜九時に、タクシーであなたのアパートメントまで迎えに行くわ」

# 19

カイルはフロアの隅にあるブラックオニキスのバーカウンターの前で、友人たちに囲まれていた。金曜の夜、〈ファイヤーライト〉はめかしこんだ人々でごった返している。どう見ても、このナイトクラブのオープニングは大成功だったようだ。デックスの快挙を目の当たりにし、カイルも興奮していた。

ただ残念なことに、個人的には少しもわくわくした気分になれなかった。

もしかしたら、これは前にジョーダンが心配していた〝元受刑者が俗世間の日常に戻るのに苦労する〟ということかもしれない。なぜなら、カイルの周囲にいる誰もが笑い声をあげ、酒を飲み、大騒ぎをし、パーティーを楽しみ、人生そのものを謳歌(おうか)しているからだ。さらにすばらしいことに、店内のどこもかしこも美しい女性だらけだ。しかも先ほどからずっと、彼女たちの多くがなんとかカイルの目に留まろうとしている。それなのに、彼はどこか違和感を覚えていた。

カイルは、店内をぶらついてほかの客たちの様子を見てみたいと友人たちに断ってからその場を離れた。ちょうど扉を抜けたところで、デックスの姿に気づいた。バルコニーの手すりにもたれ、階下にあるメインバーの混雑ぶりを誇らしげに見おろしている。

カイルも手すりのそばへ行き、デックスに並んだ。自分がどんな問題を抱えていようと、この瞬間のデックスの気分を台無しにする気はさらさらなかった。「どんな気分だい?」

「正直に言おう。めちゃくちゃいい気分だ——最高の気分だよ」

「きみの努力のたまものだ」デックスがこのナイトクラブをオープンさせるためにどれだけ苦労してきたか、カイルは誰よりもよく知っている。

「ああ、そのとおりさ」デックスはごった返す客たちに視線を走らせていたが、つと何かに目を留めると、カイルにいたずらっぽい笑みを向けた。「カイル、ここ何週間かは情緒不安定だったよな。でも、とびきりの特効薬を見つけたぞ」

「情緒不安定?」カイルは思わず苦笑した。「ばかなことを言うな。ぼくはいたって元気だ」

「まあ、きみがそう言うなら元気なんだろう。それでもメインバーをチェックしたほうがいい。二時の方向にいる緋色のワンピースだ」

カイルは興味を引かれ、大勢の客をざっと見渡した。きっと、挑発的なワンピース姿のセクシーな女性でもいるのだろう。だが、とうとう緋色のワンピースを見つけたとき、いや、さらに重要なことに、そのワンピースを身にまとっている女性に気づいたとき、不意に言葉を失い、ただ見つめることしかできなかった。

どうやら女検察官ピアースも、スカートスーツ以外の服を持っていたらしい。

彼女は波打つ黒髪を肩に垂らしていた。ふわりと揺れる豊かな巻き毛が、ノースリーブで、しかも男心をそそる深いVネックの緋色のワンピースをいっそう引き立てている。バーカウンターの影になっているため、カイルの位置からだと彼女の腰から下は見えなかった。でもだからこそ、余計に想像力を激しくかき立てられてしまう。ライリーンの腰から下はどうなっているのだろう？

「おいおい、あの連邦検事補が登場したとたん、誰かさんときたら突然元気になったな」デックスは含み笑いをしながら言った。

カイルはわざとそっけなく答えた。「たしかに彼女のワンピースはセクシーだな。こいつは一大事だ」

「ああ、まさに。ちなみに、きみが彼女と話をしに行くまで、ぼくはにやにや笑いをやめられそうにない。それと、今回は相手の胸元をじろじろ見つめないようにな」

「誰が話をしに行くと言った？」カイルは不満げに答えた。検察官と証人という関係である以上、ライリーンとはバーカウンターに隔てられたままのほうがいいだろう。特に、あんなワンピースを着た彼女にこれ以上近づくのは、残酷かつ異常な罰を受けるも同然だとわかっているからなおさらだ。

「もしきみが話しかけないなら、ほかの誰かがそうするだろうよ」デックスが指摘する。「ほら、すでに競争相手が現れたようだぞ。五時の方向だ」

カイルはあわてて階下に視線を戻し、言われた方向を見おろした。バーカウンターの反対側にいる白いボタンダウンシャツ姿の男がドリンクをすすりながら、明らかに称賛するような目でライリーンを見つめている。まくりあげられたシャツの袖から見える前腕に入っているのは、ケルトのデザインのようなタトゥー。いかにもタフな男という印象だ。

とはいえ、さすがに前科はないだろう、くそ野郎め。

立ち尽くしたままライリーンを見つめているうちに、カイルは自分がこの三週間落ちこんでいた理由に突然気づいた。

これまでの人生で初めて、どうしても手に入らないものがほしくなったせいだ。

だがもうひとつ、今はっきりと気づいたことがある。どんな男であれ——くそ野郎であろうとなかろうと——今夜ライリーン・ピアースを口説かせるつもりはない。彼女には彼女なりのルールがあるかもしれない。だが、この自分の目の前で、ほかの男が彼女といちゃつくなど我慢ならなかった。

そのために力を貸してくれるのは誰か、カイルはよくわかっていた。

「デックス、折り入って頼みがある」

ライリーンは〈ファイヤーライト〉のメインバーにいる女性バーテンダーと、またしても目を合わせようとした。

「めったにないことだけど、今ばかりは自分にペニスがついていたらよかったと思うわ」バーテンダーがほかの男性客の注文を取りに向かうのを見て、ライリーンはレイにぼやいた。ドリンクを注文するために、すでに二十分以上もこうして待っているのだ。今夜は、胸を強調してくれるあの緋色のワンピースを着ているが、残念ながら、こういった特殊な状況ではこのワンピースの魔法も効果がないらしい。

「あなた、ここ半年ずっとセックスはごぶさたなのよね」レイが言う。「もしわたしがあなたなら、毎晩自分にペニスがついていたらよかったのにと思うはずよ」

ライリーンは笑い声をあげた。「よかった、とうとう彼女がこっちに向かってきてくれたわ」だが期待して見守っていたのに、その女性バーテンダーはするりと脇を通り過ぎていってしまった。「ああっ……もう」そのとき突然、ライリーンはあることを思いだした。「ねえ、火曜のデートはどうだったの？」

レイは目をぐるりとまわした。「わたし、〈マッチ〉はもうやめようと思う」彼女は出会い系サイト〈マッチ・ドットコム〉で知り合った相手とのデートに立て続けに失敗していた。「オンラインだとみんな、ものすごくよさそうな相手に思えるのに、実際に会ってみると完全に別人なの。この前会った人なんて、待ち合わせ時間に十五分も遅れてきたのよ。ようやくレストランに現れたと思ったら、自転車のヘルメットを抱えたままだし。しかもテーブルに着いたとき、大汗をかいているせいでひどく臭かったんだから」

ライリーンは顔をしかめた。「雰囲気が台無しね。それで、どうしたの？」

「一杯だけ飲んで、自分の分は支払って、〝わたしたち、気が合うとは思えない〟って丁重にお断りしたわ」レイは当然のごとく言った。

「さすが」ライリーンが感心したように言う。「とても丁寧なうえに、こっちの意思もはっきりと伝わる断り方ね。こういうことにかけて、あなたは本当にプロだわ」

「最高」レイはそっけなく答えた。「それこそ、まさにわたしが目指していたものよ。初めてのデートで合わない相手を見抜くプロ。最初に会ってから五分以内でその相手とうまが合うかどうかがわかるって何かで読んだことがあるけれど、今のわたしには五分も必要ないわ」ライリーンを小突きながら言う。「ところで、さっきからあなたのことをじっと見ている男がいるの。バーカウンターの向こう側にいる白いシャツの人よ。前腕にタトゥーがあって――うーん、セクシーね」

ライリーンはバーテンダーを見るふりをして、さりげなくその男性を確認した。たしかに色気がある。というか、色気以上の魅力がある。だけど困ったことに、ライリーンの脳裏にはいたずらっぽいブルーの瞳が浮かんでいて、目の前の男性に集中できなかった。

「彼、自分のドリンクを手に取ったわ」レイがささやく。「きっとこっちにやってくるつもりね。心配しないで――わたしは姿を消すから」

当然ながら、前にこういうことがあってからかなりの歳月が経っている。とはいえ、もし記憶が正しければ、こんなときは緊張と興奮が入り混じった気持ちになっているはずなのに。だけど、もう三十二歳だ。かつてみぞおちで羽ばたいていた蝶たちもすっかり成長し、知性に訴えかけるようになったのだろう。こういったデートゲームを前にしても、成り行きを静かに見守れるようになったに違いない。

そのとき、背後から男性の声が聞こえた。

「お嬢さんがた、ぼくはきみたちに謝らなければならないようだ」

ライリーンが振り返ると、スーツ姿の男性が立っていた。年齢は三十代前半か半ばくらいで、光沢のある薄茶色の髪はくせ毛だ。

男性はライリーンとレイに笑みを向けると自己紹介をした。「ギャヴィン・デクスターだ。デックスと呼んでほしい。この店のオーナーなんだが、先ほどからずっときみたちがドリンクを注文できずに待たされているのに気づいてね。埋め合わせとして、VIPルームへ招待させてもらえないかな。勝手ながら、きみたちのためにテーブルをすでに用意してあるんだ」

レイは片眉をつりあげてライリーンを見ると、デックスに視線を戻した。「すてきね。ありがとう」

デックスは身振りで階段を示した。「決まりだ。さあ、こちらへどうぞ」

彼が背中を向けると、レイは前かがみになり、含み笑いをしながらライリーンにささやいた。「今夜のわたしたち、自分で思っている以上にイケているんだわ」

デックスのあとについて階段をあがり、VIPルームの扉の前にいる用心棒の前を通り過ぎた。なかに入ると、デックスはふたりをいざないながら、ごった返す客をかき分けて奥にある個室ブースへ向かった。黒いスエード張りのブース席は、三面に赤いベルベットのカーテンがかけられ、プライベートな空間になっている。

ライリーンとレイがブース席に落ち着くと、デックスは両腕を大きく広げた。「まずシャンパンはどうだい？　きみたちの好きなものをなんでも頼んでくれていい。今夜のきみたちの支払いはすでにすんでいるからね」

ライリーンはもの問いたげにデックスを見た。特別扱いされるのはうれしいけれど、どう考えてもこれは少し妙だ。「誰が支払いを？」

聞き覚えのある、からかうような声が答えた。

「質問が多すぎるって誰かに言われたことはないか、カウンセラー？」

ライリーンが声のしたほうを見ると、カイルが近づいてくるところだった。グレーのスーツに黒いシャツを合わせ、信じられないほどのハンサムぶりだ。ネクタイは締めておらず、シャツの一番上のボタンを外している。そのとき、みぞおちの蝶たちがいっせいに羽ばたきだすのを感じた——初めて出会ったあの夜のように。

より知性を働かせられるようになどなっていなかったのだ。

「職業病なの」カイルに向かって答える。

ような促す。

「だろうね。実際、この目で見てきたよ」彼はすかさず紹介を始めた。「デックス、こちらはライリーン・ピアースとレイ……」そこで口をつぐんで、レイに名字を言うよう促す。

「メンドーサよ」レイが名乗った。

デックスはレイに向かって笑みを浮かべると、興味深そうな表情でライリーンに向き直った。「なるほど、ライリーンか」彼女の名前を強調しながら言う。「きみとカイルのツーショット写真が報道されてから、ずっときみの名前の読み方を間違えていた」頭を傾けながら続ける。「あまり一般的な名前じゃないよね？」

「ええ。アイルランド系の名前で、祖父にちなんで名づけられたの」ライリーンは説明した。聞いた話によれば、彼女の母親がこの名前にこだわっていて、ウェールズ人である父親は特に反対しなかったため、ライリーンと名づけたらしい。

それでもなお、デックスの興味はおさまらなかった。「もしかしてイリノイのロースクールに通っていなかった？」

ライリーンはレイを指さした。「ええ、わたしたちふたりとも通っていたわ。どうして？」

デックスは愕然(がくぜん)とした表情を浮かべたかと思うと、すぐに笑いだした。「これは驚いたな。もっと早く気づくべきだった。きみたち、あの手羽先の女の子たちか」

次の瞬間、ライリーンはカイルと出会った夜の会話を思いだした。

〝セクシー（ホット）な子も生意気（スパイシー）な子も、嫌いじゃないからね。それどころか、そのふたつを備えている子は魅力的だ〟

ライリーンは笑いながらカイルを見た。「あの話を彼にしたの？」

デックスはカイルの背中を叩いた。「ああ、聞いたよ。あの夜、ぼくが〈クライボーン〉で仕事してたら、カイルがきみを家まで送ったあと戻ってきて、ばかみたいににやにやしながら話してくれたんだ。カイルがそのまま歌いだすか踊りだすかするんじゃないかと思ったものさ」

カイルは咳払いをして居心地悪そうに身じろぎをした。「それは……ちょっと誇張しすぎじゃないかな」デックスの肩をつかんで指先に力をこめる。「なあ、デックス、ここ以外にもきみが顔を出さないといけない場所があるんじゃないのか？　クラブは客で満杯だし、オープニング・ナイトで忙しいだろう。それなのに、きみをここに引き止めておくのは申し訳ない」

レイが三人の目の前で人差し指を振る。「ちょっと待って。誰かわたしに、その手羽先の話をわかりやすく教えて」

デックスがカイルを見ると、カイルはライリーンを見た。

ライリーンは一瞬押し黙ったあと、体を浮かして席を詰め、カイルが座れる場所を空けた。「あなたは本物のＶＩＰだもの。せっかくだから座ったら?」

カイルはその誘いに驚いた様子だったが、すぐに熱を帯びた濃い色の目になり、無言のままライリーンの隣に座った。レイとデックスがドリンクメニューについて話し始めたのがわかったが、こうしてカイルの目を見つめていると、ほかの人たちの声がどこか遠くに聞こえた。

「やっとぼくに愛想よくしようという気になってくれたんだね」カイルがからかうような口調で言う。

ライリーンは笑みを浮かべると、九年前と同じ答えを口にした。「そうしようか考えているところよ」


もし事情がまるで違っていたら――ライリーンと彼が検察官と証人という〝関係〟ではなかったら――カイルも、今夜は今まで経験したなかで最高の初デートだと断言できただろう。

なにしろ、隣に座っているのは知性とユーモアを兼ね備えたセクシーな女性だ。しかもふたりきりで一時間以上も話し続けている。その途中で、レイはバーカウンターにいる男と話すために姿を消していた。その後、ライリーンはこれまで起訴したなかで忘れられないいくつかの事件について語り、彼を大爆笑させた。そのうちのひとつが、彼女がまだ仕事を始めて一年目のときに、上着に忍ばせたヘアドライヤーを銃と見せかけて銀行強盗をした男の話だった。なんとその男は、両脚のあいだにドライヤーの電気コードをだらりと垂らしたまま、銀行に押し入ったのだという。

酒はどんどん進み、雰囲気も完璧だ。テーブルの上ではキャンドルの優しい光が揺れ、三面にかけられたベルベットのカーテンがふたりを邪魔するものから守ってくれている。しかも、ブース席で体を寄せ合うように座っているおかげで、カイルはこれ以上ないほど絶好の位置にいた。それこそ、ありとあらゆるものを……じっくりと見つめられる場所に。法廷でのエピソードを披露したりワインを含んだりするライリーンのふっくらした唇も、彼のほうに向かって組まれている細く長い脚も、むき出しにしている両肩のクリーム色の肌も、その肌に散らばる愛らしいそばかすもだ。カイルはそのそばかすに舌を這(は)わせたくてたまらなかった。それにワンピースのV字の襟ぐりにも。くそっ、残酷かつ異常な罰とはまさしくこのことだ。ライリーンよりも身長が二十センチ以上高いせいで、座ったままでも彼女のいろいろな部分がはっきりと見えた。カイルはもはや、〝今すぐ彼女のワンピースのストラップを引きおろし、あの豊かな胸にしゃぶりつきたい〟ということしか考えられなくなっていた。

それに……ライリーンが答えを期待するように口をつぐんでいる。どうやら彼女から何か質問されたようだ。

しまった。

カイルは急いで耳に手を当てた。「すまない。まわりがうるさくてよく聞こえなかった」

「あら」ライリーンが少し体を寄せてくる。彼女の太ももがカイルの脚をかすめた。

今すぐ殺してくれ。

「ただ、あなたの今後の計画について尋ねただけよ。もう〈ローズ・コーポレーション〉では働いていないんでしょう。なんだか、さっきからずっとこの話をしているような気がするわ」

カイルはきちんと話に集中しようと試みた。それなのに、彼女からはいい匂いがしている。ほんのりとシトラス系の香水のような香りだ。もしくは、シャンプーの香りかもしれない。信じられないほどつややかな濃い色の髪に顔を埋め、どちらなのか確かめたくなる。

しっかりしろ、ばか野郎。ふたりの関係を思いだせ。

「今、あることを準備中なんだ」彼女の質問には曖昧に答えた。まだ会社設立について詳しい話ができる段階ではない。物事がもう少し確実にならない限りは。

ライリーンは片方の眉をあげた。「合法的なことよね？」

なんと気の利いた返しだ。「もちろん合法的なことだよ、カウンセラー。ぼくを信じてくれ。きみとふたたび法廷内で顔を合わせるつもりはない。どう考えても、あまりに早すぎるからね」ふと思いだしてつけ加える。「ただし、クインの裁判は別だ」

「そうよね」ライリーンは何か考えこむように自分のワイングラスを見おろし、それからから横目でカイルをちらりと見た。少しこちらに興味を持ったかのようなまなざしだ。

「どうしてデックスにわたしとレイを連れてこさせたの？」

決定的瞬間だ。

カイルにはよくわかっていた。ここで普段の自分らしく、それとなく気が利いたセリフ、冗談、あるいは嫌味を返すこともできるはずだ。だがこの場の雰囲気とライリーンの美しさ、そして何よりも、その瞬間彼女がこちらに向けたまなざしのせいで、いつものようなふざけた態度をかなぐり捨てたくなった。だからカイルは、彼女の視線をまっすぐ受け止めて答えた。「なぜなら、九年前、ぼくはあのバーで一番美しい女の子に近づいて話しかけたが、今夜もぼくが話したいと思う女性はきみだけだったからだ」

その言葉を聞き、ライリーンが目を見開いた。何か答えてくれ。なんでもいいから。今夜そういう気持ちでいるのは自分だけではないと安心させてほしい。それなのに彼女はワイングラスに視線を戻し、脚(ステム)を指でもてあそんだ。

「あなたに話さないといけないことがある。わたし、今日法廷に出たの」

〝法廷〟カイルは体を引き、信じられないと言いたげにかぶりを振った。今、彼は思いきって自分をさらけだしたというのに、ライリーンはまだ仕事の話をしたがっている。「そうか」カイルはそっけなく答えた。

「今日は形式的な手続きをしただけなんだけど」ライリーンは続けた。「でもあの事件に関わった以上、あなたも今朝クインが有罪を認めたことに興味があるはずだと思って。彼は故殺と公民権侵害の罪を認めたわ」

カイルは体をこわばらせた。「それってどういう意味だ？」

ライリーンははにかんだように瞳を輝かせた。「故殺のこと？　初めから殺すつもりだったわけではなく――」

カイルは片手で彼女の口元を押さえ、生意気な答えをさえぎった。「それってどういう意味だ？」低い声で繰り返す。手を離すと、彼女の唇の両端が持ちあがっているのが見えた。

「もはやあなたはわたしの証人ではないという意味よ。量刑審問が行われるはずだけれど、実質的にこの事件は終了したことになる」

それこそカイルが聞く必要のある答えだった。

彼はライリーンの髪に指を差し入れ、彼女のうなじに手のひらを当てた。お遊びはここまでだ。「今夜はそれ以外、何も言う必要はなかったのに」

彼女はカイルのまなざしをまっすぐに受け止めた。「ええ、そうね」

ライリーンが彼を受け入れようとしている。カイルは自分のものだと言いたげに親指を彼女の下唇に沿って這わせると、うなるように低い声でささやいた。

「すぐにここから出よう」

## 20

カイルと一緒にこのナイトクラブから出たらそのあと何が起こるか、ライリーンには痛いほどよくわかっていた。彼の目を見れば一目瞭然だ。ブルーの瞳は欲望に煙(けぶ)り、燃えるように輝いている。

ライリーンはブース席に座ったまま、カイルにノーと答えるための理由を考えた。それはいくつでも思いつけるけれど、イエスと答えるための理由はひとつしかない。ただ単に、自分がそうしたいから。

これまでは、いつだって正しいことをしてきた。理性的に考えれば、今ここで適切なのは席から立ちあがり、すぐに歩み去ることだ。カイルから、そして彼の言葉が約束する不道徳な行為からも。でも彼は罪深いほど魅力的で、知性にも機知にも富んでいる。それにこれほどの……息苦しいほどの興奮を覚えるのはいつ以来か、自分でも思いだせなかった。そもそも、今までそんなことがあったとすれば、だけれど。

「先に出るってレイに断らないと」ぽつりとライリーンが言った。

すると、彼の瞳がさらに輝いたような気がした。

カイルはライリーンの片手を持ちあげると、自分の口元へ近づけ、彼女の指を唇に当てた。「あの階段をおりたところで待っているよ。ぼくも、もう帰るとデックスに伝えてくる」

彼がブース席から立ちあがって立ち去ると、ライリーンは深く息を吸いこんだ。気持ちを落ち着ける必要がある。今からしようとしているのは、いつもの自分なら絶対にしないことだ。遊び人として有名な億万長者の相続人で、しかも前科のある男と一緒にナイトクラブから抜けだそうとしているなんて。とはいえ、ちょっと羽目を外しすぎている気はするものの、すごくいい気分でもある。今夜はそれだけで充分だ。

ライリーンはバッグをつかんでブース席から出ると、バーカウンターにいるレイのもとへ急いだ。

「もう、やっとね!」誰と一緒に店を出るつもりか打ち明けたとたん、レイが言った。「しばらくここで様子を見ていて、さらに九年必要なのかと思い始めていたところだったんだから」

「帰りのタクシー、捕まえられる?」ライリーンは尋ねた。

「もちろんよ。ほら、早く行って」レイは訳知り顔の笑みを浮かべた。「楽しんできてね」

ええ、もちろん……それも計画の一部だから。そう考えたけれど、ＶＩＰルームから出たライリーンはひそかに笑みを浮かべ、心のなかで訂正した。いいえ、今夜は計画なんて何もない。朝日がのぼるまで、何ひとつ計画など立てるものですか。感情のおもむくまま、自由に羽ばたきたい。正気を失ったってかまわない。

そんなことを考えてもパニック発作を起こさないかどうか、彼女は二秒ほど確かめた。

ライリーンが階下へおり始めると、階段の下で待っているカイルが視界に入った。彼女からかたときも目を離そうとせず、最後の段をおりるとすぐに片手を差しだしてくれた。

「準備はいい？」彼が尋ねる。熱っぽいまなざしだが、そのいたずらっぽい笑みを見てどこかほっとした。かつてこの男性は、キスをしただけでライリーンの心臓を跳ねさせた。そして、ついにこのときがやってきたのだ。彼がキス以上の、どんなとっておきの切り札を隠し持っているのか、じっくりと確かめるべきときが。

ライリーンは手を彼の手に滑りこませながら答えた。「ええ」

客でごった返すメインフロアを、スピーカーからテンポの速いテクノポップ・ソングの力強いビートが鳴り響くなか、カイルに手を引かれて人波をかき分けながら進んでいく。出口まであと半分というところで、彼が親指で手のひらにゆっくりと弧を描いたとき、たちまち全身が熱くなるのを感じた。わずかに触れられただけなのに、体じゅうがほてっている。ナイトクラブの外へようやく出たときも、夜風の冷たさがほとんど感じられないほどだった。

「通りの角でタクシーを拾える」カイルがかすれ声で言う。

彼は早足で歩きながら、ライリーンを一番近い交差点へといざなったが、角まであと十五メートルほどの地点を通り過ぎたとき、無言のまま彼女の手を引き、裏路地に引っ張りこんだ。次にどうなるのか、ライリーンにははっきりとわかっていた――もちろん心の準備はできている。レンガの壁に体を押しつけられたので、両腕をカイルの首に巻きつけると、むさぼるように口づけられた。

カイルはすぐに唇を開かせ、長身の男らしい体でライリーンの体を壁に押しつけると、片手で彼女の顎をつかんで舌を絡めた。独占欲むき出しの情熱的なキスは、ライリーンがうまく息ができなくなるまで何度も続いた。

「あの朝、きみが法廷に入ってきた瞬間からこうしたかった」カイルがようやく体を引き、大きくあえぎながら言った。それからふたたび彼女の手を取って裏路地から出ると、通りの角で手を振ってタクシーを捕まえた。

カイルは停車したタクシーのドアを開け、乗りこむとすぐに運転手に彼のペントハウスの住所を告げた。それを聞いてもライリーンは反論しなかった。彼女が住んでいるアパートメントよりも、彼のペントハウスのほうがここから近いからだ。五分後、自宅のある建物前で停車するかしないかのうちに、カイルは運転手に二十ドル紙幣を渡しておりると、手を伸ばしてライリーンがおりるのを手助けし、急き立てるように回転ドアのほうへといざなった。

それからドアマンに会釈をし、エレベーターに乗りこんで背後でドアが閉まり、ふたりきりになるや否や、またしても彼女を壁に押しつけ、むさぼるようなキスを始めた。エレベーターが到着するなり、ふたりしてもつれるような足取りで、目指す玄関ドアへ向かった。片手で鍵を開けているカイルの髪にライリーンが指を差し入れると、彼は低くうめきながら空いているほうの手を彼女の腰に巻きつけ、ドアを押し開いた。

大きな音をたてて背後でドアが閉まると同時に、カイルは彼女のバッグを取り、床に放り投げた。続いて自宅の鍵も投げ捨てる。両腕を彼女の腰に巻きつけ、またしてもキスをしながらペントハウスのなかへといざなった。

ようやくふたりして息を吸いこんだとき、ライリーンは彼の寝室の入り口に立っていることに気づいた。いかにも現代的で男らしい内装だけれど、凝りすぎた感じはしない。部屋の隅に明るい色合いのスエード張りの肘掛け椅子二脚と、その脇にどっしりとしたマホガニー材のエンド・テーブルが置かれている。椅子の正面の壁には巨大なプラズマテレビが掲げられ、部屋の反対側には大きな枕がいくつものせられたキングサイズのベッドがあった。

カイルはライリーンの体を寝室の扉に押しつけ、彼女の注意を自分に戻すと、ふたたび舌と舌を絡め合わせてきた。ライリーンが低くうめいて体を弓なりにした瞬間、カイルは体を引き、濃く煙った瞳で彼女をじっと見つめた。「きみは本当にこうしたいのか？」

ライリーンは彼の髪に指を絡めた。「ええ」

「よし」カイルは彼女の両手を取ると、目をきらめかせながら寝室のなかへいざなった。「だったら、その覚悟を見せてくれ」肘掛け椅子の前までやってきた彼は、ライリーンの両手を離して自分だけ座り、期待するようなまなざしを彼女に向けた。どこからどう見ても、人に命じることに慣れている大金持ちだ。「まずはワンピースからだ」

本気で言っているのかしら？　ライリーンは頭をかしげた。「ワンピースの下が見たいなら、あなたが脱がせて」

カイルがゆっくりと首を振る。「カウンセラー、悪いがここは大陪審室じゃない。今夜、ルールを決めるのはこのぼくだ」

ライリーンはとっさに、まだワンピースを身につけていたことをありがたく思った。そうでなければ、たちまちつんと尖った胸の頂を、この自惚れたえくぼ男に見られていただろう。

冷静さを装いながらカイルの脚のあいだに進みでると、手を背中にまわしてワンピースのファスナーをおろし、彼からかたときも目を離さないまま、片方の肩のストラップを外し、もう片方も外した。これ以上ないほどゆっくりとワンピースを引きおろしていく。まず現れたのはストラップレス・ブラだ。さらに、おなかに続いて腰がむき出しになり、とうとう足元の床にワンピースが落ちた。

カイルはライリーンの全身に目を走らせた。象牙色のシルクのブラジャーとおそろいのショーツ姿の彼女を食い入るように眺めている。「ああ、ライリーン、きみは本当に美しい」ブラジャーに目を留めながら続けた。「そろそろひと晩じゅうぼくを苦しめ続けた、その胸を見せてほしい」

「どうしてもと言うなら」ライリーンはかすかに笑みを浮かべ、手を背中にまわしてホックを外し、カップをゆるめると、いっきにブラジャーを床に落とした。ワンピースの隣にはらりと落ちる。

カイルはしばし無言でひたすらライリーンを見つめていたが、やがて手招きをした。

「こっちへ来て」

ライリーンはかぶりを振った。「まだ全部脱いでいないわ」

「いいから、こっちへ来るんだ」

ハイヒールを脱ぎ捨ててカイルの膝にまたがると、すぐに脚のあいだに屹立(きつりつ)したものを感じた。

彼は半ば閉じた目でライリーンを見つめたまま、顎を引きつらせた。「キスしてくれ」

カイルがまだきっちり服を着ているのに、自分はほとんど裸という状態に、ライリーンは少し背徳的な気分と同時に、このうえなく官能的な気分も味わいつつ、体をかがめ、たっぷりと時間をかけて彼の下唇に軽く歯を立ててから舌と舌を絡めた。するとカイルがキスを深めようとしたので、わざと体を引いて焦らしたところ、彼の胸の奥から絞りだすような低いうめき声が聞こえた。

「いい子ちゃん検事のくせに、数週間前まで刑務所にいた男をからかうなんてもってのほかだ」カイルがかすれ声で警告する。

ライリーンはさらに前かがみになり、彼の耳元にささやきかけた。「もう了解済みかと思っていたわ。わたし、今夜はいい子ちゃんをやめるの」

脚のあいだに感じる屹立したものがさらにこわばったのがわかり、彼女は思わずいたずらっぽい笑みを浮かべた。だがカイルに両手で胸を触られると大きくあえぎそうになり、あわてて息をのみこんだ。

「だったら悪い子ちゃん検事はどんなことが好きなのか、確かめてみよう」カイルが両方の親指で、張りつめて感じやすくなった胸の頂を刺激する。もどかしいほどゆっくりと。ライリーンは頭がどうにかなりそうで、目を閉じて荒い息を吐きだした。とはいえ彼の愛撫が手から口へ切り替わると、彼女の唇からは低いあえぎ声がもれた。

「カイル……」すっかり敏感になった頂を、続いて反対の頂も舌先で刺激されたら、彼の髪に指を差し入れて体を弓なりにするしかない。

「今夜はきみを、これ以上ないくらい気持ちよくさせるつもりだ」カイルはそうつぶやくと、それを証明するかのように唇や歯や舌を巧みに使って、胸を集中的に愛撫し始めた。ライリーンはたまらず、彼の膝の上で体を小刻みに揺らした。もっと、もっとほしい。

「ぼくにしっかりつかまって」

両手をカイルの首に巻きつけて言われたとおりにしがみつくと、そのままベッドまで運ばれ、上掛けの上に横たえられた。しばし焼けつくような目でライリーンを見おろしたあと、カイルはジャケットとシャツを脱ぎ始め、それからすべてを取り去った。

ここ何年も、一糸まとわぬ姿のカイル・ローズはどんなふうだろうと心ひそかに想像を膨らませてきた。何年も前のキスをしたあの夜にわずかに感じた、引きしまった筋肉の感触だけを手がかりに。

けれど、どんな想像も本物とはかけ離れていた。

全裸のカイルが目の前に立つなり、ライリーンはその彫像のごとき体躯に目を奪われた。胸といい、腹筋といい、見るからに硬そうだ。ヒップには無駄な肉はついておらず、太ももも強靭で男らしい。臆面もなく見続けるうちに、ひとつの避けがたい結論に到達した。

刑務所は、実にたくましい肉体を作りあげる。

視線をおろし、そそり立つカイルの下腹部を見つめた。大きく硬くなり、すでに準備万端だ。カイルは訳知り顔でにやりとして彼女にのしかかり、ショーツのウエスト部分に指をかけておろし始めた。やがてショーツを脱がせると、体を引いて、まじまじと彼女の肢体を見おろした。

「完璧だ」彼がかすれた声で言う。

前腕をついて体をかがめたカイルが、キスをしながら片手をそろそろと太ももの付け根に這わせていく。脚のあいだの柔らかな茂みをかき分けられると、ライリーンはたちまち体を震わせ、さらに脚を開かずにはいられなくなった。カイルの人差し指の焦らすような巧みな動きにあえぐうち、彼の指が体の奥深くへと差し入れられた。

「もうこんなに濡れているのか」彼が指をもう一本差し入れ、拷問のごとくゆったりとしたペースでなめらかに動かし始める。「すぐにこの指がぼくのペニスに変わる」

「カイル」ライリーンはどうしようもないうずきを覚え、本能的に彼の手に秘めた部分を押しつけた。

「ぼくにも触ってくれ、ライリーン」彼女の首筋に鼻をすりつけながら彼が言う。

カイルが横向きになったので、ライリーンは一も二もなく彼にならった。カイルの特別な要求に喜んで応えたい。両手を硬い胸板から腹部へ、さらにその下までそろそろと滑らせていくと、彼の呼吸が乱れるのがわかった。

欲望の証（あかし）を片手でそっと包みこんだ瞬間、カイルが目を閉じて低くうめいた。「ああ、いい……」

親指を根本に滑らせたとたん、こわばりがさらに硬くなり、激しく脈動するのがわかった。先ほどのカイルと同じくなめらかな動き、ゆっくりとしたリズムで愛撫を始める。体をかがめ、口づけて舌を絡め合っていると、胸の先端が彼の胸にこすれるのを感じた。焦らすように、悦びを高めるように愛撫するうち、カイルの呼吸が次第に荒くなっていった。

突然、彼はライリーンを仰向けに押し倒して両手を動かせないように固定してから、かすれた声で言った。「きみがほしい。今すぐに」

ライリーンの全身がいっきに業火に包まれた。「お願い。持っていると言って」

その言葉に応えるかのように、カイルは手を伸ばしてナイトテーブルの引き出しを開けた。そこから避妊具を取りだし、包みを破って自ら装着すると、すぐにライリーンの脚のあいだに戻った。

彼はあたたかく潤った入り口に欲望の証の先端を当てると、膝でさらに彼女の両脚を開かせてから、ゆっくりと挿入し、やがて完全にライリーンを満たした。いっさい隙間がないほどに。

「くそっ、なんて引きしまっているんだ」カイルが低くうめき、顎に力をこめながら腰を動かし始める。「ひと晩じゅう、きみのなかにいたい」しわがれた声で言うと、力強く腰を突きだしてさらに奥深くへと挿入しながら、まなざしでライリーンを射抜いた。「こんなふうに」

「ええ」彼を迎え入れようと背中を弓なりにしながら、ライリーンはたまらず大きくあえいだ。やがてふたりだけの悦楽のリズムを探し当て、彼女がクライマックスに達しそうになると、カイルは巧みに腰を引いて、焦らすように浅くて短い挿入に切り替えた。

「きみがいく瞬間をこの目で見たい」カイルはそう言うと、ライリーンの脚のあいだに手を伸ばして刺激し始めた。今や、腰の動きがこれ以上ないほど激しくなっている。強烈な突きを繰り返されるうちに、ライリーンは快感の極致へといざなわれた。カイルがすかさず彼女を自分の上にのせ、両手でヒップを包みこんでこわばりの上で体を小刻みに上下させるように促す。ライリーンは彼の顔を手で包み、熱烈なキスで応えた。カイルの下腹部はまだ硬くそそり立ったままで、脚のあいだのこすれる感覚がたまらない。彼女は不意に、ふたたびクライマックスの波が高まるのを感じた。

カイルの唇に向かってあえぎ、両脚をなすすべもなく震わせると、彼の両手でしっかりと体を支えられ、ぴったりと体を密着させられた。今では痛いほどよくわかる。

彼は意識してあることを起こそうとしているのだ、と。案の定、ライリーンが二度目の恍惚(こうこつ)状態に導かれて弱々しい泣き声をあげると、カイルは腰を突きだすペースをさらにあげた。ふたりで体をぶつけ合うように動かすうちに、彼はとうとうライリーンのヒップをつかみ、荒々しくうめきながら彼女の体の奥深くでクライマックスに達した。

ふたりとも大きくあえぎながら、しばらく体を絡み合わせたまま横たわっていた。やがてライリーンは体を離したが、カイルがすぐに上体を重ねてきた。額に髪が落ちかかり、頬を紅潮させたまま、じっとライリーンを見おろしている。その瞳は誇らしげに輝いていた。「それで、どうだった?」

ライリーンは笑みを浮かべた。「わかったわ。今回は〝まあまあ〟よりちょっとよかったかもね」

「まったく、きみって本当にむかつくやつだな」

ライリーンは大きな声で笑い、彼の頬を手で包みこんだ。「ねえ、カイル・ローズ、それって最高の褒め言葉だわ」

# 21

目覚めた瞬間、すぐそばにあたたかくて硬い体があるのを感じ、ライリーンはサンフランシスコに戻ったかのような錯覚に陥った。隣に寝ているのがジョンだと思ったのだ。

しかしまばたきをして目を開け、あたりの景色――天井から床まである大きな窓にブラインドがおろされ、ベッドには灰褐色をしたフラシ天の上掛けと大きな枕がいくつも置かれている――を見まわしたとき、突然思いだした。

隣にいるのはカイルだ。

ブラインド越しに柔らかな朝の光が差しこむにつれ、重い現実がのしかかってきた。

前科者と寝てしまった。

それも、ただの前科者ではない。相手はあのツイッター・テロリストだ。自分が属する連邦検事局が最近有罪判決を下したなかでも、もっとも知名度が高い相手にほかならない。しかも、つい一日前までは自分の証人だった男でもある。

〝わたし、今夜はいい子ちゃんをやめるの〟

あの目標は完全に達成したと言えるだろう。

カイルのベッドに横たわりながら思う。罪悪感を覚えているわけではない。ただ、たぶん……いらだちを覚えている。これまで〝覚醒剤製造所のライリーン〟は仕事と快楽を混同したことがない。職場恋愛をしたことも、元証人と寝たこともない。それに何より、前科者とセックスをしたこともない。しかも三回も。

頭のなかで、昨夜の記憶をすばやくたどってみる。

湯気が立ちそうなくらいホットな記憶がよみがえってきた。

ことさら鮮やかに思い浮かんだのは、二回目のとき、カイルにまたがって、彼女の名前をつぶやく彼の硬い胸の筋肉に両手を這わせながら、髪を振り乱している自分の姿だ。次に思い浮かんだのは、ふたりでシャワー室に入り、肌にジェット水流を浴びながら愛し合ったときのことだ。カイルはあたたかな大理石の壁に彼女の体を押しつけると前にひざまずき、口を巧みに使って欲望の芯をたっぷりと愛撫してくれた。広い浴室にあえぎ声が響き渡っていたのをよく覚えている。

そこで、記憶を巻き戻すのを止めた。

まずい、シャワーを浴びたあと、そのまま寝てしまった。

片手をあげて頭から肩へと流れる巻き毛を確かめてみる。めちゃくちゃにもつれていた。

見事なほどに。

いよいよ、ここから逃げだすべきときだ。

ライリーンは肩越しにそっとカイルの様子をうかがった。片方の腕を枕の下に差し入れ、こちらに顔を向けたまま眠っている。顎にうっすらと無精ひげを生やし、微笑むように唇がわずかに上向いているのを見て、たちまち彼のもとへ戻りたくなった。驚くほど美しい肉体に手を伸ばし、彼を起こして四回目に挑みたい。彼女はそんな衝動を必死にこらえた。残念なことに欲望に負けてそれを実行してしまえば、この先の計画がうまくいかなくなる。ちなみに計画その一は、とにかくすばらしかったけれど、セックスざんまいだった昨夜を一夜限りのものとすること、計画その二は、チアペット（人の頭や動物の形をした陶器に水でふやかしたチアシードを塗りつけ、発芽させると、それがカールした人毛や動物の毛に見える置物）よろしく髪がもじゃもじゃになっていることをカイルに驚かれる前にとっととここから出ていくことだ。

ライリーンは全裸のまま、そっとベッドから抜けだした。ベッドの足元の床にショーツが落ちているのを見つけ、あわてて身につけたあと、爪先立ちになって肘掛け椅子のほうへ向かった。昨夜カイルの目の前でストリップショーを披露した場所だ。なんてみだらな、わくわくするひとときだっただろう。けれども、今はそんなセクシーな記憶を振り返っている時間の余裕はない。ベッドに背中を向け、手早くブラジャーをつけてワンピースのファスナーをあげようとした。だが、ファスナーをあげる音でカイルが目を覚ますかもしれないと思い直し、リビングスペースでワンピースを着てハイヒールを履くことにした。体をかがめてそれらを手に取り——。

「いい眺めだな」

ライリーンは体を起こし、ワンピースで胸元を隠しながら肩越しに振り返った。ベッドの上でカイルが片肘をついて体を起こし、おもしろがるような表情でこちらを眺めていた。「事件現場から逃げだすつもりか、カウンセラー？」

ときどき、彼には勝手に心を読まれてしまう。「違うわ」ライリーンは言い訳するように答えた。少なくとも、ここから逃げようとしたのは、彼が考えているような理由からではない。昨夜のセックスに問題は何もなかった。むしろ、三回ともいやおうなく興奮をかき立てられたくらいだ。少々あわてているのは、彼が前科者だからだ。

「ただ……どうしても出かけなきゃいけない用事があって」

カイルはナイトテーブルの上の時計を一瞥した。「土曜の朝の七時半に？」

「朝一番の用事なの。それに自宅へ戻って、まずシャワーを浴びないと」

「そうだろうとも。ひとつ、いいことを教えてあげよう、カウンセラー。逃げるための口実は、前の晩のうちに考えておいたほうがいい」

そのとおりだ。その道のプロを相手にしていることを、彼女はすっかり忘れていた。

「次から肝に銘じるようにするわ」もはや忍び足でこそこそする必要がなくなったため、靴を履いてワンピースを身につけることにした。そのとき、カイルが下着とハイヒール姿の彼女をじっと見つめているのに気づいた。

彼がライリーンの全身に視線を這わせ、瞳を濃く煙らせながら言う。「もう少しここにいろよ」

ベッドへいざなうようなブルーの瞳に吸いこまれそうになる。

ところがカイルは、彼女の爆発したように広がった髪に視線を移した。「うわあ。髪がそうなったのはぼくのせいか？」奇妙にも、その考えにご満悦の様子だ。

ライリーンは自戒の念をこめて自分に言い聞かせた。〝今度、億万長者の前科者とシャワーを浴びながらセックスするときは、バッグにストレート・アイロンを入れておくこと〟とはいえ、次回があるとは思えない。「人は誰しも、シャンプーのコマーシャルみたいなさらつや髪に恵まれているとは限らないのよ。濡れると、わたしの髪彼がいたずらっぽい表情を浮かべる。「きみが濡れるとどうなるか、ぼくはよく知っているよ、カウンセラー」

いけない、これではカイルの思うつぼだ。

「たいていの場合、呼吸が荒くなってうめき声が多くなる」彼が続ける。「だけどぼくが一番好きなのは、きみがぼくの名前を呼ぶときの――」

「カイル」ライリーンは話をさえぎり、彼をにらみつけた。

「いや、そうじゃない。もう少し熱のこもった情熱的な呼び方だった」

「わたしはもう行くわ」

「本当に？　必死に笑いをこらえているように見えるのに」

実際、そうなのだろう。それでも一歩も譲るつもりはない。「あなたに髪のことを言われたからきくけど――どこかに輪ゴムってある？」この建物のロビーを前夜と同じ緋色のワンピース姿で通らなければならないだけでも最悪なのに、そのうえカイル・ローズと一夜をともにしたあと、こんなめちゃくちゃな髪型でいるところを誰かに見られるわけにはいかない。

「探してみるよ」カイルは答えた。

彼が上掛けをめくると、完璧な体軀があらわになった。なんてそそられる体だろう。しかもペニスはそそり立ったままだ——真面目な話、あの部分は一度でも下を向いたことがあるのだろうか？　カイルは大股でベッドをまわりこむと、床に落ちていたグレーのボクサーパンツを手に取り、身につけた。「気づいているよ。ちらちら見ているね」

ばれていたか。「ちょっと目を留めただけよ。その本当に印象的な……太ももに」

「よくジョギングをしているんだ」

ライリーンの脳裏に汗まみれの体が浮かぶ。ジョギングを終えてこのペントハウスに戻ったあと、彼は汗びっしょりになったウェアを脱ぎ捨てるのだろう。

うーん。

「なあ、カウンセラー、もしここから出ていきたいなら、そんな目でぼくを見ないでくれ。しかも下着にハイヒール姿で、ぼくの寝室に立ち尽くしたまま」

ライリーンは目をしばたたいた。そうだ——ここから逃げださなくてはいけなかったのだ。「ごめんなさい。それで、輪ゴムは？」

カイルが浴室をのぞいているあいだにワンピースを身につけ、寝室から出て廊下に落ちていたバッグを見つけた。小ぶりなクラッチバッグのなかには携帯電話と鍵、そしてありがたいことにミントが入っている。一粒口に放りこみ、玄関ホールにあるフレームのついた大きな鏡に映る自分の姿をざっと確認してみた。

上等だ。髪が爆発しているうえに、ノーメイク。

「これを試してみるといい」カイルが鏡の背後から姿を現し、手を伸ばしてきた。

ライリーンは彼の手のひらにのせられた黒いヘアゴムを見おろした。「どこかのモデルが置き忘れたもの？」

カイルは冷ややかな一瞥をくれた。「いや、ぼくのだ。恐ろしくかっこよくて、シャンプーのコマーシャルみたいなさらつや髪でも、ジョギングするときはひとつにまとめておかないと邪魔なんだ」

ライリーンは笑みを浮かべながらヘアゴムを受け取り、手櫛で髪を整え始めた。

「ポニーテイル姿のあなたなんて想像できない」

「ポニーテイルじゃない。ただサイドとトップの髪を後ろにまとめているだけだ」

「へえ、いわゆるハーフアップね」

「昨夜、ぼくがなんて言ったか覚えているかい？　きみって本当にむかつくやつだって言ったのを？」

もちろん、よく覚えている。これまでに経験したことがないくらい最高のオーガズムに二度も達したあと、カイルから言われた言葉だ。そのあとも、さらに最高のオーガズムを味わうことになった。

ライリーンは昨夜の記憶を振り払いながら、髪を直すことに意識を戻した。強引にまとめあげ、どうにかして形の悪い、ぼさぼさのポニーテイルを作りあげる。「きっとあなたのハーフアップほどすてきじゃないと思うけど、これでなんとかなりそう」

それから鏡越しに彼と目を合わせた。「昨夜はすばらしかったわ」

彼はいつになく無表情で、何を考えているのかわからなかった。「それはこっちのセリフだよ」

カイルはこれまでその言葉を数えきれないほど口にしてきたに違いない。でも、そんなのは取るに足りないことだ。どうにかはにかむような笑みを浮かべながら冗談めかして答えた。「もしあなたも言いたいなら、どうぞご自由に」

カイルはライリーンの体の向きを変えると、頭をさげ、軽く口づけながら言った。「昨夜はすばらしかった」

それ以上何も言うことがなかったので、ライリーンはあとずさり、玄関ドアへ向かい始めた。そのとき、カイルがジーンズをはいているのに気づいた。きっとヘアゴムを探しに行ったついでに身につけたのだろう。たぶん、これは自分が最後に目にするカイル・ローズの姿になるに違いない。胸をむき出しにしたセクシーなジーンズ姿で、裸足（はだし）のまま、さよならを告げるために玄関ホールに立っている。

背を向けてドアノブに手をかけ、開こうとしたとき、背後から呼び止められた。

「ライリーン、待ってくれ」

心臓がとくんと跳ねた。カイルが玄関ホールを横切って近づいてくる。真剣なまなざしで片手をこちらに伸ばし――。

ワンピースのファスナーをあげてくれた。

「今、気づいたんだ」

「そう、ありがとう」鍵を外して玄関扉を開けながら言う。「それじゃまた……話しましょう」

「ぼくの居場所は知っているよね、カウンセラー」

ライリーンは廊下へ出ると、エレベーターまで歩いた。下りのボタンを押したとき、背後でペントハウスの扉が閉ざされるひそやかな音が聞こえた。

## 22

「それで、そのまま出てきたっていうの？」

レイに尋ねられ、ライリーンは肩をすくめた。「だってほかにどうすればよかったの？」

ふたりは、ライリーンのアパートメントから数ブロックのところにある、近所で有名なブランチ店〈キッチュン〉のテラス席にいた。その日の午後、当然ながらレイに電話をかけ、セックスざんまいの狂乱の一夜について報告しているところだ。

ライリーンはココナッツフレークがかかったフレンチトーストにシロップをたっぷり垂らすと、ミモザをすすっているレイに向かって話を続けた。「ふたりして外でコーヒーとパンケーキを食べる雰囲気じゃなかったの。昨夜はものすごく楽しかったけど、それで終わりって感じ」

レイが片眉をつりあげる。「楽しいってどれくらい？」

いたずらっぽい笑みを浮かべてライリーンは答えた。「三回楽しんだわ。そのうち一回はシャワーを浴びながら」それ以上何も言わずに、にやりとしながらフレンチトーストにかじりついた。

レイが笑い声をあげた。「うわあ、わたしも自分のために前科者を探しださないと。実際この街のなかで、まだ理想の結婚相手を探していない場所といえば刑務所だけだもの」最後の部分を皮肉っぽくつけ加えた。

「昨日の夜、ナイトクラブで一緒にいた人はどうしたの？　しばらく彼と話しこんでいたじゃない」

レイはため息をついた。「たしかに感じのいい人だったわ。でも、よくわからなくて……」肩をすくめ、落ちこんだように言う。「ずっと待ち続けているの、出会うなり、〝この人だ〟ってわかる魔法の瞬間を。だけどどうも、わたしはそういう物語に縁がないみたい」ライリーンを見つめ、手をひらひらとさせた。「わたしのことはいいのよ。今日は自分の何もないセックスライフについてなんか話したくない」

「本当に？」ライリーンは尋ねた。実は、その話題に関してアイデアがひとつあった。連邦検事局にいる独身でハンサムなアメリカ人男性をレイに紹介しようと考えているのだ。ただし、まだ細かな点までは詰めていない。レイはお膳立てされるのが大嫌いなので、慎重に行動する必要がある。

「ええ、本当よ」レイは強調するように答えた。「あなたがあのゴージャスな億万長者の相続人の、超高級なペントハウスからあわてて逃げだしてきたところまで話を戻しましょう。彼があなたに骨抜きにされたのは明らかね。このあばずれ(ユー・ビッチ)め」笑みを浮かべたまま続ける。「あらやだ。今、わたしの心の声もれちゃった?」

ライリーンはその言葉を振り払うように手を振った。「あのゴージャスな億万長者の相続人は、今だってすこぶる元気なはずよ。カイル・ローズは、わたしのせいであのペントハウスに引きこもるようなタイプじゃない。わたしがリーガルパッドをめくるよりもすばやく、女性たちをとっかえひっかえする男だもの」

「でもあなただって、彼の友だちのデックスの言葉を聞いたでしょう? 初めて出会った夜、あなたを自宅へ送ったあと、カイルがばかみたいににやにやしていたって話していたじゃない」

ライリーンはしばしその点について考えてみた。あれは本当にすてきな話だった。だがそれでも、だ。「もう九年も前の話よ。それからいろいろなことが起きた。カイルはもはやフランネルシャツに作業ブーツ姿の、魅力的なほど腹立たしい、どこの誰ともわからない大学院生じゃない」あたりを見まわして声を低くする。「彼はツイッター・テロリスト。そして、わたしは連邦検事補よ。それ以上の関係になりうるわけがない。わたしが勤める検事局がカイルを起訴したのはわずか半年前のこと。そのうえ彼を〝社会を脅かすサイバー犯罪者〟呼ばわりしたの。もしそんな彼とわたしが寝たことがばれたら、職場でどんなに気まずいかわかる？」

「妙な感じにはなるわよね、間違いなく」レイは完全に同意した。

「そのとおり。そしてわたしは、そんな妙な感じになりたくない。あのオフィスで今後自分がどうなりたいかという、はっきりした計画があるの。とにかくいい結果を残して名をあげたい。ただし、その名前は〝あのツイッター・テロリストを骨抜きにした新たな女子〟じゃないわ」

「うーん」レイは顔をしかめた。「だとすると、これをあなたに話すのは気が引けるけど……あなたとカイルのことが、今朝の〈シーン・アンド・ハード〉に載っているわよ」

心臓が一瞬、止まった。「なんですって？　まさか」

「あなたの名前までは書いていないわ」レイはあわててつけ足すと、自分のｉＰｈｏｎｅを手に取ってゴシップコラムサイトを立ちあげた。「わざと言うのをあとまわしにしていたの。てっきり、あなたならこのコラムをおもしろがるだろうと思ったから。

どうやらわたしの見込み違いだったみたいね」レイは記事を声に出して読み始めた。「〝カイル・ローズ、〈ファイヤーライト〉のオープニング・ナイトで社交復帰。億万長者のビジネスマン、グレイ・ローズの息子でツイッター・テロリストとして一躍有名になった彼が、ゴールド・コーストにオープンした、今一番注目のナイトクラブに姿を現し、黒髪のセクシー美女(ボムシェル)といい感じに。とびきりセクシーな緋色のワンピースを着た女性の正体は不明。情報筋によれば、ふたりはドリンクを一緒に楽しみ、お互いからかたときも目を離そうとせず、そのままナイトクラブをあとにしたという……〟」

驚きのあまり、ライリーンはしばし言葉を失った。

心のなかで悪態をつく。すべては、胸を強調するあの魔法の緋色のワンピースのせいだ。

「このゴシップ記事のいい点を挙げれば、あなたを〝黒髪のボムシェル〟と呼んでいるところね」レイが言う。

別の状況だったら、ライリーンも少なくとも二、三分は自慢したい気分になっただろう。だが今は、狼狽(ろうばい)しすぎてそれどころではない。思えば今年の三月、法廷でカイルとのツーショットを撮られ、大々的に報じられた。もし誰かがあの写真と、カイルが昨夜一緒にいた〝黒髪のボムシェル〟を結びつけたら……。

とんでもないことになる。

「あのクラブでカイルとわたしが一緒にいるところは撮られていないのよね？」ライリーンは心配そうな声で尋ねた。

「彼があなたの胸元をじっと見つめている写真が一枚だけ」レイは携帯電話を置くと、ライリーンの顔を見つめた。「冗談よ。さあ、深呼吸して、ライ。大丈夫、誰もこれがあなただなんてわかりっこない。ここは大都市シカゴよ。黒髪なんてたくさんいるわ」

「そうよね」ライリーンは息を吐きだすと、とにかく落ち着こうとした。それにしても危なかった。正体が明らかになるところだった。

いつ明らかになってもおかしくなかったのだ。

レストランから自宅へ歩いて戻る途中、ライリーンの携帯電話が鳴りだした。バッグに手を突っこんで電話を探しながらふと思う。もしかしてカイルからだろうか？〈シーン・アンド・ハード〉の記事を読んで電話をかけてきたのかもしれない。早くも、彼のからかうような低い声が聞こえるようだ。〝やあ、カウンセラー。ぼくのお気に入りの黒髪のボムシェルのご機嫌をうかがおうと思って電話したんだ。今夜あたり、四回戦はどう？〟

ようやく携帯電話が見つかった。

母からだった。

「お母さん……どうかした？」電話に出た。

「カイル・ローズのことを警告したくて電話したの」

ライリーンは交差点で立ち止まり、たちまち厳戒態勢に入った。遠く離れたフロリダにいる母ヘレンが、娘についてなんらかの情報を得られるわけがない。そう言い聞かせて冷静さを装う。「お母さん、いったい何を言っているの？」

「『シカゴ・トリビューン』のネット記事を読んだの。〈シーン・アンド・ハード〉のコラムにまたしてもツイッター・テロリストが取りあげられているわ」

「〈シーン・アンド・ハード〉なんか読んでいるの？」

「もちろんよ。こっちにいる冬のあいだも、地元のゴシップについていくにはそうするしかないもの」

母の言う〝冬のあいだ〟には、五月初旬である現在も含まれているらしい。「今朝のコラムはまだ読んでいないの」ライリーンはとりあえずそう答えた。厳密に言えば、嘘ではない。そのコラムの内容を聞かされただけなのだから。「今朝はいろいろと忙しかったし、そのあとはレイとランチを食べに出かけていたから。ちょうど今、歩いて家に戻っているところよ」

「コラムによれば、彼は新しくオープンしたどこかのナイトクラブに姿を現して、緋色のワンピースを着た謎めいた黒髪のボムシェルと一緒に店を出ていくところを目撃されたんですって。きっと、その晩に出会ったあばずれ女に違いないわ」

それから母は話題を変え、明るい声で続けた。「ところで、あなたは最近どうなの？　昨日の夜は何か楽しいことをした？」

〝ええ、まさにカイル・ローズと〟「ううん、特別なことは何もしていないわ。レイと一緒にちょっとお酒を飲みに行っただけ」先ほどの〝あばずれ女〟という言い方からして、母には昨夜のことは隠しておくのが一番だろう。「ちょっと気になったんだけれど、お母さんはどうしてそんなにカイル・ローズを嫌うの？　面識もないはずなのに」

「言ったでしょう？　あの写真で、彼があなたを見つめている目つきが気に入らなかったからよ。よりにもよって法廷で、初対面の女性をあんな目つきで見る人がいる？　わたしがいた事務所でも、しょっちゅう彼みたいな男たちの弁護をしたものよ。

金持ちで、魅力たっぷりで、この世のすべては自分のものだと考えていて、悪事を働いてもなんの罰も受けずに逃げおおせると考えているタイプの男たちってこと」

「カイルは誰かを殺したわけじゃない。ツイッターを二日間使えなくしただけよ」彼をかばっているように聞こえるのは自分でもわかっていたものの、母の言葉を聞いていらだったのは事実だ。ライリーンは本物のカイル・ローズとじかに会っている。それまでの経緯にもかかわらず、クインの事件に関して、なんの見返りも求めずに彼女に協力してくれた。そう、彼にはそれなりに欠点もあるけれど、いいところもある。もちろん、〝脱いだら完璧〟という点だけではなく。

ライリーンは急いで話題を変えた。カイル・ローズや〈シーン・アンド・ハード〉の記事、昨夜起きたあれこれについてはもうこれ以上話したくない。世間や母が言いたいことは火を見るよりも明らかだし、そのメッセージはしっかりと受け取った。カイルと一緒に彼の自宅へ行くなんて、どう考えても愚かなことだったのだ。〝覚醒剤製造所のライリーン〟なら、そんな愚かな真似は絶対にしない。

今、この瞬間からそうしよう。

自宅に着くとすぐに母からの電話を切り、寝室の床にバッグをどさりと落とした。ココナッツフレークがかかったフレンチトーストでおなかがいっぱいになったうえ、昨夜カイルと放蕩(ほうとう)ざんまいした疲労感に急に襲われたライリーンは、靴を脱ぎ捨て、そのままベッドにもぐりこんで昼寝をした。

それから三時間以上経った頃、携帯電話の着信音で目が覚めた。ベッドの上で起きあがったものの、寝起きで頭に霧がかかったようだし、そのうえあたりが暗くなり始めているせいで、彼女はいっそう混乱した。体をかがめてバッグに手を伸ばし、なかをかきまわしながらぶつぶつと文句を言う。この電話をかけてきた誰かは死んだほうがましかも――冗談ではなく文字どおりの意味だ。もしこの電話の相手が、大事件絡みの緊急事態を知らせるFBIか、DEA、ATFの捜査官かシークレット・サービスの一員でなければ、何人かの首が飛ぶことになるだろう。

ようやくバッグから携帯電話を取りだすと、画面に〝非通知〟と表示されていた。

「ライリーン・ピアースです」

聞き覚えのある男性の声が聞こえた。

「きみの声をまた聞けて、信じられないほどうれしいよ」

ライリーンは驚きを隠すことができず、ベッドに寝転がった。

「ジョン」

# 23

ライリーンはナイトテーブルの上にある時計を見て、すばやく計算した。シカゴとローマの時差はたしか、プラス七時間だ。「そっちは午前二時過ぎよね」

「そうだよ」ジョンが陽気に答える。「今、友だちのパーティーからの帰り道なんだ。彼女もローマのオフィスにいる外国人で、今夜はぼくを地元の人たちに紹介してくれてね。みんなでお祝いして……って、よく考えると何を祝ったのかさっぱりわからないが。とにかく愉快な人たちだったよ」

「それはよかった――」

ジョンは話し続けた。「男連中のなかには、トスカーナにぶどう畑を持っている兄弟がいるやつがいて、週末になると遊びに行っているんだ。きっときみも気に入るよ、ベイブ。母屋が本当に豪華でね、十八世紀の別荘を改築したもので、ゆるやかな緑の丘陵地帯に立っている。すごくすてき（モルト・ベッロ）なんだ」

ライリーンは目をしばたたいた。

ああ、なんてこと。

ジョンがとりとめもなく話し続けていて突然イタリア語を口にした事実は別にして、気になったのは、彼がうっかり口にした〝ベイブ〟という言葉だ。三年間もつきあってきたので、痛いほどよくわかっている。それが意味することはひとつしかない。

彼はひどく酔っ払っている。

「イタリアでの暮らしは、あなたの望んでいたとおりだったみたいね」ライリーンは頭を振って眠気を振り払おうとしながら、とりあえずそう応じた。突然、この会話が非現実的なものに思えてきた。

「すべてってわけじゃないさ」ジョンが芝居がかったため息をつく。「パーティーはナヴォーナ広場からそう遠くないアパートメントで開かれてね。ぼくはほかの人たちより先に失礼して、ちょっと散歩をしていたんだ。気づくと、ベルニーニの四大河の噴水の前に立って、あのトラットリアを見ていた。ほら、一緒にここへ来たときにふたりともすごく気に入った、黄色い日よけのあるレストランだ。覚えているかい?」

もちろん、覚えている。二日間かけてフォロ・ロマーノや、バチカン宮殿、スペイン広場、コロッセオなどの観光地をあわただしく見てまわったあと、ふたりは少しのんびりすることにした。翌日、ふたりで朝寝坊をしてランチに出かけたとき、そのレストランを見つけ、テラス席に座って何時間もおしゃべりをしたり、行き交う人々を眺めたり、おいしい料理とワインを楽しんだりした。それからホテルに戻って愛し合ったのだ。「覚えているわ。でも、今ではもう遠い昔のことみたいに思える」

「ああ、ものすごくたくさんのことがずっと昔のことみたいだ」ジョンが話題を変えた。「それで、きみのほうはどう？」

最初は電子メールを送り、次は酔っ払って電話をかけてきた。元恋人に最近何があったのかはさっぱりわからないが、今こそそれを探りだすべきときだろう。「ジョン、気を悪くしないでほしいんだけど……いったいあなた、何をしているの？　わたしたち、本当に夜中の二時にこんな会話をしているの？」

「夜中の二時にこんな会話をしているのは〝わたしたち〟じゃない。きみのいる場所はまだ午後七時のはずだ」彼が無邪気に答える。

ライリーンは考えた。ここは遠回しな言い方をせず、はっきり言うのが一番だ。たいした理由とは言えないが、やはり政府から給料をもらっている身としては、どうしても無駄遣いが気になってしまう。これは国際電話だ。一分過ぎるごとにジョンには結構な額のユーロが課金されることになる。「どうして電話してきたの？」

ている？　挨拶ならそれで事足りるでしょう」

「古い友人に挨拶することは犯罪行為なのかい？」

ジョンは洒落のつもりで言ったのだろう。「わたしはメールを受け取ったわ。覚えている？　挨拶ならそれで事足りるでしょう」

「きみがどうしているのか知りたかっただけだよ、ライ。きみのあの返信で、元気にやっているのはなんとなくわかった。でも、メールだけですべてわかる人なんていないだろう？」

ライリーンは片手を髪に差し入れた。別れたあと、ジョンとはもう話さないことで合意していた。きっとそのせいだろう。どこかの時点で、こういう会話は避けられない運命だったのだ。人は気持ちの整理をつけたがるものだから。「わたしは元気よ。シカゴは自分にぴったりだと思えるようになってきたところ」

「キースや、ケリーや、ダンやクレアとは今でも連絡を取り合っているんだ。きみがサンフランシスコを離れて以来、数えるほどしかメールのやり取りをしていないと言っていた。それを聞いてちょっと心配になったんだ」

そう聞かされて、ライリーンはなぜ自分がこんな状況に陥っているのか理解できた。思えば、シカゴでの新生活に慣れようと必死になるあまり、かつてのサンフランシスコでの生活を脇へ押しやってしまっていたのだろう。それも、あまりにすばやく。とはいえ、完全に無意識のうちにそうしていたわけではない。自分たちふたりにとって、キース、ケリー、ダン、クレアは〝カップルの〟友人たちだった。ジョンと別れたあと、彼らとの関係そのものが前ほどうまくいかなくなっていたのだ。もちろん、できる限りの努力はした。別れてからまだサンフランシスコで暮らしていた四カ月のあいだに、女性同士で何度か飲みに行ったこともある。だがそのたびにケリーとクレアは、ジョンがローマに行ったあと彼と話したかどうかきいてきた――こちらにしてみれば、何度もきかれたくない話題だったのに。特に、答えがノーだからなおさらだ。

「仕事で忙しかっただけよ。でも、あなたの言うとおりね――彼らに電話するべきだった」

「彼らは、きみがシカゴで悲嘆に暮れて引きこもっているんじゃないかと心配しているんだ」ジョンは含み笑いをもらした。「それに、ものすごくロマンティックなことも言っていたよ。ぼくを想(おも)うあまり、きみが元気をなくしているんじゃないかって。じゃあ、みんなにきみは元気だと正式に伝えてもいいよね？」

ごく軽い口調で冗談めかした言い方だったが、ライリーンはそこに暗黙の問いかけを感じ取った。「ええ、わたしは大丈夫。本当に」

「そう聞いたら、彼らも安心するだろう。みんながどれほどお節介だったか、きみも覚えているはずだ」彼はあくまでさりげない口調だ。「だからもちろん、彼らは次にこう尋ねるはずだ。きみは誰かとつきあっているのかって。もしそうきかれたら、答えは……」

「今後は人を質問攻めにするのをやめたほうがいい、と答えるわ」

「もちろんだ」

そのあと、電話の向こう側で長い沈黙が続いた。

ジョンの声が真面目な調子になり、いきなり核心を突く会話になった。

「もし彼らがこう言ったら？　きみに会いたくてたまらないって」彼が静かに尋ねる。

ほら、やっぱり。

ライリーンは一瞬口をつぐみ、今のジョンの言葉が自分にどんな効果をもたらしたか見極めようとした。懐かしさのようなものを感じている。それから、ほんの少しの悲しみも。彼女は穏やかに言った。「彼らにはこう答えるわ。イタリアの夜、酔って四大河の噴水を眺めながらすごく感傷的になっているんだろうけれど、明日の朝、目が覚めたら、こんな電話をしたことを間違いなく後悔するはずだって」

「あれは本当に楽しい一日だった」

きっと、ジョンはまだあの黄色い日よけのあるレストランを見つめているのだろう。

「そうね。でも、もうあの日は過ぎ去ってしまったのよ、ジョン」

「ぼくにはどうしてかわからない……」

「こんな話を続けていてはだめ」ライリーンはさえぎった。「あなたには幸せになってほしい。心からそう願っている。でも、こんなふうに話していても事態がややこしくなるだけだわ。お互いのために……前に進んだほうがいいと思うの」そこで口をつぐんだ。今から言おうとしている言葉を口にするのは想像以上に難しかった。それでも、今こそジョンに告げるべきだろう。「さようなら、ジョン」

通話を切って息を深く吸いこんだ。それから携帯電話の電源を落とし、しげしげと眺めた。

間違いない。自分が生きてきたなかで、これほど不思議な週末は初めてだ。

## 24

よく晴れた月曜の朝早く、カイルは自分の新しいオフィスに立ち、改築の最後の仕上げを確認した。

「いい感じだね」隣に立つ建築業者のビルに言う。

「当然さ」ビルが満足そうに応じた。「おれが手掛けたんだから」

カイルが彼に改築を依頼したのは、デックスのナイトクラブ〈ファイヤーライト〉の改装を担当したデザイナーから強く勧められたからだ。おかげで大金がかかったが、改築コストを切り詰めるつもりはなかった。〈ローズ・ネットワーク・コンサルティング〉社の扉から一歩足を踏み入れたとき、将来の顧客たち——そういう人たちがいると期待しての話だが——には大船に乗ったような気分になってほしいからだ。

改築の目玉になったのは内装のリフォームだった。インダストリアルグレーのカーペットを取りのぞき、その下にあるカエデ材の堅木の床を復活させた。さらに以前の入居者が好んだ濃い色のどっしりとしたオーク材の調度品はすべてどかし、背の低い純白のソファと椅子に置き換え、テーブルとデスクもすべてガラス天板の、明るい色合いの大理石製にした。その結果、全体的に清潔感にあふれた、モダンで知性を感じさせるオフィス空間へと生まれ変わった。

カイルは受付エリアと会議室をざっと見まわしたあと、次に自分用のオフィスへ向かった。今回の改築工事によって、一番大きくデザインが変わったのがこの個室だ。もともとはふたつの小さなオフィスだったが、仕切っていた壁を取り壊してひとつの巨大な角部屋オフィスに生まれ変わらせた。二面の壁には床から天井まである巨大な窓が広がっている。この窓はやりすぎだったかもしれないが、刑務所で四カ月過ごしたせいで、いまだに狭苦しい部屋は苦手だ。

〝そのうえ――〟、個室の中央に立ちながら考える。〝これぞCEOのオフィスという感じがする〟まさに自分のオフィスだ。

「器は用意できた」ビルが言う。「あとは中身の人材だな」

「ああ、それが次の段階だ」カイルは答えた。このオフィスには受付エリア、四つのブースに仕切られたワークステーションと、それを拡張するための予備スペース、さらにカイル用以外の個室二部屋と、カイルの個室のすぐ外に秘書用のスペースも用意してある。

「何か計画があるのか？」ビルがにやりとしながらきく。「正直言うと、きみがこの会社をどうやってうまく軌道に乗せるのか、すごく興味がある」

カイルは自分の個室の中央に置かれた、イタリア製の重役机に目を留めた。アルミニウムフレームと強化ガラスでできた、しなやかで大胆なデザイン。世のなかに自分の存在意義をはっきり示したいと願う男のためのデスクと言えるだろう。「ビル、そう思っているのはきみひとりじゃないさ」

火曜日の朝、カイルは愛車メルセデス・ベンツのガソリンを満タンにすると、ドライブに出かけた。まだ午前七時だから、いつものシカゴに比べるとそれほど渋滞はしていない。三十分ほどで市境まで来て、州間高速道路57号線に入り、それから二時間ほど運転を続けた。

目指すは南にあるシャンペーン＝アーバナだ。ドライブするにはうってつけの朝と言っていい。太陽は輝き、空は抜けるように青く、気温は二十度もなく低めだ。窓を開けて新鮮な空気を胸いっぱいに吸いこみ、ラジオをつけた。たとえほんの一日でも大都市の喧騒から逃れられるのは気分がいい。ひとりだけの空間、視界をさえぎるものが何ひとつない道、速い車、極上の音楽。

だが残念ながら、そのどれひとつとして、ライリーンから気をそらす役には立たなかった。

ここ数日仕事で忙しくしていたのに、カイルはずっと彼女のことを頭のなかから追いだせずにいた。エレベーターに乗って自宅のペントハウスまであがっているとき、早朝にジョギングへ出かけようとしているとき、あるいはシャワーを浴びているとき、突然どこからともなくライリーンが目の前に現れる。

実のところ、シャワーを浴びている最中は特に彼女のことをよく考えてしまう。シャワーのジェット水流に打たれ、濡れた肌を光らせていたライリーンの一糸まとわぬ姿は、永遠に脳裏に焼きついて離れないだろう。土曜の朝、ペントハウスから逃げだそうとしていた彼女の形のいいヒップの記憶も。

あらゆる点において、あれは完璧な情事だった。驚くべきセックスを楽しんだうえ、その見返りを相手から求められることもなかったのだ。そのことに満足するべきだろう。むしろ、安堵するべきだ。見返りを求められないセックスこそ、まさにカイルが人生の現時点において探し求めていたものなのだから。そして今、本を閉じるように終わりにすればいい。九年前にライリーン・ピアースと自分のあいだで始まっていた、この尋常ならざる物語を。

それなのに、その物語がまだ……終わっていないように思えてならなかった。

カイルはかぶりを振った。ハンドルに頭を思いきりぶつけたい。そんな衝動を何度か抱いている。この数日というもの、頭に靄がかかったような状態が続いていた。靄であれなんであれ、ぼんやりした状態から一刻も早く抜けださなければならない。自ら進んで独身を貫いている男なら、ぶつぶつ文句を言ったりしないものだ。たとえ、知性とセクシーさを兼ね備えた女性と度肝を抜かれるようなすばらしいセックスを三回も楽しんだあげく、翌朝なんの約束もせずに立ち去られたとしても。というか、健全な肉体と精神を持った男ならなんぴとたりとも文句を言うべきではないのだろう。それはどう考えても、男としての行動規範に反する行為だ。たとえば、公衆トイレで男性用小便器に向かって放尿し、隣で用を足している男がいるのに水を流さないまま立ち去るようなものだ。

そう結論づけると、カイルは仕事に意識を集中し、今日のドライブ旅行の重要性についてあれこれ考え始めた。特に、シャンペーンに戻るのは、母が亡くなった日以来だからなおさらだ。意識的にあの場所を避けていたつもりはない。ただ自然とそうなっただけだ。母の事故後、数カ月間は父の代わりに雑務をこなすのに必死で、シャンペーンを訪れる暇などなかった。とにかく目がまわるような忙しさで、デックスに身のまわりのものを詰めてもらい、シカゴまで車で運んできてもらったほどだ。

やがて父をめぐる状況は改善したが、その頃にはすでに、カイルは〈ローズ・コーポレーション〉で出世の階段を着実にのぼり始めていた。その後まもなくデックスがリグリービルに初めてのバーを開店するためにシカゴへ移ってきた。そしてふたりはもちろん、さらに残りの男友だちも全員、平日は必死に働き、週末はクラブに通ったり女性といちゃついたりして、楽しい時間を満喫するという生活を送るようになったのだ。夏には、ビーチバレーや川でボートパーティーを楽しんだり、リンカーン・パークでサッカーをやったりもした。肌寒い季節になると、高級スポーツクラブ〈イースト・バンク・クラブ〉で即席でチームを組んでバスケットボールに興じた。

悪くない人生だ。というか、最高の人生だった。けれど三十代になると、そういう生活がなんだか薄っぺらく感じられるようになった。

そして、今の自分がここにいる。前科持ちの三十三歳。だが、新たなスタートを切るチャンスも手にしている。〈ローズ・ネットワーク・コンサルティング〉社こそ、自分にはツイッターを止める以外の能力もあることを世間に示す機会にほかならない。

〈ローズ・コーポレーション〉では在籍中を通して輝かしいキャリアを築いたし、父のために仕事をしてきたことに後悔はない。だが今こそ思いきって、自分のものと呼べる何かを確立すべきときなのだ。

その挑戦中に無残に倒れることのないよう、彼は必死に祈った。

カイルはビジネス戦略の一環として、かつての自分の博士課程の指導教官であり、現在はイリノイ大学アーバナ・シャンペーン校コンピューターサイエンス学部長となったロック・シャーマ教授にメールを送った。そのメールで会えるかどうかおうかがいを立てたところ、教授から今日なら大丈夫だと言われたのだ。ただし、教授からの返信メールにはそれ以上のことは何も書いていなかった。

母の交通事故のせいでやむなく博士課程を中退してからも、シャーマ教授はずっと思いやりと理解を示してくれた。何年も定期的にメールのやり取りをして、ずっと友好的な関係を続けてきた。ただし、例のサイバー犯罪でいくつもの連邦法を破って以来、連絡が途絶えたままだった。

言うまでもなく、コンピューターサイエンス学部的視点から見れば、絶対にあれはやってはいけないことだったのだ。

元指導教官のオフィスに足を踏み入れた瞬間に何が起きるのか、カイルには見当もつかなかった。ただ少なくとも、シャーマ教授が時間を割いて返信してくれたという事実に勇気を得ていた。しかし、よく考えてみれば、シャーマ教授は講義が長いことで有名だった。もしかしたらツイッター・テロリストと一対一で直接話し、説教をするチャンスに抗えなかっただけかもしれない。

少なからぬ不安を抱えながら高速をおり、大学キャンパスの北東側を目指して車を走らせた。コンピューターサイエンス学部はアーバナにある。国内でもトップクラスのコンピューターサイエンス・プログラムを提供するという評判にふさわしい、実に印象的なミニキャンパスだ。

グッドウィン・アベニューにある本館にメルセデス・ベンツを停め、愛車からおりた。目の前に、二万平方メートルにも及ぶ広大な敷地が広がる。その敷地内には、ガラス、銅、鉄から成る超現代的設備が集結している。コンピューターサイエンス学部の建物は、自然光やオープンスペース、赤鉄色の内装、屋内テラスを巧みに取り入れた優れた建築物として、イリノイ・エンジニアリング評議会およびアメリカ建築家協会の両方から賞を授与されたことがある。それもこれもすべて、六千五百万ドルもの寄付をしたある男のおかげだ。その男の名前は正面玄関に誇らしげに刻されていた。

〈グレイ・ローズ・センター・フォー・コンピューターサイエンス〉

カイルは父親の名前の下をくぐり、正面玄関から入った。目指す場所がどこにあるかはよく知っている。なにしろ、この建物には大学生、大学院生として六年間通い続け、ほとんどの時間をここで過ごしていたのだ。シャーマ教授のオフィスは教職員室のある三階に位置する。

期末試験が迫っているせいか、学生が大勢行き交う建物内を主階段まで歩いた。ガラスと鉄、レンガで作られた解放的なデザインの階段だ。反対側からやってくる学生たちとすれ違いながら、カイルはふと思った。誰かが自分の正体に気づくまでにどれくらい時間がかかるだろう？

十秒しかかからなかった。

最初にカイルに気づいたのは、ジーンズにTシャツ姿の二十歳くらいの男子学生だ。Tシャツには〝おれは反社会的なんじゃない。ただ御しやすいタイプじゃないだけ〟というロゴが記されていた。階段をおりてくる途中でカイルに気づいた彼は、踊り場でいきなり足を止めた。

「え、嘘っ、本物かよ」彼は恐れおののいたような口調でささやくと、背後にいる連れの学生のシャツをつかんだ。「おい、見ろ」

もうひとりの男子学生はカイルを見おろすなり、にやりとした。「まじか。ツイッター・テロリストじゃないか、それも生身の」

カイルは彼らに短く会釈した。「どうも」ふたりの脇を通り過ぎ、そのまま階段をあがり続ける。

「なあ、ちょっと待ってくれよ！」

男子学生たちはすぐに向きを変えると、カイルのあとを追いかけてきた。すでに周囲の人々がざわつき始めている。カイルには彼らのひそひそ声が聞こえていた。

最高だな。

ふたりの〝ファン〟たちは彼に追いつくと、両脇に立った。「すげえ。ぼくたち、あなたのことをコンピューターセキュリティⅡの授業で習っているんだ」ふたり目の学生が興奮したように言う。

「あのツイッター攻撃はイカレてた」Tシャツの若者が口を挟んできた。「これまでで一番知性を感じさせる乗っ取りだったって評判だ。あのＦＢＩでさえ止められなかったんだから」

「どうやったの？」ふたり目の学生はさまざまなサイバー攻撃の手法を挙げ始めた。

「スマーフ攻撃？　ピング・オブ・デス（PoD）？　シンフラッド攻撃？」

「シングルモルトスコッチをしこたま飲んだせいだ」カイルはそっけなく答えた。

Tシャツの若者は笑い声をあげた。「なんかすごいな。レジェンド級にかっこいい」

そろそろ白黒はっきりさせるべきときだろう。カイルは階段の一番上で振り返るとふたりの若者のほうを向いた。「オーケイ、学生さんたち、よく聞いてくれ。サイバー攻撃はかっこよくなんかない。愚かなことだ。それに、ほかにもかっこよくないことがあったのを知っているだろう？　連邦検事局によって有罪判決を食らい、刑務所に入れられた。真面目な話、サイバー攻撃なんかやったら、想像もつかない方法でいろいろとしっぺ返し（バイト・ユー・イン・ジ・アス）を食らうことになるぞ」

学生ふたりは目を見合わせた。「なんかつまらない公共広告みたいな言葉だな」ぼつりとそう口にしたのはふたり目の学生だ。

「ケツ（アス）の部分は例外だけどね」Tシャツの学生が言う。「きっと青少年の前で悪態をつくのを禁じられているんだろう。ぼくらはすごく影響を受けやすい年頃だから」

「きみたちはもう十八歳を超えているはずだ」カイルはふたりを見おろしながら口を開いた。「つまり、法律の観点から言えば青少年ではない。塀のなかにぶちこまれたら、きみたちはもってせいぜい一週間だろう。最高警備の刑務所に入れられたら三日が限界だ」顎をさすりながら考えるふりをする。「なあ、想像できるか？　筋肉むきむきの体にタトゥーを入れた男たち二十人と、しかもギャングの一員か、あるいは殺人犯か麻薬の売人がほとんどのやつらと一緒にシャワーを浴びさせられたら、どんな気分になるか」

Tシャツの学生は息をのんだ。「少なくともシャワー用サンダルはもらえたんだよね？」

カイルは彼をにらみおろした。

「ただの冗談だよ」気弱そうに笑いながら学生は答えた。「ハッキングは悪。刑務所も悪ってことだね。了解」それからあたりを見まわし、秘密を共有するように声をひそめた。「それで、やっぱりＰｏＤなんだろう？　教えてよ。ここだけの秘密にするから」

「せいぜい真面目にやることだ」カイルはうなるように言うと体の向きを変え、ふたりを踊り場に残して立ち去った。

シャーマ教授のオフィスがあるのはこの建物の南東の角だ。大学院時代に何度も訪ねたことがある。カイルは扉にゆっくりと近づきながら、九年ぶりの再会に備えて気を引きしめた。

開かれた扉を軽くノックしたところ、教授は机に座り、電話中だった。今や五十代後半となったシャーマ教授の黒髪にはちらほらと白いものが交じっている。九年前に比べて白髪が増えたようだが、それ以外特に変わった様子は見当たらない。襟つきのシャツにセーターベストを合わせ、机の上はきちんと整理整頓されており、背後にある書棚のスピーカーからはヴィヴァルディの旋律が小さく流れている。

教授は電話を切ると、メタルフレームの眼鏡の縁越しにカイルを見つめた。「教員仲間からだ。この二分で、すでに二回かかってきた。今ここにツイッター・テロリストが来ているのを知っているかと尋ねる電話だ」

「彼らになんと答えたんですか？」

シャーマは立ちあがり、カイルのほうへ歩いてきた。「きみを非常勤教授として雇って倫理について教えてもらおうかと考えている、と答えておいた」教授は両方の口角をあげると、片手を伸ばした。「また会えてうれしいよ、カイル」

「ぼくもです、教授」カイルはひそかに安堵のため息をついた。

シャーマは身振りで椅子を示した。「座ってくれ。きみの事件に関するニュースはずっと追いかけていた。わたしは常々、いつかきみはきみの父親のような大物になるだろうと言っていたんだ——ただ、予想ではもっと違う道を歩むはずだったがね」

カイルはシャーマの机の前にある椅子に腰をおろし、ぽつりと答えた。「ばかなことをしました」

「ほう、そうかね？」

シャーマがそれ以上何も言おうとしないので、カイルはもの問いたげにかぶりを振った。「まさか、それだけってことはないでしょう。ぼくはあなたの授業を四コマも取っていたんですよ、教授。いつもの長い講義はどこへ行ったんです？」

「今のは要約版だ。きみはもはや学生ではないからな。ただ、もうひとつだけつけ加えておこう。きみがその才能を活かして次に何をするつもりであれ、今度は合法的な活動であることを願っている。必ずしも誰もが二度目のチャンスを与えられるとは限らないからね」

「次のはどこからどう見ても合法的な活動です」カイルは教授に請け合った。「実は、自分でコンサルティング会社を立ちあげようと考えています」

シャーマは興味を引かれたようだ。「何をコンサルタントするつもりだい？」

「ネットワーク・セキュリティです。『フォーチュン５００』に名を連ねる大企業相手に、彼らのセキュリティの弱点を査定し、社内外の脅威を避けるために必要なツール開発をしようと考えています」

「言い換えれば、きみのような人たちから彼らを守るためのノウハウを教えるというわけか」

「そうです。有罪判決を受けた自分の悪名高さを逆手に取ろうと考えました」

「ツイッター・テロリストが、その力を悪ではなく善のために使おうとしているんだね」

「まあ、そんなようなものです」

シャーマは用心深い面持ちでカイルを見つめた。「それで、その件でわたしに何をしてほしいのかな？」

カイルは前かがみになった。ここからが本題だ。「簡単なお願いです、教授。あなたが知るなかで最高のハッカーの名前をふたり教えてほしいんです」

シャーマが浮かべた表情を見て、カイルは笑いながら両手をあげた。

「誓います――これは完全に合法的な仕事です」

自分の目的は不誠実なものではないとふたたび安心させたあと、カイルはシャーマ教授からふたりの学生の名前を教えてもらった。カイルの求める基準にもっとも適しているという教授お墨つきの学生たちだ。それだけではない。教授は自らふたりにメールを送って〝またとない機会〟に興味があるかどうかも尋ねてくれた。

「あとはきみ次第だ」オフィスの入り口で握手をしながらシャーマが言った。「すべてうまくいくよう願っている。それと、次回はここに戻るまで九年もかからないようにしてくれよ」

その言葉を聞いたとたん、不意にライリーンのことを思いだした。またしてもだ。ただし今回は、全裸でシャワーを浴びているみだらなイメージではない。琥珀色の瞳を輝かせながらこちらをからかっている姿だ。

彼女は単なるセックスの相手ではない。それはわかっている。彼女となら、気の利いた言葉や冗談も楽しめた。初めて会った夜、ライリーンと言葉を交わしたのはわずか十五分程度だ。だが、そのあとの九年間にデートしたどの女性とよりも、彼女との会話が心に残っている。つまり、自分は単純に好きなのだ……ライリーンのそばにいるのが。

くそっ。MCCに脱ぎ捨ててきた、オレンジ色のジャンプスーツのポケットの中身を誰かに確かめてもらわなければ。ぼくのタマが置き去りにされていないかどうか。

「ありがとうございました、教授。すべてに感謝します」カイルは意識を仕事に戻し、今考えるべき事柄に集中しようとした。

二時間後、彼はがらんとした狭い教室の窓辺に立ち、キャンパスを眺めながら最初の候補者が到着するのを待っていた。扉が開く音を聞きつけ、振り返る。

教室に入ってきたのは、赤い巻き毛の二十代前半とおぼしき男性だ。カーキ色のズボンにボタンダウンシャツを合わせている。彼はカイルを見るなり、足を止めた。

「おっと……期待していたのとはちょっと違うな」

カイルは若者に近づいて自己紹介をした。「カイル・ローズだ」

「ぼくはギル・ニューポート」

カイルは窓辺にある机を指し示した。「さあ、どうぞ座って」前置きは抜きにしてもいいだろう。「ぼくが何者かは知っているよね？」

ギルは教室を一瞥した――誰にもわからない何かを探し求めているかのように。

「ええ、ご想像のとおり」慎重な口ぶりだ。

「シャーマ教授にきみを紹介してくれるよう頼んだのは、ぼくがこれから専門家集団を束ねてベンチャー企業を立ちあげようとしているからなんだ」

「ベンチャー企業ってどんな？」ギルが疑り深そうに尋ねる。

「セキュリティ・コンサルティングの会社だ」

「なるほど」ギルは両手を目の高さまであげると人差し指と中指を二回折り曲げ（エア・クオーツ）てか

らかうように強調した。「コン、サル、ティ、ング、ね。了解」

「いや、冗談ではなく、実際に本物のコンサルティングをしようとしている」ギルがこの話に多少なりとも興味を持ってくれているのかどうか、カイルにはわからなかった。「シャーマ教授から、きみは今学期で修士課程を終え、侵入検出とセキュア・システムおよびプロトコル検証に焦点を絞った論文を書きあげたと聞いた」

ギルは片眉をつりあげると、おどけて狡猾(こうかつ)な表情を浮かべてみせた。「あなたはぼくについてずいぶんと多くを知っているようだ、ミスター・ローズ」

カイルは必死で笑みを押し隠そうとした。「がっかりさせたくはないが、これは百パーセント合法な手段で手に入れた情報だ。ぼくはネットワーク・セキュリティのコンサルティング企業を立ちあげる予定で、社員としてきみのようなスキルの持ち主を探している。もし興味があるなら、喜んで詳しい話をさせてもらう」

ギルはしばし口をつぐんだ。「本当に本気なんだね」カイルを見つめながら言葉を継ぐ。「気を悪くしないでほしいんだけど、あなたは何をしでかすかわからない人(ワイルドカード)だ。それにぼくはすでに六社から内定をもらっている。しかも六社とも高報酬が約束されている」

カイルは手をひらひらと振った。「もしもきみには能力があるとぼくが認めたら、それ以上の金額を払える」自分の波乱万丈の過去を考えると、この業界にベンチャー企業として参入するには、才能ある人材に最高レベルの報酬を支払う必要があることは百も承知だ。

「ほかの企業がぼくに提示した給料の額を知りもしないのに」

「知らなくても、それ以上の額を支払えるよ。それははっきりわかっている。もしもきみにそれだけの価値があるならね」

ギルは気を悪くした様子だ。「もちろん、ぼくにはその価値がある」

カイルは若者の目を見つめ、挑戦状を叩きつけた。「だったらそれを証明してくれ」

さらに一時間後、カイルはシャーマ教授から紹介されたふたり目の候補者を待っていた。二十一歳の学部四年生で、名前はトロイ・レオポルド。教授はその学生を〝優秀なうえに探究心がある〟と評していた。

約束の時間きっかりに、二十代前半の黒髪の若者が教室に入ってきた。穴あきジーンズにスタッズのついた革製ブレスレットを合わせ、黒いアイライナーを引いている。カイルに近づいて自己紹介したときも、彼は少しもあわてていなかった。「トロイ・レオポルドといいます。こんなくだけた格好ですみません。もし今日面接があるとわかっていたら、ポロシャツにカーキ色のズボンで来たのに」

カイルはにやりとした。一瞬でこの若者が好きになった。「細かいことは気にしないよ」

ふたりして座ると、トロイが突然口を開いた。「正直に言っておくべきだと思うんだ。これがどういう面接であれ、シャーマ教授がぼくの名前を挙げてくれたのはすごく光栄に思ってる。でも……」そこで彼は口をつぐんだ。これから発する言葉で、カイルが気を悪くするのではないかと心配するように。

カイルは含み笑いをした。「信じてくれ。きみがどんな言葉を言おうとしているのであれ、ぼくはこれまでに耳にしたことがあるはずだ」

トロイは身振りでカイルの注文仕立てのズボンとシャツを示した。標準的なビジネス・カジュアルの服装だ。「自分がそういう格好をして会社に勤めているところを想像できないんだ。誰かのために働いている姿が」

カイルはまばたきをした。九年前、彼自身もまさにトロイと同じ立場だったのだ——ただしスタッズのついた革製ブレスレットとアイライナーではなく、フランネルシャツに作業ブーツ姿だったが。それが今は、他人を使う側の人間になっている。

「まいったな。今の一瞬で、自分が父親の立場になったんだと気づかされたよ」カイルは両手を叩くと、話を先に進めた。「だったら、こういうのはどうだろう？　何かを決断する前に、せめて〈ローズ・ネットワーク・コンサルティング〉でのきみの仕事内容を聞いてみないか？　もしぼくがきみを雇ったらの話だ」

トロイは礼儀正しくうなずくと、明らかに調子を合わせて答えた。「了解。あくまで仮定の話だけど、ぼくは〈ローズ・ネットワーク・コンサルティング〉で何をすることになるんだろう？」

「ぼくを含めたチームメンバー全員で、顧客のためにセキュア・オペレーティング・システムを作ることになる。そういったシステムに隙がないかどうか確かめる方法はひとつしかない。それらの脆弱性をテストするもうひとつのチームを作ることだ」

トロイは驚きの表情を浮かべた。「ハッカーを雇いたいってこと？」

「そのポジションは〝セキュリティ・アナリスト〟と呼ぼうと考えている。だが実質的に言えば、そうだ。きみにはプロのハッカーになってもらう」

トロイが興味深そうに目を輝かせるのを見て、カイルは続けた。「シャーマ教授は、きみのことを優秀だし野心家だと言っていた」椅子の上で体をかがめ、熱心な口調で話しかける。「九年前、ぼくはこの業界のトップから学ぶチャンスを与えられた。当時自分が目指していた道とは違ったが、その道に進んだのを後悔したことは一度もない。そして今日、ぼくはここにいて、きみに同じチャンスを与えようとしている。もしかしたら、きみにとってはチャンスとは言えないかもしれない——だが個人的な経験から言えば、試してみないことには何もわからないものだ」

その言葉についてしばらく考えたあと、トロイは慎重な口調できいた。「もし、ぼくにとってそれがチャンスとは言えなかった場合は？」

カイルは肩をすくめた。「半年間、ぼくに時間を与えてほしい。もしそれでうまくいかないとわかったら会社を去っていい。そうされても気になんかしないさ。きみもぼくも知ってのとおり、この仕事を喜んで引き受けるコンピューターおたくはごまんといて、見つけるのに苦労しないからね」いよいよとどめを刺しにかかる。今こそ最終ボタンを押すときだ。「結局のところ、きみがハッキングすることになるのはぼくのシステムだ。つまり、あのツイッター・テロリストを本人の得意分野で打ち負かすチャンスってことさ」

トロイはしばらく何も答えなかったが、やがて口角を持ちあげて薄ら笑いを浮かべた。「オフィスでこういう格好をしてもかまわない？」

「トロイ、三カ月前までぼくは刑務所でオレンジ色のジャンプスーツを着せられ、紐なしの運動靴を履かされていたんだ。〈ローズ・ネットワーク・コンサルティング〉

では気取った格好をする必要なんてない。ただし、そのブレスレットのスタッズでぼくのキーボードを傷つけるのだけは勘弁してくれ」

トロイはにやりとして答えた。「了解」

その日の午後遅く、カイルはふたたび州間高速道路57号線脇のトウモロコシ畑を眺めながらシカゴへ戻った。

今日は上出来の一日だった。

ただ、まだ開業できる準備が整ったとは言いがたい。今すぐ開業してうまくやれる可能性もあるにはあるが、自分のチームには、コンピューターサイエンスの学位を持つ若者ふたり以外の人材が必要だった。彼らは優秀ではあるものの、実務経験はゼロなのだ。少なくともあとひとり、この分野で何年か経験を重ねた人物を管理職として迎えたい――その候補者だったシアトルの男性からは入社の誘いを断られた。重役付き秘書の候補者だった人物からも。それにカイルのマーケティング戦略は、ある程度時間をかけて段階的に導入する必要がある。開業資金は潤沢に用意しているし、必要とあらば今住んでいるペントハウスを売却する覚悟もできているが、そういう状態が永遠に続くわけではない。

それでも今夜は、自分が手にした成果をひたすら喜びたかった。特に、仕事に関してこれほどの達成感を覚えたのはずいぶん久しぶりだからなおさらだ。もう何年もずっと、父親の影から逃れて独立独歩の道を歩みたいと考えてきた。とうとうその夢が現実のものになろうとしている。

街に近づくにつれ、日が落ち始めた。夕日を浴びたシカゴの超高層ビル群が〝おかえり〟と迎えてくれているような気がして、いやおうなくお祝い気分が高まる。〈ファイヤーライト〉に立ち寄って、デックスと祝杯をあげようか？　ふと、そんな気になった。思えば、大学院時代からずっとそれ――デックスの店に立ち寄る――が自分の生活の基本だった。むしゃくしゃした気分のときも、リラックスしたい気分のときもだ。

だが興味深いことに、愛車メルセデス・ベンツはレイク・ショア・ドライブをひた走り続け、〈ファイヤーライト〉に通じる出口を通り過ぎた。

自分でもどこに行こうとしているのか、ぼんやりとだがわかっている。ライリーンが前に、ロスコー・ビレッジに住んでいると話していた。ベルモント・アベニューで信号が赤に変わったタイミングで、携帯電話を取りだして連絡先をスクロールする。ずっと前から気づいていた。テキストメッセージは簡潔なほどいいと。だから、余計な説明をする必要はどこにもない。これまで交わした軽口すべてを思い返し、彼女が何を考えているのか、あれこれ分析する必要もない。むしろ、ごく短くて甘いひと言だけでいい。

〝会いたい〟

カイルは送信ボタンを押した。

ライリーンからの返信を待つ時間をつぶすために、姉が経営するワインショップへ向かった。いつでも気軽に立ち寄れるし、ジョーダンをからかって楽しめる場所だ。

ところが今回は、姉に先制攻撃をされた。

「それで、あの黒髪のボムシェルは何者なの?」店に入ってカウンターの席に座るとすぐに、ジョーダンが尋ねてきた。

しまった。あのばかげた〈シーン・アンド・ハード〉のコラムのことをすっかり忘れていた。カイルは態勢を立て直すべく、カウンターに置いてあったクラッカーとブリー・チーズを手に取った。「あれは……アンジェリーナ・ジョリーだよ。いや、ミーガン・フォックスだ」

「どちらかといえば、ミーガン・フォックスね。年齢からして」

「何か問題でも？」

カイルがまたクラッカーに伸ばした手を、ジョーダンがぴしゃりと叩いた。「これはお客様用よ」腰に手を当てて続ける。「あの〈シーン・アンド・ハード〉を読んだあとすぐに、相手の女性がライリーンならいいのにと思ったわ。もしかすると、わたしのろくでなしの双子の弟が女遊びをやめて、ついにすばらしい女性を追いかけ始めたのかもしれないって」

カイルはこっそりともう一枚クラッカーを取った。「それが本当ならすごいことだよね」

ジョーダンはかぶりを振った。「なぜこんなにやきもきさせられなきゃいけないの？　ある日、あなたも目を覚ましてくれるだろうとはわかっているけど……」

そのとき携帯電話が振動しだしたので、ジョーダンの説教の残りの部分は聞き流すことにした。さんざん聞かされているせいで、今では一言一句間違えずに繰り返せるだろう。受信メールを確認するとライリーンからだった。カイルの送信メールと同じく、ごく短くて甘い返信だ。

〝コーネリア三四一八番地、三号室〟

彼女の自宅住所だ。

カイルは笑顔で姉をさえぎった。「それはよかった、ジョードゥ。ところで、この店にインディア・インクのカベルネはあるかい?」

姉は説教をやめると弟をまじまじと見た。「ええ、もちろんあるわ。どうしてあなたがそんなことを?」突然にやりとして続ける。「ちょっと待って……それって、ライリーンがここへ来たときに話していたワインよね。たしかお気に入りの銘柄だと言っていたわ」

「へえ、そうだっけ? おもしろい偶然だな」

ジョーダンは片手を胸に当てた。「なんてこと。あなた、彼女にいい印象を持ってもらおうとしているのね。かわいいところもあるじゃない」

「ばか言うなよ」あざけるような口調で答える。「ぼくはただ、そのワインがうまいと聞いたから試してみたいと思っただけだ」

ジョーダンは戯言(たわごと)だと一蹴するようなまなざしで、弟を一瞥した。「彼女はきっとすごく喜んでくれるわ」

　オーケイ、もうなんでもいい。実際、ほんの少しはライリーンにいい印象を与えようとしているのかもしれないし。「やりすぎだと思うか？　必死な感じに見えないかな？」

　ジョーダンはまたしても片手を胸に当てた。「ああ、まるで小鹿のバンビが最初の一歩を踏みだすのを見守っている気分」

「ジョードゥ……」カイルは警告するように姉をにらみつけた。

　ジョーダンは笑みを浮かべると、片手を弟の肩に置いて愛情たっぷりに力をこめた。

「完璧よ、わたしを信じて」

# 25

ライリーンは自宅アパートメントの正面玄関に向かいながら、あたりをすばやく見まわした。明らかに彼のペントハウスとは違うけれど、居心地がよくてキュートな雰囲気だし、幸い、きれいに片づいている。といっても、カイルはここに長くいるわけではない、と自分に言い聞かせた。あの金曜の夜は一度きりのこと――ナイトクラブのドリンクとロマンティックな明かり、それに〝あのバーで一番美しい女の子に近づいた〟と語ったときのカイルの熱っぽいまなざしのせいで、いっきに情熱の波にのまれてしまっただけのことだった。でも今は、きちんと現実に向き合うべきだ。

そのことを肝に銘じながらライリーンが玄関を開けると、扉の向こうにカイルが立っていた。思っていたよりも洒落た服装をしている。注文仕立てのグレーのパンツにこざっぱりとした青いシャツを合わせ、くらくらするほど魅力的だ。

カイルは興味深そうに目を光らせながら、ジーンズとクリーム色のペザント・ブラウス姿のライリーンを見つめた。「へえ、きみはズボンも持っていたんだな」

ライリーンは口を開いた。金曜の夜にすばらしいセックスを楽しんだとしても、事情を複雑にするつもりはない——そう宣言する気満々だったのに、彼が片手をあげてあっさりとさえぎった。

「きみが説教を始めるつもりでも、また一目散に逃げだすつもりでも、その前に言っておきたいことがある。これはなんの見返りも求めない訪問だ。きみにいいものを持ってきたんだ」そう言ってカイルは、ワインのギフトバッグを掲げてみせた。銀色で、目がくらむほどきらきらと光っている。

ライリーンは驚いてあとずさった。「うわあ、すごいわね」まさかカイルが手土産を持って現れるとは思いもしなかった。これほどまぶしく輝く贈り物だからなおさらだ。

カイルが戸口で居心地悪そうに身じろぎをした。「この紙袋、店のなかではこんなにきらきらして見えなかったんだ」

なんであれ、彼は中身をひどく気にしているようだ。ライリーンは片手を伸ばした。「なかを見てもいいかしら」興味を引かれ、カイルから紙袋を受け取り、ワインボトルを取りだしてラベルを確認した。

〝インディア・インク〟

「わたしの好きな銘柄のひとつよ。覚えていてくれたのね」そう言ってラベルをしげしげと眺める。「ありがとう」

カイルは傍目(はため)にもわかるほど平然とした態度を取ろうとした。「たいしたことじゃないさ。ジョーダンがボトルを何本か並べていたから、そのうちの一本をつかんできたんだ」

ライリーンは戸口にもたれた。「どうか悪い意味に取らないでね、カイル。わたしは本当にこのワインが大好きなのよ。でも、何か裏があるんでしょう?」

「裏なんてないよ」彼は肩をすくめた。「自分でもよくわからないんだけど、ただこう思ったんだ……ふたりで一緒に過ごして話ができたらいいって」

その提案にライリーンは完全に意表を突かれた。そう口にしたカイル自身、彼女と同じくらいショックを受けているように見える。

「話?」ライリーンは彼をまじまじと見つめた。「あなた、大丈夫? 全然いつもの……あなたらしくないわ」

「それはどういう意味だ?」カイルは憤然と尋ねた。「ぼくがセックスできる見込みのない女性とは一緒に過ごしたりしないってことか?」

実にいい質問だ。「さあ、わからないわ。あなたは実際に、セックスできる見込みのない女性と一緒に過ごしたことがあるの?」

カイルはあざけるような口調で即答した。「もちろんさ」

「高校時代は含めないでよ」

彼の〝ばれたか〟という表情がすべてを物語っている。

ライリーンはにっこりした。「黙秘権を行使してもいいのよ。自分を有罪にするような証言を避けるために」

カイルは天井を仰ぎ見て、かぶりを振った。「誓って言う――法律おたくはもうたくさんだ。もう充分だよ。これからは尻軽でわかりやすい女性たちとくっつくようにする。ぼくの正気を奪うことが人生の目的じゃないと、はっきりわかる女性たちとね」彼は胸の前で腕組みをした。「いいかい、よく聞いてくれ。今日はぼくにとって本当にいい一日だった。それで奇妙なことに、その話を最初に聞かせたい相手として思い浮かんだのがライリーン・ピアース、きみだったんだ」彼は憤慨したように両手を突きだした。「ほら、きみの好きなように逮捕でもなんでもすればいい」

あとになれば自分になんとでも言い訳できるだろう。ワインを手土産に持ってきてくれたことについ心引かれただけだとか、こんなふうに怒りをあらわにしたカイルがあまりにキュートだったからだとか。だけど正直に言って、認めざるをえない。彼にとっていい一日だった今日のことを最初に彼女に話したかったと聞かされ、ライリーンの心のなかの、理性的で現実的で、感情に流されない部分はあっという間に溶けて流れてしまった。それこそ、跡形もないほどに。

だからライリーンは無言のまま一歩あとずさり、カイルを自宅に入れるため場所を空けた。彼は勝ち誇ったようににやりとし、彼女のあとから室内に入って、ライリーンが扉を閉めるとすぐそばに立った。

ライリーンはその場でぴしゃりと指摘した。「覚えておいて――絶対に余計な手出しはしないこと」

「もちろんだよ、カウンセラー」彼はウインクをよこした。「きみが違うことを言いださない限りはね」

気温は二十度ほどで快適だし、夜空も澄みきっていたため、ライリーンは三階にある自宅奥のテラスに座ろうと提案した。栓を抜いたインディア・インクを、ふたりのあいだ――先週買ったばかりの木製ビストロテーブルの上に置いた。室内に飾っていたプランターと花を外に運びだしたので、さながら都会のミニガーデンといったところだ。

「ここはいいね。気に入ったよ」カイルは自分のワイングラスを手にしながら椅子の背にもたれた。「ぼくのペントハウスの欠点のひとつは、外にくつろげる空間がないことなんだ。真面目な話、丸々二週間も自宅軟禁されるとそういうことが気になるようになる」

「わたしはこの目であの豪華なペントハウスを見ているのよ、えくぼ男さん。そう聞かされても同情する気にはなれないわ」

「まさに女検察官ピアースからの厳しい愛の鞭(むち)だな」

ライリーンは笑い声をあげた。「〝女検察官ピアース〟？　あなたはそんなふうにわたしのことを呼んでいるの？」

「いかにも権威筋の人間って感じがぴったりだと思ってね」彼女の視線に気づき、カイルは尋ねた。「なんだい？」

ライリーンは身振りで彼のシャツとズボンを示した。「そのビジネス・カジュアルな格好はどうしたの？　今日があなたにとってどんなふうにいい日だったのか、いつ話してくれるんだろうって、やきもきしながら待っているんだけど」

「今日、ふたりと仕事の面接をしたんだ」

彼女は自分のグラスを掲げてカイルのグラスと合わせ、乾杯をした。彼の新たな門出を祝福したい気分だった。「おめでとう。それはよかったわね。面接の感触はどうだった？」

「とてもよかったよ。若者をふたりとも採用した」

困惑して頭をかしげる。「待って――あなたがふたりを採用したの？」

カイルはワインをもうひと口すすり、悦に入ったような表情を浮かべた。「そんなに意外かな？」

「いいえ。でも、がぜん興味がわいてきたわ」興味津々でカイルを見つめる。「いったい何を企んでいるの？」

カイルはその質問に答えてくれた。ふたりで座ってワインを傾けながら、これから始めようとしているコンサルティング・ビジネスについてすべてを聞かせてくれたのだ。当然ながら、ライリーンに理解できたのは彼の話の半分だけで、コンピューター用語と専門用語がずらりと並んだ残りの半分は理解不能だったが、そんなのはたいしたことではなかった。カイルがそのビジネスに情熱と意欲を燃やしているのは明らかだ。会話が盛りあがったのは、まさにそのせいだろう。

ライリーンはふと思い至った。ここ数週間、ふたりともカイルが前科者で、なおかつ彼女の証人であるという事実にばかり焦点を当ててきたせいで、彼のこういった一面がなりをひそめていた気がする。でも今、突然、彼女はカイルの本当の姿を目の当たりにしていた。目の前にいる、このコンピューターの天才はテクノロジー業界に旋風を巻き起こし、億万長者の企業経営者になろうとしているのだ。

そして自分はそのことを露ほども疑っていない。

カイルが話し終えると、ライリーンはふたりのグラスにワインのお代わりを注いだ。カベルネの豊潤な味わいのおかげで体がほんのりあたたかくなり、体の緊張も解けていた。「オーケイ、すなおに認める。本当にすごいわ」

カイルは心臓のあたりをつかみ、ショックを受けたようなふりをした。「待ってくれ。それって本当の褒め言葉なのか？」

「もう、せっかくの感動の瞬間を台無しにしないで。わたしたちの気持ちがひとつになるなんて、めったにないことなんだから」

カイルは笑みを浮かべ、椅子の背にもたれた。「実は、きみに〝すごい〟って言われるのは二回目なんだ。九年前、ぼくが博士候補生になるための資格試験を受けたんだって話したときにも同じことを言われた」頭の後ろで両腕を組みながら続ける。

「あれほど自尊心をくすぐられたことは、あとにも先にもないよ」

ライリーンは驚いて彼を見つめた。つまり、初めて会ったときの細かな点まであれこれ思い返していたのは自分だけではなかったのだ。「そんな昔にわたしが言った言葉を覚えていてくれたの？」

「あの夜のことは、ほとんどすべて覚えている」カイルは手を伸ばして自分のグラスをつかんだ。「忘れられないほど大変な週末だったんだ」短くつけ加えると、ワインをすすってライリーンを見つめた。

これまでカイルと一緒にいるときは、からかったり警句を交わし合ったりすることがほとんどだった。だからこそ、ライリーンは彼が本物の感情をわずかにのぞかせたこの機会を見逃さず、再会して以来ずっときいてみたかったことを尋ねた。「わたしと一緒にいると妙な気分にならない？」ためらいがちにグラスを揺らしながら口を開いた。「あの週末に起きた最悪の出来事を思いださせてしまっていない？」

「いや」カイルは穏やかな口調で答えると、いつもと違う真面目な目で彼女を見つめた。「きみのそばにいると、あの週末に起きた、ある楽しかった出来事を思いだすよ」

ライリーンはみぞおちをぎゅっと締めつけられように感じた。

〝逃げるのよ〟

心の一部は今すぐそうすべきだと叫んでいる。このアパートメントの外にいれば、カイルと彼女の道がひとつに重なることはない。彼は世間に広く名を知られた前科者だし、自分は連邦検事補だ。

でも今夜、このアパートメントのなかでは……ふたりだけだ。

だから椅子から立ちあがり、歩きだした。

そして無言のままカイルの膝の上にのり、両脚を彼の腰に巻きつけた。たちまちカイルの瞳に欲望の炎が灯る。

ライリーンは頭をさげながら言った。「さっきの約束を思いだして。絶対に余計な手出しはしないこと」それから彼の髪に指を差し入れ、キスをした。

しばらくのあいだ、唇と舌を軽くからかうように合わせ続けた。さながら星空の下で口づけを交わす十代の恋人たちのように。やがてカイルがゆっくりと体を引き、彼女の頬に指を一本滑らせた。「あの朝、きみはあの法廷に入ってくるべきじゃなかったんだ、ライリーン・ピアース」目を合わせながら続ける。「ここでは自分に正直でありたい。ぼくはきみのことが好きだ。たぶん、必要以上に。だが、ダニエラとのあいだであんなひどいことが起きたあとだったから、もう女性とは決してそういう関係にならないつもりだったんだ」

カイルは何かを期待するように言葉を切った。自分を奮い立たせるかのごとく、一瞬前よりも全身をこわばらせている。何か――議論、尋問、あるいは言葉にしにくい気持ちについての会話――が始まるのを待つかのように。

何か言う代わりに、ライリーンは両手を彼の胸板に滑らせた。「賭けてもいい。さっきの〝あのカイル・ローズのなんの見返りも求めない訪問〟というスピーチは、これまでのデート相手たちには必ずしも好意的に受け取られなかったはずよ」

カイルは指をライリーンの髪に差し入れ、探るような目で彼女を見つめた。「それって、でも自分はそんなこと気にしないという意味かな?」

「あなたは、わたしが真剣なつきあいを求めているのかと尋ねているの?」

彼はうなずいた。「ああ。それこそ、カイル・ローズのいつものスピーチとは決定的に違う点だ」

ライリーンは彼のシャツのボタンを指でもてあそびながら考えをめぐらせた。今の彼の質問にどう答えるのが一番いいのだろう? カイルのことは好きだ――たぶん、必要以上に。とはいえ、いかなる種類であれ、彼と長期的な関係をうまく築いていけるかどうか心配だ。互いにとって、これまでどおりの気楽な関係を続けたほうが厄介な事態にならないだろう。

「検事局とあなたの今までの関係を考えると、あなたと深い関係になることは……避けたほうがいい。通常、検事は前科者とつきあったりしない。特に、新たに赴任したばかりで、周囲にいい印象を与えようと賢明になっている検事ならなおさらよ」

カイルが冗談を返してくれるのを期待した。〝いい子ちゃん検事〟にまつわる軽いジョークを。それなのに、彼は真顔のままだ。

「だったら、ぼくたちの関係はどうなるんだ？」

「正直に答えていい？　わたしには全然わからないわ」

カイルはそのことについてしばし考えると、片手をライリーンの背中に滑らせ、彼女の体を引き寄せた。「でも、きみは常に自分の立てた計画どおりに行動する女性じゃないか」

「おかしなことに、あなたといると計画を忘れてしまうみたいなの」カイルの唇が首筋に軽く押し当てられ、ライリーンはため息をついて目を閉じた。間違いない。この男性は実に巧みな愛撫ができる唇の持ち主だ。「もうこれ以上〈シーン・アンド・ハード〉のネタにされることは許されない」彼の唇で感じやすい耳たぶをなぞられて、はっと大きく息を吸いこみながらも、ライリーンはどうにかこの話題に集中しようとした。今すべきは基本のルールを定めることだ。「わたしたち、もっと慎重にならなければいけないわ。このアパートメントで起きたことは、ラスベガスで起きたことと同様、他言無用、絶対にもれないようにしないと」

「わかったよ、カウンセラー」彼が優しい声でつぶやく。「そろそろ口を閉じてぼくにキスしてくれないか」

ライリーンに反論の機会を与える前に、カイルは片手を彼女の背中に置いて自ら唇を重ねた。唇でライリーンの唇を開かせて口の奥深くを探りながら、両手を彼女のブラウスの下に滑らせ、腰の部分の素肌を愛撫し始める。

その動きでライリーンはあることを思いだし、体を引いてカイルを見おろした。「ちょっと。〝余計な手出しはしない〟という約束はどうなったの？」

「ああ、すまない。そういう手順にはなっていなくてさ」カイルはにやりと笑い、高架下のダイナーで彼女に言われた言葉をからかうように繰り返した。

ライリーンが片眉をつりあげる。「約束を破るつもり？」

カイルは両手を彼女の体の前に滑らせると、薄いサテンのブラジャーの上に這わせた。「ぼくと同じくらい、きみだってぼくに約束を破ってほしがっているはずだ」胸の頂がつんと尖った瞬間、彼の目が満足げに輝いた。

それでも、ライリーンからは何も言おうとしなかった。

カイルが手の動きを止め、胸の膨らみを包みこむ。「本気なのか？」

彼女は無言でうなずいた。大げさなため息をついて胸から手を離したカイルの様子を見て、こみあげてくる笑みを隠す。

「さてと……どこまでいっていたかしら？　たぶん、ここらへんだったと思うんだけど」ライリーンがやや恥ずかしそうに言って唇をそっとカイルの唇に重ねると、彼は待っていましたとばかりにむさぼるようなキスを始めた。全身をいっきにほてらせる大胆なキスだ。繊細な動きで舌を絡められ、彼女はなすすべもなくため息をついて胸をカイルの胸に押しつけた。彼がふたたび主導権を握るべく彼女の頬に手を当てたが、それは許されていないとばかりに、低く悪態をついて木製の椅子の肘掛けをきつく握りしめ直したのを見て、ライリーンは思わず頬をゆるめた。

「わたし、こういうことをするのが好きみたい」ライリーンは体を引きながら言った。

カイルはまなざしで彼女を射抜いた。「お願いだ。触れてほしいと言ってくれ。ぼくを信じてほしい。きみがこれよりも好きだと思える、ありとあらゆることをしてあげるから」

「うーん、考えておくわ」でも今は、自分が主導権を握っているこの状況が楽しくてしかたがない。ゆっくりと時間をかけて、自分のペースでカイルのシャツのボタンを上からひとつずつ外していく。すべて外し終えると、カイルの胸板に両手を滑らせ、彼の彫刻のごとく硬くて男らしい筋肉の感触を楽しんだ。「刑務所で筋トレをたくさんしたの？」

「一日も欠かさずにね」

ライリーンはそのとき、不意にある思いにとらわれた。自分はカイルが釈放されたあと初めてこういう関係になった相手なのだろうか？　けれど、すぐにそんな思いは振り払うことにした。その答えは知りたくない。カイルがほかの誰かと一緒にいて、自分以外の女性がこんなふうに彼に触れたと考えただけで嫉妬してしまう。それも、自分でも認めたくないほど激しい嫉妬心だ。

気をつけるのよ、ピアース。

ライリーンはそういった物思いをすぐに脇へ押しやった。今大切なのは、今夜カイルがここにいることだ。彼の男らしくて引きしまった体の隅から隅まで楽しむつもりだった。

体をかがめてカイルの首筋にキスをすると、喉の奥から絞りだしたような低いうめき声が聞こえてきた。欲望の証が屹立しているのを脚のあいだに感じながら、これ以上ないほどゆっくりと腰を上下に動かし始める。

「きみのせいで、ぼくはここで死んでしまいそうだ」かすれた声で彼が言う。

それこそまさに彼女の計画どおりだ。でも思い描いていたのはここ――部屋の外にあるテラスではない。この椅子では小さすぎて、思うように動けない。「一緒に来て」立ちあがってカイルの手を取り、寝室に入った。ベッドの端に腰かけて、隣に座るようカイルに言おうとしたそのとき、彼がライリーンの脚のあいだに立ち、突然覆いかぶさってきて熱烈な口づけを始めた。両脇に手を置かれ、彼女は思わず体を横たえると、脚の付け根にそそり立つ下腹部をこすりつけられ、大きくあえいだ。

「口を使うなとは言われていないからね」カイルが茶目っ気たっぷりに言う。「どうして早くそのジーンズを脱いで、脚を広げようとしないんだ？　そうしたら、きみが叫び声をあげるまでなめ尽くしてあげるのに」

ライリーンは敏感な部分に欲望の証をこすりつけられ、なすすべもなくうめいた。

「こんなのずるいわ」

カイルは含み笑いをすると立ちあがってシャツを脱ぎ、それ以外の服もすべて手早く脱ぎ捨てると、ベッドに仰向けに横たわった。完全に裸のまま、そそり立つものを隠そうともせずに。それどころか両手を頭の下で組み、どうだと言わんばかりにライリーンを見つめている。「さあ、きみの計画を教えてくれ。これからぼくをどうするつもりだ？」

今こそ挑戦すべきときだ。ライリーンはベッドから立ちあがり、ブラジャーとショーツだけになると、ベッドへ戻ってまたしても彼にまたがった。「いくつかアイデアがあるの」彼の目をまっすぐ見つめながら舌で唇を湿らせる。

カイルのブルーの瞳が濃さを増した。「カウンセラー……喜んでその計画につきあうよ」

カイルは下腹部に鋭いうずきが走るのを感じた。ライリーンが体を下のほうへずらし、彼の脚のあいだに移ったのだ。くそっ、求めていたのはまさにこれだ。最初にキスをされてからずっと、彼女の〝手出しはしない〟という約束のせいで頭がどうにかなりそうだった。

太ももの内側に舌を這わされ、頭がどうにかなるのはまだ遠い先だと彼は思い知らされた。

枕の山に寄りかかり、頭の下で両手を組む。触れないと約束したからにはそうするしかなかった。ライリーンの姿を見つめようとしたが、長い髪が垂れて彼の視界をさえぎっている。「髪をどかしてくれ。きみが口で愛撫しているところが見たい」

彼女は挑発的な表情を浮かべ、体を起こして髪を肩の後ろに払いのけると、手を背中にまわしてブラジャーのホックを外し、床へ放り投げた。

彼女を見つめながら、カイルは願わずにはいられなかった。あの豊かな胸をこの両手で包み、バラ色をした胸の頂に舌を這わせてこれ以上ないほど尖らせたい。「ライリーン、こっちへ来てくれ」

彼女は首を振ると、代わりに片手でこわばりを包み、ゆっくりと手を上下させ始めた。「なんてしなやかなの」そう言うと体の位置をずらし、カイルと目を合わせたまま先端を軽くなめた。

ああ、くそっ。すでに興奮の証は小刻みに震えだしていた。まだライリーンの愛撫は始まったばかりだというのに。「もっと奥まで」かすれた声で言う。「そのみだらな唇でぼくをすっぽり包みこんでくれ」

彼女はこわばりの先端を唇で包みこむと、軽くしゃぶり、やがて屹立したものをあたたかくてみずみずしい口のなかへ含んでいった。もどかしいほどゆっくりと、ごく少しずつ。

カイルは白目をむきそうになり、うめくように言った。「ああ、勘弁してくれ、ライリーン」ライリーンの髪に指を絡め、彼女の頭を手のひらで包んでどう動かしたらいいのか教えたい。だが彼にできるのは、想像を絶するほど甘やかな拷問を行っているライリーンの姿を、ただひたすら見つめることだけだ。舌でなめたり、しゃぶられたり、手でしごかれたりするうちに、自然と腰を小刻みに揺り動かし、彼女の口にこわばりをそっと突き立てるようにしていた。もはや爆発寸前になっている。

「こっちに来るんだ」カイルは低い声で言った。

ライリーンは彼を解放すると、今度は下腹部から胸板までの素肌を唇でたどりだした。胸板を彼女の豊かな胸の膨らみがかすめていく。「避妊具は持っている?」

三つ用意してある。だが、まだ避妊具を装着する気分ではない。カイルは彼女のショーツに視線を落とした。「それを脱いで、ぼくにまたがってくれ」

「誰かさんがまた偉そうになってきたわ」

そのとおりだ。それは、その誰かさんが〝手出しはしない〟という約束のせいで絶命する前に、自ら約束を破ろうと心を決めたからにほかならない。ふたたびライリーンがまたがってくると、カイルは両肘を立てて体を起こし、指を曲げて手招きをした。

「きみの胸を味わいたい」

「なんて偉そうなの」

そう言ったものの、ライリーンは言われたとおりにし、胸の頂に沿って舌で弧を描くように愛撫されると、とたんに先端を硬く尖らせて大きくあえいだ。ライリーンが本能的に体を近づけたはずみで、脚の付け根の濡れて感じやすくなった部分に、ちょうど欲望の証が当たるような格好になった。ライリーンの体の奥深くの、引きしまった部分に入るまであともう少し。だが自制心が必要だ。とにかく彼女のすべてがほしい。もう片方の胸の先端も口で愛撫し、脚の付け根をこわばりで刺激すると、ライリーンがまたしてもうめいた。

「わたしのなかであなたを感じたい」息も絶え絶えに彼女が言う。

「触ってと、ぼくにお願いするんだ」

もしこれほど極限状態に近づいていなかったら、彼女が不満げにうめくのを聞いて頬をゆるめていただろう。だがそんな余裕もなく、カイルは腰を押しつけながら、両脚で彼女の脚を大きく開かせた。

ライリーンは体をぶるりと震わせ、とうとう降参した。「わたしに触って、カイル、今すぐに」懇願するように言う。

ああ、感謝します、神よ。

カイルは両手をシルクのように柔らかなライリーンの背中に滑らせ、長い髪に指を絡めると、自分のものだと言いたげに彼女の唇を奪った。「ベッドに横になって。腹這いで」

ライリーンはその言葉に目を輝かせると、カイルの体から離れてベッドに横たわった。彼が床に落としたズボンを探す様子をじっと見つめている。財布から避妊具をひとつ取りだし、包みを破って手早く装着しながら、彼女に話しかけた。「今後はここにも常備しておいたほうがいい。このアパートメントでふたりきりのときは、数えきれないほどたくさんきみとこうする計画だから」

そう言うとライリーンの脚のあいだに体を置き、彼女のヒップを優しく持ちあげた。「膝を立てて」かすれた声で言うと、脚のあいだの濡れた部分を屹立したもので小突き、それからいっきに挿入して腰を引いた。その一瞬で、ライリーンの濡れて引きしまった襞にすっぽりと包みこまれ、じわじわと締めつけられたのを感じ、カイルはたまらず荒々しい声をもらした。「きみを激しく奪いたい」

「ええ」ライリーンはうめくと、両手で毛布を握りしめた。

カイルは彼女のヒップをつかんで、腰を動かし始めた。最初は一定のリズムを保っていたが、すぐに動きを速めた。もっと深く差し入れたい。ライリーンを完全に自分のものにしたい。彼女は自分だけのものだと主張したい。こんなふうに密接につながっていると、そこにはなんのルールも、複雑な事情も存在しなかった。ライリーンの職業も、自分の過去も。あるのはふたりの存在だけ。そしてまさにこの瞬間こそ、ありとあらゆることがこれ以上ないほど正しく、しかも心地よく、感じられた。

「カイル」彼女が切羽詰まったような声で言う。

「ぼくに任せて」応えるように前かがみになり、突きながら彼女の脚のあいだを指で愛撫する。ライリーンは前腕をついて体を支え、彼の腰の動きに合わせるように自分も腰を突きだし続け、やがてクライマックスに達すると大きな叫び声をあげた。こわばりが押し寄せる波のように何度も締めつけられるのを感じつつ、カイルは彼女のヒップをつかんでさらに激しく、深く挿入を繰り返した。ついに爆発のときを迎えるまで何度も何度も。オーガズムの快感があまりに強烈だったせいで、腰の動きをゆるめ、彼女にしがみつかずにはいられなかった。顎に力をこめて獣のようにうめき続けていると、ようやく体の震えがおさまってきた。

ふたりとも荒い息のまま、全身を汗で光らせながらベッドへ倒れこんだ。

「まあまあ……よりもよかったかい？」

ライリーンの声がくぐもって聞こえた。毛布に顔を埋めたまま、体をぴくりとも動かさない。くたびれ果てているようだ。「もちろん、最高だった」

カイルはにやりとすると、彼女の背中に額を休めた。

それこそ待ちかねていた答えだ。

## 26

三日後、ライリーンは午後三時の休憩時間に、連邦ビルの向かいにある〈スターバックス〉でレイと落ち合った。超極秘任務——名づけて〝出会いお膳立て作戦（オペレーション・セットアップ）〟——を遂行するためだ。一緒に仕事をすることが多いＦＢＩ特別捜査官たちから着想を得て、レイと新たな男性との出会いを演出するための完璧な作り話をひねりだした。まずはレイを呼びだし、カイルとの現状について相談したいと言って助言を求める。でもそれは、あくまで表面上の理由にすぎない。レイとあれこれ話しているあいだに奇襲を仕掛けるという計画だ。どうしても奇襲でなければならないのだ。お膳立ての匂いを少しでも嗅ぎつけたとたん、レイは二秒きっかりで店から出ていくはずだから。

この計画のすばらしいところは、仮に作戦が失敗しても、誰にも気づかれずにすむ点だ。ケイドと一緒に仕事をするようになって一カ月半経つあいだに、彼の日課はだいたい把握した。出廷や会議の予定がない限り、彼は毎日午後三時きっかりに〈スターバックス〉に来る。つまり――ライリーンは腕時計を確認した――あと十一分で彼がこの店にやってくるということだ。

レイと一緒に座っているのはカウンターから見えるテーブルだ。ケイドは間違いなく彼女たちに気づき、当然ながら挨拶しに近づいてくるに違いない。そうすればごく自然にケイドにレイを紹介できる。あとはふたりに任せればいい。

ライリーンはラテを飲みながら、レイにカイルとの一番最近の進展について打ち明けた。もちろん、彼の名前を口にするときはいつでも慎重に、声をひそめることを忘れない。

「ということは、彼と最後に会ったのは火曜日ってこと?」レイが尋ねる。

「まあね。正確に言うと、水曜の朝だけれど」ライリーンは微笑みながら答えた。それ以来、カイルはシカゴを離れている。起業するセキュリティ・コンサルティング会社に採用しようと考えている、ソフトウェア企業の若い幹部ひとりとシリコンバレーで会うためだ。

レイがライリーンをまじまじと見た。「なんだかあなた、また生き生きとしてきたみたい」

自分のラテを指さしながら答える。「カフェインのおかげよ。刺激されて血のめぐりがよくなっているんだわ」

「彼のことが好きなのね」

ライリーンは肩をすくめて口を開いた。「ふたりでいるととても楽しい。今はまだそれ以上のことは言えないわ」レイの表情に目を留める。「何？」

「なんでもない。ただ、あなたには傷ついてほしくないだけ」

ライリーンはラテを手に取って思わず苦笑した。「カジュアルなつきあいをしているカップルがいても、どうしてみんな、男性にはそういう言葉をかけようとしないのかしらね？　それってつまり、女はそういう関係を楽しめないってこと？」

「もちろん、楽しめるわ。でも経験から言って、もしその男性と出会って三日以上経っているのにまだ女がチェシャ猫みたいににんまりしていたら、それは単に〝楽しい〟をはるかに超えた状態のはず」

笑える話ね。「わたしはこの状態に納得しているのよ、レイ。彼とは充分に話し合って、ふたりともこの取り決めに了解しているの。彼は誰とも本気の関係にはなりたくない。それに……わたしも彼とは本気の関係になりたくない」

「なるほど。あなたがそう言うならそうなんでしょう」レイは言ったが、完全に納得してはいないようだ。「だったら、あなたはあの自惚れたえくぼ男と次はいつ会うの？」

ライリーンは少し口ごもりながら答えた。「ええと……今夜よ」レイは片眉をつりあげた。「一週間に二回もデートするのね」かぶりを振りながら反論する。「デートじゃないわ。今日、彼はお姉さんの恋人とNBAの試合を見に行く予定だから、その帰りに行ってもいいかときかれたの。ただの寄り道よ」

「へえ、事前に取り決めた寄り道」

「そうよ」

「そういうのをデートって言うんでしょう」

「わたしのアパートメントから百メートル以上離れた場所で落ち合うなら――」そんなことは絶対にありえないけれど。「デートと呼べると思う。それがわたしの見解よ」腕時計を確認すると二時五十九分だった。つまり、標的（ターゲット）Bはまさにオフィスを出たところだ。もうすぐターゲットAとの合流地点（ランデヴー・ポイント）に到着するだろう。オペレーション・セットアップは、あと数分で実行される。

この奇襲攻撃がいきなり失敗しない限り。

ライリーンが腕時計を確認するのを見て、レイも同じことをした。「そろそろ行かないと。提出しなければいけない書類仕事がオフィスに山のようにたまっているの」

「待って」ライリーンはすばやく頭を回転させた。あと一、二分でいいから、なんとしても親友を引き止めなければ。「あなたが正しいのかもしれない。あなたが知っている例の彼と、今夜会うのはいい考えとは言えないかも」

レイはその言葉を否定するように手を振った。「そんなことない、さっきのあなたの言い方だと、ちゃんとすべてをコントロールできているみたいだもの」

「それでも、今夜会うことのいい点と悪い点をすべて検討すべきなのかも」

レイは指を折りながら自分なりのリストを数えあげ始めた。「あなたはセックスをした。それもすばらしいセックスだった。しかも相手の男性は高価なワインを持ってきてくれる。ほらね、いい点が三つもあるじゃない」指を三本立てながら続ける。

「相当いい状況だと思うわ」

そう来たか。だったら……ライリーンはすばやく戦術を変えた。まだお膳立て作戦の失敗を認める気にはなれない。「でも、あなたの話をまだ聞いていないわ」

「それはね、落ちこむほどわたしには何も起きていないせいよ」

「だったら、そのことについて話しましょうよ」

レイは疑わしげな目つきになり、首をかしげた。「なぜそんなに突然、わたしを引き止めようとしているの？　おしゃべりなら、いつだってできるのに。そういえば、さっきからずっと時計ばかり気にしているのはどうして？　まるで誰かを待っているみたい」彼女は不意に目を見開いて大きくあえぐと、ライリーンを指さした。「まさか、誰かと出会わせようとしているなんて言わないでよ」

「落ち着いて。別に誰かと出会わせようとしているわけじゃないから。むしろ、これは〝交流会〟みたいなものよ。相手はわたしが一緒に仕事をしている男性だし、完全に偶然の出会いだもの。だって彼は全然知らないのよ、あなたが――」

「やだやだ、ありえない」レイはテーブルの上から自分の財布とアイス・カプチーノをひっつかんだ。「わたしはこういうことが大嫌いだって、あなたも知っているはずでしょう。押しつけられているみたいだし、不自然すぎるもの」

「ちょっと待ってよ。大学時代ずっと、わたしにお見合い計画を仕掛けていたのはあなたのほうでしょう。貸しがあるはずだわ」

「そうかもしれない。でも、たとえそうだとしても、わたしはここから出ていくわ」

レイはテーブルから一歩あとずさった。

　その瞬間、ライリーンにはすべてがスローモーションで動いているように、次に何が起きようとしているかわかった。「レイ、気をつけて――」

「あと一歩だったわね、ピアース。でも、わたしを出し抜きたいなら、もう少し努力をする必要があったみたい」レイは満足げににやりとすると、ライリーンにくるりと背中を向け――。

ＦＢＩ特別捜査官サム・ウィルキンズのブランドもののスーツに包まれた胸板に、正面からまともにぶつかった。

今や、彼の胸はアイス・カプチーノでびしょ濡れだ。

「あらやだ、本当にごめんなさい」レイはとっさに謝った。

ウィルキンズはため息をついた。「バルベイトスのスーツを着ている日に限ってこれだ」それからレイを見おろし、初めて彼女の顔をまともに見た。「やあ、こんにちは」

レイは数秒、視線をさまよわせた。まるで彼のまばゆい笑顔に魅了されたかのように。それから自分のドリンクについていたびしょびしょのナプキンを掲げた。「使う？」

ウィルキンズはナプキンを受け取った。「たっぷり装塡（そうてん）されたカプチーノで突然襲いかかられるとは。新しい戦術だね」

レイはどうにかいつものウィットを取り戻した。「純粋な正当防衛よ。あなたは警告もなしにわたしに近づいてきたんだから」

「こっそり忍び寄るのは得意なんだ」ウィルキンズは片手を差しだした。「特別捜査官サム・ウィルキンズだ」

「レイ・エレン・メンドーサよ」

テーブルに戻ったライリーンは、このやり取りを興味深く観察していた。レイ・エ、い、レン？　これはレイが本気になりかけている証拠だ。ライリーンは明るく手を振りながら、ウィルキンズに声をかけた。「また会えてうれしいわ、サム」

レイは弾かれたようにライリーンを見た。「あなたたち、知り合いなの？」

「ああ、そうとも」ウィルキンズはびしょびしょのナプキンで、スーツについた染みを拭き取ろうとしていた。

「興味深いわね」レイが言う。「それで、あなたはたまたまここへ来たの？」

「そうだよ」ウィルキンズは答えた。「今日の午後は三時間ぶっ通しで大陪審の前にいたものだから、ＦＢＩのオフィスへ戻る前にカフェインが必要になってね。そうしたらライリーンが見えて、ちょっと挨拶しようと思って近づいたんだ」

「ああ」レイは彼の濡れたスーツを指さし、申し訳なさそうな顔をした。「本当にごめんなさい。そんな格好のまま、オフィスに戻らなければいけないなんて」

「ぼくはオフィスでも断トツのベストドレッサーとして有名なんだ。それなのにきみのせいで、その評判が台無しになる危険性が出てきた。とはいえ運がいいことに、きみに埋め合わせしてもらうにはどうすればいいか、ぼくにはちゃんとわかっている」ウィルキンズは上着の内ポケットに手を突っこみ、拳銃携帯用のショルダーホルスターをちらりとのぞかせながら自分の名刺を取りだすと、レイに手渡した。明るい茶色の瞳をおもしろがるように輝かせながらつけ加える。「これがぼくの連絡先だ。電話をくれ――それでクリーニングの請求書をどこへ送ったらいいか教えてもらうよ」

レイは名刺を見つめ、ウィルキンズに視線を戻した。「考えておくわ」

「ああ、考えてみてくれ、レイ・エレン・メンドーサ」ウィルキンズはびしょ濡れのナプキンをレイに返した。「なぜって、もし電話をしなかったら、きみは〝すてきな出会い〟を台無しにすることになるからね」

レイは笑みを浮かべた。「FBI捜査官はいつから〝すてきな出会い〟について語るようになったの？」

ウィルキンズは立ち去るべく体の向きを変えながら、ウインクをよこした。「ぼくがそこらのFBI捜査官とは違うって、きみならわかるはずだ」片手をあげてさよならの挨拶をしながら言う。「ライリーン、それじゃまた」

やってきたときと同じく、ウィルキンズは風のごとく去っていった。

「ああ、楽しかった」ライリーンは自分のラテを手に取ると、テーブルから立ちあがった。ここでの自分の任務が完了したのは明らかだ。

ふたり並んで〈スターバックス〉から出るまでレイは無言のままだったが、一歩外に出たとたん、ついに降参した。「いいわ、彼について教えて」

「イエール大学のロースクールを卒業し、昨年ＦＢＩに入ったの。凶悪犯罪課に所属していて殺人事件を専門にしているわ」

レイは与えられたすべての情報を吸収した。「ちょっと若いけれど、あの笑顔は破壊的ね」照れくさそうな表情でライリーンをちらりと見る。「本当にすごく自然だったわね」

ライリーンは心を決めた。今日のお膳立て作戦にまつわる詳しい真実は、自分が墓場まで持っていこう。「当然よ。男女の仲を取り持つ悪魔的資質の持ち主は、あなただけじゃないんだから」

「わたしが言いたかったのは、ウィルキンズ捜査官がすごく自然だったってこと」

「つまり、彼はあの五分間テストに合格したってこと？」

「さあ、どうかしら」そう答えたものの、レイが歩み去るときに見せた、チェシャ猫のようなにやにや笑いがすべてを物語っていた。

ライリーンは歩道に立ち、自分のオフィスへ戻る親友を見送った。

世はすべて事もなし。

「やあ、ライリーン」

声のしたほうを振り返ると、ケイド・モーガンが近づいてくるのが見えた。彼が身振りで背後を示す。「ちょうどそこで、カプチーノまみれのサム・ウィルキンズとばったり会ったよ。〝すてきな出会い〟がどうのこうのと話していたんだが、なんのことだかさっぱりわからなかった」ケイドは〈スターバックス〉の前にいたライリーンの脇で立ち止まった。「ぼくが来る前、いったい何があったんだい?」

ライリーンは笑みを浮かべた。気の毒なケイド。うまくいきそうで、なかなかうまくいかないものね。

きっと次がある。

〈ローズ・ネットワーク・コンサルティング〉社――またの名をカイル――は、顧客をもてなすためにユナイテッド・センターのプレミアム・ボックスシートを購入している。二十八列目にあるため、競技場内全体が完璧に見渡せる四人分のプライベート・シートだ。しかもボックス席内での給仕サービスも、競技場内のエグゼクティブ・ラウンジとバーのテーブル予約もついている。

当然ながら〈ローズ・ネットワーク・コンサルティング〉社にはまだ顧客がいないため、今のところ、そのボックスシートは宝の持ち腐れ状態にある。そこでジョーダンから、ニックと男同士の〝絆〟をもっと深めるよう申し渡され、カイルは姉の恋人をこのボックスシートに招待し、誰でもいいから友だちをひとり連れてくるようにと伝えたのだ。自分もデックスに声をかけた。よく言われるように〝人数は多ければ多いほど楽しい〟はずだと考えたからだ。

ただ、人生の指針とすべきその言葉が、いかなる状況にも当てはまるとは限らない。カイルは警戒した目で、赤い間仕切りカーテンを開けてボックス席へ入ってきたFBI特別捜査官のふたりを見つめた。そう、ふたり。水をかけられたグレムリンみたいに増殖したようだ。

「感激だな」カイルはニックに話しかけた。「よりによって、電子監視装置を取りつけるときにわざとぼくを痛めつけた男を連れてくるとは」

ニックは隣にいる長身の、濃い茶色の髪と瞳をした男性に向き直った。「そうか、すっかり忘れていたよ」

もうひとりの捜査官——記憶が正しければ、ジャック・パラス特別捜査官——も同じくらい驚いている様子だ。ニックに向かって言う。「おまえ、チケットが余ってるとしか言わなかったじゃないか。ほかに誰か来るなんて聞いていない」

ニックは、ジャックとカイルを交互に見つめた。「こいつはちょっと気まずいな」

ふたりが到着したのを見て、ウエイトレスがボックス席へやってきた。「お飲み物の注文がある方は？」

その場にいる四人がすかさず手をあげた。「ビールを」

ウエイトレスが立ち去ると、ニックとジャックは後列の席に腰をおろした。カイルとデックスの真後ろだ。

「言い訳かもしれないが」ジャックがカイルに言う。「あのとき、きみはおれの恋人にちょっかいを出していた。それに、おれのことをウルヴァリンと呼んだだろう」

カイルは思い出し笑いをした。その部分はすっかり忘れていたのだ。あれは刑務所から釈放された夜のことだった。連邦検事のキャメロン・リンドがジャック・パラス捜査官とともに、刑期の残りが自宅軟禁措置に変更された旨を告げに訪れた。すべては、ジョーダンがＦＢＩと検事局相手に取引をしてくれたおかげだ。ただし、そのときまでカイルはその詳細をいっさい知らされていなかった。

当時カイルにとって、姉をのぞけば、キャメロン・リンドは四カ月ぶりに初めて目にする女性だった。しかも彼女とジャックが恋人同士だとは考えもしなかった。だからキャメロンに向かっていたって害のない、うわついた発言をひと言ふた言発したかもしれない。

「じゃあこれで、貸し借りなしってことでいいよな？」ニックはカイルとジャックを見比べながら提案した。

ジャックは肩をすくめ、カイルに向き直った。「その点に関しておれにはあまり選択肢がないようだ」顎をしゃくってニックを示しながら続ける。「ここにいるマッコールは昇進して特別捜査官を管理する立場になったばかりだ。ボスの義理の弟になるやつと揉めごとを起こしたせいで、平穏な町へ送られて二年間、退屈でつまらない仕事ばかりやらされたくはないからな」

カイルはぞっとしたような表情でニックを一瞥した。「義理の弟？」

隣に座っていたデックスが勢いよくカイルの肩を叩く。「なあ、話す話題に困るかもなんて、取り越し苦労だったな。楽しい話題かどうかはともかく」

ありがたいことに、ひとたび試合が始まると微妙な会話を続ける必要はなくなった。

ジョーダンに〝努力〟すると約束したカイルが今夜選んだのは、シカゴ・ブルズ対ニューヨーク・ニックス戦だ。それもこれも、ニックがニューヨーク出身でニックスの大ファンであることを考慮してのことだった。

おかげで人間関係の線引きが改められた。ひいきのチームを熱心に応援するうちに、それまでの〝前科者とFBI特別捜査官〟という境界線は完全に消え去り、相手チームを揶揄(やゆ)するような挑発(トラッシュ・トーク)や侮蔑の言葉が飛び交うようになった。結局のところ四人とも男なので、こういったスポーツ競技場では、目の前の試合から一瞬たりとも目を離すことができないのだ。

ただハーフタイム直前、タイムアウトの最中に、最初のほころびが生じた。

「それで、最近ライリーンとはどうなんだ?」デックスが何気なく尋ねてきた。

ビールを飲もうと口にグラスを近づけていたカイルはそのまま凍りついた。

こんなことでつまずくとは、とんだまぬけだな。

今週は水曜日からずっとシカゴを離れていたため、女検察官ピアースとの関係は極秘なのだとデックスに口止めしておくチャンスがなかった。それに、まさかニックがこの試合にライリーンの上司の恋人を連れてくるとは思いもしなかったのだ。

それでもなお、ジャックの前でライリーンと自分に関する極秘情報をばらすわけにはいかない。ライリーンと約束したのだ。ふたりの仲――いや、ホットな、なんの見返りも求めない情事――は誰にも知られないようにしようと。その約束はなんとしても守り続けるつもりだった。自分の上司に何かがおかしいと疑われているとライリーンが気づいたら、ふたりの秘密の情事を終わらせようとするに違いない。

それにカイル自身、まだライリーンをあきらめる心の準備ができていなかった。だから椅子の上で長々と手足を伸ばし、さりげない態度を装った。「いや、残念ながら特別な進展は何もないよ。あの夜、クラブで彼女にはねつけられたんだ。仕事とお楽しみを一緒にするつもりはないとかなんとか言われてね」

デックスが眉をひそめる。混乱して当然だ。その夜ライリーンと何があったか、カイル本人から聞かされているのだから。案の定、口を開いて何か言いかけている。

カイルはかすかに首を左右に振った。

デックスは口をつぐみ、ジャックとニックを一瞥した。何かまずいことがあると察したのだろう。とっさに何気ないふうを装った。「そいつは最悪だったな。てっきりあの夜はうまくいったと思ったのに」

「そう期待していたのはきみだけじゃないさ」カイルは含み笑いをした。「縁がなかったってことだな」

「それってライリーン・ピアースのことか？」

そう尋ねてきたのはジャックだ。カイルが肩越しに振り返ると、ジャックは興味深そうにこちらを見つめていた。

「見事な読みだね」カイルはあくまでさりげなく応じた。

ジャックが肩をすくめる。「そうでもないさ。珍しい名前だからな。それにきみが彼女の仕事に協力しているのを知っていたんだ。おれの相棒はサム・ウィルキンズでね。やつが、ライリーンがクインの調査の一環としてきみから話を聞いたことを教えてくれたんだ」

くそ忌々しいやつらだ。ＦＢＩ特別捜査官と連邦検事補はどこまで仲がいいんだ？彼ら全員が、誰がどの事件に関わっているのか知り尽くしているに違いない。「へえ、そうか」

ジャックはビールをすすった。「ライリーンと話したときに、彼女から覚醒剤製造所の話を聞かなかったか？」

カイルはジャックをまじまじと見つめた。どういうわけか、この捜査官が突然ひどく饒舌(じょうぜつ)になった気がする。同時に、ニックがカイルとジャックをじっと見つめているのにも気づいた。「いや、聞いた覚えがないな」

「すごくおもしろい話でね。ＦＢＩのオフィスで知らないやつはいないはずだ」ジャックが言う。「数年前、きみの友だちのライリーンはサンフランシスコで大規模な薬物事件を担当していた。雑木林が広がる地域のど真ん中にある地下施設で、犯罪組織が覚醒剤を製造していたんだ。そこでライリーンは、その調査を担当していた特別捜査官ふたりに、自分の目でその製造所を確かめたいと伝えた。だが製造所へ行く当日、午前中は出廷していたとかで、スカートスーツにハイヒールという格好のまま彼女は待ち合わせ場所に現れたんだ」

カイルは思わず頬をゆるめた。もちろん、ライリーンならそうするだろう。

「その状況をおもしろがった特別捜査官たちは調子に乗って、これから行く覚醒剤製造所がどんな施設なのか正確に教えないままライリーンを車に乗せた。やつらは雑木林の真ん中で彼女を車からおろすと、地面に空けられた幅一メートルほどの穴まで連れていったんだ。ところが、その穴は潜水艦の昇降口みたいに金属の扉で覆われていて、なかへ入るためには五メートルほどもある梯子をおりるしかなかった」

「なんか『ロスト』みたいだな」デックスが言う。

「まさに」ジャックは首をかしげ、カイルを見た。「なあ、誰かに言われたことはないか――」

「いまだにそう言ってくるのは、つまらない人生を送っているやつらだけだ。あのドラマはもう二年も前に終わっているのにな」カイルはうめくと片手をひらひらと振り、いらだちをあらわにした。「その地下へ続く昇降口に話を戻そう」カイルの脳裏に、スカートスーツとハイヒールを身につけたライリーンが、彼女をあわてさせようとしたふたりのくそFBI特別捜査官とともに、深い森のなかですっくと立っている姿がありありと思い浮かぶ。

ジャックがふたたび語り始めた。「ライリーンは特別捜査官たちと並んで昇降口の上に立つと、地面に掘られた穴を指さして、今からこの穴の下へおりようとしているのかと尋ねた。捜査官たちは、スカートにハイヒール姿では彼女が当然ためらうだろうと考え、そうだと答えた。ところがライリーンはためらうどころか、ハイヒールを脱いで、なんてことないかのようにスカートの後ろに押しこむと、〝わたしが最初におりるのはどう？　そうすれば、あなたたち男性も顔をあげてスカートのなかを見たいなんて変な気を起こさずにすむでしょう〟と言って、梯子をすたすたとおりていったそうだ」

カイルは大きな笑い声をあげた。なんてことだ。ライリーンはときどき、彼をひどく感動させてくれる。

いや、ときどきではない。いつもだ。

「なるほど、本当におもしろい話だな」自分が演じなければならない役割を忘れることなく、カイルはわざと残念そうにかぶりを振った。「うまくいかなかったのがつくづく残念だよ。彼女とぼくなら、すごく楽しめたはずなのに」

「そうかもしれないし、そうでないかもしれない」ジャックは興味なさそうに答えた。「彼女とケイド・モーガンが親しくしているという噂を聞いたことがある。わかっているだろうが、本当に親密な関係という意味だ」

モーガン。

宿敵だ。

カイルは全身の力をこめてシートの肘掛けをつかんだ。もぎ取れなかったのが不思議なくらいだ。どうにか平静な声を保ちながら答える。「モーガンにとってはいいことだな」

そのとき、ハーフタイム開始のブザーが鳴り響いた。

ニックが立ちあがった。ニックスが八点リードしているため、満面の笑みを浮かべている。「スポーツファン諸君、スコアボードは決して嘘をつかない。つまり、おれの記憶が正しければ、きみたちの誰かがおれにドリンクをおごってくれるはずだ」彼はカイルの肩をつかんだ。「その栄誉をきみに与えてやるよ、ソーヤー。さあ、一緒にバーへ行こう」

競技場内のプライベートラウンジにあるバーにたどり着くとすぐに、ニックは真顔になってカイルに言った。「気づいているだろう？　きみは尋問されている」

「ありがたいことに、充分気づいているよ」カイルはそっけなく答えた。今の状況はすこぶる気に入らない。

「ジャックは覚醒剤製造所の話できみの態度を和らげたあと、すかさずモーガンに関する情報を口にして、きみの反応を見た。相手をあざむくための、昔からよくある手口さ」ニックは身振りでバーテンダーを呼んだ。「メーカーズ・マークを二杯、ストレートで」

「あんたのお友だちのジャックはお節介焼きだな。彼には関係ないことなのに」

「ジャックはいいやつだよ。そのうえ非常に優れた捜査官でもある。だがあいつの最優先事項は、恋人の連邦検事キャメロンを守り抜くことだ。これまでも、これからもそれは変わらない。もしキャメロンが知りたがるような何か――たとえば彼女の下にいるトップ検事のひとりがツイッター・テロリストとつきあっているとか――が起きているとしたら、ジャックはその状況を掌握しようとするだろう」

ニックはふたりの前にウイスキーグラスを滑らせたバーテンダーにうなずきかけると、そのうちのひとつをカイルに手渡した。「ほら。今のきみにはこれが必要に見える」

カイルはグラスを受け取った。「彼が言ったことは本当か？　ライリーンとモーガンに関する噂があるっていうのは？」

「あくまで職場での噂にすぎないが。おれはあまり気にしないようにしている」

カイルも気にしないようにしたかったが、もう遅い。

ライリーンがケイド・モーガンと〝親しくしている〞――それがどういう意味の親しさであれ、そう考えるだけで神経が波立ってしまう。「教えてくれ。もしもジョーダンにどこかの男が近づいていると言われたら、あんたならどうやって気にしないようにする？」

ニックはウイスキーをすすった。「前に一度、ジョーダンの店で彼女に色目を使ってきたやつを外に放りだしたような記憶がある」肩をすくめながら続ける。「本当にむかつく野郎だったんだ。部屋のなかにいるのにスカーフをしているような」それからカイルを興味深そうに見つめると、ふたたび口を開いた。「気づかなかったよ。きみとライリーンがそれほど真剣な間柄になっていたとはね」

「そんなんじゃない」

「だったら、彼女がモーガンとどうなろうと関係ないはずだ。そうだろう?」

カイルは落ち着きなく身じろぎをした。その質問にどう答えていいのかわからない。

「なんだよ、これって別の尋問か?」

「すまない。習慣でね」しばし沈黙が落ちるなか、ニックが咳払いをした。「なあ、カイル。おれたちが出だしでつまずいたのはわかっている。だが、きみのお父さんに会ったときに言ったのと同じことを、きみにも言っておきたい。おれにとって、きみのお姉さんはすべてだ。それに、家族もとても大切だ。だからその点を考えて……」彼は片手を差しだした。「過去は脇に置いて、きみもおれも前に進めたらいいと思っているんだ」

カイルはしばし無言のままだったが、ニックの手を握った。「ジョーダンはあんたにも絆のスピーチをしたんだな?」

ニックはにやりとした。「とにかく〝努力〟するよう、彼女からはきつく言われている。それとどんな内容であれ、きみとライリーンに関する悪い噂は徹底的に探りだすようにともね。たぶん、彼女に報告しなければならないだろうな。覚醒剤製造所の話を聞かされたとき、きみがヘッドライトみたいに顔を輝かせたことを」

カイルはそっけなく答えた。「なんとすばらしいことか。つまり、あんたと姉さんはふたりして、ぼくのことにどっぷり関わるつもりなんだな」

ニックはカイルの肩をぴしゃりと叩いた。どうやらこの状況を楽しんでいるようだ。

「慣れてくれ、ソーヤー。家族ってそういうもんだからな」

# 27

ライリーンがドアを開けると、カイルが廊下に立っていた。またもや不機嫌そうな顔をしている。

「今夜、興味深い噂を聞いた」カイルがライリーンの脇をすり抜けて部屋に入ってきた。

ライリーンはなんの話かわからないままドアを閉めた。「とにかく、わたしも会えてうれしいわ」

カイルがその冗談ににこりともせず、リビングルームの中央で腕を組んだ。そしてライリーンに思いもよらない質問を投げかけてきた。

「ケイド・モーガンとは何かあるのか？」

どこでそんな話を聞きつけてきたのかと困惑しながら、ライリーンは首をかしげた。

「いいえ。どうして？」

うだ」

「きみとモーガンが親しくしているという噂を、ジャック・パラスが小耳に挟んだそうだ」

ライリーンはひと呼吸置いた。「どうしてあなたとジャック・パラスが、ケイドとわたしの話をしていたのかをまずきいたほうがよさそうね」

「ニックが今夜の試合に彼を連れてきたんだ。デックスにきみとのことをきかれたあと、ジャック・パラスがぼくたちの関係に探りを入れてきた」カイルはライリーンの目に動揺が走るのを見たのだろう。「心配ないよ、うまくごまかしたから。きみがツイッター・テロリストと同じベッドで寝ているなんて、誰も知りはしない」そう言ってから訂正した。「いや、ニックは知っているな。ジョーダンがぼくたちのことを話しているはずだから」

ライリーンはゆっくりと息を吐いた。単純に楽しむだけの関係が突然、やたらとこみ入ったことになってきた。「ニック・マッコールはＦＢＩのシカゴ支部を取り仕切っている特別捜査官よ。わたしの上司のキャメロンともしょっちゅう一緒に仕事をしているの」

「ニックは何も言わないよ。彼とは絆を深めつつあるからね」

少なくともふたりのうちの片方は、この状況に不安を覚えていないらしい。「よかった。わたしのキャリアの行く先は、あなたとニックがバスケットボールの試合で分かち合った〝ひととき〟に託されているわけね」

カイルが鋭い視線を投げてきた。「きみとケイド・モーガンとの話はまだ終わっていないぞ」

「だってわたしとケイドとは何もないんだもの」ライリーンはきっぱりと言った。「何かあるのに、わたしがあなたと一緒にいると本気で思っているの?」

カイルの顎がぴくりと動いた。「気を悪くしないでくれ、カウンセラー。だが、不意打ちはこれが初めてじゃないんでね」

その言葉が心に届いた瞬間、ライリーンは自分の愚かさにつくづく嫌気が差した。カイルが元恋人に最悪の方法で裏切られたことをいっとき忘れていた。ふたりのあいだでダニエラの話題が出たことはほとんどなかった――カイルは特に進んでその話がしたいようには見えないし、もちろんその気持ちは理解できる。それに話を聞かなくても、恋人がほかの男性といちゃついているのを見せつけられて、そのせいで刑務所に入ることになったのだから、心に傷を負ったのは疑う余地がない。

そのことを胸に留め、ライリーンはカイルに歩み寄った。ダニエラの仕打ちをなかったことにはできないけれど、自分と一緒にいる限りそんなことは絶対に起きないとわかってもらうことはできる。そこで、ふたりの邪魔をするものがないように胸の前で組まれたカイルの腕をほどき、さらに間合いを詰めた。顔をあげ、カイルの目をまっすぐ見つめる。「ケイドとのあいだには何もないわ。一緒に働いているし、友人だけど、ただそれだけ」

カイルはライリーンを引き寄せようとはしなかった。代わりに首をかしげて静かにきいた。「ぼくをテロリスト呼ばわりした男と友だちなのか?」

ああ……しまった。カイルの目に痛みが走るのを見て、ライリーンは失言だったと悟った。

当然カイルにしてみれば、ライリーンとケイドが友人なのはおもしろくないだろう。カイルはことの全貌——前任の連邦検事がマスコミにアピールしたいがために、カイルを執拗に追及するようケイドに指示していたことを知らないのだから当然だ。けれども、ケイドは指示がなかったとしても、カイルを起訴しただろう。そして厳しい態度で臨んだはずだ。なぜなら、それが彼の仕事だから。ちょうどそれが彼女の仕事であるのと同じように。

こうした場面で真実以外に言えることがあるのかどうか、ライリーンにはわからなかった。「まあ……そうね」ため息をついた。「だから以前はややこしい状況だと思っていたの」

「つまり、考え直したいってことか？　この……なんだかわからないが、ふたりのあいだのことを？」ライリーンがすぐに答えなかったので、カイルが彼女の顎に手を添えて目を合わせた。「ぼくに帰ってほしいのか？」

ライリーンは考えてから首を振った。「いいえ」静かに答えた。

カイルはもっと説得力のある答えが聞きたいかのような、確信が持てない顔をしている。「本当に？」

ライリーンはうなずいた。「本当よ」両腕を伸ばしてカイルの首に巻きつける。答えがすべてわかっているわけではないけれど、たしかなことがひとつある――それはカイルに別れを告げる準備はできていないということだ。「ほら、このふた晩ほどこれが問題だったの。枕からあなたがそのつややかな髪に使っているシャンプーの匂いがして、あなたのことを考えずには眠れなかった」

カイルがライリーンの背中を両手で撫であげ、彼女を引き寄せた。「枕を洗ったほうがいいんじゃないか。ぼくの名残を消し去るために」

「あるいは、あなたを誘ってもうひと晩一緒に過ごしてもらうか、ね」ライリーンは爪先立ちをして、唇でカイルの口元をかすめた。「どのみち、いつだってふたりともほとんど寝ていないんだから」

唇を重ねたとたん、すべてが脇に押しやられた気がした。喧嘩に近いやり取りがあったせいか、キスはすぐに激しく性急なものに変わった。カイルがライリーンの腰をつかんで後退させ、玄関のドアに釘づけにした。ライリーンはカイルのTシャツを脱がせてからふたたび唇を合わせ、引きしまった胸板に両手を這わせた。カイルの名前を悩ましい声でつぶやく。全身で彼のすべてを感じたい。この瞬間に、この場所で、可能な限りそばにいたい。

カイルも同じ思いに駆られているのは明らかで、ライリーンのTシャツをはぎ取り、ヨガパンツとショーツもせわしなくおろした。手順を早めるためにライリーンも協力して足で服を脇に寄せ、カイルはジーンズの前ボタンをすばやく外してファスナーをおろした。

舌をぶつけて戦わせながら、ライリーンはカイルのジーンズを押しさげた。ずっしりとしたこわばりが下腹部をかすめると、ぞくぞくするような興奮が彼女の体をめぐった。カイルが後ろのポケットから財布を抜き、避妊具を取りだした。

「急いで」ライリーンは荒い息遣いで、彼が包みを破って装着するのを見守った。

カイルが彼女のヒップの下に両手を滑らせ、体を抱えて壁に押しつけた。ちょうど彼女の脚のあいだの、彼のために潤って受け入れる準備ができている場所に立ち、彼女を一心に見つめた。その目に髪がかかっている。「どれくらい持つかはわからないにしても、こうしているあいだはほかに誰も存在しない。いいね？」

ライリーンは彼の首にしがみついた。「ほかには誰もほしくないわ」

その答えに満足したかのように、カイルがひと突きで激しく深く入ってきた。ライリーンは頭をのけぞらせて壁に押しつけ、うめき声をもらした。「ああ、すごい」

カイルが壁を背にしたライリーンをしっかりと支えたまま、彼女のなかで動き始めた。彼の声は低くかすれていた。「最高だ」

その夜遅く、カイルはライリーンのリビングルームにひとりで座り、ぼんやりとワイングラスをもてあそびながら彼女を待っていた。捜査令状を求めるＦＢＩチームから緊急の呼びだしが入ったことから察するに、彼女が今夜の〝当番検事補〟なのだろう。さしずめ当直医といったところか。

ふたりは映画を見ているふうを装ってソファの上で並んで丸くなっていたが、実際は十六歳のカップルのようにほとんどいちゃついているだけだった。そんなときに、ライリーンのポケットベルが鳴りだした。彼女はメッセージを確認すると、カイルに謝りながらすばやくキスをして、内々に電話をかけ直すため寝室へ向かった。

そんな日常のひとコマを目の当たりにして、カイルはこれこそがふたりに起こりうることなのだと気づいた。一緒に過ごす心地のよい週末。おいしいワイン。どちらかが仕事の電話で抜けだしているあいだ、ティーボ（HDDレコーダーを用いてテレビ放送を録画するシステム）の一時停止ボタンを押すこと。週ごとに違う女の子とのデートを〝とことん楽しんできた〟日々とはほど遠い。

けれど、ライリーンのソファに座って寝室からもれてくる彼女のくぐもった声を聞いていると、ここ以外にいたい場所などないとわかった。

そう、これではっきりした。

自分はライリーンに惹かれている。

気づいたとたん、カイルはパニックに襲われた。逃げ足の速いロード・ランナーが登場するアニメのワンシーンのように、一瞬にして部屋から飛びだしていく自分の姿が頭に浮かんだ。そしてライリーンが電話を終えて寝室から出てくると、カイルの姿はどこにも見当たらず、目にするのは飲みかけのワイングラスと、猛スピードで逃げだしたときにドアにぽっかり空いた人型だけというわけだ。

もしくは、別の選択肢もある。

この場にとどまり、これは単なる情熱的で気軽なお楽しみではないと、頑固で口達者な連邦検事補を説得するのだ。

それは間違いなく危険を伴う行為だ。彼自身だって真剣な交際をする心構えが百パーセントできていると言いきれる自信がないのだから。さらに問題なのは、どのように——あるいははたして——ライリーンの世界に溶けこめるのかまったく見当がつかないということだ。彼女は仕事を愛している。誰の目にも明らかなほどに。金曜日の夜十時に電話が鳴ってかなりいい雰囲気のところを邪魔されたというのに、彼女は目を輝かせていた。熱々の皿にのった〝女検察官ピアース〟の鉄拳が悪党のもとに届けられようとしているに違いない。

携帯電話がもう一度鳴り、そのあとほどなくして彼女が寝室から出てきた。

「ごめんなさい」ライリーンが申し訳なさそうな笑みを浮かべて言った。ポケットベルをコーヒーテーブルに置き、ワイングラスを手に取ってソファの上で丸くなる。

「当直の判事に伝言を残して、補佐官から折り返しの連絡が来るのを待たなければいけなかったの」

「捜査令状はもらえたのかい?」

「ええ」

「どんな案件なんだ?」

ライリーンがワインをひと口飲んだ。「テロよ。ぎりぎりのところでFBIに情報が入って、チェチェンで活動する過激派原理主義組織とのつながりが指摘される男が、明日の朝六時に出国予定だとわかったの。FBIは男のアパートメントと所持品を調べようとしたんだけど、拒否されて」

もちろんそういうことだろう。誰だって、金曜日の夜十時にヨガパンツ姿でくつろいでワインを飲みながら、FBIからの電話を受けて過激派テロリストを捕らえる手助けをするものだ。

「きみには感心するよ、ライリーン」カイルは心からそう言った。

心を決めたのはこのときだ。

ライリーンは好きなだけルールを決めればいい――だが、連邦検事補とのこの対決には絶対に勝ってやる。

# 28

週末が終わり、仕事に戻るときが来た。

日曜の夜、四時間半のフライトを終えたカイルはボストンバッグを駐車係に渡し、〈ザ・リッツ・カールトン・サンフランシスコ〉のフロントデスクに向かった。

「きみが以前、住んでいたあたりへ行く予定なんだ」土曜日の朝、カイルはライリーンの家の玄関を出る際にそう告げた。

「サンフランシスコに？」ライリーンが尋ねた。「どんな用事で？」

「すぐにわかるよ」

ライリーンが興味津々の顔でカイルを見あげた。「今度は何をするつもり？」

彼女は反対尋問のごとく質問を浴びせてきたが、カイルはいっさい口を割らなかった。この旅行には多くのことがかかっていた。これからの二十四時間は〈ローズ・ネットワーク・コンサルティング〉の立ちあげに決定的な影響を与えることになるだろう。そして、これから起こす行動はマーケティング史上最高のアイデアとして語り継がれるか、自分をまったくの笑いものにするかのどちらかだ。

やってみなければわからない。

近づいてくるカイルにフロント係が笑みを向けた。「〈リッツ・カールトン〉へようこそ。ご用件をおうかがいいたします」

「カイル・ローズの名前で予約してある」

フロント係がキーボードから目をあげた。どうやら一瞬にして相手が誰なのかわかったらしい。それからふたたびキーを打ち始めた。「クラブレベル・スイートをご一泊でご用意しております」

「明日のチェックアウトは遅めにしてもらえるかな？」カイルは尋ねた。「朝にミーティングの予定があるんだが、長びくかもしれないから」そうならないかもしれないが。今の時点では、正面玄関すら通過できない確率が八十パーセントだと見ている。

「かしこまりました、ミスター・ローズ」

ちょうどそのとき、カイルの携帯電話が震えだした。確認するとライリーンからの新着メッセージが届いていた。

〝何を企んでいるにせよ、相手をぎゃふんと言わせてやりなさい〟

「今夜はほかに何かご要望はございますか？」フロント係が声をかけてくる。

カイルは笑みを浮かべて携帯電話をジャケットに戻した。「いや。必要なものはすべてそろったようだ」

翌朝の十時少し前、カイルはホテルの前からタクシーに乗りこんだ。

「フォルサム通り七九五番地まで」運転手に告げる。カイルは数分後にタクシーが停まると、窓から正面のモダンな六階建てのビルをのぞき見た。支払いをすませ、車をおりてネクタイを直す。

さあ、行くぞ。

カイルはブリーフケースを手に両開きの扉を押してなかに入り、エレベーターで六階へ向かった。表示灯の階数が耐えがたいほどゆっくりと増えていくのを見守り、ようやくドアが開くとシンプルで無駄を省いた受付エリアが目に入った。

白とグレーの大理石のカウンターに座る受付係が、エレベーターからおりてくるカイルの姿を認めて目を見開いた。受付係の背後の壁には絵画などは一枚もなく、あまりにも見慣れた会社名があるだけだった。

Twitter

「本当に来たのね」受付係が信じられないという口調で言った。「あなたが約束どおりに来るのかどうか、この一週間みんなで賭けていたのよ。ほとんどの人がこれは何かの冗談だって思っていたけど」

面会の約束を取りつけるだけで、カイルはここの顧問弁護士と電話で何時間もやり取りをした。あんな大変な思いをしたのにここで引きさがるなんてまっぴらだ。「つまり、名乗る必要はないということかな?」カイルはきいた。

「もちろんそうよ。この建物ではあなたはかなり顔が知られているもの」受付係が受話器をあげてボタンを押した。「ミスター・カイル・ローズがお見えです」しばらく耳を傾けて、電話をしながらカイルを見あげる。「ふたりで来るようにって」彼女は電話を切ると待合スペースを示した。「ミスター・ドネロはまもなく面会できるそうよ。よかったらソファにかけて待っていて」

カイルは茶色いなめし革張りのソファを見やった。ふたつ置かれた青い飾りのクッションにはクロスステッチで〝ツイートを楽しもう(ホーム・ツイート・ホーム)〟と刺繍(ししゅう)されている。

「立っていることにするよ」カイルは受付係に言った。ドネロに午前中いっぱい待たされたあげく、追い払われるのではないかと半ば覚悟していたが、数分後に受付の電話が鳴った。

小声で話したあと、受付係が受話器を置いて立ちあがった。「ミスター・ドネロの準備が整ったそうよ。ついてきて」

カイルは導かれるまま受付を過ぎてすりガラスのドアをいくつか抜け、メインの執務エリアに足を踏み入れた。白っぽいカエデの堅木張りの床をよく見ると、ほとんどが白く塗られたものだった。オフィスにはパーティションで仕切られたいくつかの区画が並び、それぞれの列が四つの個人用スペースに分かれている。

そしてどの区画にいる社員もひとり残らず立ちあがり、通り過ぎるカイルを目で追っていた。

黙って見つめる彼らの顔にはさまざまな感情がにじんでいたが、そのほとんどがあまり友好的とは言えなかった。廊下の突き当たりの広い角部屋に到着すると、受付係がかすかな笑みを浮かべた。「幸運を祈っているわ」

カイルがオフィスに入ると、〈ツイッター〉社のCEOであるリック・ドネロがデスクに座っているのが見えた。彼は比較的若く三十代半ばだが、眼鏡をかけて髪は後退しかけている。笑みのかけらもない目には、信じがたい思いとも軽蔑の念とも判別がつかない表情が浮かんでいた。

「言わせてもらうが、きみの度胸(ボール)はすいか並みだな、ローズ」カイルに座るよう手で示してからドネロが受付係にうなずき、受付係は退室してドアを閉めた。

　ふたりきりになるとドネロはさっそく本題に入った。「六十秒やるから、どうしてきみをつまみだす以外にするべきことがあると思うのか教えてくれ」

いいだろう。カイルとしても戯言を飛ばすのは大歓迎だ。「七カ月前、あなたのネットワークにはぼくがトラックで通過できるほどの亀裂があることを、世界の半分の人々が目の当たりにした。その点でぼくの会社はあなたの力になれる」

　ドネロがさもおもしろくなさそうに笑った。「わたしだってばかではないんだよ、ローズ。きみに乗っ取られたあと、われわれはすべてを更新した。今ならそう簡単に侵入できるとは思えない」

「七百もの広告主から入る収益のうち、いくらをその考えに賭けますか？」

　ドネロが冷ややかな視線を返した。「残りは四十秒だ。ここに来た用件をさっさと言いたまえ。もしほかに何もないのなら、あとでツイートするばかげたネタになるんだが」

カイルは椅子の上で身を乗りだした。「インタビューはすべて読ませてもらいましたよ、ドネロ。あなたが一年前にこの会社を引き継いだとき、巨大なコミュニケーションネットワークとなったツイッターを主要な広告プラットフォームへと変換し、ビジネスとしてのツイッターを確立することに力を注ぐと宣言されましたね。それには信頼が必要だと強調した――にもかかわらず、ぼくはスコッチを飲んで半ば酔った状態で、たった一台のパソコンからあなたのネットワークを四十八時間シャットダウンさせた」

ドネロが両腕をデスクにのせた。「つまりきみの提案とは、わたしがきみを、七カ月前にわれわれを無能なぼんくらのように見せた人間を雇い、セキュリティ上の問題を修復してもらうためにきみの会社に破格のコンサルタント料を払えと？　そういうことなのか？」

「そうです」カイルはドネロから目をそらさなかった。「ただし無償で行います」

ドネロがそれを聞いて言葉を切った。「無償で」

「ぼくがこの会社のまわりにサイバー攻撃からシステムを守る完全な砦（とりで）を構築しましょう。あなたは一セントも払わなくていい。少なくとも、あなたにそれくらいの借りはあると思っています」

ドネロがカイルをしげしげと見つめてから、椅子に背を預けた。そしてゆっくりと考えこみながら口を開いた。「きみがほしいのは、それに伴う宣伝効果か」

カイルが口元をゆるめた。持ち時間の六十秒は過ぎたが、まだここに座っている。

「そのとおりです。あなたも同じでしょう」

二時間後、〈ローズ・ネットワーク・コンサルティング〉社のCEOがそのモダンな六階建てのビルを出たときには、最初の顧客を獲得していた。

たしかにこの顧客は金を払ってはくれないが、それでもカイルは満足していた。望んでいたとおり、その日の終わりにはドネロは本来の経営者らしい行動に出て、カイルが示した前例のない好機をつかんだ――よりよいセキュリティと、そのセキュリティを備えたという事実に注目してもらう経費のいらない大々的な宣伝の好機を。そのうえ、東部標準時間の翌朝八時にメディアに送る共同プレスリリースの文言を協力して練りあげた。

いよいよカイルにとってマーケティング戦略の第二段階に突入するときが来た。逮捕されて有罪判決が出たあと、そして出所したあとにも、彼のところにはほとんどすべての報道機関からインタビューの依頼が殺到した――だが、ひとつの質問にも答えなかった。

それでもカイルは、インタビューを申しこんできたある人物の連絡先をこの機会のためだけに取っておいたのだ。

〈ツイッター〉社の前の歩道に立ったまま、カイルは『タイム』誌の記者デイヴィッド・アイザックの携帯電話の番号を押し、留守番電話に切り替わるとメッセージを残した。

「デイヴィッド、カイル・ローズだ。明日の朝、ある報道がされる――内容は聞いてのお楽しみだ。もし表紙に載せてくれるなら、独占インタビューに応じよう。あの悲惨な物語をあますところなくツイッター・テロリストの口から直接聞けるんだ。真面目な話、ティファアナのサボテンの話は聞き逃したくないはずだ」

## 29

連邦検事局がカイル・ローズの話題で持ちきりになるのは、ライリーンがシカゴで働き始めてから二度目のことだった。

火曜日の朝にネット上を駆けめぐったニュースは、ライリーンももちろん知っていた。ツイッター・テロリストと〈ツイッター〉社が和解して手を組んだというニュースだ。キッチンでライスクリスピーを食べながらｉＰａｄで新着ニュースを確認しているときに、その報道発表を目にしたのだ。彼女は声をあげて笑い、すぐにカイルにメッセージを送った。

〝やろうとしていたのはこれだったのね〟

カイルは忙しいだろうと思って返事は期待していなかったが、驚いたことに数分で返信が来た。

〝なんの話か見当もつかないな、カウンセラー。今夜帰ったら電話する〟

デスクにいたライリーンがノックの音で顔をあげると、苦笑いを浮かべたケイドがオフィスの入り口に立っていた。

「今日はマスコミから二十件以上の電話を受けたよ。ツイッター・テロリストが自身のセキュリティ・コンサルティング会社を設立したことに対するコメントを求められた」ケイドが頭を振る。「ようやくあの男と縁が切れそうだと思った矢先だったのに」

ケイドは何気なく口にしただけだったが、ライリーンは……自分が隠れてこそこそしている気がした。罪悪感すらわずかに覚える。プライベートについて他人に口出しをされることではないと普段は思っているものの、人をだますのも気が進まなかった。二カ月近く一緒に仕事をしてきて、ケイドのことは友人だと思っている。いつも〈スターバックス〉までともに出かけ、案件の戦略について話し、レイとくっつけようとさえした。それなのに今、その相手に嘘をつこうとしている。

〝いいえ、嘘をつくわけじゃない。事実を話さないだけ〟

どうやら心の奥底にいる自分は、現実の自分よりもずっと簡単に屁理屈を並べられるようだ。

〝でも、こんなふうに感じるのなら、そろそろカイルに別れを告げるべきなのかもしれない〟

どうやら心の奥底にいる自分には、移り気でどっちつかずのろくでもない女の一面もあるらしい。

ライリーンはケイドのためにすばやく笑みを浮かべた。恋人の宿敵がすぐそばに立っているときに自己反省をしたり心の混乱に向き合っている場合ではないと、すべてを脇へ押しやる。

「へえ、二十件以上も」ライリーンは相槌を打った。「さぞ、さばき甲斐があったでしょうね」

「まあね。ローズは、ぼくらにとってはブーメランみたいなものさ。何度でも戻ってくる」ケイドがにやりとした。「きみはもうやっと絡む必要がなくなって、すっきりしただろうな」

そうね。ケイドの言う〝絡む〟の定義に、七回戦まで続く激しくて情熱的なセックスは含まれるのかしらとライリーンは考えた。

「正直言って、カイルを相手にするのは別にいやじゃなかったわ」ライリーンは言った。「だって悪い人ではないもの」

ケイドがぐるりと目をまわす。「きみまでうっとり見とれていたなんて言わないでくれよ。あの男のどこがいいんだ？　五億ドルか？　それとも髪か？　知っているかい、こっちはローズの即時釈放を求める怒りでおかしくなった女性たちから不信仰者呼ばわりされたあげく、殺してやるという脅迫まで受けていたんだぞ」そう言って片手をあげた。「神に懸けて、本当だ」

「まあ、今のは不信仰者だったら絶対にやらないでしょうね」

ケイドが笑った。「ピアース、ちょっとくらいのぼせるのはいいが、あの男とでは望みはないと思うぞ。〈シーン・アンド・ハード〉によれば、ツイッター・テロリストはどこかの黒髪のセクシー美女（ボムシェル）と忙しくしているようだからな」

そう言われて澄ました顔を崩さずにいるには、ライリーンの乏しい演技力をかき集める必要があった。「たしかに。その話はわたしも聞いたわ」

カイルとツイッターとのすばらしい知らせを聞いて最高のスタートを切ったはずだったのに、ライリーンの一日はそこから雲行きが怪しくなり、下り坂へと向かった。彼女はクレジットカード詐欺事件の証拠排除の申し立てのために出廷した。何も問題はないとかなりの自信を持っていた。捜査のほとんどは財務省検察局が手掛けたものの、被告人の自宅の初動捜査は被告人の妻から家庭内暴力の通報を受けて駆けつけたシカゴ市警の警官ふたりが行っていた。警官は到着後――もちろん妻の同意を得てから――自宅を徹底的に捜索し、寝室の戸棚を開けた際に千枚を超える異なる名前のクレジットカードを発見した。

少なくとも、ライリーンはそういう状況だと思っていた。

ところが証言台で警官たちは、信じられないことに、百八十度主張を変え、彼らが寝室に入ったときに妻が〝厳密には〟同意を取り消したかもしれないが、すでに家のなかにいたためとにかく捜査を終わらせたのだと認めた。

そういうわけで、敷地内で見つかった千枚以上のクレジットカードのすべてを証拠からのぞくよう求める被告人の申し立てを裁判官が当然ながら認め、起訴の可能性がついえていくのをライリーンはなすすべもなく検察席から見守っていた。

これはよくない状況だ。

そのあとはシカゴ市警から捜査を引き継いだふたりの財務省検察局員がかんかんになってわめき散らすのを聞かされ、なんとか立件に持ちこめる証拠は残っていないかと探しまわり、あげくの果てには偏頭痛の兆しが現れ始めた。六時半に仕事を終えたときには頭がずきずきして胸がむかつき、日暮れ前のぼんやりした光にさえ目が痛んだ。

家に着くとライリーンはすぐさまスエットパンツとTシャツに着替え、家じゅうの明かりを消したまま頭痛薬を二錠飲み、眠気が訪れることを祈りながらソファで横になった。

一時間後、携帯電話の着信音でライリーンは目を覚ました。体を起こしたとたんにうめきがもれる。額に携帯用ドリルを押しつけられているようだ。コーヒーテーブルに手を伸ばして確認すると、かけてきたのはカイルだった。

「誰かと思ったら、時の人じゃない」ライリーンはほがらかな声を出そうとしてから、片手で目を覆ってソファに倒れこんだ。「ああだめ、痛すぎて」弱々しい声が出た。

「痛いってどこが?」カイルが心配そうにきいた。

「透明人間がわたしの頭に大きな釘を打ちこんでいるの」

「それは痛そうだ。透明のテーザー銃で反撃してみたらどうだい」

ライリーンは笑い声をあげてから、またもやうめいた。「笑わせないで——笑うとすごく痛むから。偏頭痛持ちなのよ」

「ああ、そんなことだろうと思ったよ。今ぼくは、デックスに会うために〈ファイヤーライト〉へ向かっているところだ。〈ツイッター〉社との新たな協力関係を祝ってカクテルでも飲もうってことになって。何か届けようか？」

ああ、痛い。「優しいのね。でも、大丈夫。今日は仕事がさんざんな一日だったの、ただそれだけ。あなたはデックスと盛りあがってきて。それだけのことをしたんだもの。〈ツイッター〉社との件は最高だったわ」

「また褒めてくれるのかい」カイルはまんざらでもなさそうだった。「ぼくの自尊心をくすぐってくれたのはこれで三度目だな、カウンセラー」

「それに対してものすごく生意気で辛辣な言葉を返したことにしておいて」ライリーンはカイルに言った。「今は頭が痛すぎて考えられないから。正直言って、まったく皮肉が出てこないの」

二十分後、ライリーンのアパートメントの玄関扉がノックされた。

ドアを開けてカイルが立っているのを見たライリーンは、すぐさま指を突きつけた。「さあ行って。今頃はお祝いをしているはずでしょう」

ライリーンに取りあわず、カイルがなかへ入ってくる。「デックスと騒ぐのは少しくらいあとでもかまわないよ。あいつは毎晩ナイトクラブにいるんだから。ぼくと会うためにわざわざ出てきたわけじゃない」カイルがドアを閉めてライリーンの様子をざっと確かめた。「それで、皮肉が出てこないって？　まさかそんなことがあるとはな」

「だって、それはあなたが……」ライリーンは靄がかかったずきずきする頭でもせめてひと言くらい返そうとした……けれども脳が乾ききっていて、まるで思いつかない。ぐったりとソファの背もたれに寄りかかった。「だめ、何も浮かばない。さあ、あなたはきつい冗談でも言ってとことん皮肉ればいいわ――わたしは完全に、どこまでも無防備だから」

カイルがにっこりと笑い、〈スターバックス〉のカップを持ちあげてみせた。「これを飲むといい。母も偏頭痛持ちでね、カフェインが助けになると言っていたのを思いだしたんだ」

「ああ、すてき。あなたは神様だわ」ライリーンはありがたくカップを受け取った。以前、カフェインがうまく作用したことがあったものの、仕事帰りに〈スターバックス〉に寄る元気がなかったのだ。

「そのとおり」カイルがライリーンの手を取ってソファへといざなった。「ぼくが魔法をかけているあいだ、座って飲むといい」そう言って彼女の背後に座り、首のマッサージを始めた。

「さんざんだった一日について話したい？」カイルがそっと尋ねながら、信じがたいほどすばらしい指使いで首と肩の凝りをほぐしていく。

「証拠排除の申し立てが否決されて、全部がぱーになったの」ライリーンはコーヒーをもうひと口飲んだ。「〈ツイッター〉社と何があったのか教えて。あなたが本社ビルに入っていったときのみんなの顔なら想像がつくけど」

カフェインが効いたのか、マッサージのおかげか、はたまた話して聞かせるカイルの豊かで落ち着いた声のせいなのかわからないが、徐々にライリーンの症状は和らいできた。偏頭痛は続いているものの、今は透明人間に大きな釘ではなく角が丸い鈍器で殴られているだけのような感じだ。

コーヒーを半分ほど飲み終えたとき、カイルが体の位置をずらし、脚を伸ばしてソファにもたれた。「横になって。頭をぼくの膝にのせて」ライリーンが片方の眉をあげたのに気づいたらしい。「妙な誤解はしないでくれ、カウンセラー。いやらしいことをしようとしているんじゃない」

ライリーンが〈スターバックス〉のカップをコーヒーテーブルに置くと、カイルがクッションをひとつつかんで膝にのせた。横向きに寝ようとしたライリーンを彼が止める。

「そうじゃなくて、仰向けだ」

ライリーンは向きを変えてカイルの脚のあいだに心地よくおさまり、クッションに後頭部を預けた。

「目を閉じて」カイルがささやいた。

まぶたを閉じたライリーンは、カイルの指が軽く額に触れるのを感じた。こめかみのマッサージが始まると、体がほどけて水を含んだ粘土に変わり、思わずうめき声がもれた。

「ああ、すごいわ……たまらなく気持ちいい」ライリーンは吐息をついた。「お願い、やめないで。ずっと続けて」

「ひと晩じゅうでも続けられるよ」カイルの声には忍び笑いが含まれていた。「言っただろう――ぼくに任せてって」

その夜、しばらくしてからライリーンはソファで目を覚ました。引きしまった体にぬくぬくと身を寄せている。どうやらカイルに頭をマッサージされながら、眠ってしまったらしい。

ライリーンが寝ているあいだにカイルがふたりの体勢を変え、今はソファに並んで横たわり、彼の胸板に頭をのせていた。おまけにソファの背にかけてあったシェニール織りの小ぶりの毛布を彼女の肩の上まで引きあげて、体を包んでくれている。女性なら誰だって、こんなことをされれば骨抜きになってしまうだろう。

暗がりのなかでライリーンは頭をもたげてカイルを見あげた。目鼻立ちのくっきりとした顔に月明かりが影を落としている。体を動かしたせいで起こしてしまったらしく、カイルが身じろぎをしてから大きく息を吸って目を開け、見られていることに気づくと愉快そうにまばたきをした。

「頭痛はおさまった？」カイルが低くざらついた声できいた。

「ましになったわ」幸いなことに、寝ているあいだに痛みはほとんど消えて、かすかなうずきに代わっていた。「起こしてくれればよかったのに」ライリーンはそっと言った。「あなたにとっては最高の一日だったんだから。それで今頃はデックスと盛りあがっているはずだったでしょう」

「デックスとはいつでも会える」カイルが手を伸ばし、指でライリーンの顔をたどった。彼の声は低くくぐもっていて、ささやきに近かった。「ぼくはここにいたいんだ、ライリーン。わかっているだろう？」

今夜のことだけを言っているわけではないとライリーンも気づいていた。「わかっているわ」そして、もうひとつはっきりしていることがあった。「あなたがここにいてくれて、わたしもうれしい。あなたがそばにいるのがだんだん当たり前になってきたみたいね、えくぼ男さん」

「よかった。というのも、明日きみをデートに連れだそうと思っているんだ。本物のデートに」

そんな単純な誘いが、実はまったく単純ではない。「カイル、わたし――」

カイルがライリーンの言葉をさえぎった。「心配ない。誰にも見つからないようにするから」月明かりのもとで彼女をじっと見つめる。どうやらノーという答えを受け入れるつもりはないらしい。「イエスと言ってくれ、ライリーン」

頭痛で守りが弱くなっていたせいだろう。あるいは、相手がカイルだったからかもしれない。

いずれにせよ、ライリーンは眠たげな笑みを浮かべてカイルの胸にふたたび頭を預けた。「イエスよ」

# 30

翌日、ライリーンは新たに担当することになった案件――郊外に住む十一人の男が倉庫に保管されていた違法な銃器を販売していたという、それはそれは悪質なケースだ――に関するATFの調査報告書の見直しに一日のほとんどを費やしながら、今晩カイルがどこに連れていってくれるのかは考えまいとしていた。その計画をカイルはやたらと秘密にしたがっていて、どうやらそれが彼のやり方らしく、唯一のヒントといえば四時半にオフィスを出られるかきかれたことだけだ。

「さては……プライベートジェットにでも乗せて、どこか異国情緒あふれるロマンティックな場所へ連れていく気ね」

その日の昼過ぎに電話で話したレイはそう言った。

ライリーンは自分のオフィスでドアを閉めてランチを食べていた。当然ながら、レイには大事なデートの話を包み隠さず伝えてある。

プライベートジェットもありうることがどれほど非現実的か、ライリーンはつかの間考えた。もちろんあのペントハウスも、二千ドルのスーツも目にしていたとはいえ、カイルのお金についてはほとんど考えたことがなかった。実のところ、つきあいだしてからはほとんど彼女のアパートメントで過ごしていたし、彼の資産が何百万ドルもあって、さらにそのうち五億ドルを相続することはそれほど重要ではなかった。

にもかかわらず、今はそのことを考えている……。

うわあ、それってかなりの大金だわ。

「プライベートジェットはないと思う」ライリーンはレイに言った。「空の旅だとセキュリティチェックと搭乗者名簿が必要でしょう。今回はお忍びのデートなんだから」

「何を言っているのよ」レイがわかったような口をきいた。「お金持ちはそういうことをいつもこっそりしているの。ああいう人たちが愛人を連れてユナイテッド航空のエコノミークラスに乗ると思う？」

「ちょっと、要するに、わたしは愛人ってわけ？」

「違うわ。今夜、魅力的な億万長者の相続人にどこか秘密の場所へ連れていかれるラッキーな女ってだけよ。やだ、待って――わたしったらまた口に出しちゃった？」レイがくすくす笑った。「ところで、どんな格好で行くつもり？」

そこがとりわけ難しいところだった。誰かさんが行き先の手がかりをひとつもくれないなかで決めなければならないからだ。ライリーンはシンプルにいこうと決めていた。「黒のカシュクールワンピースとハイヒールよ。もし急流下りとか牛の駆り集めとかに連れていかれたら、困っちゃうんだけど」

レイが笑い声をあげた。「ああ、どうか牛の駆り集めでありますように！　目に浮かぶようだわ。あなたがハイヒールで馬にまたがって頭の上で縄をぐるぐるまわしながら、携帯電話で誰かに出廷をほのめかしている姿が」

「牛の駆り集めだったら、これがカイル・ローズとの最初で最後のデートになるでしょうね」

「よく言うわ、あのえくぼをちらりと見せられたら、なんでも言いなりになっちゃうくせに」

恐ろしいことに、そのとおりかもしれないとライリーンは思い始めていた。

事前に届いたテキストメッセージの〝指示〟に従い、ライリーンは四時半にブリーフケースを肩にかけて連邦ビルの回転ドアを抜け、北へ向かって歩きだした。ちょうど最初の交差点に差しかかったときに携帯電話が鳴った。「さあ、えくぼ男さん」ライリーンは電話の相手にきいた。「次はどうするの？」

ウイスキーのように豊かなカイルの声が耳に届く。「モンロー港方面へ二ブロック歩いたら左に曲がって。そうすると〈イタリアンビレッジ〉の裏に路地がある――そこで待っているよ」

「なんだかわからないけどスパイ小説みたいだから、ボーナスポイントをあげるわ」

ライリーンはヒールが路面の穴にはまらないようにしながら通りを渡った。

「知らない路地で前科者に会うのは初めてかい、ミズ・ピアース？」カイルがからかう。

もちろん初めてだ。ライリーンは電話を切り、二ブロック歩いてから通りの向こうへ移動した。レストラン〈イタリアンビレッジ〉を見つけて、その裏路地を目指す。角を曲がったところで、目の前の光景に足が止まりかけた。

優美な黒いリムジンがライリーンを待っていた。

運転手が後部座席の右手側のドアの脇に立ち、近づいてきたライリーンにうなずきかけた。「お待ちしておりました、ミス」彼女のためにうやうやしくドアを開ける。

「ありがとう」ライリーンが腰をかがめると、車内に座るカイルが目に入った。ジーンズをはき、白いボタンダウンシャツの袖を肘のあたりまで無造作にまくっている。

カイルが手で窓を示した。「スモークガラスだ。これでプライバシーが保てる。それから、運転手のことは心配しなくていい。長年ぼくの家族に尽くしてくれている男だから、きみの秘密がもれることはない」そう言って手を差しだす。「さあ、出かけようか」

ライリーンはにっこり微笑んでカイルの手を取った。車に乗りこみ、シートの上で体を滑らせて足元にブリーフケースを置いた。「ねえ、もうどこに行くのか教えてくれてもいいでしょう?」リムジンが動きだすと同時に、ライリーンはシートベルトを締めた。

カイルが長い脚を前に伸ばす。「どうかな。そんなふうにきみにあれこれ想像させるのが好きなんだ」

「少なくとも、この格好で問題なければいいんだけど」

カイルがワンピースのV字に開いた胸元と、組んでさらけだされた脚にゆっくりと視線を這わせた。「問題ないどころじゃないよ、カウンセラー」

彼の視線にさらされてライリーンの体がじんわりと熱くなった。「それじゃあ、牛の駆り集めではないのね」

カイルの口角があがった。「きみが牛の駆り集め? その姿が見られるなら五億ドルでも払うね」ライリーンの膝に手をのせ、指で軽く撫でる。「今夜のことだが……頭のなかで考えていたときは名案に思えたけど、実行に移してみたらそれほどでもなかったなんてことになったらどうしようかと思っていたんだ。きみをがっかりさせなければいいんだが」

「もしそんなことになってもすごく上手に喜んでみせるから、あなたにはきっとその違いがわからないわ」

「それはありがたいな。よし、じゃあ聞いてくれ。きみはたぶん気づいていないだろうが、ちょうど九年前の今日、五月十六日に、ぼくは混み合っているバーで黒髪の口が達者なロースクールの一年生を見つけた。あれがぼくたちの記念日みたいなものだから、その場所に戻ってみようと思ったんだ」

ライリーンがその意味を理解するまでいっとき間が空いた。「シャンペーンに行くつもりなの？」

「ああ。〈クライボーン〉の二階を借りきった」カイルがライリーンのこぼれ落ちた髪を耳にかけた。「あの夜、きみのアパートメントから立ち去るとき、ぼくはデートの約束をしたね、ライリーン」カイルが特別な意味をこめて彼女の視線をとらえた。

「その約束を果たすのに十年近くかかってしまったかもしれないが、こうしてデートにこぎつけた。ようやくね」

感極まってライリーンの目に涙がにじんだ。

それなのにカイルは、がっかりさせるのではないかと心配していたなんて。

ライリーンは優しく微笑み、身を乗りだして唇でカイルの唇をそっとかすめた。

「完璧だわ」


二時間半と少し経った頃、リムジンは〈クライボーン〉の裏手の路地で停まった。カイルは携帯電話を取りだして番号を押した。「到着した」電話に出た相手に伝える。

彼が電話を切ると、ライリーンがおもしろがるような顔でこちらを見つめていた。

「今のもスパイ小説もどきの演出？」

「きみは人目につきたくないと言っただろう」カイルはバーを指さした。「だから作戦を練ったんだ。デックスが昔ここのマネージャーだった関係で、今の責任者とも知り合いでね。その責任者が裏の従業員用の階段からぼくたちを案内してくれることになっている。そして、二階のフロアを占領するってわけだ」

「今週末で学期が終わるのよ、普通ならバーの二階は学生でいっぱいのはず。どうやってこの手配をしたのか聞くのが怖い気がするわ」

「マネージャーとの合意に至った、とだけ言っておくよ」実際はバーのひと晩の予想売上げの半分に二十パーセントを加え、さらにこちらの指示どおりに設営する費用として五千ドルを支払うとマネージャーには伝えてある。しかし、そんなことをライリーンが知る必要はない。

バーの裏口のドアが開き、二十代前半と思われる若者がリムジンに向かって手を振った。カイルはライリーンに目をやった。「昔に戻る準備はできた？」

ライリーンがカイルの指に指を絡めた。「あとで伝え忘れるといけないからここで言わせて。これって今までで一番の初デートだわ」

「きみはその気になれば最高にかわいらしくなれるって、誰かに言われたことはあるかい？」

「そのことはあまり知られないようにしているの。敏腕検事補の評判にそぐわないから」

カイルはライリーンの手を引いて抱き寄せた。「ぼくは『ゆかいなボゾ』みたいな髪型をした寝起きのきみも知っているんだよ、カウンセラー。ふたりのあいだにもはや秘密はない」すばやくキスをしてからカイルはリムジンのドアを開けて通りにおり立った。周囲に人影がないのを確かめ、車をおりるライリーンに手を貸してバーの裏口へと導く。

〈クライボーン〉のマネージャーが口元をゆるめてふたりをなかへ通し、無事に入ったところでカイルに片手を差しだした。「ジョー・ケーラーだ。今週はずっとこのことを考えてそわそわしていたんだ。はっきり言ってあのツイッター騒ぎはものすごく笑えたよ」続いてライリーンと握手する。「で、こちらは謎めいたお嬢さんだね」マネージャーがカイルを指さした。「あなたが誰だか知らないけど、前の彼女より優しくしてやってくれよ」それからふたりの背後の階段を示した。「こっちだ」

ライリーンの戸惑った顔を見て、カイルは肩をすくめた。「ぼくのファンのひとりだな」カイルは手をつないだままジョーに続いて狭い階段をあがっていった。

「指示どおりにセッティングするために、ウエイトレスのひとりに手伝ってもらったんだ」ジョーがカイルに言った。「こういうことには女性の感性を活かしたほうがいいと思って」

階段をのぼりきったところで、ライリーンが片方の眉をあげてカイルを見た。「指示って？」

ジョーが先頭に立って短い廊下を進み、メインバーのエリアへとふたりを案内した。

「気に入ってもらえるといいんだけど」

ライリーンと並んで角を曲がったカイルは、イメージどおりの設営に満足した。白い太めの円柱形のキャンドルが――百本以上ある――テーブルとバーカウンターにずらりと並び、部屋全体をあたたかくロマンティックな光で満たしている。フロアの一番奥には白いテーブルクロスのかかったテーブルがあり、クリスタルグラスがふたつとアイスバケットで冷やされたペリエ・ジュエ・フルール・ド・シャンパーニュのロゼ――ワインの専門家である姉のお薦めだ――が置かれている。

ライリーンがぽかんとした顔でその光景を見つめていた。「こんなの……信じられない」シャンパンが用意されたテーブルに近づき、振り返ってカイルを見る。「ここは、あの夜わたしが座っていた席ね」

カイルはうなずいて歩み寄った。「話しかける前にしばらくきみのことを見ていたんだ。赤毛の男がきみの向かいに座っていたから、ボーイフレンドなのか見極めようと思って」

ライリーンが頰をゆるめた。「あれはシェーンよ。ああ、彼とはもう何年も話していないわ」そう言って室内を見まわした。普段は少しくたびれて見える大学内のバーが揺らめくキャンドルの光でロマンティックな場所に様変わりしている。ライリーンがふたりの距離を詰め、カイルのシャツを握ってささやいた。「ありがとう」

カイルはライリーンの目にかかる髪を払った。「お安い御用さ、カウンセラー」

「選択を間違えたわ」ライリーンが正面のカイルの皿を見ながら言った。「普通のフライドポテトじゃなくて、カーリーポテトにすればよかった」

「ああ、そうするべきだったな」カイルはカーリーポテトをひとつつまみ、寛大にも彼女の皿にのせた。

ライリーンが彼をにらんでみせた。「これだけ？　ひとつしかくれないの？」

「自分で決断した結果は甘んじて受け入れないと。でなければ学べないだろう？」カイルはにっこり笑って、もうひとつカーリーポテトを口に放りこんだ。

ペリエ・ジュエの酔いがまわってきたらしく、ライリーンが頬をほのかに赤く染めている。普段はあまりシャンパンを飲まないカイルでさえ、これはなかなか悪くないと認めていた。たしかに三百ドルのシャンパンにチーズバーガーとフライドポテトを合わせる人はそうそういないだろうが、〈クライボーン〉のメニューのなかではいいほうだった。

カイルの携帯電話が振動して新しいメッセージの着信を告げた。カイルは送信者が〈ローズ・ネットワーク・コンサルティング〉社のナンバーツーになってもらおうとシリコンバレーのソフトウェア企業から引き抜いたショーンではないことを確かめた。「すまない。〈ツイッター〉社との共同発表以来、ひっきりなしに問い合わせが入ってね」ライリーンに説明した。「今はショーンが全部のメッセージを確認してくれていて、明日まで待てない用件があれば電話をするよう伝えてあるんだ」

ライリーンが興味深そうに身を乗りだして、シャンパンのグラスを手に取った。

「それで、次はどう出るの？」

「ミーティングをいくつか設定して見込みのありそうな企業に売り込みを始める。イリノイ大学から採用したふたりが月曜日から仕事を始めることになっているから、そうすれば準備万端だ。あとは神頼みで、ツイッター・テロリストと関係を持ちたい人がいるのを願うだけさ」カイルはからかうような笑みをちらりと見せた。「もちろん比喩的な意味だよ」

ライリーンがもの言いたげに小首をかしげた。「ずっと不思議に思っていたことがあるの。業界に対する考え方が変わったのはどうして？　初めて会ったとき、将来は教鞭（きょうべん）を執りたいと話してくれたと思うんだけど」

それはまったく他意のない問いかけだった。だからカイルは、これまで何度もしてきたように曖昧に答えることもできるとわかっていた。しかしライリーンの正面に座り、あと一日で母の死から九年目を迎えることを考えると、自分の人生のその部分を打ち明けるときが来たのかもしれないと思った。ライリーンのすべてを知りたいと思い続けてきた――ならば自分の心の壁を壊さなければならないだろう。

そこでカイルは咳払いをして、どこから話せばいいかと考えた。「母が亡くなってから、ものの見方が変わったんだ。あれはぼくの家族にとってはつらい時期だった」彼はそう切りだした。

「カイル。事故が起きた」

生きている限り、この言葉は決して忘れないだろう。

父親の声を聞いた瞬間に深刻な事故だと悟った。電話を握る手に力が入った。「何があったんだ?」

「母さんが。演劇クラブのリハーサルから家に戻る途中で、母さんの車にトラックが突っこんだ。居眠り運転の疑いがあるらしい――はっきりとはわからないが。詳しいことは聞かされていないんだ。それで三十分前に救急治療室に運ばれて、今、手術を受けている」

〝手術〟と聞いて、カイルの顔から血の気が引いた。「でも……助かるんだろう?」

沈黙がいつまでも続いた。

「迎えの飛行機がウィラード空港へ向かっている」父親は大学が所有する空港の名前を出した。「オヘヤ空港に待機させたヘリコプターで直接病院まで来てくれ。病院側もヘリポートを使っていいと言ってくれている」

カイルの声はささやきになっていた。「父さん」

「深刻な状況なんだ、カイル。何かしなければと思うが、わたしに……わたしにできることは何もないと言われて……」

その瞬間、カイルの体に衝撃が広がった。父が泣いていた。

空港までの移動、シカゴへの四十分間のフライト、病院へ向かうヘリコプター。そのすべての記憶が曖昧だった。病院のスタッフが——二分後にはそのスタッフの顔も見極められなくなっていたのだが——外科手術の関係者だけが入れる待合室へと急いで案内してくれた。カイルがそこに駆けこむと、父が青白い顔で立っていた。

父親が首を振った。「とても残念だ、カイル」

カイルは一歩あとずさった。「嘘だ」

ドアの後ろからか細く憔悴(しょうすい)しきった声が聞こえた。「わたしも間に合わなかった」

カイルが振り向くと、ジョーダンが部屋の隅に立っていた。涙が頬を伝っている。

「ジョードゥ」カイルは姉を引き寄せて、きつく抱きしめた。「母さんとは昨日話したばかりだった」姉の頭のてっぺんに向かってささやいた。「試験が終わったあと、電話したんだ」母親はカイルのことをとても誇りに思ってくれた。

カイルは痛いほど胸が締めつけられて、目がひりひりしてきた。

「こんなこと、起きていないと言って」ジョーダンがカイルの胸に顔を埋めた。

ノックの音がして、青い手術着姿の医師が入ってきた。

「お邪魔をして申し訳ありません」医師が重々しい口調で言った。「お母様の顔をごらんになりたいか、うかがいに来ました」

ジョーダンが涙をぬぐって医師に体を向けた。彼女もカイルも期待をこめて父に目をやった。

父は黙っている。

「お別れを言うことが慰めになると感じる人もいます」医師がいたわるように言い添えた。

カイルは父が――商才と決断力を称賛された叩きあげの大物が、『タイム』や『ニューズウィーク』や『フォーブス』の表紙を飾った人物が、いかなる決断にも迷いを見せたことのなかった男が――ためらうのを見ていた。

「わたしは……とても……」声が次第に小さくなり、父は片手で顔を撫でて大きく息を吸いこんだ。

カイルは父の肩に手を置き、医師に向き直って家族の答えを告げた。

「ぜひお願いします。ありがとうございます」

こうして、病院到着後のかなり早い段階で、母の通夜や葬儀に関するさまざまな決めごとに父が対処するのは難しいとカイルは気がついた。そういった負担を軽くするために彼は父の家に移り、手配のほとんどを引き受けた。先が見えず精神的に消耗する日々が続いた。当然ながら、若干二十四歳で母の葬儀で捧げる祈りや言葉を選んだり、棺（ひつぎ）におさめるときの服装を決めたりすることになるとは想像もしていなかった。しかし、ジョーダンと力を合わせてやらなければならないことをどうにかこなした。

当初、カイルは葬儀のあと、毎日ひっきりなしにかかってくる電話を受けたり、お悔やみ状や花やメールの整理を手伝ったりするために、一週間ほど父の家にとどまるつもりだった。グレイ・ローズは帝国を築いていたので、哀悼の意を伝えたいという人が殺到し、そのすべてに応えようとカイルとジョーダンは最善を尽くした。

しかし最初の週が過ぎても、状況はまるで好転しなかった。父は来客に応対したり、友人や家族と電話で話したりすることにほとんど関心を示さなかった。代わりに、一日じゅう書斎にこもるか、敷地内の庭を何時間も歩きまわった。

「父さんは誰か専門の人に話を聞いてもらったほうがいいんじゃないかな」ある夜、カイルはジョーダンに持ちかけた。ふたりは実家のダイニングルームで前日に誰かが差し入れてくれたラザニアを機械的に口に運んでいるところだった。冷蔵庫と冷凍庫には、小国がひと月は食べ物に困らないほどのキャセロールやラザニアやマカロニ・アンド・チーズが詰めこまれていた。父なら実際に小国が買えるだろうが。

「わたしもそうするようにお父さんに勧めたんだけど」ジョーダンが答えた。「問題はわかっていると言うの。お母さんが死んだことだって」彼女は涙を浮かべたが、すばやくぬぐい去った。

カイルは姉の手を握った。「つらいからそう言っているだけだよ、ジョードゥ」すぐにでも父の書斎に乗りこんで、ジョーダンのためにしっかりしろと言ってやりたかったが、それで事態が改善するとは思えない。それに、もちろん父親の痛みも理解していた。家族はみな母の死に理由を見出(みいだ)そうともがいていた。

カイルはさらに一週間、シカゴに滞在することにした。そして二週間が三週間になった。いい日というのはあまりなく、悪い日かわずかにましな日が続いていた。ようやく父が友人や家族と会うことを厭(いと)わなくなるところまで状況が改善してきたので、それはよい兆しだと思ったものの、相変わらず会社にはまったく興味を示さず、仕事絡みの電話や留守番電話のメッセージやメールはたまり続けた。

だから、葬儀から三週間後に〈ローズ・コーポレーション〉の相談役チャック・エーデルマンから会いたいという電話をもらっても、カイルは驚かなかった。チャックは会社の重役であるだけでなく父の顧問弁護士も務めており、父とは大学以来の親友だ。カイルは、ダウンタウンの本社からほんの数ブロックのところにあるレストランで一緒にランチをとることにした。

「お父さんがわたしの電話に折り返しの連絡をくれないんだ」注文をすませるとチャックが話を切りだした。

「ぼくが知る限り、父は誰からの電話にも折り返していませんよ」カイルはさらりと返した。

チャックが優しさをたたえた目で静かに言った。「いいかい。気持ちはわかるんだ。わたしもご両親が初めて出会った場にいたんだから——あれはハッシュ・ウェンズデー（イリノイ大学で恒例になっている年に一度集団でマリファナを吸う日）だった。わたしたちは中庭にいて、きみのお父さんが木陰で友人と毛布の上に座っているお母さんを見つけたんだ。〝最高にいかした女じゃないか〟そう言ってお父さんは歩いていって自己紹介をした。お互いに同じ気持ちだったらしい」

「嘘だろう。本屋で出会って残り一冊しかない古代文明の教科書を取り合ったとぼくとジョーダンは聞いていたのに。そのときふたりは、マリファナでハイになっていたってこと?」カイルも六年間イリノイ大学に通っているので、ハッシュ・ウェンズデーに学生たちが中庭で何をするのかはよく知っていた。

チャックがひと呼吸置いた。「ああ、そうそう、本屋だった。今、思いだしたよ」力をこめて言った。「微積分学の教科書だったね。すてきな話だ」

「古代文明ですよ」

「わたしたちの会話のこの部分はお父さんに言わないのが一番じゃないかな」

「同感です」カイルは言った。「さてと、ぼくの心に一生残る傷を負わせて、これまで抱いてきたけがれのない健全な両親の出会いのイメージを踏みにじったのは別として、今日ぼくに会いたかった理由はなんですか?」

チャックが真剣な面持ちになって両腕をテーブルにのせた。「カイル、お父さんはこんなことをしていてはいけない。彼は十億ドル企業のCEOなんだ」

「CEOだって私的な時間を持つ権利はあると思いますけど」カイルは不満げに擁護した。「三週間前に妻を亡くしたばかりなんですよ」

「お父さんを無理やり会社に連れていく気はない。ただ、せめて連絡がつくようにしてほしいんだ。たまには電話に出て、今でも会社の指揮を執っていることをみんなに示したい」チャックは言った。「ほかの役員たちがいったいどうなっているのかと思い始めているんだ」

「役員だって、今は特殊な状況だと当然理解しているでしょう」

「それはわかっている。だが、〈ローズ・コーポレーション〉が個人企業である事実は変わらない。お父さんは会社そのものなんだ」チャックがどのように先を続けるか模索するかのように座る位置を変えた。「会社の相談役として、わたしから伝えておかなければならないことがある。お父さんは自分に万一のことがあった場合、きみを代表として正式に任命している。つまり私的な面でもビジネスの面でもきみが責任を負うということだ――会社の経営も含めて」

カイルは目頭が熱くなるのを感じた。息子が〈ローズ・コーポレーション〉で働くのを父が望んでいることはもちろん知っていた。だが、これほどまで信頼を寄せられているとは思ってもいなかった。光栄であると同時にとてつもない責任も伴うことだが、それよりもチャックとこのような話をしなければならないところまで来ていることが信じがたかった。たしかに最近の父は、本来の姿からかけ離れている。とはいえ、どれほどとんでもない状況でも、この場ではっきりさせておかなければならないことがひとつあった。

「誰にも父を無能呼ばわりはさせない」カイルは相談役の目をまっすぐ見据えた。「父は帝国を築いた——才覚があって絶大な影響力を持つ実業家だ。そうでないと言うやつはぼくが許さない」

チャックの顔には同情がにじんでいた。「カイル、わたしは敵ではない。力になろうとしているんだ。きみの言うとおり、お父さんは帝国を築いた。今、誰かがそれを動かしていかなければならない。でなければ、いろいろなことを言う人が出てくるだろう。わたしたちが好もうが好むまいが」

カイルは相手が言わんとしていることをはっきりと理解した。三十分かけてミシガン湖沿いに車を走らせ、北側の湖畔にある父の家へ向かいながら、どう向き合うべきかじっくり考えた。そして最終的に、直接ぶつかるのが一番だという結論に至った。

家に着いたカイルは書斎へ直行した。父はデスクの前に座り、パソコンで旧式の車の写真を気のない様子でスクロールしていた。母の死後、父はクラシックカーの修復にいくらか興味を示すようになっていた。〝ローズ・アンチウイルス〟が爆発的な売上げを記録する前、父が趣味として楽しんでいたことだ。

「何か見つかった？」カイルはデスクの正面に腰かけた。

「マックヘンリーに住む男が、一九六八年製のマスタング・シェルビーを売りに出している」父が感情のこもらない声で答えた。

父がしゃべるたび、カイルはいかに父らしくないかを思い知らされた。覇気がなく、物憂げで陰鬱。カイルが二十四年間見てきた、活力に満ちてほとんど伝説的な人物とは明らかに別人だった。

「マックヘンリーなら一時間くらいしかかからない。明日ふたりで見に行ってみようか？」カイルは提案した。

「そうだな」

この三週間、カイルはこうした遠出を何度か勧めてきたが、ひとつも実現しなかった。父は車の修復を口にはするものの、実際の購入に踏みきるほどの興味はないようだ。それを言うなら、何に対してもさほど興味を示さないのだが。

父がカイルに疲れた笑みを見せた。「代わりに車を見てきてもらってもいいかもしれないな。わたしと同じで、おまえも家の外に出たほうがいい」

「実は今日、外出してきたんだ。チャック・エーデルマンとランチを食べた」

父の顔から表情が消えた。「そうか。それで、チャックの用件はなんだったんだ？」

ここでハッシュ・ウェンズデーの暴露話を持ちだすべきでないだろう。はっきり言って、父が裾の広がったズボンをはいてマリファナたばこを吸い、母のことを〝最高にいかした女〟と呼ぶ姿はあらゆる意味でありえないので、記憶からそっくり消し去ってしまいたかった。「そろそろ電話やメールに返事をしたほうがいい」カイルは単刀直入に切りだした。父は立派な大人だ——愛の鞭もいくらかは必要かもしれない。

「チャックは踏みこみすぎている。この件におまえを巻きこむべきじゃなかった」

「仕事に戻るのはいいことだと思うよ、父さん。気が紛れるだろうし」

「気を紛らしたくなどない」

カイルはしばらく黙っていた。「ぼくたちが人生を前に進めても母さんを裏切ることにはならないよ。むしろ母さんは、それを望んでいるはずだ」

父がパソコンに顔を戻した。「わたしは会社のためにたくさんのことをあきらめてきた。これ以上はごめんだ」

その言葉にカイルは驚いた。父はお金に苦労して育ったので、自身の成功をとりわけ誇りにしていた。誰かと五分話せば、国内のコンピューターの三台に一台は〝ローズ・アンチウイルス〟によって守られているという事実を、それとなく自慢する方法を見つけだしたものだ。「何を言っているんだよ。会社を愛しているだろう」

父が首を横に振った。「母さんほどには愛していない。母さんは……わたしのすべてだった。母さんがそのことを知っていてくれたらいいんだが」

父が泣きだした。カイルは椅子から立ちあがりかけたが、父がすぐに片手で制した。

「出ていく必要はない。大丈夫だ」父が涙をぬぐい、すばやく気持ちを立て直した。

「父さん――」

「わたしはいろいろなことを先延ばしにしてきた」父がカイルの言葉をさえぎった。「たとえば、サファリ。母さんは何回あの話をしただろう。何から何まで調べて、南アフリカとボツワナへの二週間の旅を計画してくれた。それなのに、わたしはなんと言った？　いろいろと立てこんでいるから来年にしようと言ったんだ」父は懸命に感情を抑えようとした。「わたしはその約束を破った、そうだろう？」

少ししてから、父が咳払いをした。「それに母さんは、火曜日と木曜日の六時から始まる夫婦の料理教室に行きたがっていた。だが、街から戻るときの渋滞を考えるとわたしには難しかった。だから、また来年受講しようと言った。こうして逃した機会ならいくらでもある」父がカイルのほうを見た。その顔には後悔があふれていた。

「おまえが何をしようとしているのか、わかっている。それには感謝しているんだ」父は落ち着いた青い目で遠くを見ているようだった。「だが、大切なものを守るためなら会社がどうなろうとかまわない。母さんがいなければ何もかも意味がないんだ」

静かだがきっぱりとした父の口調から、この話は終わりだとカイルは悟った。

書斎を出たカイルはチャックに電話をかけ、自分の計画の概要を説明した。父がまた冷静に考えられるようになったときには〈ローズ・コーポレーション〉を好きにすればいい。あの会社を創ったのは父なのだから、最終的に売却して、車が五台入る車庫で残りの人生を一九六八年製のマスタング・シェルビーの修復に費やしたいというのなら、それは父の特権だ。しかしその決断は、今あのデスクに座っている人物が下すことではない――あそこにいるのはグレイ・ローズではないのだから。

翌日の午後、カイルは会社の八名の重役と面会した。場所はあえて父のオフィスにし、これまたあえて父のデスクに着いてこの先の暫定的な計画を説明した。

「みなさんは、各部署の日常業務を責任を持って続けてください」カイルは切りだした。「決定にCEOの承認が必要なことが何かあれば、各自が提案する行動計画とともにわたしに伝えてください。わたしが父に回答させます」

その部屋にいる重役のなかに、グレイ・ローズが決断を下すと本気で信じている人がいるかどうかは疑わしかったが、全員が何年も父と仕事をしてきて、父を尊敬していたので、忠誠心が非常に強かった。反対意見はなく、みながカイルを支援し、できる限り力になると言ってくれた。

〈ローズ・コーポレーション〉の事実上のCEOを務めることは、さまざまな点でカイルが思っていたほどは難しくなかった。チャックだけでなく重役たちの助言や知恵を授かったこともあるが、リーダー的な役割を楽しんでいる自分にも驚いていた。

「きみなら実際に経営できそうだな。わかっていると思うが」ある晩、チャックがカイルに言った。カイルが設定したチャックとの週に一度の〝会社の状況報告会〟の席だった。利便性と、ふたりがグレイのオフィスで頻繁に会うことで社員の懸念が生じるのを避けるため、チャックが父親の後任を務めないかと最初に持ちかけてきたレストランに来ていた。「きみにはすばらしいビジネスの才能がある」

カイルは、その日にコンテンツ・セキュリティ部門の重役から受け取った報告書をぱらぱらとめくっていた。エンドユーザー向けの機器やメールに対する定額制のセキュリティサービスの提供を開始したばかりで、その初期段階の販売実績を示したものだ。「ぼくはただのコンピューターおたくですよ。ローズ家の商才を受け継いだのはジョーダンのほうだ」

チャックがカイルの手元の報告書を皮肉たっぷりに眺めた。「本当にそうかな？しばらくその売上報告書にかじりついていたせいで、ステーキが冷めかけている」

「女性みたいに体型を気にしているだけかも」

チャックが含み笑いをもらした。「あるいは、商才はローズ家の双子の両方に引き継がれたのかもしれない」

こうした状況が数週間続いた。〈ローズ・コーポレーション〉の表向きの見解では、妻の死を受けてCEOは在宅勤務に切り替え、家族とより多くの時間を過ごすことにしたということになっていた。カイルはひそかに経営陣と連絡を取り続け、両親宅の来客用の特別室を仕事部屋にして、夜半にしばしばメールに返信したり、提案や報告書を見直したりした。父とその件について話そうと何度か切りだしてもみたが、会社のことなど放っておけばいいと言われたあの日から進展はなかった。

八月が――いつもなら大学院に戻るはずの月が――迫ってきたが、いまだに父の状態はまったく変わらず、カイルはふんぎりをつけることにした。論理的に話しても、愛の鞭を使っても、専門家の助けを借りるよう父を説得できないのなら、残された選択肢はひとつだけ。

罪悪感を抱かせるのだ。

ある晩、カイルはキッチンでジョーダンと身を寄せ合って計画を練った。「ここは姉さんの出番だ」彼は父が入ってこないか目を配りながら小声で言った。父はまったく家から出ないので、いつもどこか近くにいた。「大げさに頼むよ、ジョーダン。唇を震わせるとか大粒の涙を流してみせるとか、どんなやり方でもいい。姉さんが泣いたら父さんは絶対にノーとは言えないんだから」

ジョーダンが憤然とカイルをにらんだ。「わたしがいつ涙でお父さんを操ろうとしたというの？」

「おいおい、はっきり覚えているぞ。〈バービーのドリームハウス〉は寝室には大きすぎるから買えないと言われて、誰かさんは何日も泣いていたじゃないか」

「それはわたしたちが七歳のときでしょう」ジョーダンが言い返した。「今とはちょっと状況が違うわ」

「それで〈バービーのドリームハウス〉は手に入れたんだっけ？」カイルはあえて尋ねた。

姉はいたずらっぽい笑みを浮かべて肩をすくめた。「サンタさんがわたしのために立ち寄ってくれたのよ」彼女が真面目な顔になって父の書斎のほうをちらりと見た。「わかった、やってみる。こんな段階まで来てしまったなんて、たまらないわ」

「父さんには助けが必要なんだ、ジョードゥ。この問題を解決するにはぼくたちでは力不足だ」カイルとジョーダンがこの件をここまで引き延ばしてしまった理由のひとつはおそらくそれだ——ふたりとも認めたくなかったのだ。

一時間後、父の書斎から出てきたジョーダンは、鼻を赤くしながらも安堵の笑みを浮かべていた。カイルに親指を立ててみせ、うまくいったことを伝えた。

その週のうちに父は、精神科医との面談の予約を入れた。医師は抗うつ薬を処方して週に一度のカウンセリングを設定し、地域の遺族支援団体も紹介してくれた。いきなり変化が現れることはなかったが、カイルにはかつてのグレイ・ローズの面影が少しずつ見え始めていた。まずは、いまだに冷凍庫に保存されている大量のラザニアについて冗談を言うのを耳にした。さらに、カイルがチャックとのミーティングを終えて帰宅すると、父が虐待を受けた女性のための避難所の所長と母の服を寄付する段取りについて電話で話している場面に遭遇した。

それからほどなく、カイルはキッチンのカウンターで夕食用にテイクアウトしたタイ料理を食べながら、最高財務責任者（CFO）から受け取った八月の月次報告書を見直していた。新たに手掛けたエンドユーザー向けの機器やメールに対するセキュリティサービスの売上げは、発売以来、堅実に上昇を続け、ユーザーの反応も好意的な声が圧倒的に多い。

「最新の会計報告書か？」

カイルはぱっと振り返った。その声に驚いて、エビのパッタイを喉に詰まらせそうになる。父がサブゼロの冷蔵庫のそばに立っていた――どれくらいそこにいたのかは見当もつかない。

カイルはパッタイを飲みこんだ。「ああ」自分で用意した夜の一杯――ウオッカのロック――をひと口飲み、父が隣のバースツールに腰かけても、何気ないふりを装った。

カイルに向き直った父の目には、あのなじみ深い鋭い光が宿っていた。父が報告書を指さした。「この夏のわたしの会社でのおまえの仕事ぶりを見せてもらおうかな」

カイルはにやりとした。やっとだ。ややこしい話は抜きにして、父に会計報告書を手渡した。「ちょうどよかった。これを読むのはペンキが乾くのを眺めるくらいおもしろいと思っていたところだったから」

父が忍び笑いをもらした。首を振ってしばらくカイルを見つめ……腕を伸ばしてきつく抱きしめた。カイルは危うくバースツールから落ちそうになった。「ありがとう、カイル」父が声を震わせた。

「どういたしまして」正直に言うと、カイルの目も涙でかすんでいた。

予想どおり、父が次に口にしたのは学校のことだった。「大学院の授業が二週間ほど前から始まっているのは知っている。そろそろシャンペーンに戻りたいんじゃないか」

「シャーマ教授には今期は戻らないと伝えてある」

「それはだめだ。おまえはすでに充分すぎるほど自分の生活を棚あげにしてきただろう」

いずれはこんなときが来るとカイルにもわかっていた——少なくともこのときを待ち望んでいた。そして、自分の選択肢もいろいろと考えていた。シャンペーンに戻ってあと二、三年トウモロコシ畑の真ん中で過ごし、博士号を取得する。あるいは家族とそこまで遠く離れているのは気が進まないならシカゴ大学に編入してもいい。情報科学科のカリキュラムの評判は劣るものの、研究は続けられる。

さらに、もうひとつの選択肢があった。

「たしかに、ぼくはすでに充分すぎるほど自分の生活を棚あげにした」カイルは言った。「もしかすると、このものすごい能力を仕事に活かす頃合いなのかもしれない。幸運なことに、ぼくはとある会社の経営者を知っていて、そこには自分にぴったりの何かがあるかもしれない」

父が紛れもない誇りで目を輝かせ——それから感情を抑えた。「申し出はありがたいが、それがおまえの本当の望みではないことはお互いにわかっている」

実際は、この三カ月半でカイルのやりたいことに対する考え方が大きく変わっていた。今や、カイルとジョーダンと父はひとつのチームだ。この先、もっと大変な時期が間違いなく来るだろうが——きたる感謝祭から年末にかけての休暇の時期が今から恐ろしい——何が起ころうと三人で乗り越えていくだろう。〈ローズ・コーポレーション〉で働けば、たとえ父が自分を必要としなくても、毎日父のそばにいると思うことで心が安らぐだろう。言うまでもなく、そうすることで父が幸せを感じるのはわかっている——そして今、父は小さな幸せを手に入れるべきだ。

とはいえ、カイルの動機はもっぱら自己犠牲の精神によるものでもなかった。驚いたことに、この二カ月ほどで自分が〈ローズ・コーポレーション〉で働くことを楽しんでいるのに気づいた。当然ながら、一時的に父の役割を担っていたときのあの権力は本物のようで偽物だったのだが、トップならではの興奮とみなを導く経験は……かなり魅力的だった。

「もう遅いよ。ネットワーク・セキュリティ部門の部長のポジションが空いていたから、二日前に申しこんだんだ。大きな声では言えないが、ぼくで決まりだと思っている」カイルはバースツールの上で自信たっぷりに伸びをした。「こちらの賃金要求に応じてくれればの話だけどね」

父が片方の眉をあげる。「賃金要求？」

「当然さ、このものすごい能力はただでは提供できないよ」

父はかぶりを振ったが、口角があがって笑顔になっている。「なぜかこれが、今後ネットワーク・セキュリティ部門の腹立たしいほど強情なカイル・ローズから次々に寄せられる要求のひとつ目だという気がしてならないな」険しい表情を作りながら指摘する。「おまえもほかの社員と同様に、上を目指す道は自力で見つけるんだぞ」

カイルは父の肩をつかんだ。〈ローズ・コーポレーション〉で働くあいだにふたりは間違いなく何度もぶつかり合うだろう。だがこの時点では、お互い完全に意見が一致していた。「望むところだ」

カイルが自分の話をするあいだ、ライリーンはひと言も口を挟まなかった。テーブルに着いたまま、ただ耳を傾けていた。彼が非常に個人的な何かを胸にしまっているのは感じていた――父親のプライバシーを守りたいという強い意識の表れだったのは間違いない――けれど、九年前に家族のもとへ帰っていた長い期間をどう過ごしたのか、はっきりと頭に浮かぶほど多くのことを語ってくれた。

そして、そのイメージにライリーンはすっかり打ちのめされた。ツイッター・テロリスト、億万長者の相続人、前科者、コンピューターおたく、遊び人——どれもカイル・ローズを表す言葉からはほど遠い。彼は、単に〝いい人〟で、自信に満ちた知的な人なのだ。ライリーンはその組み合わせにたまらなく心を惹かれた。

初めからカイルには伝えてある——そして自分にも言い聞かせている——が、ライリーンは本気の恋愛は求めていない。にもかかわらず、一緒に過ごしたこの二週間ほどで避けがたい結論にたどり着いてしまった。

カイルはもっとふさわしい女性とつきあうべきだ。

彼には、つきあっている事実を隠そうとしない女性がふさわしい。上司にツイッター・テロリストとデートをしていると打ち明けることをためらわない女性が。決して後悔しない女性が。たとえその決断によって彼女が何より大事にしているキャリアに影響が出たとしても。

そしてもっとも難しい問題は、自分が、その女性なのかということだ。

「なんだかひどく真面目な顔をしているな、カウンセラー。初デートにしてはちょっと重すぎる話だったかな?」

からかうような口調とは裏腹に、カイルの目から本気で心配していることがわかり、ライリーンはその考えを頭からすばやく追い払った。テーブル越しにカイルの手をそっと握る。「もしあなたがわたしに、信じられないほどすてきな人だとあなたを印象づけてデートを終えさせたくない場合には、重すぎたかもね」

カイルがライリーンの手を取って指に唇を寄せた。「いいや。すてきな人だと思ってくれてかまわないよ」

その夜、ライリーンはリムジンの後部座席でカイルに寄り添いながらシカゴへ戻った。

運転席との間仕切りはぴったりとしまったままで、柔らかいジャズの音色がスピーカーから流れていた。ノラ・ジョーンズの《カム・アウェイ・ウィズ・ミー》が聞こえてくると、カイルがライリーンの腰に片手を滑らせた。頭を傾けたライリーンはカイルに口づけされて心が締めつけられる思いがした。

優しく唇をかすめるようなキスで、今だけはふたりのあいだに言葉はいらなかった。しばらくしてカイルが身を引いたので、ライリーンは目を開けた。見つめ合っていると、これまで一緒に過ごしたどの夜よりも親密に感じられた。

やがてふたりでライリーンのアパートメントに入ると、彼女はカイルの手を取って寝室へといざなった。ワンピースのウエストの飾り結びをカイルがゆっくりとほどき、服を肩から滑らせて床に落とした。それからライリーンを両腕に抱きあげてベッドまで運んだ。

カイルが手と口でそっと体をたどり、ライリーンを焦らした。それからようやく彼女の脚のあいだに体を落ち着けると、身を沈めてライリーンを完全に満たした。彼女の髪に両手を絡めながら、耳元でかすれた声でささやく。

「きみはぼくのものだ、ライリーン」

# 31

翌朝、ライリーンが仕事に出かける支度をする一方で、カイルは彼女のリビングルームで絶え間なくかかってくる電話をさばいていた。ようやくひと息ついて寝室に入ってきたときには、ライリーンは髪のセットを終えていた。

「電話が鳴りっぱなしだったことからして、どうやらツイッター・テロリストと関係を持ちたい人はかなりいるみたいね」ライリーンはからかった。

「今のところは大いに盛りあがっているようだ」カイルが両腕をライリーンの腰にまわして、首元に鼻を押しつけた。顎がライリーンの肌を軽くこすっていく。カイルはすでに寝室で見つけた予備の歯ブラシを勝手に使っていたが、剃刀（かみそり）やほかの私物を彼女のアパートメントに置いておくという話まではしていなかった。

カイルが体を離して鏡越しに目を合わせるのを見て、ライリーンはそのいたずらっぽい表情から何かあると気づいた。「なんなの？　その顔は何かあるんでしょう」

カイルが満面の笑みを浮かべた。「『タイム』の表紙になることが決まった」

ライリーンは思わずきき返した。「待って――あの『タイム』誌？　あなたが、表紙に？」

「ああ。やり取りしていた記者からついさっき電話をもらって、編集長の承認がおりたそうだ。ぼくの写真に〝ネットワーク・セキュリティ界の新星〟という見出しをつけるつもりらしい。逮捕直後に撮られた容疑者用の写真が使われないようにふたりで祈ろう」カイルが冗談を言った。

「『タイム』の表紙」ライリーンは繰り返した。それから振り向いて、カイルの唇にしっかりとキスをした。「それってすごいわ」

「会社を立ちあげようとしているところだし、タイミングもばっちりだ」カイルが肩をすくめた。「ツイッター事件について話すことにはなったけどね――ティフアナでのこと、有罪判決を受けたこと、刑務所での生活、そういった一切合切を。でも、話す価値はあると思う」

とたんにライリーンの気持ちは沈んだ。カイルのことを思うとこれ以上ないほど気持ちが高ぶり、彼にとってすばらしい機会だとはわかっている。けれどもインタビューのせいで、逮捕や有罪判決の詳細にふたたび注目が集まるだろう。ライリーンは世間がその件を……忘れてくれるようずっと願っていた。

カイルは自分を〝テロリスト〟と呼んで最長の懲役判決を求めたことも含め、検察の扱いにはずっと腹を立てていた。記者がこうした話題について質問するのは避けられない。カイルがありのままに答えたとしたら、検察のイメージはがた落ちするだろう。

一週間後の光景が早くも目に浮かぶ。記事が掲載された『タイム』が店頭に並んだ朝、ライリーンが検事局に入っていくとほかの検事補たちが廊下でそれをネタにおしゃべりをしている。ケイドは悪役と見なされることにうんざりしながら彼女のオフィスへ愚痴を言いに来る。キャメロンは前任者が退任したあと必死で取り戻そうとしてきた検察の品位がまたもや疑問視されることになり、いらいらするに違いない。

そして、表立ってはいないものの、ライリーンはすべての渦中にいることになる。

もちろんインタビューで検察を非難するようなことは言わないようカイルに頼むことはいつでもできる。けれども、それは間違っている気がした。ライリーンが賛成しようがしまいが、カイルにはその件について自分の意見を口にする権利がある――実際、カイルがローズ家の人間であることと所有する資産の面から、彼の責任を特に厳しく追及するようケイドが指示されていたのを彼女は知っている。

そういうわけで、ライリーンとカイルの置かれた状況はさらに複雑になった。「どうかしたのか?」カイルがライリーンの顎に手を添えた。「また深刻な顔をしているぞ」

ライリーンは心からの微笑みに見えることを願いながら顔に笑みを張りつけて冗談でかわした。これはカイルにとって絶好の機会だ。彼のためにも、それをつぶすことはできない。「ごめんなさい。ちょっと感激しちゃって。雑誌の表紙を飾る人と触れ合うなんて、毎日あることじゃないから」

カイルがライリーンを見つめた。「毎日のことになるかもしれないだろう?」

ライリーンの心臓が早鐘を打ち始めた。いきなり〝その話〟をするときがやってきた。体の反応からすると、自分はふたりの関係を次の段階に進めることにわくわくしている……あるいは、パニックを起こしかけている。

そのときカイルの携帯電話がふたたび鳴って、その瞬間に水を差した。

カイルが小声で悪態をつく。「この電話には出ないと。すまない、今はすごくばたばたしているんだ」

「気にしないで。あなたは自分の仕事をして」カイルがその場から離れると、ライリーンは震える息を吐いた。

ライリーンが出勤の支度を終えてキッチンでボウルにシリアルを入れていると、カイルが電話を切ってリビングルームにやってきた。

「そろそろ行くよ」カイルが言った。「急いで家に戻って、さっとシャワーを浴びてからオフィスに向かう。ショーンの話だと、今朝はすでに仕事の問い合わせが三十件あったらしい」カイルがライリーンを引き寄せた。「今夜は家族との夕食会に行ってくる。八年前にジョーダンと始めた恒例行事なんだ。母が交通事故に遭った日に父がひとりで過ごすことがないように。そのあとで電話をしてもいいかな？」

ライリーンはうなずきながら、今夜は別々に過ごすのも悪くないかもしれないと考えていた。間違いなく彼女には考えるべきことがたくさんある。「もちろんよ」ライリーンはカイルの顔に触れた。「今日で事故から九年目を迎えるのはつらい？」

「年を追うごとに少しずつ楽にはなってきている」カイルが出かける前の長く熱烈なキスをしてから、うめき声とともに身を引いた。「こんなことをしていたら、いつまで経っても行けやしないな」

「どのみちそろそろ追いだそうとしていたの。このあと午前中に大陪審の聴聞会に行かなくちゃいけないから」

「うーん、いいね。きみが午後までぶっ通しで弁論する姿が目に浮かんできたよ。どんな案件なんだい？」

「秘密の案件よ」

「そうか。大陪審室で起きたことは他言無用。その言葉はよく覚えているよ」カイルがウインクをしてアパートメントを出ていった。

ライリーンは、彼が去ったあともしばらくその場に立っていた。板挟みの重圧が身に染みるにつれ、笑みがゆっくりと消えていく。その件をいったん脇に押しやって、スプーンとシリアルボウルを手に取った。カウンターに座り、iＰａｄを立ちあげて朝刊の見出しに目を通していると、扉をノックする音が聞こえた。

カイルが忘れ物でもしたのだろう。そんなことを考えながらバースツールからおりてキッチンを出た。リビングルームを横切り、鋭く青い瞳とえくぼを目にするつもりで玄関を開けた。

ところが、彼女はそこで凍りついた。

どういうわけか、玄関先に立っていたのはジョンだった。

ジョンが両腕を広げた。「驚かせに来たよ！」

# 32

ライリーンはあっけに取られて目をしばたたいた。「ジョン。ここで何をしているの?」広げた腕には気づかないふりをした。今ここで抱擁を受け入れる気はない。

しばらくすると、ジョンが両腕を脇におろした。「わかったよ。あたたかい抱擁で迎えてもらおうなんて高望みしすぎたかな。ここにいるのは話がしたいからだ」

「でも……イタリアに電話はないの?」

ジョンがライリーンを指さしてにやりとした。「ああ、その皮肉が恋しかった。ぼくは電話で話そうとしたよ、覚えているかい? 一方的に切られたが」

正確に言えば、まずライリーンは別れを告げて切った。けれども今は言い方の問題にこだわってもしかたがないだろう。「ほかに話すことはないと思ったからよ」しかしこうしてジョンが突然ここに――彼女のアパートメントの玄関先に――現れたということは、その考えは間違っていたらしい。

居心地が悪そうにジョンが足を踏み替えた。「なあ、ローマから十時間かけて飛んできたんだ。ふたりでいろいろなことを乗り越えてきたのに、他人みたいに廊下に立たせておくつもりかい？」

ライリーンはいっとき、実際にそうしようかとも思った。けれど、ドア口から一歩さがって彼を招き入れた。

ジョンが微笑んだ。「ありがとう」

ライリーンはジョンがリビングルームに入って室内を確認している様子を見つめた。彼は最後に会ったときとあまり変わっていなかった。ただ髪は少し短くなり、健康そうに日焼けしている。イタリアでの生活が合っているのだろう。

「いいところだね」ジョンが言った。カウンターを見まわして、ぽつんと置かれたシリアルボウルとｉＰａｄに目を留める。ひとりきりの朝食だ。

反対尋問を始める前に、ライリーンにははっきりさせておかなければならないことがひとつあった。「どうやってわたしの居場所を知ったの？」

「ケリーとキースさ。ここへ移るとき、ふたりに引っ越し先を教えただろう」

アパートメントの査定を終えたらしいジョンが向き直ったところで、ライリーンは本題に入ることにした。「ここにいる理由を聞かせてくれる？」

ジョンがライリーンと目を合わせた。「ぼくは間違いを犯したらしい。ぼくたちのことで。イタリアは思っていたような場所ではなかった」彼が一歩踏みだした。声音が和らいでいる。「きみがいなくて本当に寂しかった、ライ」

その言葉を聞いたとたん、ライリーンの胸にさまざまな感情がわき起こった——後悔、哀れみ、そしていくらかの悲しみさえも。

けれどもそこに愛はなかった。

「やめましょう、ジョン。もう終わったのよ。お互いに納得したはずでしょう。あなたがローマ行きの飛行機に乗るために出ていったときに。わたしはもう前に進んでいるの」

ジョンのはしばみ色の目に感情が揺らいだ。「誰かとつきあっているのか?」

ライリーンは口をつぐみ、それからうなずいた。「ええ」

「真剣に?」

難しい質問だ。「そうかもしれない」

ジョンがたじろいで天井を見あげた。「そうか。その答えは予想していなかったな」

少ししてから彼がライリーンに視線を戻すと、その目はうるんでいた。

それを見てライリーンは言葉を失った。今、昔の恋人とのあいだに何が起きているにせよ、相手は明らかに混乱していて、いい状況とは言えない。「ジョン、残念だわ」ジョンが髪をかきあげた。「疲れたな。長いフライトだったから。水を一杯もらえないか?」

「もちろんよ」ライリーンはキッチンに入って冷蔵庫から水のボトルを取りだした。ドアを閉めたとき、ジョンがあとからついてきてカウンターの脇に立っているのに気づいた。「あら。はい、どうぞ」ライリーンは水を手渡した。

「ありがとう」ジョンが蓋を開けてひと口含み、ボトルをカウンターに置いた。「ひとつだけ教えてくれ。ぼくとつきあっていたとき、きみは幸せだったかい?」

そう、幸せだった。一緒に暮らし、もちろんほかのカップルと同じように問題もあったけれど、三年つきあい、一緒に暮らし、彼との結婚さえ望んでいた。けれども、ライリーンは六カ月計画を立てて彼のことを吹っ切った——それがなければ、もっと苦しんでいたはずだ。

そのことが多くを物語っていた。

「ええ、幸せだったわ。でも——」

ジョンがライリーンの唇に指を当て、言葉を途中でさえぎった。「それなら終わらせる必要はない。あの夜、〈ジャルディニエール〉できみを傷つけたのはわかっている。プロポーズを期待していたきみに、ぼくはローマ行きの壮大な計画を打ち明けて不意打ちを食らわせたんだから。ぼくがばかだったよ、ライ。本当に後悔しているんだ。でも、ぼくたちはやり直せる。もう一度チャンスがほしい」

ライリーンはジョンの手を取って口から離した。彼が聞きたいかどうかにかかわらず、言わなければいけないことがある。「チャンスはもうないわ、ジョン」彼女は静かに、けれどもきっぱりと伝えた。「あなたのことはもう愛していないの」

ジョンの手を放そうとしたライリーンは、逆に手首をつかまれた。「待ってくれ、もしきみが——」

「彼女に触れるな。さもないと、〈ジャルディニエール〉での夜以上に後悔することになるぞ」

ライリーンが振り向くと、カイルがキッチンの入り口に立っていた。青い目が怒りに燃えている。腹を立て、神経が張りつめていて、今にも喧嘩を始めそうだ。

「カイル」ライリーンが驚いて声をあげると同時に、ジョンはつかんでいた彼女の手首をすぐさま放した。

カイルがライリーンに目を向けた。ライリーンが知るのんきな雰囲気とはほど遠く、彼女に腹を立てているのかと思うと気持ちが沈んだ。どれくらい話を聞かれたのかはわからないが、彼にしてみれば足を踏み入れた瞬間に目にした光景は信じがたいものだったに違いない――とりわけあんなふうに恋人に裏切られたことがある彼には。

けれどもカイルは、キッチンに入ってくるとライリーンのそばに立った。「ライリーンは自分の気持ちをはっきり伝えたと思うが」ジョンに向かって言う。

ジョンが目をしばたたき、相手が誰なのかに気づいてはっとする。「なんてこった、あんたのことは知っているよ。今週ずっとニュースになっているからな」それからまったく信じられないという顔でライリーンを見た。「きみはツイッター・テロリストと寝ているのか？」さもおもしろくなさそうに笑う。「きみが――花形の連邦検事補が、犯罪者と。どうやったらうまくいくのか聞かせてもらえるかい？」

「もしぼくの記憶が正しければ、おまえにはもはや関係のないことだ」カイルがうなるように言った。

「おっと、癇にさわったようだな」ジョンが切り返した。

ライリーンはふたりのあいだに入った。「もういいわ、この部屋には男性ホルモンが充満しているみたいね」カイルの腕に手を置く。「廊下で話せる？」

カイルはしばらくジョンをにらみつけ――その見た目は億万長者の相続人やコンピューターおたくというより、まさに前科者だ――それからライリーンに顔を戻してうなずいた。「わかった」

　ふたりは玄関の外へ出て、狭い踊り場に立った。玄関マットとふたりがやっと立てる程度のスペースしかない場所で、反対端からは一階と二階におりる階段が延びている。

　まずは大事なことからだ。「ここで何をしているの？」ライリーンは玄関の扉を閉めてからささやいた。

　カイルが腕組みをする。「ふざけているのか？　別れた男がきみと一緒にキッチンにいて、そこできみへの不滅の愛を宣言していたんだぞ。それなのにぼ
くに何をしているのかきくのか？」

「だって、あなたの反対尋問はかなり長くなりそうだから、まずはわたしの質問を全部ぶつけておこうと思ったの」

　カイルが指を突きつけた。「こんなふうに怒っているときに小ざかしい物言いはやめてくれ。それから念のために言っておくが、ぼくが戻ってきたのはナイトテーブルに腕時計を忘れたからだ。戻ったらきみのアパートメントから男の声がして、ドアの鍵が開いていた。だから、なかに入った」

　入ってきたばかりってこと？「あなたがもう少し落ち着いているときに、踏みこ

んでもいい境界線とあなたの独占欲について話し合ったほうがよさそうね」

「ああ、そうかい。今度きみのアパートメントから知らない男の声がして、なぜか玄関の鍵が開いていても、強盗に押し入られていないか、きみが起訴した頭のおかしな凶悪犯に銃を突きつけられていないか、確かめないことにするよ」

ライリーンはひと呼吸置いて、考え直した。「今は独占欲に関してあれこれ言うときではないかもしれないわね」

カイルがライリーンのスカートのウエストに指をかけて引き寄せた。「今度はぼくが反対尋問をする番だ。まずひとつ目——あのまぬけはいつ帰るんだ?」

ライリーンは首をかしげた。「わたしのことは怒っていないの?」

「ああ、最初にキッチンに入ったときは激怒していた。ふたりで立っていて、やつがきみの唇に指を置いているのを見たときはね」カイルが表情を少しゆるめた。「だが、そのあと〝もう愛していない〟と言うきみの声が聞こえたんだ」ライリーンと目を合わせる。「あいつが言ったことは本当なのか? きみがやつと結婚したがっていたというのは?」

ライリーンはためらったが、嘘はつきたくなかった。「ジョンとつきあっていたときは、そう、彼と結婚するんだろうと思っていたわ」カイルの顎に力が入るのを見て、彼女は続けた。「でも、今では遠い昔のことみたい。あれからいろいろあったから」

その言葉でカイルの気持ちはいくらかおさまったようだった。「それで最初の質問に戻るが、あいつはいつ帰るんだ？」

ライリーンはふたりの距離をさらに縮めた。ジョンのことで言い争いたくはない。「すぐに帰るわ、約束する。だけど、彼はこの話をするためにイタリアからひと晩かけて来たの——そのまま通りに放りだすわけにはいかないわ」

「そうか。なら、代わりにぼくがやろう」

ライリーンはカイルの胸板に両手を滑らせた。「カイル、七カ月前にあなたは女性からひどい仕打ちを受けて、心に大きな傷を負った。そのときと状況が違うのはわかっているけど、わたしはそこまで冷酷じゃない。どう見てもジョンが必要としている何かしらの結論を与えないまま、彼をはねつけることはできないわ」カイルを見あげた。「それに、わたしのことは信じられるでしょう」

カイルがしばらくライリーンを見つめてから、ようやくうなずいた。「わかった」

ライリーンは安堵の息をついた。ふたりが正式につきあっているかどうかは別として、初めての喧嘩を無事に切り抜けて問題のない結末に落ち着いた。問題がないどころか、それ以上の結末かもしれない。

カイルが矛先をライリーンに向けるまでは、そう思っていた。

「だが、きみの別れた男には、ぼくたちがつきあっているとわからせる必要がある」カイルが断言した。「実際、みんなにわからせる頃合いなんじゃないかな。もうきみのアパートメントでこそこそ会ったり、秘密のデートをしたりするのはごめんだ。もし公にするのなら、きちんとした形で公にしよう」

そんなふうにして〝その話〟は始まった。

「その話し合いを今するつもり？　こんなところで？」ライリーンがきいた。

「話し合うことなんてほとんどないと思っていたんだが」カイルは彼女の顔をじっと見つめた。「それは間違いだったとわかったよ」

たしかに絶好のタイミングはではないだろう。しかし、かつて彼女が結婚を望んだ男がキッチンで待っていて、その相手がよりを戻したがっているという状況に置かれたせいで、カイルの独占欲は猛烈な勢いで芽生えていた。単純明快なことだ。そして今回は、カイルはライリーンのすべてを望んでいた。

それ以外の答えでは納得できそうになかった。

「わかっていたでしょう、わたしの仕事のせいで始めから状況は複雑だった」ライリーンが切りだした。

「状況は変わったと思っていた。特に、ゆうべを境に」

ライリーンが表情をゆるめた。「ゆうべは本当にすてきだったわ。話したとおり、これまでで最高の初デートだった」

「毎日そんなふうに過ごせるかもしれないよ、ライリーン」カイルは彼女の肩に両手を置いた。今しかないと感じていた。カイルは自分の気持ちを口にするのが得意なほうではないし、はっきり言って彼女も同じようなものだ。だから、ふたりはいつも皮肉や冗談でごまかしてきた。しかし人生には、男が言うべきことを言わなければならないときがある。

今がそのときだ。

そこでカイルはライリーンの目をのぞきこんだ。「ダニエラとのことがあってから、ぼくはずっと二度と誰とも深い関係になるものかと自分に言い聞かせてきた。だが、きみが現れてすべてが変わった。ぼくはもうきみの遊び相手ではいたくない、ライリーン。あらゆる意味で一緒にいたいんだ」

〝なぜなら、きみを愛しているから〟

その言葉が喉元までせりあがってきたところで、カイルはそれを押し戻した。

偽りだからではない――むしろその逆だ。決して忘れられなかった彼女の美しい琥珀色の瞳を見つめながら、その言葉がどれほど正しいかを確信していた。しかし同時に、ライリーンの顔に迷いがあるのを認め、不安を覚えるとともにこの会話がどのような結論に至るのか確信が持てなくなった。そんなときに〝愛している〟という言葉を――これまで誰にも言ったことのない言葉を――口にしてしまえば、永遠に取り消すことはできない。

そこでカイルは口を閉じ、彼女の答えを待った。

「わたしもあなたと一緒にいたいわ」ライリーンが言った。

カイルは口元をゆるめ、彼女を抱き寄せようとしたところで、まだ続きがあることに気づいた。「でも?」

「でも、もう少し時間がほしいの。あなたは新しい会社のこととか〈ツイッター〉社のことで世間をにぎわせていて、今度は『タイム』誌のインタビューもある。今週はわたしたちがつきあっていることを公にするときではないわ。あと数週間か、数カ月待ちましょう。そして状況が落ち着いたら――」

「数カ月?」カイルは身を引いて、しばらく何も言わなかった。「ぼくと一緒にいるところを見られるのがそんなに恥ずかしいのか?」

ライリーンは力いっぱい否定した。「違う。恥ずかしいなんて思っていないわ。ただ、ある事実を自覚しているだけ――まず第一に、わたしは連邦検事補で、あなたは……その、あなただってことを」

これはこれは、わかりやすい解説をありがとう。「正しく理解しているか確認させてくれ。ライリーンは、九年前に出会った女性は、ぼくと一緒にいたいと思っている。だが〝女検察官ピアース〟は、体の関係だけを求めている。そういうことか？」

ライリーンがいらだたしげに両手をあげた。「何を言わせたいの、カイル？　ツイッターを使えなくするのをおもしろがる人もいるかもしれないし、そのことであなたにファンがいるのも知っているけど、実際にあなたは有罪判決を受けているの。わたしは最初からあなたに率直に接してきたから、今日もはっきり言うわ――これはわたしにとって難題なの」

カイルはあとずさり、そっけなく言った。「へえ。ＭＣＣに放りこまれたときよりも自分が凶悪犯みたいに感じる日が来るなんて思ってもみなかった」

ライリーンが表情をなごませた。「そんな意味で言ったんじゃないの。持ち合わせていない答えを迫られて、つい口にしただけ。今朝は別れた恋人が思いがけず訪ねてきて、今度はいきなりあなたから結論を求められた。でもわたしにとっては初めてのことで――だってわたしたちは二週間ほどしかつきあっていないでしょう。どうして物事を整理できるまでのあいだ、もう少し待てないの？」

ああ……ようやくカイルはここで何が起きているのか理解した。ライリーンは彼に対する気持ちに確信が持てないのだ。

カイルはこれまで、たくさんの女性とつきあってきた。いつもうわべだけで楽しんで、誰とも真剣につきあおうとはしなかった。ダニエラとでさえ一歩引いていて、本当の意味で彼女を受け入れていたわけではなかった。だが、ライリーンとは違った。ふたりの関係は一緒に食事やワインを楽しむだけのものではない――本物だった。彼女に心を開き、家族のプライベートなことさえ打ち明けた。そして今、すべてをさらけだした――この数週間に見せてきたもので、彼女の心をしっかりとつかめることを願いながら。なぜなら、カイルにとって彼女と過ごしたこの数週間は完璧で――すべてだったからだ。自覚していなかったが、いつだって関係を築きたかったのだ。

しかし、どうやら彼女にとってはそれだけでは充分でないらしい。

こんな状況でそれ以上男から言えることはない。

カイルは一歩踏みだし、ライリーンの顎を優しく包んだ。「カウンセラー、きみとぼくの違うところは、ぼくにはこれ以上の時間は必要ないということだ。ぼくは自分の気持ちがわかっているからね。きみは自分の仕事を愛している――それは理解しているし、きみを尊敬する点のひとつだ。だが、三十三年かけてようやく本物だと思えるものを見つけたのに、きみの心のなかで常に二番手に甘んじるつもりはないよ。ぼくはそれ以上を望んでいる」

ライリーンがカイルの手に自分の手を重ねた。瞳にはたくさんの感情があふれている。「カイル……こんなことをしないで。あなたのことは二の次だなんて言ったことはないわ」

「わざわざ言う必要もなかったよ、ライリーン」カイルはそっと告げた。

どのみちわかっていたから。

カイルは身をかがめてライリーンの額にさよならのキスをした。それから意を決して、名前を呼ばれても振り向かず、これを最後にするつもりで彼女のアパートメントをあとにした。

# 33

その夜、カイルはシカゴのリバーノース地区にあるロフトスタイルのレストラン〈エピック〉に足を踏み入れると、家族——未来の義兄も含む——が奥まったテーブルに着いているのを見つけた。

ジョーダンからは前もって電話をもらい、ニックも夕食に誘ったことを告げられていた。年に一度の家族の恒例行事にニックを加えたことでカイルが気を悪くするのではないかと思ったのか、ためらいがちな口調だった。

「ぼくにわざわざ断る必要はないよ、ジョードゥ」カイルは言った。「ニックとは今ではいい関係なんだから」

「あら、あなたたちは本当に絆を結んだのね」ジョーダンがからかった。「微笑ましいわ」

「ああ」

電話の向こうで長い沈黙が続いた。

「それだけ?」ジョーダンがきいた。「皮肉を返さないの?」とたんに心配そうな口調になる。「何かあった?」

「何も。仕事のことで頭がいっぱいなだけさ」カイルは嘘をついた。「じゃあ、あとで、レストランで会おう」ジョーダンにそれ以上質問する隙を与えず電話を切った。ただただ家族との食事会をできるだけ痛みを伴わずに乗りきりたかった。そして自宅に帰って、このとんでもない一日を忘れたかった。

テーブルに近づきながら、カイルは顔に笑みを張りつけて普段どおりにふるまった。「遅れてすまない。渋滞がひどくて」ニックと父のあいだの空席に座り、目の前のメニューを手に取った。「で、おいしそうなのはどれだい?」

誰も答えないのでメニューの上から顔をのぞかせると、三対の目が信じられないというようにカイルを見つめていた。

「本気でこっちから質問させる気か?」父が言った。

カイルはテーブル越しにジョーダンに冷たい視線を投げかけた。〝父さんに何を言ったんだ?〟

〝何も〟ジョーダンがにらみ返してくる。「〈ツイッター〉社と取引したってどういうこと？」姉がカイルを促した。

ああ、そうか。忘れていたが、カイルは姉にも父にもまだその話をしていなかった。ふたりとも報道されてすぐに電話をくれたのに、見込み客からの問い合わせの対応や、そのあとのライリーンとのデートでばたばたしていた。

これがたった二十四時間以内に起きた出来事だとは思えない。ゆうべはあんなにすばらしかったのに、瞬く間にすべてが変わってしまった。

今はとにかく、彼女との関係が早いうちにはっきりしてよかったと自分に言い聞かせるしかない。

「服役中に浮かんだアイデアなんだ」カイルは家族の質問に答えた。「四カ月も檻のなかにいれば、ブレインストーミングの時間はたっぷりあるからね」そう言って水を飲んだ。

父が笑った。「言うことはそれだけか？　いつもはそんなに謙虚じゃないだろう」

ジョーダンが疑わしげにカイルを見た。「あなたがそんなに謙虚だったことは一度もないわ」それから目で訴える。〝どうしたのよ？〟

カイルは眉をひそめた。〝どうもしていない。放っておいてくれ〟

ジョーダンが首をかしげた。〝今度は何をしでかしたの？〟

カイルは顔をしかめた。〝信頼が厚くてうれしいよ〟

ジョーダンとカイルに挟まれて座っていたニックが、いかにもＦＢＩ特別捜査官らしく片方の眉をあげた。「その表情はどういう意味だ？」

それを聞いた父が、メニューから顔をあげた。「また双子同士であれをしているのか？　ふたりが幼い頃には、マリリンとわたしもよく不気味に思ったものだ。夕食の席でずっとそんなふうに会話をしているんだから」そっけなく片手を振る。「そのうち、きみも慣れる」

ありがたいことに話題は移り、カイルは〈ツイッター〉社のＣＥＯとの面談について詳しく話すことで家族の気をそらした。それからニックが、ＦＢＩのシカゴ支部を総括する特別捜査官に昇進したおかげで、今後は潜入捜査をする必要がなくなったことを話した。そのあとジョーダンに微笑みかけて手を握るのを見て、カイルはそのことがかつてふたりにとって問題だったのだという印象を受けた。

「それはうれしい知らせだ、ニック。ということは、うちの娘ともうすぐ結婚するということかな？」父がいきなり問いかけた。

ジョーダンが唖然（あぜん）として目を見開いた。「お父さん！」

ニックが椅子の上でもぞもぞと体を動かすのを、カイルはしばらくおもしろがって見ていたが、やがてFBI捜査官に向かってグラスを軽く持ちあげた。「ローズ家にようこそ」

父がカイルに顔を向けた。「おや、わたしがおまえの立場なら、ここで安心したりしないぞ。次はおまえの番だからな」

「ぼくが何をしたんだ？」カイルがきいた。

「おまえが親しくしている黒髪のセクシー美女というのは誰なんだ？」父が質問した。

くそっ、〈シーン・アンド・ハード〉め。「新聞で読んだからってなんでも鵜呑みにするのはよくないよ、父さん」カイルはぼやいた。とはいえ、その部分はまさしく事実なのだが。

「そうだな。だったら、新聞で見たことならどうだ？　その黒髪のボムシェルが登場する少し前には、かわいい連邦検事補がいただろう。おまえが彼女の胸を眺めているところを写真に撮られたあの娘だよ」父が当てつけがましくカイルを見やった。「おまえはもうCEOなんだ、カイル。私生活も仕事と同じくらい真剣に考えてもいい頃じゃないか」

カイルは大きく息を吸い、黙って十まで数えた。父から何年も聞かされてきた小言だ。いつもならここでにやりとして〝そうだね、父さん〟と答え、食事会のあとで家に向かいながら世間で話題になっている女の子に電話をするところだ。

だが、今夜は違う。

「まず第一に」カイルは切りだした。「ぼくは、あのかわいい連邦検事補の胸を眺めてなんかいない。彼女の目を見ていたんだ。あとから思えば、あのときに完全にとりこになってしまったと気づくべきだったのかもしれない。真剣に考えるという話のほうは、まあ、ここはみんなが驚くところだけど——試してみたんだよ。それですばらしい何かを手に入れたと思った。でも結果はどうなったと思う？　彼女はぼくとの真剣な交際は望んでいないそうだ。そのことが、今朝わかってね。だから今夜は、今回だけは〝カイルは本当にばかなやつだ〟っていうお決まりのパターンを飛ばしてくれたら本当に助かるんだが」

父の表情が曇り、やがて残念そうな顔になった。「すまない、カイル。気づいてやれなくて」

ジョーダンが偽りのない思いやりにあふれた顔で、テーブル越しに手を伸ばしてくる。「何があったの？　ライリーンとはうまくいっていると思っていたのに」

カイルは家族に悪気がないのはわかっていたが、これなら皮肉を言われるほうがましだった。今朝は自分の気持ちをさらけだして分析したり反省したりしてみたものの、あまりうまくいかなかった。一番やりたくないのはそれをまた繰り返すことだ。そこで彼は椅子から立ちあがった。「お察しのとおり、デザートって気分じゃないんだ。ぼくのことは気にしないで、みんなは注文してくれ。ちょっと外に出てくるよ——いくつか折り返しの電話をしないといけないんだ」

カイルはレストランの屋上にあるカクテルラウンジでレンガの塀に寄りかかって、周囲の高層ビルの印象的な夜景を眺めていた。夕食会のあいだに受信した留守番電話のメッセージとEメールと携帯電話のテキストメッセージを確認する——ライリーンから何か届いているのを願っていたことに気づき、そんな自分に腹が立った。あんなふうに物事を放りだしてきたあとで彼女が電話をかけてくるとは思えなかったが、アパートメントを去ってから起きたかもしれないあらゆる出来事が頭をめぐっていた。そのなかでいいものはひとつもない。

おそらく真っ向から挑む前に、そのことを考えるべきだったのだろう。ライリーンがかつて結婚を考えていた男がキッチンで待っていたのだから。

そんなことにすら考えが及ばなかったなんて愚かだったとカイルが悔やんでいると、不意に背後から足音が聞こえた。

「ジョードゥ、気遣いはありがたいんだが」カイルは振り向きもせず言った。「今はあまり話をする気分じゃないんだ」

「そうか。それなら酒でもどうだ？」

その声に驚いて首をめぐらせると、父がロックグラスふたつを手に立っていて、ひとつをカイルに差しだした。「特別にザ・マッカラン21年のボトルを開けさせた」

カイルはかすかに口元をゆるめてグラスを受け取った。「グレイ・ローズには最高のものだけを」

「カイル・ローズには最高のものだけを、だ」父が訂正する。「時の人だからな」そう言ってカイルと並んでレンガの塀に寄りかかった。「〈ローズ・ネットワーク・コンサルティング〉社の立ちあげを、わたしもほかの人と同じように新聞で知らなければいけなかったのには何か理由があったのか？」

ああ、なるほど。気になっていたのはそこか。「報道発表のあと電話をするつもりだったんだけど、あの日は手がつけられない状態になってしまってね」カイルは言葉を切ってどう説明するのが一番か考えた。「でもそれ以前に……この会社は自分の力で立ちあげる必要があった。偉大な経営者グレイ・ローズからのアドバイスなしに」

父が見るからに憤慨した様子で身を引いた。「これはおまえのビジネスプランだ。

お節介な意見に無理やり従わせるようなことはしない」

カイルは眉をあげた。「五分前の会話を覚えているかい？　私生活を真剣に考えるべきだとか、ニックにジョーダンと結婚しろとか言ったのを？」

父がそれを笑顔で認めた。「いいだろう。もしかすると、いやおそらく、おまえとジョーダンのこととなれば意見を口にすることもたまにはあるだろう」それから語気を強めた。「『カーダシアン家のお騒がせセレブライフ』を見たことがあるか？　わたしは一度、ホテルの部屋で見たんだ。何週間も悪夢にうなされたよ。わたしがへまをしたせいで、おまえたちふたりがあんなふうになるなんてとんでもないってね」

カイルはそれを聞いて笑いをこらえた。「カーダシアン家の誰かがツイッターをハッキングして四カ月刑務所に入った話なんてあったかな？」

「その件でおまえの口から冗談を聞かされるのはまだ容認できない」

「ごめん」

父が横目でカイルを見た。「とはいえ、すばらしい仕事ぶりで状況を逆転させたな」

乾杯の印にグラスを持ちあげた。青い目がいたずらっぽく光っている。「ネットワーク・セキュリティ界の新星に」

カイルは父が選んだ言葉に首をかしげた。「それは『タイム』の表紙に載るはずの言葉だ。知っているのか？」

「もちろんさ。今日の午後、記者が電話をかけてきて、記事に引用するためのひと言を求められた。おもに、息子が自身のセキュリティ・コンサルティング会社を立ちあげることについてどう思うか知りたがっていたよ」

「なんて答えたんだい？」カイルはきいた。

父が誇らしげな表情を浮かべた。「息子がすばらしいＣＥＯになるだろうことは九年前からわかっていたと話した。毎日オフィスに足を踏み入れるたび、そこにわたしの右腕としておまえがいてくれたことがありがたかったし、光栄に思っていたとね」にやりと笑って続けた。「それから、おまえがこれからも〈ローズ・コーポレーション〉の商品をすべての顧客に勧めてくれることを願っているともつけ加えておいた。なんといっても、アメリカのコンピューターの三台に一台はわれわれが守っているのだから」

カイルは声をあげて笑った——もちろん父ならそのセリフを挟みこんだだろう。

「ありがとう、父さん」

ふたりがそれぞれスコッチを口に運ぶあいだ、しばらく間が空いた。

不意に、父が身を乗りだした。「せっかく父と息子がふたりきりでいるんだから、ここはそのライリーンとかいう女性のことを尋ねるべきじゃないだろうか？」

カイルは壁面の出っ張りにグラスを置いて、ズボンのポケットに両手を突っこんだ。

「たしかに。そしてここはぼくが、〝ありがとう。でも彼女について今夜言いたいことはすでに全部言ったと思う〟と答えるべきだね。するとタイミングよく現れたウエイトレスが、〝別のお飲み物をお持ちしましょうか〟と声をかけてきて、その話題についてそれ以上話す機会は失われる」

にわかに背後から声がした。

「失礼します、何か別のお飲み物をお持ちしましょうか？」

振り返った父はブロンドのウエイトレスが後ろに立っているのを見て、唖然として息子に向き直った。

カイルはにっこりした。「彼女に二百ドル払って、ぼくが両手をポケットに入れたらすぐに来てくれるよう頼んでおいたんだ。父さんとジョーダンはぼくを長くは放っておけないとわかっていたからね」

同じ頃、街の反対側では、ライリーンがアパートメントから数ブロックのところにあるワインバーでジョンの隣に座っていた。その日ようやくふたりで話す機会が持てたところだった。朝カイルが彼女を玄関前の踊り場に残して立ち去ったあと、あいにく悲しみに浸っている時間はなかった。代わりに、部屋へ戻ってジョンにあとで電話をすると伝え、大陪審の聴聞会の準備をするために家を出た。

ワインバーに着いた直後から、ライリーンは会話の主導権を握った。できるだけ優しい言葉でふたりの関係は本当に、間違いなく、すっかり終わっているのだとジョンに説明した。今回は彼も耳を傾けてくれた。動揺し、傷ついて、やや不満げではあるものの、ようやく彼女の言うことを受け入れたように見えた。

「つまり、ぼくが台無しにしてしまったんだな。完全に」ジョンが片手で口元をぬぐった。「それが七カ月前に身勝手な行動を取ったぼくが支払わなければいけない代償なんだろうな」

ライリーンはジョンをじっと見つめた。「ジョン、悪い意味に取らないでほしいんだけど、本当にどうしちゃったの？　よりを戻そうと飛行機に飛び乗ってくれたんだから、感激するべきなのはわかっているわ。でも……正直に言ってもいい？」

ジョンが苦笑いを浮かべた。「きみはいつだって正直だ」

「今回のことは、あふれる情熱のままに取った行動というよりも、自暴自棄になってやってしまったことみたいに思えるの。あなた自身もなんだか戸惑っているみたい」

ジョンは最初、何も言わずにワイングラスをまわしていた。「どうしてかな、何かが欠けている気がするんだ。イタリアは最初の数カ月はすばらしかった。だが、じきに興奮は冷めていった。もしぼくたちが以前の仲に戻れたなら、少なくとも人生のその部分はまたしっくりくるんじゃないかと思ったんだ」ジョンがグラス越しにライリーンを見た。「残念に思っているんだ、わかるだろう？　ぼくたちはうまくいっていた。それなのに、自らだめにしてしまった」

すべてをジョンのせいにしたい気持ちもあった。それに、責任の大部分が彼のほうにあるのも間違いない。けれどもそこに座り、かつて残りの人生をともに過ごしたいのはこの人だと心から信じていた相手を見ているうちに、初めて気づいたことがある。それはふたりの関係が壊れた責任もごくわずかしか共有していなかったということだ。

「あなただけの責任じゃないわ、ジョン」

ジョンが首をかしげた。「どういう意味だい？」

ライリーンはため息をついた。「実際に何かが欠けていたのよ。当時はふたりとも気づいていなかったし、実のところ、今でもそれがなんなのかははっきりとは言えないけれど。表面的にはわたしたちは幸せそうに見えただろうけど、何かがおかしかったはずよね？　そうでなければ、あなたはわたしを残してイタリアに行きたいなんて絶対に思わなかっただろうし、わたしだって……あなたを引き止めようとしたはずでしょう」

ジョンがその言葉をじっくり考え、それからライリーンにほろ苦いかすかな笑みを向けた。「そして、何かを手に入れようとしているときのきみがどれほど粘り強いかは、お互いにわかっている」

ライリーンはそれを認めて小さく笑った。「そのとおりね」

それからしばらくのあいだ、ふたりはさまざまなことを語り合った――昔の話、イタリアのこと、シカゴでのライリーンの新しい生活について。やがて店を出ると、歩道で別れの挨拶を交わした。

「じゃあ、明日ローマに帰るの？」ライリーンはきいた。

ジョンがうなずいた。「少なくともいったんは。今週は休みを取ったんだ。きみと過ごせたらと思って」肩をすくめる。「でもこうなった以上、その時間を使って頭を整理してみるよ。年を重ねたときの人生の目標を決めるために」

「あなたが探しているものがなんであれ、見つかることを祈っているわ」ライリーンは心からそう言った。「あなたには幸せになってほしいの」

「きみもね、ライ」ジョンはさよならの気持ちをこめてライリーンの頬に触れ、それからタクシーに乗りこんで、今夜泊まる予定のホテルへと戻っていった。

ライリーンはそのまま歩道に立ってジョンの車が走り去るのを見送りながら、七カ月前にも同じような日があったことを思いだしていた。サンフランシスコで一緒に暮らしていたアパートメントの外でさよならを告げたときだ。今回唯一違うのは、あのときはタクシーが彼を直接空港へと、イタリアでの新しい生活へと運んだことだ。

タクシーが視界から消えると、数ブロック歩いて自宅へ戻った。心のなかに、今朝起きた出来事がすべてよみがえってくる。数週間前、ライリーンはレイにジョンとローマへ行こうと考えたことは一度もなかったと話した。そんなことをするのはばかげているし、自分はばかげたことはしない主義だと言った。けれどもそれは、必ずしも正しくなかった。この二カ月ほど、現実的に考えればまったく筋が通っていないことをカイルとたくさんしてきたのだから。彼のためなら進んでルールを曲げ、論理に逆らい、心のおもむくままに行動してきた。

正直に言って、そんな自分が少し怖かった。

カイルと会った瞬間から、この人はあらゆるトラブルのもとになりかねないとわかっていた。初めて笑顔を見たときから、それを感じていた。ふたたび関わるようになってからは、用心するようにと、彼とはただの遊びにすぎないと自分に言い聞かせてきた。ところがこの数週間は、遊びの域をはるかに超え、カイル・ローズのいる人生がどれほどすばらしいものになるかを思い知らされた。

今朝、自分と一緒にいるところを見られるのが恥ずかしいのかとカイルに言われたとき、ライリーンはただただ……罪悪感を覚えた。人目を忍ぶのは少々刺激的ではあったけれど、カイルがそんな扱いを受けるべきではないことはわかっている。それでもあのとき、あの場で、今後ふたりの関係をどうしていくのか選択を迫られたのは不意打ちだった。

そして、今が決断のときだ。カイルがふたたび自分の人生から立ち去るのを黙って見送り、〝覚醒剤製造所のライリーン〟として、仕事で失敗したことのない専門家として正当な扱いを受けるべきなのに、しばしばそうではない女性が必死に確立してきた花形検事補の地位と、非の打ちどころのない評判を守るのか。もしくは彼女の名誉に一生傷が残ることを受け入れ、上司や同僚からの目が厳しくなる可能性を承知のうえで、ツイッター・テロリストと――彼女が担当した事件の証人であり、さらにごく最近、検察が起訴したもっとも悪名高い前科者と――つきあっているという事実を明かすのか。

あれこれ考えながらライリーンはアパートメントに入り、ハンドバッグと鍵をキッチンカウンターに置いて寝室へ向かった。その日はいていたグレーのスーツのスカートとハイヒールを脱いで、スーツをクローゼットの端にかける。黒、濃紺、グレー、ベージュ、ブラウンのジャケットが整然と並んでいる。そのとき、無意識に一番上の棚の奥まったところに押しこまれた靴箱に目が向いた。カイルのフランネルシャツがしまってある箱だ。ライリーンはあの夜、彼にキスをした直後に言ったことを思い浮かべた。

〝たまには自分の直感に従ってみようと思ったの〟

残された唯一の問題は、どの程度まで従うかということだ。

# 34

翌朝、カイルはダウンタウンにある〈ローズ・ネットワーク・コンサルティング〉のオフィスに座り、窓からぼんやりとシカゴ川を眺めていた。

鳴りだした携帯電話の音にはっとしてすばやく発信者番号を確認し、ショーンからだとわかると失望で胸がうずいた。

カイルは電話に出て、翌週のスケジュールについて話し合った。月曜日が全社員にとって正式な始業日となる。全社員とは今のところショーン、ギル、トロイと、事務担当ふたりと、受付係だ。だが、〈ツイッター〉社の報道発表以来、カイルが受けた問い合わせの数からすると、はたして六名体制でやっていけるのか疑問だった——とりわけ『タイム』の記事が出たあとは。

父の昨夜の言葉どおり、専門家の視点から見れば、たしかにカイルは人生を立て直したのだろう。それを達成できたことを自分でも誇りに思っていた。とはいえ、そうした達成感は、ライリーンのアパートメントをあとにしてから感じている、心が空っぽになったような鈍い痛みを和らげる役には立ってくれなかった。

カイルはライリーンを追いつめ、最終的には必要としていた答えを手に入れた。ただ、望んでいた答えと違っただけだ。

会社の電話が鳴り、興味を抱いた別の企業からコンサルティング依頼の問い合わせが入ると、カイルはどうにか仕事に集中しようとした。その電話を終えてほどなくした頃、携帯電話が振動して新たなテキストメッセージの着信を告げた。

ライリーンからだった。

〝〈ローズ・ネットワーク・コンサルティング〉では、どこかの段階で本物のコンサルタントを雇う予定はあるかしら？〟

三十秒もしないうちに、カイルはデスクから立ちあがった。オフィスを出て、仕切られた無人のワークステーションを横切り、受付に足を踏み入れる。

受付エリアで待っていたのは、トレンチコートにハイヒールという実に仕事向きの格好をしたライリーンだった。

「アポなしの面会も受けつけてくれるといいんだけど」ライリーンが微笑んだ。

なるほど。

今ではカイルもその笑みの意味を知っている。だが、〝女検察官ピアース〟といえども今回はそう簡単に彼を落とせない。誘惑の手管や気の利いた言葉を総動員し、トレンチコートの下のどれほどセクシーなスカートを見せられようとも、いっさい影響は受けるものかとカイルは固く心に決めていた。

「どうしてここがわかったんだ?」カイルはきいた。

「〈ローズ・ネットワーク・コンサルティング〉のホームページへ行って住所を調べたの」ライリーンがこともなげに答えた。「今日はオフィスでいろいろ準備するつもりだと聞いていたから」

それでカイルは思いだした。水曜日の夜、シャンペーンからリムジンで戻る際にそんな話をしたのだ。「別れた恋人は元気か?」そっけなく尋ねる。

ライリーンが肩をすくめた。「ええ、たぶん。総合的に考えれば。今頃、ローマに戻る飛行機のなかでこれからの人生の過ごし方を考えているところでしょうね」カイルの様子を見て言った。「疲れているみたい」

「ゆうべはよく眠れなかったからな」

ライリーンがうなずいてから、居心地悪そうに足を踏み替えた。「あなたのオフィスで話せない？　受付に立っていると落ち着かなくて」

カイルは一瞬考えてから、自分の後方を示した。「こっちだ」

ふたりはひと言もしゃべらずにカイルのオフィスへと向かった――これほど黙っていたのはおそらく初めてだ。カイルが横目で見ると、ライリーンはあらゆる場所に視線を向けていた。

「すてきな会社ね」カイルのオフィスに着き、ライリーンが言った。「入居前にどれくらい改装が必要だったの？」

カイルはデスクに寄りかかって両手をポケットに突っこんだ。雑談をする気分ではなかった。「どうしてここに来たんだ、ライリーン？」

ライリーンがトレンチコートのポケットから何かを取りだした。「これを渡そうと思って」

腕時計だとわかるとカイルの心は沈んだ。彼が望んでいたのは……いや、そんなことはもうどうでもいい。

「また忘れたでしょう。昨日の朝、わたしのアパートメントを出るときに」ライリーンが言った。

カイルは腕時計を受け取って手首にはめた。「返してくれてありがとう」

ライリーンが意味ありげに彼を見つめた。「それから、あなたは間違っていると言いたくて来たの」彼女が一歩近づいてくる。「わたしはあなたと一緒にいたいの、カイル。何よりもそれを望んでいる」

カイルはそのまま身じろぎもせずに立っていた。「〝でも〟を待っているんだが」

ライリーンが首を振った。「今回は〝でも〟はないわ。わたしも完全に心を決めたの」大きく息を吸いこんだ。「今日の午後、わたしたちのことをキャメロンに話すつもり」

それはまさに多くの点でカイルが心待ちにしていた言葉だった。だが、彼は昨日のライリーンのためらいをこれ以上ないほど鮮明に覚えていた。「ライリーン、ぼくはきみにめろめろだ――わかっているだろう」彼女と目を合わせたままはっきりと告げる。「だから、そんなことをしたらきみがいつか後悔するんじゃないかと心配している。そうなったらぼくは耐えられない」

「後悔なんてしないわ」ライリーンが反論した。「約束する」

「今はそう言っていても、あとになったらどうだ？」

ライリーンの目にいきなり涙が浮かび、カイルはすっかり意表を突かれた。

「あなたがもう一度わたしの人生から去ろうとするのを止めるんだから、後悔なんてするはずがないわ、カイル」ライリーンの声には感情がこもっていた。「これがその証拠よ」彼女がトレンチコートのボタンをひとつずつ外し始める。やがて、前を開いてコートを床に落とした。

たとえ彼女がそれ以上ひと言も発しなかったとしても、カイルはライリーンの想いを疑うことは二度とないだろうと思った。

ライリーンはカイルのフランネルシャツを着ていた。

「持っていたのか」カイルはそっと言った。「今までずっと」

ライリーンはうなずいた。「九年間、この忌々しいシャツから離れられなかった。これを持って、文字どおりアメリカを横断して戻ってきたの」

カイルはライリーンの頰に触れ、親指で優しく涙をぬぐった。「どうして?」

ライリーンがためらってから穏やかな笑みをたたえ、ついにすべてをかけて口にした。「いつかあなたがこれを取りに戻ってくるかもしれないと、ずっと願っていたんだと思う」

なんてことだ。その言葉にカイルは完全に打ち負かされた。胸が苦しくなるほど締めつけられて、ライリーンを腕のなかに引き寄せた。「愛している、ライリーン」彼女の頬を包んで瞳をのぞきこむ。「これでいつもきかれる質問にぴったりの答えが見つかったよ――どうしてツイッターをハッキングしたのか。当時はわからなかったけど……またきみを見つけるためだったんだ」

ライリーンがカイルに身を寄せてシャツに手を置いた。「罪を犯したことへの言い訳としては、今まで聞いたなかで一番かもしれないわね」目を輝かせてカイルを見あげる。「わたしもあなたを愛している。わかっているでしょう」

カイルはにっこりして彼女の口元に唇を寄せた。今ではわかっていた。九年かかったかもしれないし、その過程でたくさん道を間違えたかもしれないが、ふたりの物語はようやく完結した。

ようやくライリーンが自分のものになったのだから。

## 35

その日の午後、ライリーンはキャメロンのオフィスの前で足を止めた。いっとき間を置いてから、深呼吸をしてノックする。なかから声が聞こえた。「どうぞ」

ライリーンがドアを開けると、キャメロンはデスクの前に座っていた。連邦検事が笑みを浮かべ正面の空いている椅子を示した。「ライリーンじゃないの。どうぞ座って」

ライリーンはドアを閉めながら相手の気分を読み取ろうとした。キャメロンと仕事をするようになって二カ月が過ぎたが、これまでは好印象しか抱いていない。その地位に就くにしては若いものの、キャメロンは意欲的で公平なすばらしい検察官だ。国内でも最大級の担当エリアを受け持つ連邦検事として、連邦刑事司法制度において絶大な力を持っており、とりわけここ数カ月はアメリカでもっとも悪名高い犯罪組織のひとつを訴追したことで好意的な注目を集めた。

言うなれば、キャメロンはライリーンが心から尊敬する女性だ。

ライリーンは椅子に腰かけながら、どこから始めようかと考えた。〝キャメロン、おかしな話なんですが、九年前にまったく初対面の人がバーから家まで送ってくれて……〟

いや、そこからではないだろう。

ライリーンは咳払いをした。「個人的にお話ししておきたいことがあるんです」

キャメロンが気遣うように声をかけた。「すべてが順調ならいいんだけど」

「はい、それは大丈夫です。ただ、あなたに知っておいていただきたいことがあって、自分の口からお伝えしたかったんです」ライリーンはひと呼吸置いてから、思いきって口にした。「カイル・ローズとわたしは、専門家としての立場を離れたところで関係を探っています」そう言ってから首をかしげた。「あら、頭のなかで練習していたときよりずっとぎこちないですね。もう一度言わせてください、冗談抜きで」彼女は上司の目を見つめた。「わたしはツイッター・テロリストとつきあっています」

キャメロンは一瞬黙ってから椅子の背にもたれた。「なるほど。最初に確認しておくわ。それは彼があなたの証人だったときから？」

「違います」ライリーンはきっぱり否定した。そこははっきりさせておきたかった。

キャメロンはうなずいた。「でしょうね。でも、念のためにきいておかないとと思って」

ライリーンは椅子の上で前のめりになって真剣に訴えた。「聞いてください、キャメロン。これが異例中の異例であることはわかっています。検察は彼を刑務所に入れ、テロリストと呼びました。それに、彼はこの街ではよく知られていますから、わたしたちが一緒にいるところを見た人が、わたしと検察を結びつけるまでそれほど時間はかからないでしょう。そうなったときに、何人かはわたしたちの関係に眉をひそめるだろうと思ったんです。何人か、ではすまないかもしれませんね。そうした理由からお話ししていますが、軽い気持ちでこうなったわけではありません。とにかく、カイルはもうわたしの人生の一部なんです。このことで自分にどのような影響が及ぼうとも、受け入れる覚悟はできています」

「なかなかの演説ね」キャメロンが言った。

ライリーンは息を吐いた。「ありがとうございます。ちょっと緊張してしまって」

キャメロンがライリーンを見つめた。「この件が原因で辞めさせられると思っているの?」

ライリーンはかぶりを振って率直に答えた。「いいえ。でも、わたしたちが仕事をしていくうえで重荷になるのではないかと心配しています。それに、今後のわたしの判断に疑問を持たれるのではないかと」ライリーンにとってはそのどちらもつらいことだが、自分の決断を後悔してはいなかった。カイルには真っ向から取り組むと伝えた。本気でそう言ったのだ。

キャメロンがデスクに両肘をついた。「正直に話してくれてうれしいわ、ライリーン。だから、わたしも率直に言うわね」それからオフィスのドアを指さした。「あのドアには〝連邦検事〟と書かれているけど、ほんの半年前までは最後に〝補〟の文字もついていた。もし状況が違って今でもサイラスが責任者だったら、検察が起訴したばかりの男性とつきあっていることを理由にあなたをクビにしたでしょうね。でもご存じのとおり、サイラスはどうしようもない男だから。検察で独裁者のようにふるまっていて、気にかけるのは世間に与える自分のイメージだけ。それに検事補が重要な勝利をおさめたときにはいつだって手柄を独り占めした。何か悪いことが起これば、わたしたちに全責任をなすりつけたわ。シカゴ一の巨大犯罪組織のトップから賄賂を受け取っていたのは言うまでもないし、一番許せないのはわたしを殺そうとしたことだけど——それはまた別の話ね」

ライリーンは目をしばたたいた。なるほど……前任の連邦検事が取り仕切っていたときとはかなり状況が違うと言える。

キャメロンが続けた。「大切なのは、わたしが後任になったとき、実現すると誓ったことがふたつあるということ――ひとつは腐敗を一掃すること。もうひとつは、わたしが検事補だったときに思い描いていたような連邦検事になることよ。だから、そう――あなたがカイル・ローズとつきあっているのはたしかに異例なことね。世間に知れたら、ツイッター・テロリストとつきあうような検事補を抱えているのは普通じゃないと思う人もいる？　でしょうね。だとしても、サイラスがトップだったときにここで起きていたことに比べれば、なんとでもできる事態だと思う。ここではわたしたちはチームなの、ライリーン。あなたはすばらしい検察官で、信じられないほど熱心に仕事に打ちこんでいる。それがわたしには一番重要なことよ」

ライリーンは大きく息を吸いこんだ。胸にのしかかっていた大きな重石（おもし）が取りのぞかれた気がした。「そう聞いてどれほど安心したか知れません、キャメロン」

「このせいで本当に不安だったのね」キャメロンが含み笑いをもらした。

「逆の立場なら考えたと思うんです。どうしてこの職務に就いている人間が、よりによってそんな関係を求めるのかって」

キャメロンが微笑んだ。「あら、そういうことならあなたが思うよりも理解しているわ。こういう力は不可思議な方向に働くものだから。三年前、あるＦＢＩ捜査官が全国放送のテレビでわたしは頭がどうかしていると言ったの」腕時計を確認する。「それが不思議なことに、あと二十八時間ほどでわたしはその人と結婚するのよ」

ライリーンは驚いて両腕を広げた。「まあ！　知らなかったわ。おめでとうございます」

キャメロンが幸せそうに目を輝かせた。「結婚についてはふたりとも、あまり口にしないようにしていたから。やっと今日みんなに伝え始めたの——いずれにしても月曜日に結婚指輪をして出勤したらわかってしまうと思うし。ジャックもわたしも大々的なお披露目（ひろめ）は望まなかったの。何人かの友人と家族を集めて、こぢんまりとした式を挙げ、ペニンシュラホテルのテラスで夕食会を開くだけで充分」

「それってすてきです」

キャメロンの顔がぱっと明るくなった。まったく同感だと伝わってくる。「そのホテルはある意味で、ジャックとわたしがふたたびつながるきっかけになった場所でもあるの。まあ、そっちも長い話になるんだけど」

「そういうことならこれ以上お時間は取らせません。いろいろとやることがあって、間違いなくお忙しいでしょうから」ライリーンは立ちあがった。「理解を示してくださってありがとうございました」

「なんと言えばいいのかしら。今日は本当に気分のいいときに来てくれたわ。これが先週の金曜日なら、あなたをクビにしていたかも」目を見開いたライリーンを見てキャメロンが笑い声をあげた。「連邦検事のちょっとしたユーモアよ。よい週末を」

ライリーンはオフィスをあとにして廊下に出てから、目を閉じて息を吐いた。

ここはなんとか乗りきった。

さあ、もうひとつ正しておかなければならないことが残っている――それさえすめば、ほかの人が彼女とカイルのことをどんな方法で耳にしようがかまわない。そう思いながら廊下を進み、ケイドのオフィスへ向かった。開け放たれたドアの前で足を止めてノックをする。

パソコンに向かって仕事をしていたケイドが、こちらに目を向けて笑みを見せた。

「やあ、きみか。〈スターバックス〉に行くにはまだ少し早いぞ」

「少しだけ話せる？」ライリーンは尋ねた。

「もちろんだよ。入って」

ライリーンはなかに入ってドアを閉め、ケイドのデスクの前に置かれた椅子に座った。脚を組み、両手を膝にのせる。「話しておかなければいけないことがあって。先に言っておくけど——ちょっと気まずい話なの。たぶん、すごく気まずい話」

ケイドはこの前置きにもさほど驚いた様子は見せなかった。「なんの話かわかった気がする。あの噂だろう？」

ライリーンは首をかしげた。「噂？」

「きみとぼくがつきあっているってやつ」ケイドが片手をあげた。「誓って言うが、ぼくが広めたわけじゃないぞ」

ライリーンはまばたきをした——おそらくジャック・パラスがカイルを焚きつけるためにでっちあげたのだろう。「最高だわ」さらりと言った。「ということは、わたしに関するスキャンダルがふたつ広まることになるのね」

ケイドが好奇心をそそられたように片方の眉をあげた。「スキャンダル？　何をしでかしたんだい、ミズ・ピアース？」

「ねえ、覚えている？〈シーン・アンド・ハード〉であなたが目にした記事のことを。カイル・ローズが交際している黒髪のセクシー（ボムシェル）美女について書かれていたでしょう？」

ケイドはしばらくライリーンを見つめたまま、次の言葉を待っていたが、やがてはっと気づいた。「まさか、きみがその黒髪のボムシェルなのか？」

「〝ボムシェル〟はちょっと言いすぎよね。だからって、そこまでショックを受けた顔をしなくてもいいじゃない」

「そういうことじゃないよ」

「わかっているわ、茶化してみただけ。気づまりな空気をなごませたかったの」ライリーンはケイドの警戒するような顔を見た。「この程度の冗談じゃ足りなかったみたいね」

「いつからなんだ？」ケイドがきいた。

「数週間前から。クインが公訴事実を認めてからよ」ライリーンは笑みを浮かべようとした。「異例なことよね、わかっているわ。キャメロンにも話してきたんだけど、そういう反応だったもの。でもあなたには、わたしの口から聞いてほしかった」

「きみのボーイフレンドを、ぼくはテロリストと呼んだのか」

「幸い、そのときはボーイフレンドじゃなかったわ。もしそうだったら、それこそ気まずかったでしょうね」

ケイドが椅子の背に体を預けた。用心深い表情はそのままだ。「二カ月ほど前、カイル・ローズの案件に関してきみに話したことがあったよな。見せしめとしてやつを懲らしめるために最大級の成果を出せとサイラスから言われていたことを」彼がライリーンの目を真剣に見つめた。「ローズにその話はしたのか？」

「もちろんしていないわ。あれはあなたが内々に話してくれたことだもの。わたしは毎日あなたと一緒に〈スターバックス〉に行く人間のままなのよ、ケイド。ただ……あなたがかつて、〝社会を脅かすサイバー犯罪者〟と呼んだ前科者のボーイフレンドがいるだけ」

ケイドはまだ微笑みはしなかったものの、ライリーンの体からもうひとつ頭が生えてきたかのように凝視することももうなかった。

「みんながこの話をするだろうことはわかっているよね？」ケイドがきいた。

「まあ、それは間違いないでしょうね」ライリーンは答えた。うれしいことではないけれど、対処してみせる。そうしなければならない。

ケイドがしばらくライリーンを見つめてから椅子の上で体を乗りだした。「真面目な話、あの男の何がいいんだ？　髪がさらさらの、ただの金持ちのコンピューターおたくじゃないか」

ライリーンがにっこりした。「それよりはもうちょっと何かあるのよ」

「まったく、ぞっこんだな」ケイドが両手をあげた。「最近はみんなどうしたっていうんだ。サム・ウィルキンズはすてきな出会いがあったとあちこちでしゃべっているし、キャメロンはこっそり結婚するし、今度はきみがツイッター・テロリストにうっとりしている。ぼくが見ていないときに証拠保管室から気分がハイになる抗うつ剤でもくすねたのか？」

「違うわ、ただのすごく上質なマリファナよ」

ケイドがそれを聞いて声をあげて笑った。「きみはおもしろいな、ピアース。それだけは言える」

「つまり、今日もまたもう少ししたら一緒に〈スターバックス〉へ行くってこと？」

ケイドが探りを入れるようにライリーンを眺めた。「カイル・ローズの話をずっとしたいわけじゃないよな？」

「実を言うとそうなの。そのあと一緒に靴を買いに行って、マニキュアとペディキュアをしましょう」それからライリーンは真面目な顔を向けた。「いつもと同じような話をするのよ」

ケイドがにやりとしてようやくうなずいた。「わかった。じゃあまた三時に、ピアース。きみのオフィスに立ち寄るよ」

その日の六時半、ライリーンは荷物をブリーフケースにしまってオフィスを出た。金曜の夜にまだ残っているのはあと数名だけだ。

結局、ツイッター・テロリストとの交際を明かしても世界が終わることはなかった。たしかに、まだライリーンの世界で実際にそのことを知っているのはふたりしかいない――レイをのぞいての話だが。けれども、どう思われるかもっとも気になっていたのがあのふたりだったので、この結果は勝利と呼んで差し支えないだろう。

とはいえ、ライリーンも世間知らずではない。ケイドが言ったようにゴシップにはなるはずだ。しかも相当の。これから先、スカートスーツ姿で地下へ潜る入り口からぐらつく五メートルの梯子をおりた女と言いふらされることはなくなるだろう。その代わり、彼らはもっとおいしい話を手に入れるのだ。

〝覚醒剤製造所のライリーン〟からしてみれば伝説的な地位が失われるのを見るのは少し寂しいかもしれないが、〝女検察官ピアース〟は自身の決断をまったく悔いていなかった。廊下でこそこそ噂されたり、眉を持ちあげられたりするのは避けられないにしても、彼女がとびきり優秀な検察官であるという事実は少しも変わらない。そして今、〝女検察官ピアース〟はとびきり優秀な検察官であるだけでなく、仕事で長い一日を終えたあと、それがよい一日だったかそうでなかったかにかかわらず、尊敬する男性のもとへ帰れるのだ。彼女に食ってかかったり、にこりと微笑むだけで彼女の鼓動を速めたりする男性のもとへ。

これは〝覚醒剤製造所のライリーン〟には決してなかったことだ。

回転ドアを抜けて連邦ビルの正面広場を横切ったところで、ライリーンは電車には乗らずに自分へのご褒美としてタクシーで帰ることにした。カイルにはキャメロンに話したことと、詳細は家に着いたら電話をすることをメッセージを送って伝えてあった。

二十分後、タクシーがアパートメントから一ブロックのところまで来たときにライリーンの携帯電話が鳴った。見ると、カイルからだった。

「どうだった?」ライリーンが出るとカイルが尋ねた。

「思っていたよりうまくいったわ」ライリーンは答えた。「キャメロンとケイドにしか伝えていないけど、わたしが一番気になっていたのはそのふたりだから」

「モーガンはぼくが想像しているとおりの滑稽な顔をしていたんだろうな」

「それってつまり、検事局が毎年恒例で行っている七月四日のピクニックで、彼と一緒にビールを飲む気はないってこと?」タクシーが彼女のアパートメントの正面で停まったので、ライリーンは財布を取りだした。

「毎年恒例の七月四日のピクニックというものが実際にあるのか？」カイルがきいた。

「そう聞いているわ。スタッフの子ども、配偶者、恋人——みんなが集まるって」ライリーンは運転手に現金を手渡した。「お釣りは結構よ」タクシーをおりてドアを閉める。

「おっと、脚がちらっと見えたぞ」ライリーンの耳にカイルの茶目っ気のある声が届いた。

彼女はすばやくあたりを見まわした。

道路の反対側にカイルが立っていた。いかにも高級そうなシルバーのスポーツカーに寄りかかっている。

なかなかの眺めだ。

ライリーンは電話を切り、ブリーフケースを手に道路を渡った。カイルは腕組みをしたまま、近づいてくる彼女を見るからに楽しげな様子で眺めている。

「きみにはそのトレンチコートが本当によく似合う」カイルが言った。

ライリーンはカイルの前で足を止めて指さした。「これはあなたの車？」

「そうだよ」隅々まで確認するライリーンを見てカイルがにやりとした。「おやおや、その様子だと、この車が気に入ったようだな」

まさにそのとおりだった。ライリーンはこの車が気に入った。

「悪くはないわね」ライリーンは平然と言った。

「きみの口から出た場合、それはかなりの褒め言葉になる」カイルがライリーンを引き寄せて、伸ばした脚のあいだに立たせた。「それでその、検事局が毎年恒例で行う七月四日のピクニックとやらには、服役歴のある恋人も行っていいのかな？」

ライリーンはその光景を思い浮かべてくすっと笑った。「まずは来週を乗りきりましょう。『タイム』の記事が出たあとに状況がどうなっているか見てからね」

カイルが何かに気づいたように首をかしげた。「インタビューでぼくが何を話すか心配しているのか」

まあ……たしかに。「あなたが話したいことを話して」それはカイルが果たすべき務めであって、彼が決めることだ。だから彼自身のやり方でする権利がある。同じルールがライリーンのキャリアにも当てはまるように。

カイルがライリーンの顎に触れた。「慎重に対応するよ、カウンセラー。ふたりで立ち向かっていることだからね」あたたかみをたたえた青い目で彼女を見おろす。

「それで、今夜食事に行くっていうのはどうだい？」

「二度目のデート？　だんだん真剣なおつきあいになってきたわね」ライリーンはは

にかんでみせた。

「行きたい場所を言ってくれ。どこでもいい」カイルが彼女のうなじに手をまわした。「きみをとことん甘やかすことだってできるんだ、ライリーン。もしそうさせてくれるなら」

うっとりするような言葉だ。ライリーンは超高級スポーツカーに寄りかかり、カイルの額に落ちてきた濃いブロンドの髪を払った。そのとき不意に、もうひとつ正しておかなければならないことがあるのを思いだした。

ああ、しまった。

カイルがライリーンの表情に気づいた「どうした？」

「あなたのことを母にどう説明しようかと思ったの。わたしがあなたの前科を気にしていると思う前に、母に会ってほしいわ」

「それならぼくの両親にならって、健全で好ましい印象を与える話をすればいい。数えきれないほどあるぼくの美点を際立たせる話を」カイルが考えをめぐらせた。「たとえば……〝昔々、バーでフランネルシャツを着て作業ブーツを履いた男に会いました。その男は実は、変装をした王子様だったのです〟とか」

ちょうどそのとき、一台の車がスピードを落としてふたりの前で停まった。十代後半とおぼしき五人組が乗っている。運転手が窓から顔を出した。「よう、ツイッター・テロリスト！　こういうツイートをされたら、やっぱり腹を立てるか？　〝ゲツでもなめてろ、ばかやろう！〟」後部座席の男が窓からむき出しの尻を突きだすと全員が笑い、車は走り去った。

カイルとライリーンは通りに突っ立ったまま、しばらく黙ってその車を見送った。それからカイルが決まりの悪そうな笑みを見せた。「どう見てもぼくのファンじゃないな」

たしかに、それはライリーンにもわかった。「こんなあなたと、これからどんなふうに過ごしていけばいいのかしら、カイル・ローズ」彼女は両腕をカイルの首にまわして下から見あげた。

カイルがライリーンの頬に手を添えた。「いかようにも、カウンセラー。ぼくのそばにいてくれれば、いつだって人生が冒険になると約束する」

身をかがめたカイルのキスを受けながら、それ以上の計画はないとライリーンは確信していた。

# 訳者あとがき

ライリーン・ピアースは検察官を目指す法学生。ロースクール一年目の期末試験を終え、仲間とバーで打ち上げをしているときに、セクシーで自信満々な男性に声をかけられた。軽薄な男性が手当り次第にナンパをしているのだろうと思ったライリーンは軽くあしらうが、彼が億万長者の相続人でパソコンおたくのカイル・ローズだと親友のレイから聞かされて驚く。ふたりをくっつけようと考えたレイの企みにまんまとはまり、ライリーンは家までカイルに送ってもらうことになる。

苦労知らずのキザな男だと最初は反発していたライリーンだったが、家族や将来の夢について語るカイルの話を聞いているうちに心を動かされ、思わず彼にキスをする。惹かれ合ったふたりは翌日デートの約束をするが、待ち合わせの時間になってもカイルは現れなかった。ライリーンは憤慨したものの、彼の母親が前夜に交通事故で亡くなったことを報じる新聞記事を見て、デートをすっぽかされた理由を知った。こうして芽生えかけていたふたりの恋は、発展する機会を得ずに消えてしまった。

九年後、検事補になったライリーンは、代理で審理を任された事件の被告人がカイルであることを知って衝撃を受ける。カイルは元恋人にツイートひとつで振られた腹いせにツイッターをハッキングした〝テロリスト〟として世間を騒がせていた……。

〈FBIと弁護士〉シリーズの第三弾、『あの夜のことは…』をお届けします。著者はニューヨーク・タイムズやUSAトゥデイのベストセラー作家ジュリー・ジェームズ。本作では生真面目な法律おたくのヒロインと自信家なパソコンおたくのヒーローが登場する、甘く切ない恋物語を展開しています。第一作、第二作を読まれた方ならご存じだと思いますが、ジュリー・ジェームズといえば当意即妙な会話とホットなラブシーンを絶妙に織りまぜたコンテンポラリー・ロマンスの達人。お互いに惹かれ合うライリーンとカイルが、法のもとに裁く側の検事補と法に裁かれる側の被告人という立場から、恋愛関係に進めずジレンマを抱える心理状態を巧みに描いています。

そして忘れてならないのは、著者お得意のサブキャラたち。本作でも、第一作目のヒロイン、キャメロン・リンドがライリーンのよき上司として登場し、第二作目のヒロインでカイルの双子の姉でもあるジョーダン・ローズは弟を容赦なくからかっています。もちろん、過去二作のヒーローだったジャック・パラス捜査官とニック・マッコール捜査官もしっかり登場して皮肉を吐き散らしたり、毎回サブキャラで出てくるけれどいつかはヒーローの立場に昇進するのかと気になるウィルキンズ捜査官も、愛想を振りまいたりしています。本作で〝すてきな出会い〟を果たしたウィルキンズ捜査官は、ライリーンの親友レイと今後いい感じになるのでしょうか？　メインキャラクター以外の登場人物にも親近感を抱かせる筆致はさすがです。

第四作では、本作でライリーンのよき同僚となり、カイルをいらだたせた検事補ケイド・モーガンがヒーローとして登場し、美女との毒舌合戦を繰り広げるようです。次作も一日も早く、読者の方々にお届けできますように。

二〇二二年十月

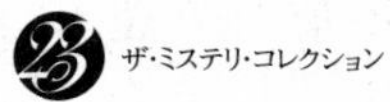


# あの夜のことは…

2023年 1月20日　初版発行

著者　ジュリー・ジェームズ
訳者　村岡　栞

発行所　株式会社 二見書房
東京都千代田区神田三崎町2-18-11
電話 03(3515)2311［営業］
03(3515)2313［編集］
振替 00170-4-2639

印刷　株式会社 堀内印刷所
製本　株式会社 村上製本所


ISBN978-4-576-22189-2
https://www.futami.co.jp/

＊の作品は電子書籍もあります。

## あなたとめぐり逢う予感 ＊
ジュリー・ジェームズ
村岡 栞 [訳]

殺人事件の容疑者を目撃したことから、FBI捜査官のジャックと再会したキャメロン。因縁ある相手だが、ボディガードとして彼がキャメロンの自宅に寝泊まりすることに…

## 恋が始まるウィークエンド
ジュリー・ジェームズ
屋代やよい [訳]

大富豪の娘ジョーダンは、弟を救うため、FBI捜査官ニックをあるパーティに連れていくが、なりゆきで二人は恋人同士のふりをすることになる。キスまでかわすが…

## 危険すぎる男 ＊
シャノン・マッケナ
寺下朋子 [訳]

レストランを開く夢のためカフェで働く有力者の娘デミ。そこへ足繁く通う元海兵隊員エリック。ふたりは求めあう関係になるが……過激ながらも切ない新シリーズ始動！

## 夜明けまで離さない
シャノン・マッケナ
寺下朋子 [訳]

7年ぶりに故郷へ戻ったエリックは思いがけずデミと再会。かつて二人を引き裂いた誤解をとき、カルト集団の謎に挑む！『危険すぎる男』に続くシリーズ第2弾

## ヴァージンリバー
ロビン・カー
高橋佳奈子 [訳]

救命医の夫を突如失った看護師のメル。誰も知らないところで過ごそうと、大自然に抱かれた小さな町ヴァージンリバーにやって来るが。Netflixドラマ化原作

## 悲しみの夜の向こう ＊
アビー・グラインズ
林 亜弥 [訳]

亡母の治療費のために家も売ったブレア。唯一の肉親である父を頼ってやってきたフロリダで、運命の恋に落ちる…。愛と悲劇に翻弄されるヒロインを描く官能ロマンス

## 時のかなたの恋人 ＊
ジュード・デヴロー
久賀美緒 [訳]

イギリス旅行中、十六世紀から来た騎士ニコラスと恋に落ちたダグラス。時を超えて愛し合う恋人たちを描く、タイムトラベル・ロマンス永遠の名作、待望の新訳！

霧の町から来た恋人
ジェイン・アン・クレンツ
久賀美緒［訳］

ともに探偵事務所を経営する友人のオリヴィアが何者かに連れ去られ、カタリーナはちょうどある殺人事件で彼女の力を借りにきたスレーターとともに行方を捜すが…

秘めた情事が終わるとき ＊
コリーン・フーヴァー
相山夏奏［訳］

無名作家ローウェンのもとに、ベストセラー作家ヴェリティの共著者として執筆してほしいとの依頼が舞い込むが…。愛と憎しみが交錯するジェットコースター・ロマンス！

世界の終わり、愛のはじまり
コリーン・フーヴァー
相山夏奏［訳］

リリーはセックスから始まる情熱的な恋に落ち結婚するが彼は実は心に闇を抱えていて…。NYタイムズベストラー作家が贈る、ホットでドラマチックな愛と再生の物語

口づけは復讐の香り ＊
L・J・シエン
藤堂知春［訳］

シカゴ・マフィアの一人娘フランチェスカは社交界デビューの仮面舞踏会で初めて会った男ウルフにキスを奪われ、婚約することになる。彼にはある企みがあり…

愛は闇のかなたに ＊
L・J・シエン
水野涼子［訳］

父の恩人の遺言で政略結婚をしたスパロウ。十も年上で裏社会にさえ顔がきくという男との結婚など青天の霹靂だったが、いつしか夫を愛してしまい…。全米ベストセラー！

朝が来るまで抱きしめて ＊
クレア・コントレラス
守口弥生［訳］

ジャーナリスト志望の大学生アメリアは、高校の先輩の失踪事件を追ううち、父親の秘密を知る。プレイボーイのローガンとともに真相を追うが、事件は思わぬ方向へ…

愛することをやめないで ＊
デヴニー・ペリー
滝川えつ子［訳］

ジャーナリストのブライスは危険な空気をまとう男ダッシュと出会い、彼の父親にかけられた殺人容疑の調査に乗り出す。二人の間にはいつしか特別な感情が芽生え…

＊の作品は電子書籍もあります。

夜の向こうで愛して ＊
キャロリン・クレーン
村岡 栞［訳］

元宝石泥棒のエンジェルは、友人の叔母を救うために再び泥棒をするが、用心棒を装ったコールという男に見つかり…。ゴージャスな極上ロマンティック・サスペンス

黒き戦士の恋人
J・R・ウォード
安原和見［訳］
〔ブラック・ダガー シリーズ〕

NY郊外の地方新聞社に勤める女性記者ベスは、謎の男ラスに出生の秘密を告げられ、運命が一変する！ 読み出したら止まらない全米ナンバーワンのパラノーマル・ロマンス

永遠なる時の恋人
J・R・ウォード
安原和見［訳］
〔ブラック・ダガー シリーズ〕

レイジは人間の女性メアリをひと目見て恋の虜に。戦士としての忠誠か愛しき者への献身か、心は引き裂かれる。困難を乗り越えてふたりは結ばれるのか？ 好評第二弾

運命を告げる恋人
J・R・ウォード
安原和見［訳］
〔ブラック・ダガー シリーズ〕

貴族の娘ベラが宿敵〝レッサー〟に誘拐されて六週間。だれもが彼女の生存を絶望視するなか、ザディストだけは彼女を捜しつづけていた…。怒濤の展開の第三弾！

闇を照らす恋人
J・R・ウォード
安原和見［訳］
〔ブラック・ダガー シリーズ〕

元刑事のブッチがヴァンパイア世界に足を踏み入れて九カ月。美しきマリッサに想いを寄せるも梨の礫。贅沢だが無為な日々に焦りを感じていたところ…待望の第四弾

情熱の炎に抱かれて
J・R・ウォード
安原和見［訳］
〔ブラック・ダガー シリーズ〕

深夜のパトロール中に心臓を撃たれ、重傷を負ったヴィシャス。命を救った外科医ジェインに一目惚れすると、彼女を強引に館に連れ帰ってしまうが…急展開の第五弾

漆黒に包まれる恋人
J・R・ウォード
安原和見［訳］
〔ブラック・ダガー シリーズ〕

自己嫌悪から薬物に溺れ、〈兄弟団〉からも外されてしまったフュアリー。〝巫女〟であるコーミアが手を差し伸べるが…。シリーズ第六弾にして最大の問題作登場!!

**永遠（とわ）を誓う恋人**（上・下）
J・R・ウォード
安原和見［訳］〔ブラック・ダガー シリーズ〕

誰にも明かせない秘密を抱えるリヴェンジ。看護師のエレーナと激しい恋に落ちながら、その運命を呪う。ある時、戦士としての忠誠を試されることに。待望の続刊！

**灼熱の瞬間（とき）** ＊
J・R・ウォード
久賀美緒［訳］

仕事中の事故で片腕を失った女性消防士アン。その判断をした同僚ダニーとは事故の前に一度だけ関係を持っていて…。数奇な運命に翻弄されるこの恋の行方は？

**蠱惑の堕天使** ＊
J・R・ウォード
氷川由子［訳］

ジムはある日事故で感電死し、天使からの命を受けて堕天使となって人間世界に戻り、罪を犯しそうになっている7人の人間を救うことに。愛と悲しみを知る新シリーズ開幕

**悲しみにさよならを** ＊
シャロン・サラ
氷川由子［訳］

10年前に兄を殺した犯人を探そうと決心したとたんローガンは命を狙われる。彼女に恋するウエイドと捜索を進めると、驚く事実が明らかになり…。本格サスペンス！

**愛という名の罪** ＊
ジョージア・ケイツ
風早柊佐［訳］

母の復讐を誓ったブルー。敵とのベッドインは予期していたが、想像もしなかったのは彼に夢中になってしまうこと……愛と憎しみの交錯するエロティック・ロマンス

**かつて愛した人** ＊
ロビン・ペリーニ
水野涼子［訳］

故郷へ戻ったセインの姉が何者かに誘拐された。彼はかつての恋人でFBIのプロファイラー、ライリーに捜査を依頼する。捜査を進めるなか、二人の恋は再燃し……

**闇のなかで口づけを** ＊
レベッカ・ザネッティ
高橋佳奈子［訳］

元捜査官マルコムは、国土安全保障省からあるカルト教団への潜入捜査を依頼される。元信者ピッパに近づいた彼は身分を明かせぬまま惹かれ合い…。官能ロマンス！

＊の作品は電子書籍もあります。

## 恋の予感に身を焦がして ＊
クリスティン・アシュリー
高里ひろ［訳］
〔ドリームマン シリーズ〕

グエンが出会った〝運命の男〟は謎に満ちていて…。読み出したら止まらないジェットコースターロマンス！超人気作家による〈ドリームマン〉シリーズ第1弾

## 愛の夜明けを二人で ＊
クリスティン・アシュリー
高里ひろ［訳］
〔ドリームマン シリーズ〕

マーラは隣人のローソン刑事に片思いしている。でもマーラの自己評価が2.5なのに対して、彼は10点満点で…。〝アルファメールの女王〟によるシリーズ第2弾

## ふたりの愛をたしかめて
クリスティン・アシュリー
高里ひろ［訳］
〔ドリームマン シリーズ〕

心に傷を持つテスを優しく包む「元・麻取り官」のブロック。ストーカー、銃撃事件……二人の周りにはあまりにも問題が山積みで…。超人気〈ドリームマン〉第3弾

## 危険な愛に煽られて
テッサ・ベイリー
高里ひろ［訳］

兄の仇をとるためマフィアの首領のクラブに潜入したNY市警のセラ。彼女を守る役目を押しつけられたのは最凶のアルファ・メール＝マフィアの二代目だった！

## いつわりの夜をあなたと ＊
カイリー・スコット
門呉茉莉［訳］

ベティはハンサムだが退屈な婚約者トムと別れようと決心したとたん、何者かに誘拐され…!? 2017年アウディ賞受賞作家が贈る映画のような洒落たロマンス！

## 気絶するほどキスをして ＊
リンゼイ・サンズ
水野涼子［訳］

国際秘密機関で変わった武器ばかり製作するジェーン。そんな彼女がスパイに変身して人捜しをすることに。素人スパイのジェーンが恋と仕事に奮闘するラブコメ！

## 愛しているが言えなくて ＊
リンゼイ・サンズ
久賀美緒［訳］

美人だがふくよかな体つきのアヴェリン。許婚と結婚したものの、裸体を見られるのを避けるうちになかなか初夜を迎えることができず……。ホットなラブコメ！